Insaisissable Jane

Du même auteur
aux Éditions J'ai lu

Une fille insaisissable, *J'ai lu* 4507
Sous le sceau du secret, *J'ai lu* 4980
Protection rapprochée, *J'ai lu* 5077
Passé trouble, *J'ai lu* 5512
Aventure d'un soir, *J'ai lu* 6146
Un cœur en otage, *J'ai lu* 6212

Elizabeth Thornton

Insaisissable Jane

Traduit de l'américain
par Élisabeth Luc

Titre original :

ALMOST A PRINCESS
Bantam Books, a division of
Random House, Inc., N.Y.

Prologue

Le cadavre était encore chaud.

L'agent Rankin releva le col de son manteau pour se protéger de la bruine de plus en plus glaciale. Même par beau temps, dès la nuit tombée, Hyde Park était un endroit lugubre qui lui flanquait la chair de poule.

Brandissant sa lanterne, le policier s'accroupit pour examiner le corps de plus près. Il avait travaillé sur de nombreuses scènes de crime au cours de sa longue carrière, mais il n'avait jamais rien vu de tel. La victime était ligotée au tronc d'un vieux chêne. En mourant, l'homme s'était affaissé, de sorte que la corde s'était détendue sous son poids. Il avait reçu une balle derrière l'oreille gauche, visiblement tirée à bout portant. Son foulard était imbibé de sang.

Rankin leva les yeux et fit signe à Willis, son adjoint. Nouvelle recrue au commissariat de Bow Street, le jeune homme semblait sur le point de tourner de l'œil. Pour la première patrouille de nuit de son collègue, Rankin aurait préféré un cambriolage plutôt qu'un homicide.

Après une seconde d'hésitation, Willis s'accroupit à côté de son supérieur et étudia le cadavre. Derrière les deux policiers se tenait le gardien de nuit du parc ainsi que le jeune élégant qui avait donné l'alerte.

— Ce n'est pas beau à voir, commenta le gardien.

Pourtant, le sang n'impressionnait guère ce vétéran de la campagne d'Espagne, qui avait connu les horreurs de la guerre.

5

Rankin demeura silencieux. Il essayait de comprendre comment le meurtrier s'y était pris. La victime était à genoux, les chevilles entravées, les mains liées dans le dos. Il n'y avait aucune trace visible de lutte, mais il faisait nuit noire, ce qui ne facilitait pas les premières constatations. En outre, il avait la tête baissée. Pour s'assurer que son visage ne portait pas de traces de coups, il aurait fallu la lui lever. Sentant le malaise de son collègue, Rankin décida de ne rien entreprendre avant l'arrivée du légiste.

Il n'aurait pu attribuer un âge à la victime, en revanche, d'après ses vêtements, c'était un homme aisé. Il était élégant, sans être à la pointe de la mode, contrairement à ce M. Hastings, le gentleman qui les avait tirés de la chaleur de leur bureau.

Rankin se releva et s'adressa à ce dernier :

— Qu'avez-vous fait quand vous avez entendu ce coup de feu, monsieur ?

— Je me suis précipité vers la grille.

— Était-elle ouverte ?

— Quelqu'un avait forcé le cadenas, expliqua Hastings en se tournant vers la victime. Je n'ai jamais rien vu de tel. On dirait une exécution.

— C'est le sort qui était réservé aux traîtres, pendant la guerre, intervint le gardien. Enfin, je veux dire, aux partisans. Les hommes comme les femmes. Parfois, c'était encore plus atroce. On leur coupait la langue, les oreilles ou les mains avant de les exécuter.

Le jeune Willis se redressa à son tour. Il était livide, les lèvres pincées. Rankin soupira et lança au gardien un regard éloquent lui enjoignant de surveiller ses propos, puis il reprit l'interrogatoire du témoin.

— Êtes-vous entré dans le parc après le coup de feu, monsieur ?

Hastings secoua négativement la tête.

— Enfin, c'est-à-dire… J'ai peut-être franchi la grille, mais je me suis ravisé, répondit-il avec un rire nerveux. Je savais que le poste du gardien était tout proche, alors je m'y suis rendu.

— Avez-vous vu ou entendu quelque chose après le coup de feu ?

— Rien, malheureusement. Bon… Eh bien, je vais vous laisser. Mes amis m'attendent pour dîner, ajouta-t-il en désignant les lumières d'Oxford Road, et je suis déjà en retard.

— Je regrette, monsieur, répliqua Rankin, mais je dois vous demander de vous rendre au commissariat de Bow Street avec le gardien de nuit pour faire une déposition.

Il se tourna vers le gardien.

— Demandez-leur d'envoyer une voiture et le médecin légiste à la grille de Stanhope.

— C'est hors de question ! s'insurgea Hastings, dont le ton courtois devint soudain cassant. Je vous l'ai dit, on m'attend et je suis en retard. Je dois m'en aller.

Rankin poussa un soupir résigné. Il détestait ces bourgeois arrogants qui traitaient les représentants de la force publique comme s'ils étaient leurs domestiques. Il n'existait qu'un seul moyen de les impressionner.

— Si vous refusez d'accompagner le gardien, monsieur, expliqua-t-il posément, je serai contraint de vous arrêter. Ce n'est certainement pas ce que vous souhaitez, n'est-ce pas ? Que penseraient vos amis s'ils l'apprenaient ?

Face à cet abus de pouvoir scandaleux, le jeune homme s'emporta et menaça de se plaindre aux supérieurs du policier. C'était toujours la même rengaine. Rankin hocha la tête avec compréhension, mais ne céda pas. À bout d'arguments, Hastings capitula en jurant dans sa barbe.

— À présent, examinons ce cadavre de plus près, déclara Rankin quand il se retrouva seul avec Willis.

Dans l'une des poches de la victime, ils découvrirent une facture établie par un boucher de Bayswater au nom de John Collier ainsi qu'une bourse en cuir contenant quelques pièces. L'autre poche ne recelait qu'un caillou rond et lisse que Rankin examina longuement, avant de poser à nouveau les yeux sur le cadavre.

— Qu'en pensez-vous, chef ? risqua Willis.

— Ce que j'en pense ? À mon avis, celui qui a tué ce M. Collier, si tel est bien son nom, a voulu adresser un message à quelqu'un.

Il avait la nette impression que ce dossier délicat relevait de la brigade spéciale.

Certes, sa hiérarchie ne serait pas de cet avis. La brigade spéciale était une unité de création récente. Elle visait à lutter contre le terrorisme et à seconder les autorités locales dans les affaires délicates. Le problème, c'était que les membres de cette brigade prestigieuse se prenaient pour l'élite des forces de l'ordre et n'hésitaient pas à écraser leurs collègues de leur mépris. La perspective d'une collaboration ne disait rien qui vaille à Rankin. Parfois, il avait du mal à croire que le commissariat de Bow Street et la brigade spéciale étaient du même bord.

Non, c'était certain, sa hiérarchie rechignerait à alerter ces derniers.

Secouant la tête, Rankin glissa le caillou dans sa poche.

1

Ce jour-là, la bibliothèque et les membres de l'Association féminine de Soho Square déménageaient. Leur bail étant arrivé à expiration, lady Mary Gerrard, l'une de leurs plus ferventes bienfaitrices, leur avait proposé son manoir sur le Strand. La demeure était en effervescence tandis qu'un bataillon de femmes aidées de leurs domestiques s'affairaient à transformer les nouveaux locaux. Le somptueux hôtel particulier allait se muer en une bibliothèque dotée de salles de lecture, de salles de conférences et d'un vaste salon de thé.

Depuis le vestibule, Caspar Devere, lord Castleton, que ses amis surnommaient Case, observait la scène. C'était un homme de haute taille, la trentaine séduisante, des cheveux bruns et des yeux gris qui, en cet instant, brillaient d'une lueur amusée.

Il posa son chapeau et ses gants sur une tablette, et s'aventura dans le grand salon. Il sourit en reconnaissant certains des messieurs présents. Ils n'étaient pas si nombreux à tenir à ce que l'on sache que leur femme ou leur sœur était membre de l'association…

Le vicomte Latham passait à proximité, portant un fauteuil.

— Freddie ! le héla Case. Sais-tu où je peux trouver lady Octavia ?

En le voyant, Latham parut d'abord surpris puis amusé à son tour.

— Je ne dirai à personne que je t'ai aperçu ici, chuchota-t-il d'un ton faussement conspirateur, avant de reprendre à voix haute : va jeter un coup d'œil à côté. C'est là qu'elle a installé son quartier général.

Case se risqua dans le salon voisin. Lady Octavia Burrel, la fondatrice de l'Association pour les droits et l'instruction des femmes, s'y trouvait en effet. Vêtue d'un genre de toge blanche avec turban assorti, elle distribuait ses ordres à tous ceux qui se présentaient à elle. En dépit des incessantes allées et venues, tout semblait fort bien organisé.

Case n'était pas venu lui apporter son aide mais demander des renseignements. Dès que lady Octavia fut disponible, elle le rejoignit d'un pas vif. Le comte ne doutait pas d'être bien accueilli par cette dame qu'il connaissait depuis toujours : c'était une amie très proche de sa tante.

Son visage poupin s'illumina de plaisir.

— Lord Castleton ! Quelle surprise ! Je ne savais pas que vous vous intéressiez à notre cause.

Case n'ignorait pas que cette bibliothèque abritait d'autres activités. Lady Octavia se battait pour améliorer le sort des femmes en faisant évoluer les lois archaïques relatives au mariage et à la propriété. Selon la rumeur, elle venait aussi en aide aux épouses en difficulté ayant fui le domicile conjugal. Dans certains milieux, lady Octavia et ses amies étaient considérées comme des créatures subversives. Dans les clubs huppés que fréquentait Case, ces militantes faisaient plutôt l'objet de railleries. Cependant, d'autres personnages en vue soutenaient le combat de lady Octavia et de sa ligue féminine, notamment la propre tante de Case. Quant à lui-même, il n'avait jamais vraiment réfléchi à la question.

— J'imagine que c'est votre tante que je dois remercier de vous avoir envoyé ici pour nous prêter main-forte, déclara-t-elle.

Case préféra éluder la question.

— Je l'ai laissée à Soho Square où elle dirige les opérations. En fait, je cherche une certaine Mlle Mayberry. Ma tante m'a affirmé que je la trouverais ici.

— En effet. Elle est actuellement à l'office. À gauche, au fond du couloir.

Songeuse, lady Octavia regarda Case s'éloigner. Ce brillant jeune homme semblait béni des dieux. En tant qu'héritier du duc de Romsey, son père, il possédait déjà la richesse, le pouvoir et les privilèges liés à son rang. Sans être arrogant, lord Castleton était conscient de son importance. Toutefois, son assurance n'avait rien de désagréable, surtout aux yeux des femmes. Depuis le jour de ses trente ans, il avait opté pour le titre de comte, comme tout héritier de duc qui se respecte, ce qui lui conférait encore plus de prestige auprès de la gent féminine.

À en croire la tante du jeune homme, nulle ne résistait à son charme, et subir quelques revers lui ferait le plus grand bien. Lady Octavia se demanda comment lord Castleton avait rencontré Jane Mayberry. Celle-ci ne sortait guère. Quand elle était en ville, elle assistait à des concerts ou à des conférences. Très mélomane, elle se rendait surtout à l'opéra. Peut-être était-ce lors d'un concert qu'elle avait croisé le comte ?

Une autre idée s'insinua soudain dans son esprit. Soucieuse, elle fronça les sourcils. Lord Castleton et sa maîtresse, la volage contessa, venaient de rompre. Lady Octavia hésitait à suivre le jeune homme pour chaperonner Jane quand Mme Bradley surgit pour l'informer qu'on la demandait dans la bibliothèque du maître des lieux.

Cette interruption eut pour effet de lui clarifier les idées. Parfois, songea-t-elle, elle avait l'imagination un peu trop fertile. Le pauvre Castleton voulait simplement se rendre utile, voilà tout.

Case trouva la jeune femme dans la pièce indiquée par lady Octavia. Comme elle ne l'avait pas entendu, il en profita pour l'observer à loisir. Perchée sur une chaise, hissée sur la pointe des pieds, elle rangeait de la vaisselle dans un buffet. Il remarqua d'abord deux chevilles ravissantes, malheureusement dissimulées sous des bas de laine bleus. Il aurait dû s'en douter! Avant de venir, il s'était renseigné sur Jane Mayberry et avait appris, entre autres, que c'était une jeune femme fort intelligente. Or, les femmes intelligentes, telles que lady Octavia ou sa propre tante Sophie, arboraient fièrement des bas bleus symboles de leur esprit supérieur, d'où leur surnom péjoratif de bas-bleus.

Sa robe en laine fine était d'un vert olive un peu terne qu'il n'appréciait guère. Toutefois, cette teinte seyait à ses cheveux blond miel, dont le soleil avait éclairci quelques mèches. Quoique sobre, sa robe était bien coupée et soulignait sa taille fine et son port altier.

Case toussota pour l'informer de sa présence. Aussitôt, une sombre masse velue tapie dans un angle de la pièce vint se placer entre la jeune femme et lui en montrant les crocs d'un air menaçant.

Alors que Jane se tournait vers lui, Case déclara posément:

— Rappelez votre chien ou je me verrai obligé de l'abattre.

— Si vous osez faire cela, répliqua-t-elle froidement, vous risquez de le regretter. Lance, couché!

Le chien, un corniaud aux allures de loup, bien qu'il n'y eût plus de loups en Angleterre depuis longtemps, obéit à sa maîtresse, sans quitter Case des yeux pour autant.

— Il n'aime pas les hommes, expliqua Mlle Mayberry en descendant de sa chaise. Lady Octavia aurait dû vous prévenir. Au fait, j'ai oublié de me présenter: je m'appelle Jane Mayberry.

De toute évidence, la jeune femme non plus n'aimait pas les hommes. Dommage, songea Case, qui trouvait ses manières directes et son regard franc étrangement attirants. Avec son visage décidé, ses sourcils droits et ses grands yeux bruns, elle n'était pas vraiment belle, mais elle était tout sauf quelconque.

— Et moi, Castleton, répondit-il.

Il se serait incliné si Mlle Mayberry ne lui avait tourné le dos, se dispensant de révérence, au mépris des usages.

— Je sais, je vous ai reconnu. Ce qui compte, c'est que vous soyez grand. Au moins vous n'aurez pas à monter sur une chaise.

Elle avait ce genre de voix mélodieuse dont on ne se lassait pas. Cependant, il l'avait contrariée en menaçant son chien. S'il voulait obtenir d'elle des informations, il allait devoir manœuvrer avec précaution, désormais.

— Nous serions-nous déjà rencontrés ? s'enquit-il.

— Non, mais le vicomte de Latham a failli nous présenter l'un à l'autre, un soir, à l'opéra. Malheureusement, vous étiez en retard et vous êtes parti précipitamment.

Encore un détail qui jouait en sa défaveur, se dit-il. Il n'avait gardé aucun souvenir d'elle, ce qui n'avait rien d'étonnant si elle était accoutrée de la sorte. Ses goûts le portaient plutôt vers les femmes élégantes, voire flamboyantes.

Il prit la pile d'assiettes qu'elle lui tendait et les posa sur l'étagère supérieure du buffet. Quand il se retourna vers elle, elle tenait déjà d'autres assiettes. Il lui adressa ce sourire charmeur qui faisait battre le cœur des femmes, puis décida de bavarder de choses et d'autres, autant pour détendre l'atmosphère que pour guetter ses réactions.

— Comment se fait-il que vous vous impliquiez dans les activités de lady Octavia ? demanda-t-il. Après tout, vous n'êtes pas mariée. Pourquoi voudriez-vous modifier les lois relatives au mariage et à la propriété ?

— Votre tante n'est pas mariée non plus, que je sache, rétorqua-t-elle. Pourquoi ne lui posez-vous pas la question ?

— Vous connaissez ma tante ?

— Tous les membres de l'association connaissent lady Sophie. Elle est adorable. Cela vous ennuie de prendre cette pile d'assiettes ? On peut très bien discuter en travaillant.

Case s'exécuta et se détourna pour dissimuler son sourire. Il n'avait pas l'habitude de recevoir des ordres d'une femme, célibataire de surcroît. En général, les demoiselles cherchaient à le séduire ou se pâmaient devant lui. Il savait se montrer charmant mais était aussi cruel, parfois, comme pouvaient en témoigner bien des débutantes en quête d'un mari fortuné.

De toute évidence, il n'aurait de problèmes de cet ordre avec Mlle Mayberry.

— Lady Octavia est la meilleure amie de ma tante, expliqua-t-il. C'est ainsi qu'elle s'est convertie à sa cause. Et vous ?

Jane semblait aussi habile que lui dans l'art d'éluder les questions.

— C'est la dernière pile d'assiettes, répondit-elle. Ensuite, nous attaquerons l'argenterie.

— J'ai peine à croire que l'argenterie soit ternie chez lady Mary. Elle ne le tolérerait pas.

— Dans ce cas, nous n'en aurons pas pour longtemps, répliqua-t-elle.

En la voyant ouvrir un tiroir et rassembler le matériel dont ils auraient besoin pour astiquer l'argenterie, Case décida qu'il était temps de réagir.

— Mademoiselle Mayberry, je ne suis pas venu vous aider à emménager dans vos nouveaux locaux. Je voulais vous demander des renseignements.

Un changement presque imperceptible intervint en elle. Case se serait dit que c'était le fruit de son imagination si le chien n'avait dressé la tête et émis un grognement sourd indiquant que sa maîtresse était en danger.

— Lady Octavia ne vous a pas chargé de me prêter main-forte ?

— Je crois qu'il s'agit d'un malentendu. Je veux bien empiler des assiettes, mais polir l'argenterie n'est vraiment pas mon fort.

Lorsque le chien fit mine de se lever, Jane lui ordonna de rester couché. « Elle a peur, comprit Caspar avec étonnement. Pourquoi diable aurait-elle peur de moi ? » Rien ne transparaissait sur son visage, en revanche le chien était de plus en plus agité.

Elle repoussa une mèche échappée de son chignon.

— Le moment est mal choisi pour me poser des questions, lord Castleton. Comme vous pouvez le constater, je suis très occupée. Peut-être pourriez-vous revenir plus tard ? Merci de m'avoir aidée à ranger les assiettes. À présent, veuillez m'excuser, je dois absolument en terminer avec l'argenterie.

Case hésitait entre l'amusement et l'agacement. Il n'avait pas coutume d'être congédié de la sorte.

— Juste une question, mademoiselle Mayberry, ensuite, je vous laisserai à vos... tâches ménagères. Où puis-je trouver Lætitia Gray ?

Il la vit se détendre légèrement.

— Letty ? fit-elle en lui faisant face. Vous êtes venu me demander où se trouvait Letty ?

— On m'a affirmé que vous étiez amies, déclara-t-il en hochant la tête.

— Qui est ce « on » ?

— Quelle importance ? Tout ce que j'attends de vous, c'est que vous m'indiquiez où trouver Mme Gray.

Elle le fixa longuement d'un air pensif.

— Que lui voulez-vous ? demanda-t-elle enfin.

— C'est personnel.

Il comprit aussitôt qu'il venait de commettre une maladresse. Avant qu'il puisse nuancer son propos, elle répliqua d'un ton tout aussi brusque :

— Je suis désolée, mais je ne peux pas vous aider.

— Vous ne pouvez pas ou vous ne voulez pas ?

— Je ne vous aiderai pas.

La patience de Case était à bout.

— Puis-je savoir pourquoi ?

— Parce que divulguer ce genre de renseignements va à l'encontre du règlement de l'association. Toutefois, je peux demander à Mme Gray si elle souhaite vous voir. Vous pouvez aussi lui écrire une lettre que je lui remettrai.

— Mais cela va prendre des jours ! Si vous avez besoin de références, adressez-vous à lady Octavia ou à ma tante. Elles se porteront garantes de moi.

— Elles vous fourniraient la même réponse que moi. Le règlement de l'association nous interdit de divulguer l'adresse de nos membres à des inconnus.

— Je ne suis pas un inconnu !

— Vous l'êtes pour mon amie.

— Comment le savez-vous ?

— Parce que si ce n'était pas le cas, elle me l'aurait dit, répliqua Jane en haussant légèrement les sourcils. Votre nom fait la une de tous les journaux. Vous êtes le beau-frère du colonel Richard Maitland, le chef de la brigade spéciale, n'est-ce pas ? Vous avez tous deux traîné un assassin en justice, récemment. Les journaux vous qualifient de héros.

— C'est très exagéré ! déclara Case.

Elle baissa les paupières, de sorte qu'il ne put voir son expression.

— Je n'en doute pas, mais mon amie m'en aurait parlé si elle avait rencontré le héros de l'affaire Maitland.

Case ne savait plus que penser. Se moquait-elle de lui ou était-elle sérieuse ? Les deux, sans doute.

— Vous avez raison, admit-il avec un sourire. Je ne connais pas personnellement Mme Gray, mais je connais son frère, Gideon Piers.

— Vous le *connaissez* ? C'est étrange, car Gideon est mort en Espagne, il y a bien longtemps.

— Je voulais dire que je l'*avais* connu. Nous avons combattu ensemble en Espagne.

Il se rendit compte que son ton était un peu coupant et s'efforça d'y remédier lorsqu'il reprit :

— C'est réellement urgent, mademoiselle Mayberry. Sinon, je ne vous importunerais pas de la sorte.

Jane parut se détendre. En tout cas, malgré le tour que prenait leur conversation, le chien semblait rassuré. Il s'était recouché, la tête appuyée sur ses pattes antérieures. Ses yeux passaient constamment de l'un à l'autre.

— Quant à moi, je ne cherche pas à vous mettre de bâtons dans les roues. Écoutez, si vous lui écrivez une lettre tout de suite, je veillerai à ce qu'elle lui soit remise en main propre et à obtenir une réponse pour... disons 16 heures ? Vous patienterez bien jusque-là ?

Entêtée était un mot bien faible pour qualifier Jane Mayberry, mais du moins demeurait-elle aimable. Elle ne tarderait pas à découvrir que Case pouvait se montrer tout aussi entêté qu'elle.

— Merci, répondit-il. Je ne puis en exiger davantage. À présent, il me faudrait de quoi écrire.

— Adressez-vous à lady Octavia. Elle sait où tout est rangé.

Il allait franchir le seuil quand elle l'interpella :

— Vous n'avez pas répondu à ma question. Qui vous a dit que j'étais l'amie de Mme Gray ?

— Je me suis souvenu que Piers avait une sœur qui était institutrice à la Charity School de Saint-Bede. Je m'y suis rendu hier et j'ai rencontré la directrice.

C'était une version condensée des événements, mais il ne voyait aucune raison de s'étendre davantage.

— Mlle Hepburn m'a appris que Mlle Piers s'était mariée et était partie s'installer ailleurs. Depuis, elle n'avait plus eu de nouvelles. Toutefois, il paraît que vous retournez de temps en temps à l'école. J'ai eu l'impression que Mlle Hepburn vous appréciait beaucoup. Elle m'a indiqué qu'il suffisait de vous écrire à la bibliothèque pour vous joindre.

— Et vous avez préféré vous déplacer.

— Je vous l'ai dit, il s'agit d'une affaire des plus urgente.

Sur ces mots, il s'inclina et prit congé.

Jane attendit que la porte se fût refermée pour laisser échapper un long soupir. Puis elle crispa les poings. Elle ignorait pourquoi, mais ce lord Castleton avait le don de la hérisser. S'il n'avait pas été aussi intimidant, elle lui aurait dit où était Letty. Ou peut-être pas… Il se donnait beaucoup de mal pour la trouver et cela la mettait mal à l'aise.

Il était allé jusqu'à Saint-Bede. Elle se demanda ce que Mlle Hepburn lui avait révélé à son sujet. Certes, celle-ci n'aurait jamais fait preuve d'indiscrétion, mais elle avait pu laisser échapper un détail par inadvertance.

En tout cas, elle avait permis au comte de la retrouver.

Il n'y aurait pas de conséquences fâcheuses, se rassura-t-elle. Ce n'était pas elle que le comte était venu voir, mais Letty, et cette dernière n'avait rien à cacher.

Naturellement, Letty aurait accepté de le recevoir. Castleton n'était pas de ces hommes que l'on peut ignorer. Elle le savait avant même de faire sa connaissance. Lady Sophie était très fière de son neveu. L'homme qu'elle décrivait ne connaissait pas l'échec, que ce soit en matière de conquêtes féminines ou sur les champs de bataille.

Lady Sophie Devere s'exprimait toujours avec une grande franchise.

Jane se demanda comment la vieille dame la décrirait. Comme une jeune femme qui tournait le dos aux mondanités pour consacrer toute son énergie à leur cause ? Un bas-bleu ? Une vieille fille de vingt-six ans qui fuyait les hommes comme la peste ? Une solitaire ?

Ces raccourcis n'étaient pas totalement faux, mais ils ne révélaient pas toute la vérité. Lord Castleton n'échappait sans doute pas à la règle.

Elle songea à ce que lady Sophie avait un jour déclaré à propos de son neveu. La guerre l'avait transformé, ni en pire ni en mieux ; il était seulement différent, moins ouvert qu'autrefois et sujet à des sautes d'humeur.

Tout en préparant le mélange pâteux destiné à polir l'argenterie, Jane réfléchit. Letty avait longtemps espéré que Gideon trouverait sa voie dans l'armée. Jane n'avait jamais rencontré le frère de Letty mais elle en avait entendu suffisamment à son sujet pour se forger une opinion. C'était un garçon insouciant, égoïste et manipulateur. Certes, ce n'était pas ainsi que sa sœur le voyait. Selon elle, il était victime des circonstances et aurait certainement fini par changer s'il avait bénéficié d'une seconde chance.

Il est vrai qu'il avait eu une vie difficile. À la mort de leur père, la famille avait connu d'énormes difficultés. Si Letty avait été envoyée comme pensionnaire à Saint-Bede, Gideon et sa mère s'étaient retrouvés à l'hospice, où la malheureuse était morte. Ce genre d'endroit n'étant guère propice à l'épanouissement des enfants, Gideon avait peut-être eu de bonnes raisons de chercher à profiter d'autrui.

Il possédait toutefois une qualité indéniable : il était entièrement dévoué à sa mère. S'il avait vécu, il aurait pu rentrer dans le droit chemin et devenir un homme honorable.

Le regard absent, Jane cessa de mélanger la pâte un instant. Quel pouvait bien être le rapport entre lord Castleton et un obscur soldat n'ayant jamais dépassé le grade de caporal ?

Une plainte la tira de sa rêverie. Lance avait les yeux rivés sur elle.

— Je ne suis pas triste, affirma-t-elle. Je réfléchis, voilà tout.

Elle s'agenouilla près de lui et le gratta derrière l'oreille.

— Qu'est-ce qui t'a pris ? Je croyais que tu possédais un sixième sens pour juger les êtres humains. Tu n'as donc pas entendu ce qu'a dit lord Castleton ? Il a menacé de t'abattre. Ce n'est pas très gentil, ça.

Lance remua la queue.

— Au moins, tu ne lui as pas fait la fête. Cela dit, il t'en aurait vite empêché. Tu aurais pu salir son élégant costume si impeccablement coupé.

Comme toujours, Lance semblait comprendre chacune de ses paroles.

Jane baissa les yeux sur sa robe et fit la grimace. Elle était couverte de poils de chien.

— Aurais-je oublié de te brosser, ce matin ?

Pour toute réponse, le chien inclina la tête de côté.

— Je sais, admit-elle avec un soupir. J'ai des soucis, en ce moment, mais tout va bientôt s'arranger. Nous allons rentrer à la maison. Imagine : les champs, les arbres, les animaux... Tu vas bien t'amuser.

Mais avant cela, elle voulait être certaine d'être définitivement débarrassée du comte. Il représentait un imprévu dont elle se serait volontiers passée.

Case partit à la recherche de lady Octavia, mais pas pour lui demander de quoi écrire. Il ignorait que Mme Gray était membre de l'association avant que Mlle Mayberry ne le lui apprenne. Il avait trouvé le moyen d'arriver jusqu'à elle. Non qu'il ait eu l'intention de laisser quoi que ce soit au hasard, de toute façon. Mme Lætitia Gray le recevrait, qu'elle le veuille ou non.

Il dénicha lady Octavia dans la bibliothèque. Elle surveillait deux hommes qui décrochaient un portrait, au-dessus de la cheminée en marbre.

— Le père de lady Mary, expliqua-t-elle à Case. L'ancien comte, un homme fort peu recommandable. La manière dont il traitait sa femme et sa fille était intolérable. Il n'est pas question qu'il préside nos réunions. Vous rangerez ce tableau au grenier, ordonna-t-elle aux deux domestiques avant de lancer à Case, le regard pétillant de malice : Prenez-en de la graine, lord Castleton. Pensez à ce que votre femme et votre fille feront de votre portrait quand vous serez mort.

Il lui décocha un sourire patient.

— Lady Octavia, je recherche l'un des membres de votre association, Mme Lætitia Gray, Piers, de son nom de jeune fille. Pourriez-vous m'indiquer son adresse ?

— Nous ne fournissons jamais ce genre de renseignements. C'est la règle.

— Mais vous me connaissez ! Je veux simplement parler à Mme Gray. Il n'y a pas de mal à cela, il me semble.

— Si nous prenons ces mesures draconiennes, ce n'est pas sans raison, vous savez, déclara-t-elle en le regardant droit dans les yeux. Je sais d'expérience que c'est préférable pour notre sécurité à toutes. De toute façon, avant que vous ne cherchiez à m'infléchir, je vous signale qu'aucune Lætitia Gray ou Lætitia Piers n'a jamais été membre de notre association.

— Vous en êtes sûre ?

— Certaine. Nous comptons peu de membres et je les connais toutes personnellement. On vous a mal informé.

Jane Mayberry l'avait délibérément induit en erreur. Très bien. Puisqu'elle cherchait l'affrontement, elle l'aurait, et il savait déjà qui sortirait vainqueur. Ensuite, il découvrirait pourquoi elle tenait tant à protéger son amie.

— Mlle Mayberry, commença-t-il avant de s'interrompre dans l'attente de sa réaction.

— Jane ? Oui ?

Il sourit et secoua la tête.

— Elle m'intéresse. Je ne sais que penser d'elle.

— Vraiment ?

Ce n'était pas la réponse qu'il attendait, aussi opta-t-il pour une approche plus directe.

— Comment la décririez-vous ?

Jamais il n'aurait soupçonné que les yeux bleus de lady Octavia puissent être aussi perçants.

— Restez à distance de Jane Mayberry, lui conseilla-t-elle. Elle n'est pas pour vous. Vous pouvez avoir toutes les femmes que vous voulez, alors laissez Jane tranquille.

Case mit un certain temps à se ressaisir, à contenir sa colère pour conserver la dignité et l'arrogance liées à son rang.

— Vous vous méprenez, madame. Vous devez me confondre avec un autre.

— Depuis la mort de son père, la pauvre Jane n'a pas eu la vie facile, répliqua lady Octavia en le dévisageant d'un air pensif. Je crois qu'elle a enfin trouvé la paix parmi nous, c'est pourquoi je ne veux pas qu'on vienne la tourmenter.

Case se demanda d'où les vieilles dames tiraient leur aplomb. À l'instar de sa tante Sophie, elles semblaient persuadées que, passé un certain âge, elles étaient en droit de dire leurs quatre vérités à n'importe qui en toute impunité.

— Je doute que Mlle Mayberry et moi ayons de nouveau l'occasion de nous croiser. Si toutefois une telle rencontre se produisait, je prendrai soin de détourner la tête, vous pouvez me croire.

— Vous m'en voyez ravie.

Serrant rageusement les dents, Case prit congé de lady Octavia.

Cinq minutes plus tard, il réapparut à l'office, tenant la lettre qu'il venait de rédiger. Comme il s'y attendait, Jane Mayberry s'affairait à astiquer un plateau en argent. À son entrée, le chien se dressa, mais, au lieu de montrer les crocs, il aboya en signe de bienvenue.

— Votre chien est très intelligent, déclara Case en tendant la lettre à la jeune femme.

— C'est une question de point de vue.

Elle fit signe à Lance qui se recoucha, le regard triste.

— Rendez-vous à 16 heures, conclut Case avec un sourire.

— Très bien.

Lord Castleton s'inclina poliment. Jane fit une révérence en retour. Toutefois, dès qu'il eut quitté la pièce, le sourire de Case s'effaça. À quoi pensait donc lady Octavia ? Quel rôle avait-elle envisagé pour Jane Mayberry ? Celui d'épouse, peut-être, ou de maîtresse ? Que ce soit l'un ou l'autre, c'était parfaitement saugrenu.

2

Dès que lord Castleton eut quitté les lieux, lady Octavia s'empressa de rejoindre Jane à l'office. Elle ne voulait surtout pas jouer les commères, mais elle tenait à mettre la jeune femme en garde. Cette expression qu'affichait lord Castleton... Oh, pas fasciné, ni amoureux transi, non, rien d'aussi excessif ou vulgaire, frappé de stupeur, plutôt. De toute évidence, Jane avait produit une forte impression sur lui et il n'allait pas en rester là. Selon elle, il reviendrait pour en savoir plus.

Aux yeux de lady Octavia, les hommes de cette espèce représentaient un véritable danger, non parce qu'ils étaient des prédateurs, mais parce qu'ils excellaient dans l'art de manipuler les femmes. Même les plus raisonnables et les plus avisées, telle Jane Mayberry, succombaient aux attentions flatteuses de ces séducteurs expérimentés. Or, lord Castleton en faisait partie, c'était évident.

De toutes les bénévoles de son association, Jane était celle dont elle se sentait la plus proche, même si la jeune femme n'était vraiment proche de personne. Elles se connaissaient depuis quatre ans. Jane s'était un jour présentée à la bibliothèque en quête d'un logis. Elle savait que lady Octavia louait parfois des chambres à l'étage à des femmes seules. Cependant, elle ne demandait pas la charité et tenait à payer un loyer. Par ailleurs, elle ne comptait pas rester longtemps, car elle avait adopté un chien et espérait trouver un emploi à la campagne, mais pas trop loin de la ville. Entre-temps, elle espérait que la présence de l'animal ne poserait pas de problème.

Pour lady Octavia, le chien posait assurément un problème. En ouvrant la bouche pour refuser en termes diplomatiques, elle s'était surprise à accepter malgré elle. Jane Mayberry et son chien possédaient une espèce de charme irrésistible. Après réflexion, lady Octavia avait décidé qu'ils étaient meurtris par la vie et qu'il serait cruel de les jeter à la rue.

Au début, Jane s'était montrée très réservée. Mais plus elle passait de temps dans la bibliothèque, plus elle s'impliquait dans les activités de l'association. Elle rédigeait des brochures, des discours et se rendait indispensable, mais ne restait jamais longtemps en ville. Elle avait trouvé un logement modeste à la campagne et appréciait cette vie simple.

Toutefois, ce n'était pas la vie que lady Octavia souhaitait pour sa protégée. Jane était bien trop solitaire à son goût. Elle soupçonnait qu'une cruelle déception amoureuse l'avait transformée en une célibataire endurcie. Cependant, Jane n'avait jamais rien raconté de son passé. Elle avait uniquement révélé qu'elle avait passé la majeure partie de sa jeunesse en Écosse et qu'elle avait dû gagner sa vie après la mort de son père.

Lady Octavia ne comprenait que trop bien le désir de Jane de s'isoler à la campagne, du moins le croyait-elle. Elle-même avait subi deux mariages désastreux dont elle n'avait été libérée qu'en se retrouvant veuve par deux fois. Elle aussi avait ensuite vécu en recluse. Mais quand M. Burrel, son banquier, qui était également son meilleur ami, lui avait demandé de l'épouser, elle avait su que c'était la meilleure solution. Elle ne s'était pas trompée : ces vingt dernières années avaient été les plus belles de sa vie.

Lady Octavia aurait tant voulu expliquer à Jane que tous les hommes n'étaient pas des crapules, qu'un cœur blessé pouvait guérir, et qu'un jour elle rencontrerait un homme qui lui conviendrait…

Mais cet homme ne serait certainement pas lord Castleton.

À peine entrée dans la pièce, elle déclara sans préambule :

— Eh bien, Jane, que pensez-vous du neveu de lady Sophie ?

Jane posa le plateau en argent qu'elle polissait avant de répondre :

— Il est exactement comme sa tante l'a décrit.

— Il vous plaît, lâcha lady Octavia avec un sourire hésitant.

— Oh, je n'irais pas jusque-là ! fit la jeune femme avec une moue qui creusa ses fossettes. Lady Sophie affirme que son neveu peut se montrer tyrannique quand on lui résiste. Et je suis persuadée qu'elle a raison.

Lady Octavia se mit à rire.

— En tout cas, méfiez-vous de lui. Je crois que vous lui plaisez.

Jane la regarda bien en face, puis articula lentement :

— Je ne le connais pas, il ne me connaît pas non plus. Nous nous sommes rencontrés il y a une demi-heure à peine.

— Vous ne l'aviez jamais vu auparavant ?

— Non.

— Ah bon, fit la vieille dame, troublée. Vous auriez pu vous croiser à l'opéra.

— Je l'y ai aperçu, en effet, mais je ne crois pas qu'il m'ait remarquée. Je ne dis pas que ses yeux ne m'ont jamais effleurée... Enfin, ce n'est pas la même chose, n'est-ce pas ? ajouta-t-elle avec un sourire.

— Non. Et vous pouvez vous en féliciter. Quoi qu'il en soit, dorénavant, soyez sur vos gardes.

À ces mots, Jane s'esclaffa franchement.

— Je ne risque rien ! Voilà ce qui s'est passé. Je me suis montrée impolie envers lui. J'ai refusé de lui indiquer l'adresse de mon amie sans l'autorisation de celle-ci. Il l'a très mal pris.

— C'est peut-être ce qui a suscité son intérêt. Il n'a pas l'habitude que les femmes lui disent non.

— Je vous crois volontiers, mais notre conversation n'a pas duré plus de cinq minutes. Que diable vous a-t-il raconté pour vous mettre dans cet état ?

— Pas grand-chose, en réalité. Si j'en crois mon instinct...

Lady Octavia remarqua que la jeune femme commençait à être quelque peu agacée et elle poursuivit, mal à l'aise :

— Enfin, je veux dire qu'il épousera sans doute une princesse, ou l'équivalent. Après tout, un homme de son rang se doit de faire un beau mariage.

— Personnellement, le mariage ne m'intéresse pas, affirma Jane d'un ton froid.

La vieille dame s'approcha d'elle et lui prit les mains.

— Pardonnez-moi, ma chère. Je ne voulais pas vous offenser. Si vous aviez une mère... Enfin, je ne suis pas votre mère, je n'ai pas à m'exprimer sur ce sujet.

L'expression de Jane s'adoucit. Elle serra à son tour les mains de son amie dans les siennes.

— Je dois avouer, dit-elle d'un ton pensif, que si j'étais princesse, je serais peut-être tentée par lord Castleton. Il est très séduisant, non ? Mais tout de même... ajouta-t-elle avec une grimace. Peut-être pas, finalement. Il ne correspond pas à l'idée que je me fais d'un prince.

La vieille dame se mit à rire, puis sauta du coq à l'âne, comme cela lui arrivait souvent.

— Alors, vous rentrez chez vous dès demain, Jane ?

— Après le petit-déjeuner. Je serais bien restée plus longtemps pour vous aider, mais j'attends de la visite. Je croyais vous l'avoir dit.

— Ah oui ! Je me souviens, maintenant, s'exclama la vieille dame avec un large sourire. Une ancienne camarade d'école. Cela vous fera du bien de quitter la ville. Je sais que vous n'aimez que la campagne. Ne vous inquiétez pas pour la bibliothèque, j'ai suffisamment de volontaires. Amusez-vous bien, Jane. Profitez-en.

Sur ce, lady Octavia tourna les talons, puis se ravisa presque aussitôt.

— Vous allez à l'opéra, ce soir ? s'enquit-elle.

Les fossettes de Jane se creusèrent une seconde.

— Oui, répondit-elle. Mais je vous promets de ne pas m'enfuir avec lord Castleton sans vous demander la permission.

Lady Octavia la fixa un instant et marmonna quelques paroles indistinctes, où il était question de chipie, avant de refermer la porte un peu brusquement.

Jane secoua la tête. Lady Octavia était parfois déconcertante, voire un peu excentrique. Elle parlait souvent sans réfléchir, mais c'était là un bien petit défaut pour une femme qui possédait un si grand cœur. Chaque fois qu'elle avait eu besoin d'aide, lady Octavia avait répondu présent. Et pourtant, elle n'était pas la seule à solliciter son soutien, loin de là. Comment reprocher à la vieille dame de se montrer un peu possessive envers ses protégées ? Après tout, elle ne voulait que leur bien.

Cela dit, il ne fallait pas la sous-estimer, pas plus que son dévouement à la cause des femmes. Quand elle montait au créneau, lady Octavia faisait trembler des ministres. Elle avait des relations très haut placées, ce qui se révélait fort utile pour l'association. Son frère était marquis et son mari possédait l'une des plus importantes banques de la capitale. En outre, tout le monde lui devait de l'argent, y compris le Régent, si l'on en croyait la rumeur.

Sentant un souffle tiède sur sa main, Jane baissa les yeux. Lance la contemplait, l'œil pétillant d'intelligence et d'affection. La jeune femme sourit et le caressa.

— Et elle adore les chiens, déclara-t-elle. Voilà pourquoi nous sommes ses défenseurs les plus fervents. À présent, finissons vite notre travail avant d'aller porter la lettre de lord Castleton.

Tandis qu'elle astiquait la dernière fourchette, le visage du comte lui apparut à l'esprit. Elle se rappela la lueur amusée de son regard, son sourire désinvolte. La mise en garde de lady Octavia était bien inutile. La réputation de séducteur incorrigible de Castleton n'était plus à faire...

Et pourtant… Jane plissa le front puis fixa son propre reflet dans un plateau d'argent étincelant. Les rares fois où elle avait observé discrètement le comte, à l'opéra, elle avait eu l'impression qu'il était plein de sollicitude envers ses compagnes. Il ne passait pas son temps à admirer les autres femmes, comme bien des hommes de sa connaissance. Au contraire de sa maîtresse, la contessa, qui n'avait de cesse d'ensorceler tous les hommes. Peut-être, d'ailleurs, était-ce la raison de leur rupture.

À moins qu'il ne se soit lassé et qu'il n'ait jeté son dévolu sur une créature plus prometteuse.

Jane savait pertinemment que lord Castleton épouserait un jour une femme de haut rang. Cependant, les princesses ne couraient pas les rues, à moins que le prince Michael n'ait une sœur. C'était l'homme que lady Rosamund avait failli épouser avant de tomber follement amoureuse de Richard Maitland, aujourd'hui responsable de la brigade spéciale. À l'époque, l'intérêt du prince Michael pour lady Rosamund avait fait la une des journaux.

C'était là le problème, chez les Devere. Leur nom apparaissait sans cesse dans la presse. À croire que le public n'en avait jamais assez. Lady Rosamund et son mari, par exemple, étaient actuellement en visite chez les parents du colonel Maitland, en Écosse. Lord Justin, le fils cadet du duc, était en voyage en Italie, et lady Sophie était venue du Hampshire pour assister à l'ouverture de la nouvelle bibliothèque, sur le Strand. Elle résidait chez son neveu, le duc, à Twickenham House, la résidence des Devere, située dans les environs de Londres.

Comme bien des lecteurs, Jane ne se lassait pas de lire les articles relatifs à la trépidante famille Devere.

En revanche, les aspects plus sombres des hommes de la famille n'apparaissaient jamais dans les gazettes. Ainsi, le nom de la sulfureuse contessa n'avait jamais été cité. Seuls les commérages faisaient d'elle la maîtresse officielle de lord Castleton. Jane avait beau savoir qu'il ne fallait pas croire tout ce qui se racontait dans les salons, elle ne pouvait s'empêcher de prêter l'oreille aux bavardages plus ou moins bienveillants. Du reste, dès lors qu'ils ne parlaient pas des Devere et de leurs frasques, les gens n'avaient pas grand-chose à dire.

Nul ne s'était jamais intéressé à la famille de Jane Mayberry. Quand elle était enfant, son père avait accepté un poste à l'université d'Édimbourg où elle avait passé presque toute sa jeunesse. En fait, la jeune femme gardait un souvenir attendri de ses parents et des amis qui leur rendaient visite, le samedi soir, pour bavarder, jouer de la musique ou chanter. Si son père n'avait pas l'oreille musicale, il tirait son plaisir de celui que prenait sa mère qui était passionnée d'opéra.

Son père était un homme bon.

Elle se demanda quel genre de mari ferait le comte. Selon lady Sophie, les Devere étaient tous d'excellents époux : loyaux, protecteurs et profondément gentils.

— Comme toi, Lance, dit Jane. D'ailleurs, je suis convaincue qu'une femme est plus heureuse auprès d'un chien. À moins qu'elle ne rencontre un homme qui ressemble à mon père, bien sûr, ce qui est fort improbable.

Le regard dans le vague, elle se laissa aller à se rappeler quelques souvenirs heureux...

Redescendant soudain sur terre, elle se secoua mentalement. Pas question de s'apitoyer sur son sort ! Elle avait toujours détesté cela.

3

Vingt minutes plus tard, Jane quitta la demeure de lady Octavia, Lance sur les talons. Elle s'immobilisa au bord du trottoir, jeta un regard rapide à droite puis à gauche, avant de grimper dans un fiacre qui venait de déposer ses passagers. Le chien sauta à bord et la voiture s'éloigna vers l'ouest, en direction de Pall Mall.

Quelques secondes plus tard, un véhicule déboucha d'une rue adjacente pour s'engager sur la large voie à la suite du fiacre emprunté par Jane. À son bord se trouvaient Case et le sergent Harper, de la brigade spéciale.

Harper était un policier de renom. Il avait déjà résolu bon nombre d'affaires criminelles au sein de sa prestigieuse brigade, ce que son apparence anodine n'aurait jamais laissé deviner. La quarantaine, trapu, les cheveux grisonnants, il portait des vêtements classiques et bien coupés avec une telle décontraction que cela frisait la négligence.

Bien qu'issus de milieux différents, Case et Harper étaient liés par une franche camaraderie. En réalité, ils avaient beaucoup en commun : compagnons d'armes, ils avaient combattu ensemble durant toute la campagne d'Espagne. Plus récemment, ils avaient collaboré pour démanteler un complot qui avait failli anéantir le colonel Richard Maitland, le beau-frère de Case. À présent, ils travaillaient sur une nouvelle affaire délicate : le meurtre de Hyde Park.

Un sourire effleura les lèvres de Case.

— Je m'en doutais ! Elle se rend en personne chez son amie pour la prévenir que je souhaite lui parler. Voilà qui va nous faciliter la tâche. Il nous suffit de suivre le chien.

N'obtenant pas de réponse de Harper, il lui lança un coup d'œil. Le visage un peu ingrat de son ami était buriné par les années passées au soleil espagnol.

— Pourquoi ce froncement de sourcils ? s'enquit-il.

— Cela ne m'enchante pas vraiment d'espionner une dame qui ne ferait sans doute pas de mal à une mouche, riposta Harper en haussant les épaules. Les membres de cette association sont des personnes fort honorables. Elles sont honnêtes, droites, et cela me contrarie de les tromper de la sorte.

— Moi aussi, tu sais.

— Alors pourquoi ne pas avoir attendu la réponse de Mme Gray, à 16 heures, comme prévu ?

— Et si elle refuse de me voir ? Et si elle cherche à protéger son frère ? Non, Harper. Nous n'avons pas le choix.

Ce dernier émit un grommellement sceptique.

— Je me demande pourquoi cette jeune femme garde un tel monstre en ville, reprit Case.

— Tu fais allusion au chien ?

Case hocha la tête.

— Aucune idée. C'est toi le spécialiste de la gent féminine, pas moi.

— Tente tout de même une explication, histoire de rire un peu.

— Eh bien, fit Harper en se grattant le menton, c'est peut-être une façon de se démarquer.

— Jane Mayberry n'a rien d'une de ces créatures mondaines. Elle serait furieuse, si elle t'entendait. Une femme qui se targue d'être intelligente n'a que faire de briller en société.

— Dans ce cas, reprit Harper, pensif, elle est peut-être si attachée à son chien qu'elle refuse de s'en séparer.

— Je me demande.

— Quoi ? s'enquit Harper tandis que le silence s'éternisait.

— Et si ce chien était censé la protéger ?

— La protéger de quoi ?

— Je ne sais pas. Je trouve cette femme un peu trop secrète.

— Secrète ?

— Mystérieuse, plutôt. Tu vois ce que je veux dire ?

— C'est simplement une jeune femme avec un chien !

— Tu as sans doute raison, concéda Case.

— C'est le problème avec notre boulot. À la longue, on en vient à soupçonner tout le monde. Et quand on ne se méfie pas assez, les difficultés apparaissent.

— Oublie cela, Harper. Jane Mayberry est sans doute aussi honorable que tu le supposes.

— Je l'espère sincèrement, parce que le monstre que nous traquons est pourri jusqu'à la moelle. Je ne voudrais pas que Mlle Mayberry subisse le même sort que John Collier.

Le commissariat de Bow Street avait enfin établi l'identité de la victime de l'assassinat de Hyde Park. Il s'agissait de John Collier, un ancien militaire devenu clerc de notaire. Âgé d'une quarantaine d'années, il était apparemment inconnu des services de police.

Les autorités avaient tergiversé pendant un mois avant de transmettre le dossier à la brigade spéciale. Richard Maitland, son responsable, n'avait pas mis plus de cinq minutes à décider que son propre beau-frère serait le mieux placé pour mener l'enquête. Case recherchait un tueur qui déposait un caillou lisse près de ses victimes en guise de signature.

Ce caillou était à ses yeux l'équivalent d'une lettre de dénonciation. Il était la preuve qu'un homme qu'il croyait mort, un homme qu'il espérait avoir tué, s'était peut-être lancé dans une nouvelle série de meurtres.

Gideon Piers. Ce simple nom suffisait à renforcer la détermination de Case. Le caporal Gideon Piers, déserteur puis brigand, avait semé la terreur dans toute la campagne espagnole à la tête de sa bande de malfrats. Les Espagnols le surnommaient *la Roca* parce qu'il laissait toujours un caillou dans la poche de ses victimes pour que chacun sache quel sort il réservait à quiconque se dressait en travers de son chemin.

Piers avait franchi les limites en s'attaquant aux convois britanniques pour dérober l'or des Anglais. Le marginal, le hors-la-loi était désormais un criminel dangereux qu'il fallait absolument empêcher de sévir. Case avait reçu la mission de retrouver l'or et, si possible, d'éliminer Piers et ses complices. Il avait l'ordre de tirer à vue.

Avec un groupe d'hommes triés sur le volet et quelques partisans, Case avait traqué Piers et sa bande jusque dans leur repaire, un monastère abandonné niché dans les collines, près de Burgos. C'est là que Piers et ses hommes avaient tous péri, du moins l'espérait-il.

Case ne se rendit pas compte tout de suite que Harper était en train de lui parler. Il sursauta et se frotta les yeux.

— Désolé, fit-il, j'avais la tête ailleurs. Que disais-tu ?

— Je te demandais si tu voulais que j'assiste à l'interrogatoire de Mme Gray.

— Non. Il ne faut pas qu'elle se sente menacée. Tu surveilleras la maison en prenant soin de ne pas te faire remarquer.

— À quoi pensais-tu, à l'instant ? Tu faisais une drôle de tête.

Case étouffa un petit rire. Décidément, le tact n'était pas la vertu première de son ami. Malheureusement, il le laissait agir à sa guise depuis trop longtemps. S'ils devenaient plus proches, Harper ne connaîtrait plus de limites dans le respect de la hiérarchie.

— Cela fait un mois que Collier a été assassiné, déclara Case. Je me demande ce qu'attend Piers pour se manifester.

— Il est peut-être reparti aussi vite qu'il était venu. Il n'en voulait peut-être qu'à Collier. Et si nous nous trompions sur toute la ligne ? Il peut s'agir d'un autre homme qui copie les méthodes de Piers.

Case ne répondit pas. Il avait déjà entendu de tels propos. Quoi qu'il en soit, si Piers était vivant, il connaissait déjà l'identité de son ultime victime : lui-même. Ce n'était pas le moment de se montrer négligent.

Toutefois, une question demeurait : qu'attendait Piers pour s'en prendre à lui ?

Devant l'église Saint-Ninian, à Hans Town, Jane régla sa course au cocher. Une bruine s'était mise à tomber. La jeune femme releva le col de son manteau et pénétra dans le cimetière. La maison du pasteur se dressait de l'autre côté de l'église, au bout d'une allée pavée.

C'était une vieille maison dont les murs de pierre étaient couverts de lierre. Dans l'une des pièces, une lampe était allumée. Des rires d'enfants firent naître un sourire amer sur les lèvres de la jeune femme. Certaines étaient heureuses en amour, d'autres moins. Letty faisait partie des plus chanceuses. Elle avait épousé un homme exceptionnel qui lui avait donné deux enfants espiègles mais adorables.

Et Letty méritait d'être heureuse.

Avant que ses pensées ne prennent une tournure pénible, Jane redressa les épaules et actionna le heurtoir de la porte d'entrée. La bonne lui ouvrit presque aussitôt. Un jeune pasteur n'avait pas les moyens d'avoir plus d'une domestique à son service.

Peggy était efficace et aimable.

— Vous avez amené Lance ! s'exclama-t-elle avec un grand sourire. Les enfants vont être ravies !

— Où est Mme Gray ?

— À la cuisine.

— Et monsieur ?

— Il est parti voir l'évêque, à Lambeth.

Très vite, les jumelles surgirent du salon et se jetèrent au cou de la jeune femme.

— Tante Jane ! s'écrièrent-elles en chœur.

Dès qu'elles aperçurent le chien, elles oublièrent leur tante. Leur mère émergea à son tour de la cuisine.

— Jane ! En voilà une surprise !

Letty Gray avait quelques années de plus que son amie. Grande et mince, elle avait une épaisse chevelure brune et des yeux d'un bleu très pâle. Malgré les mèches en bataille qui se détachaient de son chignon et la farine qui maculait sa joue, elle semblait parfaitement maîtresse d'elle-même. Jane savait d'expérience que les orphelins donnaient souvent cette impression. Ayant grandi au sein d'institutions diverses, ils avaient appris à ne pas extérioriser leurs sentiments. Jane considérait comme un privilège d'avoir su gagner l'amitié d'une personne aussi généreuse. Parfois, elle regrettait de ne pas lui ressembler.

Le calme revint vite dans la maison. Letty suggéra à Peggy d'habiller chaudement les enfants pour aller promener Lance. Après leur départ, elle conduisit Jane dans le salon et referma la porte.

— Tu as de la farine sur la joue, lui fit remarquer Jane.

— Je ne pensais pas te revoir avant Noël, dit son amie en s'essuyant distraitement. Qu'est-ce qui t'a fait changer d'avis ?

— Figure-toi que lord Castleton est venu me voir, aujourd'hui. Mais c'est à toi qu'il voulait parler.

— Lord Castleton ! Il voulait me parler ? Mais de quoi ?

— Il m'a remis une lettre à ton intention…

En entendant frapper à la porte, Jane s'interrompit brusquement.

— Oliver a dû oublier sa clé une fois de plus, déclara Letty en allant ouvrir.

Jane se leva. Elle entendit des voix étouffées provenant du vestibule. Letty réapparut, lord Castleton dans son sillage. Jane pinça les lèvres. Elle se doutait que le comte était tenace, mais pas à ce point.

— Quand on parle du loup ! lança-t-elle sur un ton de défi.

— Ah ! Mademoiselle Mayberry ! répliqua Case avec désinvolture. Sans son propre loup, mais toujours aussi charmante.

— Jane, intervint Letty en dévisageant avec curiosité ses deux visiteurs, lord Castleton travaille pour la brigade spéciale. Il souhaite me poser quelques questions sur Gideon. C'est tout.

— La brigade spéciale ? répéta Jane, interloquée. Vous faites partie des forces de l'ordre ?

— J'ai été invité à collaborer avec la brigade spéciale dans le cadre d'une enquête précise, donc, oui, je suppose que je fais partie des forces de l'ordre.

— Vous ne m'en aviez rien dit.

— Ce n'était pas vous que je voulais interroger, mademoiselle Mayberry. Rien ne m'obligeait à vous informer de mes fonctions. Madame Gray, pourrions-nous bavarder en privé ?

— Eh bien…

Hésitante, Letty se tourna vers Jane.

— Il n'est pas question que je vous permette d'interroger Mme Gray sans la présence d'un témoin, déclara Jane.

— J'aimerais que Jane reste, renchérit l'intéressée.

Case lâcha un soupir résigné.

— Dans ce cas, asseyons-nous. Je n'en aurai pas pour très longtemps.

Dès qu'ils furent installés, Case garda les yeux rivés sur Letty, excluant ostensiblement Jane de la conversation.

— Nous pensons que vous pouvez nous aider à faire avancer notre enquête, madame Gray. Je regrette, mais je ne puis entrer dans les détails. Certaines de mes questions vous paraîtront sans doute incongrues mais je vous demanderai d'y répondre avec franchise. Vous voulez bien ?

Letty hocha la tête.

— Quand avez-vous vu votre frère Gideon pour la dernière fois ?

— Vous enquêtez sur Gideon ?

— Nous menons une enquête sur quelqu'un qui a sans doute été proche de lui, à une époque ; un homme qui a combattu avec lui en Espagne.

— Ah.

Letty attendit qu'il lui fournisse quelques précisions, mais comme il demeurait silencieux, elle se racla la gorge et commença :

— La dernière fois que j'ai vu Gideon, il s'apprêtait à embarquer pour le Portugal. C'était il y a huit ans. Il est simplement passé me dire au revoir.

Au fil de l'entretien, les doutes de Jane sur la véracité des propos du comte s'envolèrent. Elle comprenait en quoi il pouvait être utile dans une enquête. Il ne harcelait pas la jeune femme de questions. Au contraire, il l'invitait de façon habile et charmante à lui confier ce qu'elle savait, le tout sans effort et sans le moindre scrupule.

Il n'y avait pas grand-chose à dire, en réalité. Letty et Gideon ne s'étaient revus que très rarement après la mort de leurs parents. Si Gideon avait des amis, Letty ne les connaissait pas. Il était plus âgé qu'elle et ne lui avait jamais fait de confidences. Après son départ de l'hospice, ils s'étaient croisés à plusieurs reprises. Quand son frère s'était engagé dans l'armée, elle lui avait écrit, mais il ne répondait pratiquement pas. Naturellement, elle avait cessé toute correspondance depuis qu'elle avait reçu la lettre l'informant que son frère était porté disparu et présumé mort au combat.

Cependant, lord Castleton parvint à lui soutirer plusieurs renseignements. Entre autres que Gideon était sans cesse impliqué dans des bagarres, qu'il avait tendance à ne venir voir sa sœur que pour lui demander de l'argent, mais que celle-ci avait toujours eu l'espoir que l'armée le changerait.

Le silence tomba, et Case se tourna enfin vers Jane.

— Mademoiselle Mayberry, souhaitez-vous ajouter quelque chose aux déclarations de Mme Gray?

— Non.

Letty adoucit la sécheresse de la réponse de son amie en ajoutant vivement:

— Jane n'a jamais rencontré Gideon. Elle n'a commencé à travailler à Saint-Bede qu'après son départ pour l'Espagne.

— C'est là que vous vous êtes connues, toutes les deux? Vous enseigniez dans le même établissement?

— Oui, répondit Letty avec un sourire. J'ai vraiment eu de la peine pour elle quand…

— Lord Castleton ne s'intéresse pas à mes histoires, coupa Jane. À moins que je ne fasse l'objet d'une enquête, moi aussi?

— Non, assura Case. Simple curiosité de ma part.

Il sortit de sa poche le caillou retrouvé sur John Collier.

— Ceci vous dit-il quelque chose, madame Gray?

— Non, fit Letty en examinant le caillou. Pourquoi? Cela devrait?

— Et le surnom de «la Roca»?

Letty secoua négativement la tête et lui rendit le caillou.

— C'est de l'espagnol, non? intervint Jane. Cela signifie le rocher ou la pierre, je crois.

— En effet. Et le nom de John Collier ne vous dit rien non plus, madame Gray?

— Je ne crois pas, fit Letty.

— Réfléchissez bien. Le lieutenant John Collier. Il a combattu en Espagne avec votre frère, au sein du même régiment.

Letty baissa les yeux vers ses mains croisées sur ses genoux.

— Je suis désolée, mais je ne vois pas. Cela remonte à si longtemps…

— Si un détail vous revenait, conclut Case en se levant, n'hésitez pas à laisser un message à mon intention auprès des Horse Guards.

Il se tut, balaya la pièce du regard et reprit:

— N'est-ce pas une odeur de brûlé?

— Mes biscuits! s'exclama Letty en se levant d'un bond pour se précipiter vers la cuisine.

— Vous voyez, ce n'était pas bien méchant, déclara Case à l'adresse de Jane.

— Il était inutile de tourner autour du pot, répliqua la jeune femme en se levant à son tour. Si vous aviez fait preuve de franchise, je vous aurais conduit de moi-même auprès de mon amie.

— Je n'ai pas tourné autour du pot. Je ne vous ai dit que ce que vous aviez besoin de savoir.

— Vous m'avez trompée! J'appelle cela de la malhonnêteté.

— Je me moque de savoir comment vous appelez cela, rétorqua-t-il d'un ton tranchant. J'enquête sur un meurtre.

Jane le foudroya du regard, mais il hocha la tête et reprit :

— John Collier est mort assassiné et nous pensons qu'un ancien compagnon d'armes est en train de régler ses comptes. Je vous conseille de ne pas vous mettre en travers de mon chemin, mademoiselle Mayberry. Dans votre intérêt. Vous présenterez mes excuses à Mme Gray, mais je ne puis m'attarder davantage.

— Alors ? s'enquit Harper quand Case eut ordonné au cocher de démarrer.

— Apparemment, elle ne sait rien.

Il lui relata en quelques mots son entretien avec Letty.

— Cela signifie qu'il faut reprendre les recherches depuis le début, et les pistes sont froides, grommela le policier quand Case eut terminé.

— Peut-être, mais voyons d'abord si j'ai réussi à semer la perturbation.

— Tu crois que Mme Gray va tenter d'avertir son frère que nous sommes à ses trousses ?

— Non. Je ne pense pas qu'elle sache quoi que ce soit. Et Piers n'est pas assez stupide pour lui révéler où il se cache. C'est une simple précaution. Dans un jour ou deux, si la piste ne donne rien, nous laisserons tomber.

Case fit signe au cocher de s'arrêter, puis il désigna une taverne, au coin de Hans Square.

— Ce sera notre quartier général. J'enverrai Lennox te relever.

— Oh non ! répondit Harper en secouant la tête. J'ai reçu l'ordre de ne pas te quitter d'une semelle. C'est en tout cas ce que le patron m'a recommandé avant de partir pour Édimbourg.

— Aberdeen, Harper. Le colonel Maitland et ma sœur sont allés à Aberdeen. Quoi qu'il en soit, c'est mon enquête et j'entends la diriger comme bon me semble.

Harper ne savait que trop où tout cela allait mener. Case n'avait jamais apprécié le fait qu'il lui serve de garde du corps. Pourtant, il était conscient des risques qu'il courait et savait qu'il était sans doute la prochaine cible du tueur. Toutefois, il ne supportait pas de devoir rendre des comptes sur ses moindres déplacements comme s'il était un enfant, et encore moins que son chaperon se soit installé dans ses appartements de l'Albany. Telles étaient pourtant les conditions fixées par le grand patron. Si elles n'étaient pas respectées à la lettre, l'enquête serait attribuée à un autre.

Harper sympathisait, mais il se refusait à désobéir aux ordres. D'autant que lord Castleton n'était autre que le beau-frère du patron. Il frissonnait à l'idée d'affronter ce dernier s'il arrivait malheur au comte.

Devant la mine obstinée de Harper, Case décida de changer de tactique.

— Écoute, reprit-il avec un sourire complice. Je vais simplement consulter les archives des Horse Guards. Ensuite, j'irai dîner avec des amis chez *Bell*. Nous irons peut-être à l'opéra. Ne t'en fais pas : je serai entouré de personnes de confiance. Je n'ai pas besoin de chaperon. De plus, comment expliquerais-je ta présence à mes amis ? Ils me prendraient pour un poltron et ils auraient raison.

— Et si j'ai quelque chose à signaler ?

— Tu sais où me trouver. En cas de changement de programme, je laisserai un message chez les Horse Guards. Autrement, on se verra plus tard à l'Albany. D'accord ?

— D'accord, répondit Harper, les yeux fixés sur un bouton de sa veste qui menaçait de tomber.

— Bien. Et ne m'attends pas.

4

Le bureau de Case, installé au quartier général des Horse Guards, n'était guère plus grand qu'un placard, mais il considérait déjà comme une chance d'avoir obtenu ce local. Après tout, il n'était pas un agent de la brigade spéciale. Il n'était qu'un des enquêteurs occasionnels auxquels elle faisait parfois appel pour leur expertise dans un domaine précis ou leur expérience du terrain. Or nul ne connaissait Gideon Piers mieux que Case.

Ses collègues se montraient amicaux mais ne s'intéressaient pas vraiment à l'enquête en cours. Ils avaient leurs propres tâches à accomplir et n'accordaient pas autant d'importance que Case au meurtre d'un obscur clerc de notaire par un homme qui avait toujours sévi en Espagne. Chacun semblait conclure à un règlement de comptes entre anciens combattants. Certains émettaient l'hypothèse que le meurtrier n'était pas Gideon Piers mais quelque imposteur qui cherchait à brouiller les pistes.

Richard, le beau-frère de Case, partageait ce point de vue. S'il n'avait pas repoussé son départ pour l'Écosse, c'était parce qu'il doutait fortement que Case parvienne à un résultat.

Le dossier de Piers était bien mince. Il ne lui restait qu'une parente, sa sœur, Lætitia Piers, de la Charity School de Saint-Bede, à Londres. Profession : docker. Signe particulier : une rose tatouée sur le bras gauche. Il avait fait partie du premier bataillon de soldats britanniques à embarquer pour le Portugal. Deux ans plus tard, il était porté disparu, présumé mort au combat ou capturé par l'ennemi. La Roca était entré en scène juste après. Ce furent les Services secrets britanniques qui établirent le lien entre la mort présumée du soldat et les méfaits du brigand. Ils en avaient informé Case avant qu'il ne se lance dans une chasse à l'homme de plusieurs mois à la tête de son unité d'élite.

Les Services secrets n'ayant révélé l'identité de la Roca qu'à quelques rares initiés, le dossier militaire de Gideon Piers était impeccable. Il existait toutefois un autre dossier consacré à la Roca, que Case avait eu beaucoup de mal à obtenir du ministère de la Guerre mais qui ne lui avait pas été d'une grande utilité. Il décrivait tous les convois britanniques que le brigand avait attaqués et dépouillés de leur or. Case et ses hommes avaient passé le monastère qui lui servait de cachette au peigne fin, en vain. À sa connaissance, l'or était demeuré introuvable.

Gideon Piers devait être un homme très riche.

Ils n'avaient peut-être pas récupéré l'or, mais ils pensaient avoir retrouvé Piers. Son visage, emporté par une balle, était méconnaissable, mais l'homme avait une rose tatouée sur le bras gauche. Les autorités en avaient conclu qu'il s'agissait bien de Piers, même si Case avait toujours eu un doute.

Sur son bureau se trouvait un troisième dossier, au nom de John Collier. Un dossier sans tache. Les Services secrets connaissaient peut-être des détails qui n'y figuraient pas mais ils rechignaient à divulguer leurs informations.

Case repoussa ses papiers et soupira. Deux possibilités s'offraient à lui: soit il commençait par enquêter sur les anciennes relations de Piers, ses associés, ses employeurs, dans l'espoir de découvrir une piste, tâche monumentale qu'un homme seul ne pouvait accomplir, soit il s'armait de patience et attendait la suite des événements. Piers, s'il s'agissait bien de lui, ne pourrait résister à la tentation de le provoquer. Ils avaient déjà joué au chat et à la souris en Espagne, souvent au point de ne plus savoir qui était le chasseur et qui était la proie. L'issue serait spectaculaire. La vengeance ultime de Piers serait à la hauteur des dégâts que Case et ses hommes avaient provoqués au monastère de Saint-Michel. Cette fois, il n'y aurait pas de quartier.

Cependant, pourquoi Piers tardait-il tant à se manifester ? Il n'était pas homme à attendre que le commissariat de Bow Street réagisse. Il tenait certainement à ce que Case sache qu'il n'en avait pas terminé avec lui.

Le comte n'était pas plus avancé qu'au départ. Après avoir rangé ses dossiers sous clé, il quitta son bureau.

En ce mois de novembre, les jours étaient courts. Le temps qu'il se rende à pied de Whitehall à ses appartements, sur Piccadilly, les réverbères étaient allumés et des lampes scintillaient derrière toutes les fenêtres. Il prit un bain, se changea puis rejoignit ses amis chez *Bell*. Toutefois, malgré l'atmosphère conviviale, il ne parvint pas à se détendre. Il s'excusa donc et les quitta.

Il se rendit seul à l'opéra, mais il comptait bien repartir en charmante compagnie. Un mois s'était écoulé depuis sa rupture avec la contessa et il n'avait pas de nouvelle maîtresse. Certes, il n'avait rien d'un libertin. Il n'avait pas partagé le lit de toutes les conquêtes que lui attribuait la rumeur, mais il était dans la force de l'âge et comprenait sans peine les raisons de sa nervosité : il avait besoin d'une femme. C'était aussi simple que cela.

Pendant l'entracte, il se fraya un chemin vers Mme Amelia Standhurst, une veuve fortunée qui n'avait nulle envie de se remarier et ne s'en cachait pas. Elle était belle, sophistiquée et avait fait à Case des avances subtiles qu'il ignorait depuis un mois. Ce soir-là, il était bien mieux disposé à son égard.

Case la suivit dans sa loge et, au bout de cinq minutes, ils étaient parvenus à un accord. Jugeant le spectacle ennuyeux, Case proposa à la dame de la raccompagner chez elle.

Dans le couloir, le comte posa l'étole de fourrure sur ses épaules délicates. Elle lui adressa quelques mots qu'il ne saisit pas, car il avait les yeux rivés sur une jeune femme vêtue d'une robe de tulle et de satin ivoire. La flamme des chandeliers baignait sa peau et ses cheveux d'une douce lueur dorée.

C'était bien Jane Mayberry, mais pas le bas-bleu un peu austère qu'il avait rencontré dans la matinée. Cette femme-là semblait surgie des pages d'un catalogue de nouveautés, mais elle était plus vivante qu'un mannequin et semblait s'amuser follement.

Comme si elle se sentait observée, Jane tourna légèrement la tête. Elle balaya des yeux la foule, dépassa Case, puis revint lentement vers lui sans dissimuler sa stupeur. Il sentit qu'elle retenait son souffle. Peu à peu, le sourire de la jeune femme s'effaça.

Son regard s'attarda sur Amelia puis se fixa de nouveau sur Case, qu'elle salua discrètement d'un signe de tête. Comprenant ce qui se tramait entre Amelia et lui, elle eut un demi-sourire tremblant.

Quelqu'un lui parla, et elle se détourna. Case s'aperçut alors qu'elle était accompagnée de Freddie Latham, qu'il avait croisé dans la matinée, à la bibliothèque. Freddie était l'un de ses amis proches. La sœur de ce dernier était présente, ainsi qu'une autre jeune femme que Case ne connaissait pas.

Amelia posa la main sur son bras.

— Êtes-vous certain de vouloir m'accompagner, Case ? s'enquit-elle, le regard brillant de curiosité. Elle est très belle. Qui est-ce ?

C'était une question simple qui appelait une réponse simple, mais, pour une raison inexplicable, Case ne tenait pas à ce que le nom de Jane Mayberry surgisse dans leur conversation.

— Je l'ai rencontrée ce matin à la bibliothèque de l'Association féminine, expliqua-t-il. Elle en est membre.

— Vraiment ! s'étonna Amelia qui suivit la jeune femme du regard jusqu'à ce qu'elle disparaisse dans une loge située au bout du couloir. Si tel est le genre de femmes qui soutiennent l'association, il est peut-être temps que je leur rende visite. Je crois en leur mouvement, comme toutes les femmes, mais elles m'ont toujours donné l'impression d'être si sérieuses et déterminées. Celle-ci semble… différente.

Case bredouilla une vague réponse, mais son esprit était ailleurs. La plupart des spectateurs avaient regagné leur place pour assister au deuxième acte. Seuls les employés et les ouvreuses demeuraient dans le couloir. L'un d'eux regardait par la fenêtre, tournant le dos à Case.

— Veuillez m'excuser, dit ce dernier à Amelia. J'en ai pour un instant.

Il s'approcha lentement de l'homme près de la fenêtre.

— Harper! siffla-t-il. Ta présence signifie que tu as quelque chose à me signaler, je suppose.

— Euh… non, avoua le policier d'un air penaud. Mais ne t'en fais pas. Lennox est très efficace. Il surveille la maison et rien n'échappera à son œil de lynx.

— Si tu n'as rien à me signaler, qu'est-ce que tu fais là?

— Mon boulot, répliqua Harper d'un ton chargé de reproche.

Le moment était mal choisi pour discuter avec ce policier obstiné et exaspérant qui ne semblait pas comprendre qu'un homme avait le droit à une vie privée. Avoir un garde du corps était une chose, mais Case ne tolérait pas d'être épié de la sorte.

— Très bien, reprit-il, puisque tu es là, autant que tu te rendes utile. Tu as certainement remarqué la présence de Mlle Mayberry?

— Bien sûr, répondit-il en plissant légèrement les yeux.

— Je veux que tu la surveilles de près. Je veux savoir qui elle voit et à qui elle parle. Si elle s'éclipse, prends-la en filature.

— Mlle Mayberry? fit Harper.

— Oui. Ne la quitte surtout pas des yeux, c'est un ordre. Compris?

— Compris.

— Et ne m'attends pas, à moins d'avoir un élément important à me transmettre.

Case retourna auprès d'Amelia, le sourire aux lèvres. Non seulement il avait réussi à se débarrasser de Harper pour la nuit, mais il avait aussi pris Jane Mayberry dans ses filets. Il ne la soupçonnait en rien, mais la jeune femme l'intriguait. De plus, il n'avait pas découvert où elle vivait. Il se réjouit donc de faire d'une pierre deux coups.

— Que se passe-t-il ? s'enquit Amelia.

— C'est mon valet. Je lui ai ordonné de rentrer et de ne pas m'attendre, lui souffla-t-il à l'oreille. Et pour répondre à votre question de tout à l'heure, oui, je suis certain de vouloir vous raccompagner, ce soir, ma chère.

La jolie veuve émit un rire rauque et sensuel.

— Alors qu'attendons-nous ? déclara-t-elle en lui prenant le bras. À présent, dites-moi tout. Qu'alliez-vous donc faire dans cette bibliothèque ?

Case lui fournit quelques explications qui n'avaient pas grand-chose à voir avec la réalité. Mais, au moins, Amelia n'aborda pas le sujet qu'il voulait à tout prix éviter.

Alors que les musiciens accordaient leurs instruments avant le deuxième acte, Mlle Drake, que Case avait vu discuter avec Jane, annonça qu'elle devait retourner auprès de sa tante. Freddie insista pour l'accompagner, laissant sa sœur, Sally, et Jane seules dans la loge.

— Je crois que tu as fait une conquête, ce soir, déclara Sally, les yeux rieurs.

— De qui parles-tu donc ?

— De lord Castleton, bien sûr.

— Castleton ? répéta Jane. Qu'est-ce qui te fait croire une chose pareille ?

— Sa façon de te regarder. Il semblait pétrifié, comme frappé par la foudre.

— Tu oublies Mme Standhurst, répliqua Jane en esquissant un sourire entendu. Ils semblent très proches…

— Les femmes comme Amelia ne comptent pas, affirma Sally, péremptoire. Franchement, les hommes

46

ont en général un passé peuplé de ce genre de conquêtes faciles.

— Toutes les femmes comptent, rétorqua Jane calmement. Ce n'est pas à nous de la juger. N'est-ce pas justement contre ces préjugés que notre association lutte ?

— Tu as raison, admit Sally. Je n'aurais pas dû dire cela. Je suis désolée.

Rassurée par les excuses de son amie, une jeune fille d'une grande gentillesse, Jane reprit d'un ton enjoué :

— Sache que lord Castleton n'était en rien pétrifié. Il me fusillait du regard, au contraire. Nous avons fait connaissance ce matin et nous ne nous sommes pas séparés en très bons termes. Tu vois, ce n'est pas vraiment la passion entre nous.

— Oh ? Que s'est-il passé ?

— J'ai refusé de lui donner l'adresse d'une amie et il a cru pouvoir me la soutirer de force.

— J'aurais pu lui expliquer qu'il faisait fausse route, s'exclama Sally en riant. Tu es vraiment redoutable, quand tu veux !

— Mais c'est un véritable tyran !

Le vicomte réapparut. Jane oublia tout pour écouter l'orchestre qui venait d'entamer le deuxième acte. Malheureusement, sa concentration ne dura pas plus de cinq minutes. C'était la deuxième fois que en très peu de temps que quelqu'un lui affirmait que lord Castleton s'intéressait à elle. Elle n'en croyait rien. Elle connaissait les hommes, et celui-ci ne semblait nullement avoir eu le coup de foudre pour elle. Ce qu'elle ne comprenait pas, c'était la façon dont son cœur se mettait à battre la chamade chaque fois que son regard croisait celui du comte. Ce n'était pas de la peur, sentiment qui n'avait hélas pas de secrets pour elle. Ce n'était pas non plus de l'attirance. Elle en conclut que ce devait être de la colère. L'arrogant lord Castleton essayait d'utiliser sa forte personnalité pour l'intimider. Eh bien, elle n'avait aucune intention de le laisser faire, ni maintenant ni jamais.

Elle passa encore un moment à penser au comte, puis la musique s'insinua peu à peu dans son esprit. Lorsque la soprano entonna son célèbre morceau, les pensées de Jane se mirent à vagabonder. La scène du théâtre s'effaça pour devenir un élégant salon. L'orchestre céda la place à sa mère, devant son piano. C'était aussi la voix de sa mère qui résonnait à ses oreilles. Les yeux embués de larmes, elle souriait. Tout le monde applaudissait. À travers ses larmes, elle distinguait les visages. Naturellement, il y avait toujours des étudiants chez ses parents, mais ils changeaient tous les ans et Jane ne se rappelait pas leurs noms. Cependant, il y avait M. Morris, et sa femme Dorothy, qui chantait faux mais déclamait des vers de Shakespeare avec brio. Chacun devait interpréter quelque chose, après le dîner, sauf Jane, qui était trop jeune. Elle n'avait le droit que de rester pour écouter chanter sa mère.

— Jane, Jane, qu'est-ce qui ne va pas ? demanda la voix de sa mère.

Elle ne pouvait plus applaudir, car on lui retenait les mains. Elle sursauta et reconnut Sally, qui lui souriait mais semblait inquiète.

— Tu te laisses toujours transporter par la musique, constata celle-ci. Tu n'as donc pas remarqué que tout le monde avait cessé d'applaudir ?

Assis de l'autre côté de la jeune femme, le vicomte murmura :

— Ils devraient chanter dans notre langue. Nous pourrions ainsi comprendre l'histoire.

— Silence, Freddie ! gronda sa sœur. Tu n'as qu'à suivre l'intrigue sur ton programme.

Dès lors, Jane demeura concentrée et sa tristesse s'envola tandis qu'elle s'évadait dans la musique. À l'issue de la représentation, le vicomte applaudit à tout rompre. Jane savait qu'il était surtout heureux de ne plus devoir écouter ces braillements, comme il disait. Le pauvre Freddie n'appréciait guère l'opéra. Jane le trouvait très gentil de sacrifier ses soirées pour faire plaisir à sa sœur et à son amie.

En la déposant à la nouvelle bibliothèque, sur le Strand, il demanda au cocher du fiacre de patienter et la raccompagna jusqu'à la porte. Le gardien attendait la jeune femme.

— Vous savez, Jane, Sally et moi serions heureux de vous héberger quand vous venez en ville. Je n'aime pas vous savoir seule dans cette immense bâtisse.

— Mais je ne suis pas seule. D'autres femmes célibataires y louent une chambre. De plus, je dispose de la plus belle pièce, au rez-de-chaussée, avec vue sur le fleuve. Il y a même une porte-fenêtre qui donne sur la terrasse afin que Lance puisse aller et venir à sa guise. Ne vous inquiétez pas pour moi, Freddie. Nous sommes toutes en sécurité, avec les domestiques. Sans parler de Lance.

Le jeune homme parut sur le point de dire quelque chose, mais se ravisa quand Jane déposa un baiser amical sur sa joue. Il poussa un soupir et prit congé.

Dès qu'elle eut regagné sa chambre, Jane ouvrit la porte-fenêtre et sortit. Lance trottina à sa rencontre. Elle caressa son énorme tête et le laissa lui lécher la main, puis il se mit à renifler sa robe et son étole. Une fois sa curiosité satisfaite, il rentra se coucher près de la cheminée.

Avant de se déshabiller, la jeune femme se contempla une dernière fois dans la glace. Sa robe était superbe. Elle l'avait réalisée elle-même d'après un patron proposé dans une revue de mode. Elle l'avait ensuite emballée avec soin, attendant l'occasion de la porter en public. Elle se réjouissait de l'avoir étrennée ce soir, car lord Castleton avait ainsi eu l'occasion de constater qu'elle n'était pas toujours la Jane ordinaire qu'il avait rencontrée ce matin.

Cette pensée saugrenue la fit bondir. C'était une pensée dangereuse. Elle n'avait pas revêtu cette robe pour attirer l'attention des hommes mais parce qu'elle aimait les belles choses. À Hillcrest, sa maison située près de Highgate, elle possédait un coffre rempli de belles robes qu'elle portait volontiers quand les circonstances s'y prêtaient. Malheureusement, ces dernières étaient rares.

Assise sur son lit, elle souleva le bas de sa robe et observa ses jambes gainées de soie d'un air pensif. C'était un véritable luxe. Une paire de bas de soie ne coûtait pas moins de dix shillings, aussi ne pouvait-elle se permettre d'en porter trop souvent. Une seule paire représentait plusieurs heures de travail, à rédiger des brochures, des discours, des articles pour les clients que lui envoyait en général lady Octavia.

Pourquoi soupirait-elle ainsi ? Elle était pourtant la plus heureuse des femmes. Elle aimait son travail, elle avait de bons amis et pas de dettes. Que demander de plus ?

Lance l'observait.

— Le problème, déclara-t-elle à voix haute en se levant, c'est que je n'ai pas de quoi m'occuper quand je suis en ville. Heureusement, tout va changer dès demain, quand nous rentrerons à la maison. Je t'ai dit que nous aurions une invitée ? Mlle Emily Drake. Je sais que tu seras gentil avec elle, car c'est une fugitive, comme nous.

En se préparant pour la nuit, elle songea à Gideon Piers et à cette enquête qui semblait plus ou moins liée à lui. Cela n'avait aucun sens, mais, bien entendu, Castleton se moquait bien de l'éclairer à ce sujet.

Jane avait toujours éprouvé des sentiments contradictoires pour le frère de Letty. Il n'avait pas été un très bon frère, même s'il était un fils dévoué à sa mère. Il n'avait jamais supporté que la malheureuse ait été enterrée dans le carré des indigents. Il avait promis à Letty que, un jour, il ferait transférer sa dépouille dans un autre cimetière, avec une tombe digne de ce nom. Et il avait tenu sa promesse, de façon posthume, par le biais de son testament.

Jane et Oliver, le mari de Letty, s'étaient occupés des formalités. À l'époque, Letty était accaparée par ses deux enfants en bas âge. Le geste de Gideon avait impressionné tout le monde. C'était plus qu'un simple geste. Il avait confié au notaire l'argent nécessaire pour couvrir les frais, qui étaient fort élevés.

Perdue dans ses pensées, Jane souffla sa chandelle et se coucha. Elle s'endormit en se demandant ce qu'elle serait devenue si elle avait grandi à l'hospice, parmi les indigents.

Après des ébats passionnés, Case se sentait physiquement repu et vaguement soulagé. Rien n'avait changé. Amelia s'était révélée la solution idéale pour venir à bout de son humeur morose. Ils avaient déjà été amants une fois et elle ne l'avait pas déçu. La jolie veuve avait un appétit charnel aussi exigeant que le sien et Case aimait les femmes passionnées.

Il la quitta sans rien lui promettre. Encore un trait de personnalité qu'il appréciait chez Amelia. Elle n'exigeait rien de lui et n'aurait pas toléré qu'il se montre accaparant. En outre, il pouvait compter sur sa discrétion. Elle avait un rang à tenir. Les gens la soupçonnaient sans doute d'avoir pris un amant, mais elle ne tenait pas à s'afficher avec lui de crainte de ne plus être reçue dans les salons de la haute société.

Pour un homme, c'était une autre histoire. Il n'avait pas à se soucier de discrétion ni du regard des autres. C'était injuste, mais c'était ainsi. Les femmes payaient toujours le prix fort.

La maison d'Amelia se trouvait non loin de Berkeley Square, à dix minutes à pied de ses appartements, à l'Albany. En dépit de l'heure tardive, il y avait encore du monde dans les rues et la circulation était dense sur Mayfair. Dans ce quartier huppé, on se levait tard et on passait la nuit à festoyer.

Case renvoya un fiacre. Il préférait marcher, histoire de profiter de la fraîcheur nocturne pour s'éclaircir les idées. Songeant à Jane Mayberry, il s'en voulut un peu d'avoir chargé Harper de la surveiller. Sur le moment, trop désireux de se débarrasser de son garde du corps, il n'avait pas réfléchi. À présent, il regrettait son choix. Après tout, un citoyen au-dessus de tout soupçon avait le droit au respect de sa vie privée.

Elle est très belle, avait commenté Amelia. Belle n'était pas le terme qu'il aurait employé pour qualifier Jane. Originale plutôt, voire saisissante. Son visage ne manquait pas de caractère et reflétait son intelligence, mais il ne correspondait pas aux canons classiques de la beauté. Freddie semblait très attiré par elle, au point que Case se demanda quelle était la nature exacte de leurs relations.

Il se sentit soudain aussi agité qu'avant son entrevue avec Amelia. Pour une fois, il ne chercha pas à identifier l'origine de son irritation. Il chassa Jane Mayberry de son esprit pour le reste du trajet et se concentra sur Gideon Piers. Pourquoi son ennemi juré avait-il mis trois ans à se manifester de nouveau ? Ses collègues avaient peut-être raison, après tout. Piers était peut-être vraiment mort et le meurtrier de Hyde Park s'inspirait de ses méthodes pour brouiller les pistes.

Le concierge lui ouvrit la grille de l'Albany. Tandis qu'il traversait la cour en direction du perron, il remarqua que les fenêtres de sa suite étaient illuminées. Curieux. Il avait pourtant prévenu son valet et Harper de ne pas l'attendre. Il lui suffisait d'une chandelle dans l'entrée.

Il gravit vivement les marches du perron et gagna le premier étage. Ruggles, son valet personnel, lui ouvrit.

Tout en débarrassant son maître de son manteau, de son chapeau et de ses gants, il expliqua :

— Il est arrivé un incident fâcheux à Harper, monsieur. Il a été agressé et dépouillé devant le King's Theater. Le malheureux a pris un sacré coup sur la tête ! Et ce n'est pas tout. Je crois qu'il a une côte cassée. Mais il refuse que j'appelle un docteur.

Case se précipita vers le salon puis s'immobilisa, soulagé. Il esquissa même un sourire. Drapé dans une couverture, Harper était assis devant la cheminée. Jamais Case ne l'avait vu aussi contrarié.

— Il était temps que tu rentres, grommela-t-il. Explique donc à ce… cette chochotte que le bouillon de légumes, c'est bon pour les infirmes, pas pour les vétérans d'Espagne. Je me porte comme un charme.

Mais il crispa les mains sur sa poitrine en grimaçant.

Ignorant les propos de Harper, Ruggles déclara :

— Il a une bosse grosse comme un œuf, monsieur, et Dieu seul sait de quelles autres blessures il souffre. Il devrait vraiment voir un médecin. Quand je l'ai interrogé, c'est à peine s'il se souvenait de son nom.

Ruggles était un homme d'une trentaine d'années, aux cheveux roux et au visage semé de taches de son. Quelles que soient les provocations dont il était l'objet, il ne se départait jamais de son calme. L'Albany fournissait les services d'un valet particulier à ses hôtes de marque mais Case était bien décidé à engager Ruggles, quel qu'en soit le prix.

— Comment est-il rentré ?

— Les gardes l'ont retrouvé et l'ont mis dans un fiacre.

— Allez chercher un médecin.

Cette fois, Harper se garda de protester. Il souffrait tant qu'il n'arrivait pas à trouver une position confortable.

— Les ordures, marmonna-t-il. Ils ont dû me flanquer un coup de pied quand ils m'ont balancé dans la ruelle.

— Je te sers un petit remontant.

Le sourire de Harper s'évanouit quand il découvrit que Case ne lui avait versé qu'un doigt de cognac.

— On ne peut pas dire que ce soit très généreux, commenta-t-il. Après ce que j'ai subi.

— Tu en auras davantage dès que le médecin t'aura examiné. À présent, cesse de râler et explique-moi ce qui s'est passé.

Harper avala son cognac d'une traite.

— Eh bien, j'ai fait exactement ce que tu m'avais demandé. J'ai surveillé Mlle Mayberry. Quand elle est partie, avec son petit groupe d'amis, je les ai suivis. Ils ont hélé un fiacre. J'en ai fait autant. Mais quand j'ai voulu grimper à bord, quelqu'un m'a collé un pistolet dans le dos et est monté avec moi. Ensuite, j'ai pris un coup sur la tête. J'ai repris mes esprits dans une ruelle, près de Haymarket, quand un garde m'a réveillé.

— Tu as été détroussé ?

— Pas du tout. Au contraire. C'est ce que j'ai raconté à ton valet pour qu'il cesse de me poser des questions, mais regarde ce que j'ai trouvé dans ma poche.

Case tendit la main puis fixa l'objet que Harper venait d'y déposer : un petit caillou lisse.

5

— Tu t'en es chargé personnellement?

— Certainement pas. Comme toi, j'ai pris du galon, Gideon. Plus question de me salir les mains. Mais les hommes que je paie connaissent leur affaire.

— Bien. Dis-moi comment cela s'est passé.

John Merrick poussa un soupir. Gideon Piers commençait à devenir plus que pénible. Il voulait toujours tout savoir dans les moindres détails.

— Un de mes hommes a suivi le garde du corps dans son fiacre. Il l'a assommé et a ordonné au cocher de s'arrêter en prétendant que son ami avait un malaise. Bart l'attendait dans la ruelle. Ils ont veillé à ce que Harper soit hors service pour un bout de temps puis ils sont partis. Pas de témoins. Tout s'est déroulé comme prévu.

Gideon Piers esquissa un sourire. Il était très satisfait de la tournure des événements. Après cette soirée, Castleton n'aurait plus l'ombre d'un doute sur le fait qu'il venait de renaître de ses cendres. À la bonne heure. Il avait l'intention de laisser le comte mijoter à petit feu, se demander avec angoisse à quel moment il allait frapper de nouveau.

Il observa l'homme assis en face de lui, près de la cheminée. Ils se trouvaient dans un salon privé du *Rose and Crown*, sur Oxford Street. Il était tard, mais la rue était toujours animée. Londres ne dormait jamais, pas plus que cette auberge où Piers avait élu domicile pour les quelques semaines qu'il comptait passer dans la capi-

tale. Au *Rose and Crown*, il pouvait aller et venir à sa
guise à toute heure du jour et de la nuit sans éveiller les
soupçons.

— Parle-moi de Castleton.

Merrick afficha un large sourire. Âgé d'une trentaine
d'années, il était de taille moyenne, trapu, assez quelconque au premier abord. Mais en y regardant de plus
près, on constatait que ses vêtements étaient d'excellente
qualité et qu'il prenait grand soin de sa personne et de
son apparence. Manifestement, il avait des goûts de luxe
et les moyens de les satisfaire. On pouvait en dire autant
de Piers, qui avait sensiblement le même âge. Il n'était
pas vilain, bien mis, mais n'avait rien de remarquable.
Il était toutefois plus mince et plus dur que Merrick,
résultat de ses nombreuses années passées en Espagne
conjuguées à sa passion pour l'escrime et la boxe. Merrick, lui, fréquentait plus volontiers les tables de jeu.

Les deux hommes se connaissaient de longue date,
depuis l'hospice, à vrai dire. Ils avaient été complices
dans bien des mauvais coups, avaient cambriolé de
riches demeures de Mayfair pour agrémenter leur
modeste salaire d'employés. Ils avaient mis fin à
leur carrière de cambrioleurs le jour où ils avaient tué
un marchand fortuné qui les avait surpris en flagrant
délit. Redoutant les autorités qui commençaient à les
traquer, Merrick était retourné chez lui, dans le York-
shire, tandis que Gideon tentait sa chance dans l'armée.

Gideon ne doutait pas de la loyauté de Merrick. Il suffisait d'y mettre le prix. Cependant, il ne lui révélait rien
de sa vie privée. Merrick ignorait ainsi qu'il avait pris
une nouvelle identité à Bristol. Il se nommait désormais
Arthur Ward, homme d'affaires prospère ayant des intérêts dans des sociétés aux quatre coins du monde. En
réalité, Merrick ne s'intéressait guère à la nouvelle vie
de Piers. Lui aussi se considérait comme un homme
d'affaires. Ses services et ses relations avaient un prix.

— Castleton nous a facilité la tâche, raconta-t-il. Au
milieu du spectacle, il est parti au bras d'une dame,
Mme Standhurst. Son garde du corps ne l'a pas suivi.

— Qui est cette Mme Standhurst ?

— À mon avis, une nouvelle conquête.

Piers fronça les sourcils. Il avait passé un mois à réunir des informations sur l'entourage du comte. Or, c'était la première fois qu'il entendait parler de cette femme. Il n'appréciait guère les imprévus alors que son plan était si parfaitement préparé.

— Et Harper ? Pourquoi ne les a-t-il pas suivis ?

— Justement, c'est un point intéressant. Apparemment, le comte l'a chargé de surveiller la loge 12, celle du vicomte de Latham, qui était accompagné de sa sœur et d'une amie.

Piers connaissait tout du vicomte et de sa sœur, qui n'avaient guère d'importance à ses yeux.

— Tu as le nom de cette amie ?

— Jane Mayberry. Oui, tu peux écarquiller les yeux. C'est bien celle que Castleton a rencontrée ce matin, à la bibliothèque, puis qu'il a suivie chez Letty. Il l'a revue à l'opéra. Pourquoi s'intéresse-t-il à elle, Gideon ?

Piers secoua la tête.

— Aucune idée. À moins qu'il ne pense qu'elle sert de boîte aux lettres entre ma sœur et moi.

Il réfléchit un long moment.

— Tout ce que je sais d'elle, reprit-il, c'est qu'elle a enseigné à la Charity School avec ma sœur et qu'elles sont bonnes amies. Cette Jane Mayberry passe son temps dans les bouquins et elle est mal fagotée. Pas du tout le genre de Castleton.

— À l'opéra, elle n'avait rien d'un rat de bibliothèque, assura Merrick. Elle était même ravissante. Tous les regards étaient posés sur elle, y compris celui de Castleton.

— Pourtant, il est parti avec une autre femme. Comment s'appelle-t-elle, déjà ?

— Mme Amelia Standhurst. Cela dit, j'ai remarqué la façon dont il regardait Jane Mayberry. À mon avis, il y a quelque chose entre eux.

Piers réfléchit encore.

— Que dois-je faire d'elle ? interrogea Merrick.

— Rien. Il croit sans doute qu'elle peut le mener jusqu'à moi. Cette fille n'a pas d'importance. Si son nom réapparaît, nous nous pencherons sur son cas.

— Et la femme Standhurst ?

— Que sais-tu d'elle ?

— Rien, pour l'instant, à part son nom.

— Alors vois si elle compte pour Castleton.

Merrick inclina la tête de côté et étudia son ami.

— Cela fait deux mois que tu as recours à mes services, Gideon. Outre ce premier meurtre, à Hyde Park, tu ne m'as demandé que d'amasser des renseignements sur Castleton, ses amis, ses associés et ses femmes. Je sais qu'il est ta cible, alors pourquoi attendre plus longtemps ? Pourquoi ne pas l'éliminer tout de suite ?

— Pour des raisons indépendantes de ma volonté, j'ai dû modifier mon plan, d'où ce retard.

— Quel plan ?

Piers lui sourit et se leva, indiquant que l'entretien était terminé.

— On ne peut souffrir de ce qu'on ignore. Quand le besoin s'en fera sentir, je te mettrai au courant. Mais que les choses soient bien claires : on ne touche pas à Castleton. Il est à moi et je m'en chargerai le moment venu.

Après le départ de Merrick, Piers alluma un cigare à la chandelle posée sur la cheminée et fuma tranquillement en contemplant le feu. Les questions de Merrick le taraudaient. Pourquoi attendre plus longtemps au lieu d'éliminer Castleton purement et simplement ?

Parce que ce serait trop facile. Parce qu'il voulait que Castleton sache que Gideon Piers le traquait. Les rôles étaient inversés, cette fois. Piers était le chasseur et Castleton la proie. Il avait mis presque trois ans à se remettre de sa débâcle en Espagne. Il ne souhaitait à aucun prix tuer rapidement son ennemi. Il voulait savourer le plaisir d'avoir à sa merci le grand commandant Caspar Devere, qui l'avait pourchassé avant de le piéger tel un rat au monastère de Saint-Michel.

Piers était cependant beaucoup plus prudent qu'à l'époque. Pas question de faire du bruit. Nul ne s'intéressait plus au meurtre de John Collier, cet obscur clerc de notaire. Pour Harper, le garde du corps, ce serait différent. C'était un policier célèbre, un agent de la brigade spéciale. S'il éliminait Harper, la brigade spéciale remuerait ciel et terre pour retrouver l'assassin d'un des leurs.

La porte s'ouvrit. Joseph, son bras droit, apparut. Cela faisait cinq ans qu'ils étaient ensemble et Joseph était le seul en qui Piers eût confiance. Ancien déserteur espagnol, Joseph était d'une totale loyauté envers Piers, en partie parce que celui-ci l'avait sauvé d'un groupe de soldats sur le point de l'exécuter. Tous deux avaient appris à se défendre seuls contre tous.

Joseph avait une dizaine d'années de plus que Piers. Il avait un visage ascétique et donnait l'impression d'être un peu lent d'esprit, mais ce n'était pas le cas. S'il cherchait souvent ses mots dans sa langue d'adoption, il pouvait se montrer volubile dans sa langue natale.

— J'ai vérifié que personne ne suivait Merrick, annonça-t-il.

— Tu t'inquiètes trop, déclara Gideon avec un sourire. Je n'aurai pas d'ennuis. Si nous avions tué Harper, ce serait une autre histoire, encore que je ne vois pas comment la brigade spéciale pourrait retrouver notre trace. C'est une affaire entre Castleton et moi, et il n'en sait rien.

— Les ennuis arrivent quand on s'y attend le moins. Ce lord est rusé comme un renard.

Piers dissimula son irritation derrière un sourire. Tout autre que Joseph en aurait pris pour son grade. Piers ne tolérait pas que l'on fasse des compliments sur Castleton en sa présence. Mais Joseph détestait le comte tout autant que lui et souhaitait qu'il souffre et paie pour ses crimes.

— S'il était aussi rusé que tu l'affirmes, il aurait su que je n'ai pas péri dans le massacre du monastère.

— C'était impossible. Il ne connaît pas ton visage.

— Justement. Pauvre Halford. Je regrette de l'avoir sacrifié, mais il m'a vraiment facilité les choses. Il avait une rose tatouée sur le bras gauche. C'est ainsi que nous nous sommes échappés.

— Habillés en femmes ! railla Joseph.

— Le comte est trop chevaleresque. C'est sa faiblesse, répliqua Piers.

Il y avait eu un combat acharné. Leur seule chance d'échapper à une mort certaine avait été de profiter d'une trêve décrétée par le comte pour libérer les femmes et les enfants. Piers et Joseph s'étaient joints à la file qui quittait le monastère. Gideon souffrait toujours de l'humiliation qu'il avait ressentie à fuir aussi lâchement.

Il désigna une bouteille et deux verres posés sur une tablette.

— Sers-nous donc un cognac.

Les deux hommes avaient coutume de boire un verre de cognac chaque soir avant d'aller se coucher. Ce rituel était pour eux un symbole de respect et d'amitié. Mais Piers ne considérait pas vraiment Joseph comme un ami. En fait, il n'avait pas d'amis. Il n'en voulait pas. De nombreuses personnes auraient été surprises de l'apprendre, à Bristol. L'amitié impliquait une certaine connivence, des confidences. En dépit de son charisme certain, Piers ne partageait rien avec personne.

Ils s'assirent au coin du feu et burent en silence. Les paroles de Joseph hantaient toujours l'esprit de Gideon, de sorte qu'il crut bon de se justifier.

— Tu surestimes l'intelligence du comte. L'exécution de John Collier l'a complètement pris au dépourvu. Et il n'est pas le seul. La police aussi. Ils ont eu un mois pour enquêter. Et comme je te l'avais dit, ils ne savent pas par où commencer pour me retrouver.

Joseph, qui n'avait rien d'un connaisseur, avala son cognac d'une traite comme s'il s'agissait d'une vulgaire piquette.

— Je ne songeais pas au présent, remarqua-t-il, mais au passé. À la façon dont il nous a retrouvés au monastère.

— Cela ne se reproduira pas, cette fois, répliqua sèchement Piers. Il n'y aura pas de Judas pour nous trahir, pas de John Collier pour nous fournir des informations erronées.

C'était ainsi que Castleton l'avait débusqué. Il avait été piégé. Collier était la taupe de Piers au sein de l'armée. Comme il l'avait fait maintes fois par le passé, il les avait avertis de la présence d'un convoi escortant un chargement d'or vers le quartier général. Mais au lieu de l'or, ils étaient tombés sur Castleton et sa bande de tueurs.

Jusqu'au bout, Collier avait clamé son innocence. En vain. Quand il était question de loyauté, Piers jouait toujours la prudence et se montrait impitoyable envers les traîtres.

— Et ta sœur? s'enquit Joseph.

— Quoi, ma sœur?

— Elle est peut-être au courant de quelque chose.

— Pour Letty, je suis mort pour la patrie en Espagne. Je suis certain que cela lui est une consolation. Jamais elle ne pensera le moindre mal de moi. Du reste, que pourrait-elle dire? Elle ne sait rien.

— Elle connaît ton visage.

— Il est peu probable que nous nous croisions jamais. Et quand bien même. Elle ne me trahirait pas. Nous sommes frère et sœur, et cela a de l'importance à ses yeux.

En réalité, il ignorait comment il réagirait s'il se retrouvait nez à nez avec elle. Mais il savait comment fonctionnait l'esprit de Joseph et savait le manipuler. Pour Joseph, rien n'était plus sacré que la famille. La seule qu'il ait jamais connue était celle que formaient ses « frères », comme se surnommait cette bande de déserteurs et de bandits de tout poil. Quiconque trahissait un frère était indigne et méritait le pire des sorts.

Cette allusion à Letty eut pour effet de rendre Joseph d'humeur nostalgique. Il songea au bon vieux temps, quand les frères régnaient sur leur territoire, jusqu'à ce que ce lord anglais débarque pour tout gâcher. À présent, ils n'étaient plus que deux, Piers et lui-même. Les âmes de leurs frères défunts criaient vengeance.

Après avoir écouté les divagations de Joseph pendant cinq minutes, Piers se leva soudain.

— Je sors, annonça-t-il.

Comme Piers n'allait jamais nulle part sans Joseph, ce dernier l'imita.

— Où allons-nous ?

— À Twickenham.

Joseph commença à marmonner dans sa barbe. Twickenham, encore Twickenham…

— Il se fait tard, protesta-t-il. Et c'est au diable.

— Ton problème, c'est que tu deviens casanier. Va te coucher, Joseph. J'irai seul.

Joseph se garda bien de suivre le conseil de son maître et préféra le suivre.

C'était une sinistre bâtisse de trois étages, dotée de lucarnes. À l'origine, il s'agissait d'un baraquement militaire qui avait été converti en un hospice pour indigents. Toutefois, on l'appelait toujours le baraquement. Laissé à l'abandon pendant des lustres, le bâtiment venait d'être racheté par un certain Arthur Ward, de Bristol.

Piers projetait de le raser pour construire sur son emplacement une demeure qui éclipserait toutes les somptueuses résidences du quartier, surtout celle qui se dressait sur l'autre rive du fleuve. Twickenham House. Ce nom et les souvenirs qui s'y rattachaient étaient gravés à jamais dans sa mémoire.

Laissant Joseph expliquer la raison de leur présence aux gardiens qu'il avait engagés pour éviter toute effraction, Piers longea la rive du fleuve jusqu'à un espace entre les arbres. Sur l'autre rive se dressait la majestueuse résidence des Devere. Si le paysage était plongé dans les ténèbres du côté où se tenait Piers, les puissants Devere avaient les moyens de vaincre la nuit. De nombreuses torches étaient encore allumées dans le parc, et les fenêtres de l'étage étaient illuminées, même si le duc et lady Sophie étaient couchés depuis longtemps. Il ne fallait surtout pas qu'un Devere se réveille en pleine nuit et se retrouve dans l'obscurité, songea amèrement Gideon face à tant de luxe.

Il ne comptait plus le nombre de fois où il était venu se poster à cet endroit, lorsqu'il était enfant, pour observer les allées et venues des Devere, alors qu'il était supposé entretenir le modeste potager de l'hospice ou bien ramasser du petit bois. Bien des fois il avait subi les coups de fouet pour ne pas avoir effectué son travail. Mais aucun châtiment n'était venu à bout de sa fascination pour les Devere.

De toute évidence, lord Caspar était la prunelle des yeux de son père. Pendant les vacances, ils allaient faire du bateau avec d'autres fils de riches, participaient à des pique-niques au cours desquels on faisait rôtir un porcelet entier, ils faisaient de longues promenades en voiture... Le duc avait deux autres enfants plus jeunes, un garçon et une fille, mais Piers ne s'intéressait pas à eux. Lord Caspar était le préféré, il était la fierté de son père et cela seul comptait pour lui.

La Tamise était plus qu'un fleuve. Elle représentait une barrière infranchissable entre deux mondes distincts : celui des privilégiés et celui des pauvres.

À l'hospice, les enfants les plus âgés étaient séparés de leurs parents et ne les voyaient que rarement. La mère de Gideon y était morte. Sans laisser à sa dépouille le temps de refroidir, les autorités l'avaient enterrée dans le carré des indigents. À l'époque, l'univers de Piers était froid, sombre, crasseux et brutal. Le moindre manquement aux règles était sévèrement puni. Jamais il ne humait le fumet appétissant du porcelet rôti à la broche. Il se contentait d'une soupe claire et de pain noir, voire d'une bouillie d'avoine.

Comment décrire ce qu'il ressentait à l'époque ? Le terme d'envie était trop faible. Il détestait les Devere plus que tout au monde.

La nuit, sur sa paillasse, recroquevillé sur lui-même pour avoir moins froid, il rêvait qu'il prenait la place de Caspar Devere. Le duc de Romsey était son père et il était son fils préféré. Il avait une armée de domestiques à son service et faisait tout ce qui lui passait par la tête. Mais ce n'était pas l'aspect le plus agréable de son rêve.

Il voyait aussi lord Caspar en haillons, affamé, tremblant de peur. Les grands venaient l'importuner, comme ils le faisaient toujours avec les nouveaux venus, et lui montraient combien il était vulnérable. À l'hospice, l'amitié n'existait pas. C'était chacun pour soi, au détriment des plus faibles. Lord Caspar n'aurait pas survécu une journée dans ces conditions spartiates.

À l'âge de douze ans, Gideon avait enfin quitté l'hospice pour devenir domestique. Comme il détestait cette condition, il avait opté pour le métier d'employé. Il n'avait jamais oublié lord Caspar et n'avait jamais cessé de le haïr. Il s'en serait peut-être remis si leurs chemins ne s'étaient pas de nouveau croisés en Espagne.

À l'époque, Piers était une véritable légende vivante. Respecté ou redouté, il avait une centaine d'hommes sous ses ordres et même les partisans gardaient leurs distances. Il entendait encore les détonations, sentait l'odeur de la poudre, celle du sang. Dans sa propre guerre, il n'y avait d'autres règles que celles qu'il fixait lui-même.

Et lord Caspar l'avait humilié. Comme autrefois.

Piers sentait son sang bouillonner dans ses veines, tout comme lorsqu'il réfléchissait au moyen d'écraser un ennemi. Qu'il mijote à petit feu, qu'il s'interroge…

Il voulait regarder le comte dans les yeux, lui dire qui il était et comment il avait échappé au carnage du monastère, comment il était devenu prospère – un véritable exploit vu le milieu d'où il venait.

Lord Caspar n'avait jamais eu à désirer ardemment quoi que ce fût. Tout lui était servi sur un plateau. Y compris son titre. Lord Caspar avait fini par condescendre à utiliser le titre de comte de Castleton à l'âge de trente ans ; il aurait pu le faire plus tôt, mais que représentait un titre quand on avait déjà tout ?

Que penserait-il s'il le voyait en cet instant ? se demanda Piers. Il revenait de loin. Depuis l'assaut du monastère, de l'eau avait coulé sous les ponts. Il s'était terré pendant deux ans avant d'aller récupérer l'or qu'il avait caché. Il voulait que tous le croient mort. Ensuite, l'or en poche, Joseph et lui avaient gagné l'Angleterre où ils avaient changé de nom.

C'était ici que tout allait se conclure. Là où tout avait commencé. Son plan se mettait en place. Il lui suffisait d'attendre son heure.

Entre-temps, il comptait s'amuser un peu avec le comte.

En regagnant le baraquement, il songea à Mme Standhurst et à Jane Mayberry.

6

Sur le perron de sa maison, enveloppée dans un manteau d'homme, un chapeau de laine enfoncé jusqu'aux yeux, Jane fixait les arbres qui bordaient la route de Highgate. Elle guettait le retour de Ben, son garçon d'écurie, parti chercher Mlle Drake en ville avec la voiture. À mesure que les minutes s'égrenaient, son malaise grandissait. Ils auraient dû être là depuis longtemps. Il allait bientôt faire nuit et il commençait à neiger.

Lance sur les talons, elle se dirigeait vers la grange dans l'intention de seller Daisy pour partir à leur rencontre quand elle aperçut un point sombre, au loin, sur la route. Hélas, il ne s'agissait que d'un cavalier.

Lorsqu'elle le vit s'engager dans son allée, son cœur s'emballa. Peut-être était-il perdu ? C'était fort possible, mais elle avait de bonnes raisons d'être prudente.

Aussi regagna-t-elle la maison pour réapparaître quelques instants plus tard avec un vieux tromblon qui lui servait essentiellement à éloigner blaireaux et renards lorsqu'ils menaçaient son poulailler. Cependant, elle n'hésitait pas à le sortir de temps à autre pour impressionner quelque vagabond qui voyait en une femme seule une proie facile. Ce n'était pas la seule arme dont elle disposait. Dans le tiroir de la commode de sa chambre, elle gardait un pistolet chargé et armé, en cas de cambriolage. Elle avait en outre un petit pistolet dans son réticule.

Pour Jane, toute personne entrant chez elle sans y être invité était un cambrioleur en puissance.

Tromblon en main et son chien sur les talons, elle alla au-devant du cavalier. Les vêtements de l'inconnu étaient couverts d'une couche de neige et de glace, comme s'il chevauchait depuis longtemps.

— Qui êtes-vous ? cria Jane. Qu'est-ce que vous voulez ?

— Castleton, répondit-il d'une voix forte sans chercher à masquer son irritation.

Il avait mis trois jours à la retrouver, trois jours sans jamais se décourager malgré les renseignements évasifs et les mensonges éhontés des amies de la jeune femme. Il avait fini par en arriver à la conclusion que nul ne tenait à ce qu'il retrouve Jane Mayberry. Plus que jamais, il était déterminé à comprendre pourquoi.

— Vous êtes bien mademoiselle Mayberry, non ? reprit-il d'un ton sec.

En dépit de son apparence un peu négligée, il la reconnut sans peine. Sa voix lui était familière, avec ses inflexions un peu rauques. Mais Case n'était pas d'humeur à badiner. Il n'avait pas mangé et n'était pas vêtu assez chaudement. Si elle ne lâchait pas ce tromblon, il allait le lui arracher de force.

La jeune femme mit un certain temps à assimiler ce qu'il disait.

— Qu'est-ce que vous faites là ? lui lança-t-elle.

— Pour l'heure, j'aimerais bien mettre mon cheval à l'abri et entrer me réchauffer un peu.

Comme dans le brouillard, elle le regarda mettre pied à terre. Lord Castleton était bien la dernière personne qu'elle s'attendait à trouver sur le pas de sa porte.

D'instinct, elle brandit le tromblon mais le baissa vite vers le sol en entendant Lance gémir.

— Merci, Lance, pour ce vote de confiance, dit Case, avant d'ajouter d'un ton moins aimable : Mademoiselle Mayberry, vous pouvez ranger cette arme. Je vous assure que je suis tout à fait inoffensif.

— Vous seriez-vous égaré ?

Il y avait d'autres maisons, dans les alentours, des résidences somptueuses, même. Elle ne put qu'espérer qu'il était en route pour l'une d'elles quand il s'est retrouvé pris dans la tempête de neige.

— Certainement pas! répliqua-t-il en se redressant. Ma visite est officielle. J'ai quelques questions à vous poser.

— Des questions? À quel propos?

Il ne tenait pas à se lancer dans des explications complexes sous la neige.

— À propos de cette soirée à l'opéra, mercredi.

— Vous avez parcouru tout ce chemin dans le blizzard pour me parler d'opéra? fit-elle, incrédule.

C'était ainsi que tout avait commencé. Il avait interrogé toutes les personnes susceptibles d'avoir assisté à l'agression de Harper: Freddie Latham et Sally, le gardien du théâtre, les ouvreuses. Seule Jane Mayberry manquait à l'appel, ce qui avait éveillé ses soupçons.

— Il ne neigeait pas en ville, quand je suis parti. Écoutez, ne pourrions-nous pas bavarder à l'intérieur? Nous allons geler sur place.

— Comment avez-vous réussi à me trouver?

— Je ne révèle jamais mes sources.

— Freddie! s'exclama-t-elle amèrement. Ce ne peut être que lui.

— Je ne vois pas en quoi cela fait une différence. Vous vivez à Highgate, dans une maison nommée Hillcrest. Et alors? En quoi est-ce un secret? Qu'avez-vous donc à cacher, mademoiselle Mayberry?

— Ne soyez pas ridicule! Je ne cache rien du tout! Je suis célibataire, je vis seule et je ne donne pas mon adresse à n'importe qui, voilà tout. Mes amis respectent ma décision.

Ce n'était pas totalement la vérité. Castleton n'aurait pu choisir pire moment pour se présenter chez elle. Elle voulut le chasser, lui expliquer qu'il n'était pas raisonnable de s'aventurer jusqu'à Highgate par ce temps. Mais ce n'était là qu'une réaction de colère de sa part. La politesse voulait qu'elle offre l'hospitalité à un voyageur surpris par la tempête.

— Tout va bien, Jane? fit une voix inquiète depuis le porche. Il est arrivé quelque chose à Ben?

C'était Mme Trent, la gouvernante de Jane, qui avait également été celle du père de la jeune femme, quand ils vivaient en Écosse. Âgée d'une cinquantaine d'années, petite et mince, elle avait les cheveux gris et un visage sévère que l'angoisse rendait encore plus austère.

Jane lui adressa un sourire rassurant.

— Tout va bien. Ce monsieur s'est égaré en pleine tempête. Rentrez donc, madame Trent, et mettez de l'eau à chauffer. Je vous envoie notre visiteur dès que nous nous serons occupés de son cheval.

— Enchanté, madame, fit Case poliment. Je me présente: Castleton.

La gouvernante l'examina d'un air méfiant puis hocha lentement la tête.

— J'ai lu des articles sur vous dans le journal, répondit-elle avant de demander à Jane: Pas de nouvelles de Ben?

— Je pars à sa rencontre dès que j'aurai sellé Daisy.

Lorsque Mme Trent eut disparu à l'intérieur de la maison, Case demanda:

— Qui est Ben?

— Mon garçon d'écurie, expliqua la jeune femme en regardant la route. Le petit-fils de Mme Trent. Il est parti au village chercher mon amie. Ils devaient se retrouver au *Gatehouse*, la taverne.

— Pourquoi êtes-vous inquiète?

— Il tarde à rentrer, rien de plus, répondit-elle, la mine soucieuse. En traversant Highgate, vous n'auriez pas aperçu une voiture sur la route ou devant la taverne? Vous n'avez rien remarqué d'anormal?

— Non.

Elle scruta de nouveau la route.

— Mademoiselle Mayberry...

— Quoi? fit-elle, le regard absent, avant de reprendre: Veuillez m'excuser. Je vais vous montrer l'écurie.

Elle se dirigea vers une vaste bâtisse en bois qui avait dû servir de grange.

— Vous ne songez tout de même pas à partir à sa recherche par un temps pareil ? lança-t-il.

Mais ses paroles furent emportées par une bourrasque. Il attendit donc d'être entré dans la grange.

— Je ne comprends pas votre impatience. De toute évidence, le jeune Ben aura eu la bonne idée de se mettre à l'abri et de rester au chaud.

Jane posa le tromblon sur un banc.

— En quoi cette soirée à l'opéra vous intéresse-t-elle tant ?

Le moment était mal choisi pour interroger la jeune femme, qui semblait trop préoccupée par le retard de Ben pour se concentrer.

— Cela peut attendre, assura-t-il.

— Bon, fit-elle avant de désigner les lieux d'un geste. Servez-vous. Je dois vous laisser. Ben est jeune. Il peut lui être arrivé n'importe quoi.

Case nota que l'écurie était impeccable. À une extrémité étaient installées des stalles. À l'autre, un emplacement réservé à une voiture. Dans un recoin de son esprit, il releva également que quelque chose clochait.

— Mademoiselle Mayberry, commença-t-il, mais elle s'éloigna pour prendre une selle. Jane !

Il parvint enfin à capter son attention.

— J'y vais, déclara-t-il. Je me charge de le retrouver et de vous le ramener.

— Pourquoi feriez-vous une chose pareille ? s'enquit-elle, l'air soupçonneux.

— Parce que j'en ai décidé ainsi ! rétorqua-t-il, agacé.

Elle esquissa un sourire qui disparut très vite, puis elle secoua la tête.

— Ben ne fait pas confiance aux inconnus. Sans parler de mon amie. Emily est très timide.

Elle s'interrompit, consciente de la faiblesse de ses arguments. Prenant une profonde inspiration, elle poursuivit :

— Je refuse de rester ici à attendre. Si vous voulez me suivre, je ne puis vous en empêcher. Vous n'en faites toujours qu'à votre tête, de toute façon.

— Merci !

Il lui prit la selle des mains et se dirigea vers la stalle d'une jument pie qui l'observa avec méfiance. Jane se tenait juste derrière lui.

— Daisy n'accepte de se laisser seller que par moi, assura-t-elle.

Naturellement, Daisy la fit mentir. Quelques paroles murmurées à l'oreille, quelques caresses suffirent à Case pour amadouer l'animal.

— Vous disiez ? demanda-t-il non sans ironie en menant la monture hors de sa stalle.

— Ce que l'on raconte sur vous est donc exact, répliqua-t-elle en ignorant son air sarcastique. Vous savez vous y prendre avec les femmes.

Il s'arrêta, se tourna lentement vers elle et plongea ses yeux gris dans les siens.

— Dans ce cas, pourquoi ne cessez-vous pas de lutter contre moi ?

Une bourrasque de vent fit vibrer la vitre. Un cheval se mit à hennir. Lance se mit en alerte. Sous ce regard intense, Jane cessa un instant de respirer

Il lui fallut faire appel à toute sa volonté pour s'en détourner.

— Je n'apprécie pas que l'on me donne des ordres, déclara-t-elle froidement.

— C'est donc cela ? Je me demande…

Il tendit la main vers elle. Aussitôt, elle eut un mouvement de recul.

— Nous perdons du temps, affirma-t-elle, fâchée. Venez ou restez, cela m'est égal.

Mais Case n'en avait pas terminé avec elle. Une fois dehors, il voulut l'aider à monter en selle. Ils n'étaient qu'à deux pas du marchepied. Il ne pouvait l'ignorer. Elle lui jeta un bref coup d'œil. Jamais elle ne s'était sentie aussi gênée. Vêtue comme elle l'était, il devait la prendre pour une sorcière.

Pourquoi accorder de l'importance à ce qu'il pensait d'elle ?

Dès qu'elle fut en selle, elle appela Lance et éperonna sa monture. Pas une fois elle ne se retourna pour vérifier si Case la suivait.

Elle aurait été fort étonnée de connaître ses pensées en cet instant. Il ne se souciait guère de son apparence, mais se disait simplement que cette femme exaspérante avait grand besoin de protection, même si elle n'en avait pas conscience. Puisque aucun ange gardien ne traînait dans les parages, il n'avait d'autre choix que de se dévouer.

Aussi grimpa-t-il en selle à son tour pour lui emboîter le pas.

Les trois kilomètres qui les séparaient du village se révélèrent une véritable épreuve d'endurance. La nuit tombait rapidement et la température avait chuté. Il ne neigeait plus mais un épais manteau blanc recouvrait la campagne, rendant leur progression difficile. Sans la présence de Lance, Case aurait insisté pour qu'ils fassent demi-tour. Heureusement, le chien ne cessait d'aller et venir, les guidant comme un chien de berger et les empêchant de tomber dans le fossé.

Ils n'eurent pas l'occasion de se parler, mais Case s'en moquait. Ses conversations avec Jane Mayberry se terminaient toujours dans une impasse. Cependant, sa curiosité était plus vive que jamais. Jane semblait bien trop inquiète pour le jeune garçon et son amie, et il voulait découvrir pourquoi.

Quand les lumières de Highgate apparurent au loin, ils accélérèrent l'allure. Ils s'engagèrent bientôt dans la rue principale où se trouvait la taverne. Jusqu'à présent, Case s'était contenté de suivre la jeune femme. Mais il talonna sa monture pour franchir le premier l'arcade menant aux écuries.

Il mit pied à terre avant Jane et vint l'aider. Il s'attendait qu'elle proteste, mais elle se laissa glisser dans ses bras sans un mot. Elle tremblait et son visage était livide.

— Quel idiot de vous avoir permis de venir ici, marmonna-t-il.

Il ôta son manteau et en drapa les épaules de la jeune femme. Toujours pas de réaction. Elle scruta les alentours mais les lieux étaient presque déserts.

Son regard angoissé croisa celui de Case.

— La voiture n'est pas là.

— Ben est peut-être allé rendre visite à quelqu'un. Il y a un tas d'explications possibles à son absence. Ne tirez pas de conclusions hâtives.

— Il ne ferait jamais une chose pareille. Et il serait passé ici d'abord et aurait attendu Emily devant l'entrée. Quelqu'un a dû le voir.

Elle interrogea le palefrenier qui ne put la renseigner. Il connaissait Ben mais ne l'avait pas vu depuis sa dernière visite, qui remontait à plusieurs jours.

Ils lui confièrent leurs montures, ordonnèrent à Lance de les attendre dehors puis pénétrèrent dans l'auberge.

— Vous semblez plus inquiète pour Ben que pour votre amie, remarqua Case en tenant la porte.

— Emily, enfin Mlle Drake, peut avoir modifié ses projets. Elle n'a peut-être pas pu partir. J'avais des doutes…

Soudain, elle s'interrompit, comme si elle en avait trop dit.

— Vous aviez des doutes ? répéta-t-il.

Le nom de cette amie lui semblait familier. Puis il se souvint. C'était la jeune femme avec qui elle parlait, l'autre soir, à l'opéra. Freddie lui avait indiqué son identité.

— Je n'étais pas certaine qu'elle viendrait. Elle m'avait expliqué que cela lui serait peut-être difficile.

« Certes, songea Case, vous ne me dites pas tout. » À son grand étonnement, il était déçu qu'elle ne se confie pas à lui.

S'il n'y avait pas de diligence dans la cour, l'établissement était bondé. Chaque fois que la porte s'ouvrait pour laisser entrer un nouveau client, un brouhaha de conversations et de rires leur parvenait.

— Ce sont les gens du coin, expliqua l'aubergiste à Case. Comme tous les samedis soir.

Il plissa les yeux et scruta Jane d'un œil critique. La jeune femme se ressaisit aussitôt. Elle ôta le manteau de Case et le lui rendit, puis elle se redressa.

— J'ai envoyé un domestique chercher une amie, Mlle Emily Drake, qui devait l'attendre ici, déclara-t-elle. L'auriez-vous vu ? C'est un jeune garçon prénommé Ben. À moins que vous n'ayez aperçu mon amie ?

— Je n'ai vu aucun garçon.

— Mais mon amie ? insista-t-elle.

— Qui êtes-vous donc pour me poser cette question ? répliqua l'homme d'un ton insultant.

— Avez-vous vu Mlle Drake, oui ou non ? articula Jane en se raidissant.

Case s'appuya sur le comptoir.

— Je vous conseille de répondre aux questions de cette dame. On ne l'imaginerait pas à la regarder, mais elle est féroce.

Le tavernier, un homme corpulent au visage rougeaud, faillit sourire.

— Attendez-moi là, fit-il. Il y a quelqu'un qui veut parler à quiconque se renseignera sur Mlle Drake.

Jane pâlit de plus belle mais se tint bien droite.

— Jane, commença Case en secouant la tête, c'est bizarre, mais je me demande si je ne suis pas sur le point d'être impliqué dans quelque histoire louche. Vous auriez dû vous confier à moi.

— Vous n'êtes en rien impliqué, assura-t-elle. Je ne vous ai pas demandé de m'accompagner. Je suis parfaitement capable de m'occuper de cela toute seule.

— À votre guise, murmura-t-il.

Il posa son manteau sur une chaise et s'installa confortablement, laissant Jane régler ses problèmes. Il ne cherchait pas à la provoquer, ou très peu, mais il était persuadé qu'elle était capable de venir à bout de tous les obstacles. Après tout, un bas-bleu qui vivait en recluse à Highgate ne pouvait avoir de gros problèmes.

Le tavernier réapparut accompagné d'un homme que Case reconnut sans peine. Lord Francis Reeve était un débauché notoire. Reeve et lui n'étaient pas proches, loin de là. Ils n'avaient jamais été présentés l'un à l'autre, et Case préférait qu'il en soit ainsi.

Lord Reeve frisait la cinquantaine. Il était mince et avait été beau, autrefois, mais sa vie dissolue commençait à laisser son empreinte sur ses traits fatigués. Il était également doté d'un caractère difficile, surtout quand il avait trop bu. Or, c'était manifestement le cas.

Case étouffa un bâillement mais garda les yeux rivés sur Reeve. Celui-ci lui accorda à peine un coup d'œil. Il regardait Jane avec attention.

— Mademoiselle Mayberry, je présume? fit-il en s'approchant d'elle, l'air en colère. Je ne croyais pas Emily. Je pensais qu'il y avait anguille sous roche, un autre homme, mais ce n'est pas le cas, n'est-ce pas?

— Le seul homme impliqué dans cette affaire, c'est vous, rétorqua Jane. Mais plus pour très longtemps si Emily arrive à ses fins. Où est-elle? Que lui avez-vous fait?

Reeve s'emporta.

— Sale garce! C'est vous qui lui avez mis ces idées saugrenues dans la tête! Avant, elle n'était pas aussi téméraire. Elle a toujours été docile, jusqu'à ce que vous la montiez contre moi.

— Vous y êtes parvenu vous-même en la brutalisant! Vous lui faites peur! Vous ne vous intéressez pas à Emily, mais à sa fortune. Votre conscience devrait vous souffler que vous n'êtes pas un homme digne d'Emily, ni d'aucune femme, d'ailleurs.

C'était là une réflexion bien sentie. Case se leva, s'approcha du comptoir et s'y appuya négligemment. Mais Jane et Reeve l'ignorèrent.

Lord Reeve fulminait.

— Vous savez quel est votre problème, mademoiselle Mayberry? railla-t-il en la toisant sans vergogne. Vous n'êtes qu'une vieille fille desséchée! Regardez-vous donc! Quel homme voudrait de vous? Vous êtes jalouse parce que Emily est jeune et belle, et que nous formons un couple idéal.

Décidément, la situation prenait une tournure fâcheuse. Avant que Jane puisse lancer une réplique cinglante à la figure de Reeve, Case intervint.

— Ce n'est pas une façon de s'adresser à une dame. Surveillez vos manières, monsieur, ou je m'en chargerai pour vous.

— Qui diable êtes-vous ? répondit Reeve en posant les yeux sur lui.

— Oh, un simple passant.

— Alors je vous conseille de vous mêler de vos affaires.

— À présent, c'est moi que vous offensez.

— Quant à vous, mademoiselle Mayberry, poursuivit Reeve en ignorant la remarque de Case, tenez-vous à l'écart d'Emily. Fini les conversations en tête à tête à l'opéra. Si vous me défiez, vous le regretterez amèrement.

— Si vous lui avez fait du mal… commença Jane.

— Ne soyez pas stupide, coupa Reeve. Ferais-je du mal à la femme que je vais épouser ? Si j'ai fait du mal à quelqu'un, c'est à votre domestique. J'espère lui avoir brisé les os, à ce petit insolent !

Jane blêmit.

— Où est-il ?

— Je n'en sais rien et je m'en moque.

Elle marmonna quelques mots. Cela suffit à Case qui se jeta sur son aîné et le força à s'agenouiller. Ses craintes pour Ben attisaient sa colère.

— Mlle Mayberry vous a posé une question. Où est le garçon ?

— Je n'en sais rien ! répliqua Reeve en se débattant. Ce n'est qu'un domestique, pour l'amour du ciel ! Il s'est montré insolent, il méritait une correction.

Case avait plié le bras de Reeve dans son dos.

— Je vous le demande une dernière fois, et si la réponse ne me plaît pas, je vous casse le bras. Où est-il ?

— Il est parti en voiture en direction de Highgate Hill. C'est tout ce que je sais.

— Et Emily ? ajouta Jane.

— Elle est retournée en ville avec son frère.

Case jeta un coup d'œil à Jane.

— Laissez-le partir, fit-elle. Le seul qui puisse retrouver Ben, c'est Lance. Quant à vous, monsieur, priez pour que mon domestique aille bien. Sinon, je vous retrouverai et mon chien vous égorgera.

Sur ces mots, elle tourna les talons et se dirigea vers la porte.

Case se leva et la regarda s'éloigner sans un mot de remerciement pour son intervention fort opportune. Fidèle à sa nature entêtée, elle était repartie vers quelque danger.

Cette femme avait vraiment besoin d'un ange gardien.

Au moins, la situation commençait à se clarifier. Les rumeurs qui circulaient à propos de lady Octavia et de ses amies qui volaient au secours des femmes en détresse possédaient une part de vérité. Ces personnes étaient sans doute pleines de bonnes intentions, mais Jane n'avait réussi qu'à semer le trouble.

Secouant la tête, il attrapa son manteau et suivit la jeune femme.

Quand la porte se fut refermée sur Case, lord Reeve se releva et frotta son bras endolori en grimaçant. Puis il lança un regard au patron, qui avait assisté à toute la scène, derrière son comptoir.

— Vous avez vu cet homme m'agresser ! tonna Reeve. Pourquoi n'êtes-vous pas allé prévenir les agents de police ?

— Je l'aurais fait si je ne vous avais pas entendu dire que vous étiez fiancé avec cette jeune fille. Je vous avais pris pour son père. Et je n'aime pas les brutes qui frappent les jeunes gens, non plus. À mon avis, vous vous en tirez à bon compte.

Reeve crispa rageusement les poings. Il mourait d'envie de corriger ce tavernier insolent, mais vu sa carrure impressionnante, il n'était pas certain d'avoir le dessus.

Tout était la faute d'Emily. Toutefois, c'était Jane Mayberry qui lui avait mis ces idées subversives dans la tête. Il ne pouvait tolérer d'être humilié de la sorte.

D'une façon ou d'une autre, elles le paieraient. Ils le paieraient tous.

Quelques curieux s'étaient rassemblés, il les écarta brutalement et quitta l'établissement en fulminant de rage.

7

Case constata avec soulagement qu'elle n'était pas partie sans lui.

— Je crois que vous en attendez trop de votre chien, remarqua-t-il en enfourchant sa monture. Il ne trouvera jamais la piste de Ben après une pareille chute de neige.

— C'est un chien de berger, riposta-t-elle. Il a l'habitude de retrouver les bêtes égarées. Et ce n'est pas l'odeur de Ben qu'il va suivre, mais celle de Razor.

— Razor ?

— Le cheval attelé à la voiture. Il s'échappe à la moindre occasion. Lance l'a souvent ramené à la maison après une escapade.

— Très bien, alors qu'attendons-nous ?

— Vous, répondit-elle, alors qu'il se sentait flatté par son amabilité, elle ajouta : J'ai déjà suffisamment de soucis avec Ben pour ne pas vous laisser partir seul à l'aventure.

Il faillit lui répliquer qu'il avait appris les secrets de la chasse dès sa plus tendre enfance, dans le Shropshire, avec son père, et qu'il avait peaufiné son art en Espagne, pendant de nombreuses années de guerre, mais il se ravisa et se contenta de la suivre hors de l'écurie.

Le vent soufflait en rafales sur Highgate Hill, s'insinuant entre les maisons de brique rouge avant de balayer les champs, à la sortie du village. Ils avançaient au pas, et Case fut tenté d'ordonner à Jane de faire demi-tour pour se réfugier dans l'auberge pendant qu'il chercherait

Ben, mais il savait que ce serait peine perdue. Jane Mayberry était ce qu'elle était, mais elle n'avait rien d'une fleur de serre.

Le vent se calma un instant, et elle rabattit sa capuche sur sa tête tandis que Case continuait à retenir son chapeau. Le chien et sa maîtresse avançaient sans fléchir, longeant lentement la rue principale. De temps à autre, Lance disparaissait, puis revenait s'assurer qu'ils le suivaient. Hormis de rares piétons qui se hâtaient vers la taverne ou rentraient chez eux, ils étaient les seuls à s'aventurer dehors.

— Il a flairé une piste, annonça soudain Jane.

Tant mieux, songea Case, car il n'avait pas remarqué la moindre trace révélatrice dans la neige. Pour l'instant, son expérience espagnole ne lui était pas d'une grande utilité. Cela dit, jamais il n'avait eu à affronter de telles conditions climatiques. Il était difficile de savoir s'il neigeait encore, car le vent soulevait sans cesse des nuages de glace fondue qui effaçaient toute empreinte éventuelle. Le jour tombait et pas une étoile ne brillait dans le ciel pour les guider. Ils ne pouvaient compter que sur les lanternes suspendues au porche des maisons.

Case n'accordait qu'une confiance limitée au flair de Lance. Les chiens de chasse de la meute des Devere aboyaient toujours férocement quand ils traquaient un renard, or Lance demeurait muet comme une carpe.

À mi-chemin de Highgate Hill, Jane s'arrêta.

— Que se passe-t-il ? s'enquit-il en arrivant à sa hauteur.

En voyant la jeune femme mettre pied à terre, il l'imita. Lance tournait en rond en gémissant.

— Il a perdu sa trace, expliqua Jane. Il y a trop de vent. Ce n'est pas grave, mon chien !

Elle s'agenouilla et caressa l'animal.

— Tu as fait de ton mieux, assura-t-elle avant de lever les yeux vers Case. Je suppose que nous pourrions demander à la police locale d'organiser une battue. Qu'en pensez-vous ?

Elle lui demandait son avis ! S'il n'avait pas déjà mis pied à terre, Case serait certainement tombé de cheval. Il était agréable d'être consulté de la sorte. Finalement, les femmes pouvaient se montrer raisonnables, elles aussi, songea-t-il.

Jane et Lance le fixaient, attendant sa réponse. Il allait lui donner raison, admettre qu'il fallait avertir les autorités, mais son regard confiant le réduisit au silence. La police ne se fatiguerait pas beaucoup pour retrouver un simple domestique, surtout par ce temps. Pour sa part, Case n'était pas convaincu qu'il soit arrivé malheur à Ben. Les adolescents étaient souvent imprévisibles.

Il n'arrivait pas à se résoudre à décevoir Jane et son chien. Il scruta la rue dans les deux sens, puis répondit :

— Essayons une autre solution avant d'appeler la police à la rescousse.

— Laquelle ? fit Jane en se relevant, partagée entre l'espoir et l'appréhension.

Une nouvelle bourrasque balaya la rue autour d'eux. Case entoura les épaules de la jeune femme du bras. D'instinct, elle s'approcha de lui, cherchant sa protection. Aussitôt, il l'enlaça. Lance les rejoignit et enfouit la tête dans les plis du manteau du comte.

Dès que le vent fut retombé, Jane s'empressa de s'écarter de Case qui, à sa propre surprise, la relâcha à contre-cœur.

— Que peut-on faire d'autre ? s'enquit-elle d'une voix mal assurée.

La première réponse qui vint à l'esprit de Case le fit sourire, mais l'heure n'était pas au badinage. Il se concentra sur le problème qui les préoccupait dans l'immédiat.

— Je doute que Ben soit allé aussi loin. Nous sommes presque à la sortie du village. S'il était venu jusqu'ici, Reeve l'aurait rattrapé. À mon avis, ce garçon s'est caché quelque part, peut-être dans un chemin de traverse ou dans quelque grange… qu'avez-vous, Jane ?

Sa main gantée venait d'agripper sa manche.

— Après Lauderdale House, la rue fait place à un sentier qui, après un grand détour, passe derrière ma maison, avant de rejoindre la route du nord. Les paysans l'empruntent pour mener leurs bêtes à la foire. Croyez-vous que Ben ait pu le prendre pour retourner chez moi ?

— Nous allons vite le savoir.

— Le sentier est trop étroit pour une voiture. Enfin, je ne m'y risquerais pas. Mais si Ben avait peur, vraiment peur… Cela vaut la peine d'essayer, conclut-elle en faisant volter son cheval.

Jane était redevenue elle-même. Une femme décidée et pleine de sang-froid.

— Je vous suis, mademoiselle Mayberry ! lança Case.

À la lisière de la propriété de Lauderdale House, ils s'arrêtèrent. Si l'étroit sentier n'avait pas été bordé de haies, ils ne l'auraient même pas remarqué.

— Lance a retrouvé la trace de Razor, déclara Jane.

— Comment le savez-vous ?

— Regardez-le. Il frétille d'impatience. Il veut que nous nous dépêchions.

À cet instant, Lance se rua vers eux et posa le museau sur la main de sa maîtresse, puis repartit ventre à terre sur le sentier.

— C'est peine perdue, reprit la jeune femme en scrutant les ténèbres. Sans lanterne, nous n'irons pas loin.

— Ne bougez pas d'ici, ordonna Case avant de rebrousser chemin.

Elle le regarda s'éloigner non sans inquiétude. Et s'il s'égarait ? Aussitôt, elle s'en voulut de ses pensées stupides. Bien sûr qu'il n'allait pas s'égarer ! C'était un soldat, un homme de terrain. Il se trouvait dans son élément alors qu'elle-même commençait à perdre pied.

C'était ridicule de se laisser ainsi troubler par lord Castleton.

Naturellement, le comte revint au bout de quelques minutes à peine.

— Elle était sur la grille de Lauderdale House, expliqua-t-il en brandissant une lanterne. Je l'ai empruntée.

Pourquoi était-elle aussi heureuse de le revoir ? C'était absurde.

— Donnez-moi ça, grommela-t-elle. Je vais vous montrer le chemin.

Il descendit de cheval mais garda la lanterne.

— Non, répondit-il. Allons-y ensemble.

— Nous guiderons les chevaux à pied.

Amusé, Case lui permit volontiers d'avoir le dernier mot.

Au bout d'un kilomètre, ils découvrirent la voiture renversée sur le côté, mais intacte. En revanche, aucun signe de Ben ni de Razor.

— C'est à n'y rien comprendre, déclara Jane, un peu nerveuse. Que leur est-il donc arrivé?

Case examina les traces entourant le véhicule. Elles étaient presque entièrement recouvertes par la neige.

— Ben ou quelqu'un d'autre a dételé le cheval. Ils ne doivent pas être bien loin.

Il leva les yeux vers la jeune femme.

— Ne vous inquiétez pas, Jane. Avec un peu de chance, Ben est en train de se réchauffer dans la cuisine de quelque ferme des environs, à moins qu'il n'ait trouvé refuge dans une grange, comme je l'ai suggéré tout à l'heure.

Ils le retrouvèrent, enfin Lance le retrouva, recroquevillé près d'une botte de foin. Ben dormait à poings fermés. Lance le réveilla d'un coup de langue sur le visage. Jane s'agenouilla aussitôt près de lui et entreprit d'ôter la neige de ses vêtements. Elle remarqua qu'il portait des traces de coups: la lèvre fendue, un œil au beurre noir et diverses égratignures.

— Je savais que vous viendriez me chercher, murmura-t-il.

— Je l'espère bien, fit Jane qui maîtrisait avec difficulté le tremblement de sa voix.

— Et Razor? Quand la voiture s'est embourbée, je l'ai détaché, mais il s'est enfui avant que je puisse le monter.

— Tel que je le connais, il doit être bien au chaud dans la grange, à l'heure qu'il est.

Case s'accroupit près de la jeune femme.

— Ben, voici lord Castleton. Si tu avais vu comme il a tenu tête à lord Reeve ! Il l'a pris par le col et l'a secoué comme un prunier. J'ai cru qu'il allait prendre ses jambes à son cou.

Le rire de Ben se mua en un gémissement de douleur.

— Je ne lui ai rien dit, affirma-t-il. Ce n'est pas moi qui lui ai révélé votre nom. C'est Mlle Drake.

— Chut, fit Jane. Nous en reparlerons plus tard.

— Ben, il ne faut pas rester ici, intervint Case. Tu crois pouvoir te lever si je t'aide ?

Ben hocha la tête mais geignit de douleur quand le comte essaya de le mettre debout.

— Où as-tu mal ? s'enquit-il.

— Au bras. Je n'arrive plus à le bouger.

— Jane, tenez la lanterne.

Tandis que la jeune femme s'exécutait, Case palpa le jeune homme en quête d'une éventuelle fracture. Celui-ci demeura stoïque, mais lorsque Case tenta de lui plier le bras droit, il ne put réprimer un cri.

— Je ne pense pas que ce soit très grave, dit-il à Jane. Mais il faudrait l'emmener à l'abri pour que je voie ce que je peux faire.

La nuit était à présent totale. En dehors de la lumière dorée de la lanterne, il n'y avait pas la moindre lueur alentour. Pour couronner le tout, la neige s'était remise à tomber.

— Autant rentrer à la maison, déclara Jane d'un ton assuré pour ne pas affoler Ben. Ce ne doit pas être très loin et Lance nous guidera.

— Empêchez mon cheval de bouger, ordonna Case tandis qu'il ôtait son manteau.

Sans cesser de parler d'une voix apaisante, il enveloppa Ben dans son manteau et le hissa sur sa selle avant de grimper derrière lui. Jane serra les dents en entendant les gémissements du jeune garçon.

Case regarda son visage tendu, et déclara sévèrement :

— Il n'y a pas d'autre solution. Et il y a pire que sa blessure au bras. Il est resté trop longtemps dans le froid. Il est gelé. Allons-y. Vous mènerez votre cheval en tenant la lanterne. Je vous suis.

Case se trompait. Jane ne lui en voulait pas. Elle était parfaitement consciente du fait qu'elle n'aurait jamais pu secourir Ben toute seule. Elle le remercierait plus tard. D'abord, il fallait mettre le jeune homme à l'abri.

— À la maison ! cria-t-elle à son chien.

Le petit convoi se mit en route, Lance en tête.

Jane espérait ne jamais avoir à revivre une telle expédition. En dépit de la lanterne, ils avançaient à l'aveuglette. Sans Lance, qui maintenait la cohésion du groupe, ils ne seraient sans doute pas parvenus à destination.

Jamais les lumières de la maison n'avaient paru aussi accueillantes.

— Nous y sommes presque ! s'exclama Jane, qui claquait des dents.

Lorsque la porte s'ouvrit sur la frêle silhouette de la gouvernante, elle sentit des larmes de soulagement lui monter aux yeux. Mais elle les ravala vite quand le comte la rejoignit et prit la direction des opérations.

— Occupez-vous des chevaux, mademoiselle Mayberry. Je me charge de Ben.

Mme Trent descendit vivement les marches du perron.

— Vous l'avez retrouvé ! Dieu soit loué ! Par ici, monsieur le comte.

La porte de la maison se referma sur eux, laissant Jane, Lance et les chevaux dans le froid. En constatant combien les bêtes étaient épuisées, la jeune femme sentit fondre sa colère. Les chevaux semblaient encore plus abattus qu'elle-même.

— Sans vous, nous n'aurions jamais réussi, leur chuchota-t-elle avant de les mener à l'écurie.

Elle ne s'était pas trompée au sujet de Razor : il mangeait tranquillement du foin, bien au chaud dans sa stalle. Si elle n'avait pas été opposée à tout mauvais traitement envers les animaux, elle l'aurait volontiers fouetté pour avoir abandonné Ben en si mauvaise posture. Cela dit, en cas de problème, Razor était parfaitement capable de se débrouiller seul.

Au bord de l'épuisement, Jane regagna enfin la maison. Elle avait les épaules et les jambes douloureuses, et ses doigts étaient complètement engourdis. Elle allait céder à la complaisance et s'apitoyer sur elle-même quand un cri perçant retentit à l'intérieur.

— Ben !

Oubliant ses muscles endoloris, elle se précipita vers la maison et y entra en trombe. Un murmure lui parvint de la cuisine où Lance l'avait précédée.

Un lit de fortune avait été installé près de la cheminée. Ben y était allongé, torse nu, appuyé sur des oreillers. Il était très pâle et des larmes perlaient encore sur ses cils. Lord Caspar tentait de lui faire boire une décoction dont Mme Trent avait le secret : du vin chaud arrosé de whisky.

— Vous voilà enfin ! s'exclama la gouvernante.

Elle était en train d'envelopper dans des serviettes les briques qu'elle avait mises à chauffer sur le fourneau. De toute évidence, elles étaient destinées à réchauffer Ben.

— Vous avez vu Razor ? s'enquit Mme Trent. Lorsqu'il a déboulé dans la cour, sans voiture ni Ben, je me suis inquiétée. Je me suis demandé ce qui avait bien pu se passer. Je me doutais que vous seriez tous transis à votre retour, alors j'ai fait chauffer ces briques et préparé mon grog. Il y en a une tasse pour vous sur la table.

Jane s'appuya contre la porte. En surgissant dans la cuisine, elle ne savait pas à quoi s'attendre, mais certainement pas à cette scène paisible. Soudain, elle se sentit comme enveloppée de douceur. Dans la cheminée, le feu ronflait telle une forge. La fenêtre de la petite pièce était fermée et, soudain, elle eut du mal à respirer.

— Jane…

Elle tourna lentement la tête et croisa le regard rassurant du comte. Alarmé par ses traits tirés, ce dernier se leva.

— Madame Trent, faites boire Ben, je vous prie.

— Pardon ?

En découvrant à son tour l'expression de la jeune femme, elle se hâta d'obéir.

— J'ai essayé de les empêcher d'emmener Mlle Drake ! s'exclama Ben. Mais ils m'ont frappé et Mlle Drake a dit qu'elle voulait rentrer chez elle !

Jane se ressaisit enfin.

— Tu as bien fait, Ben, assura-t-elle avant de s'adresser à Case. Qu'en est-il de son bras ?

Le comte lui ôta ses gants, son manteau et son chapeau, puis la fit asseoir à table.

— Il avait l'épaule déboîtée, expliqua-t-il posément. J'ai dû la lui remettre en place. Ça a été douloureux mais rapide. Après une bonne nuit de repos, Ben sera de nouveau sur pied. Ne vous faites pas de souci, Jane.

Les grands yeux de la jeune femme se posèrent sur lui, puis sur Ben, qui avalait son grog sans enthousiasme. Sa grand-mère posa la tasse et remonta les couvertures sur lui.

Case observait Jane, qui ne quittait pas Ben des yeux. Il ignorait qu'elle avait les cheveux aussi longs et clairs. Maintenant qu'elle avait enlevé cet horrible chapeau qui les dissimulait, ils cascadaient librement sur ses épaules. Sa joue était maculée de boue, de même que le bas de sa robe.

Il avait peine à croire que cette jeune femme sobre et discrète passait ses soirées à l'opéra en compagnie de Sally Latham. En réalité, il ne l'avait remarquée que le mercredi précédent. Tout à coup, il avait l'impression de la voir sous un autre jour. Était-elle belle ? Il n'aurait su le dire, mais il la trouvait fascinante, qu'elle soit gravure de mode ou paysanne austère, véritable dragon ou jeune fille en détresse.

Il s'empara d'une tasse de grog qu'il lui plaça entre les mains en lui ordonnant de boire. Elle obéit sans discuter, signe manifeste qu'elle était bouleversée. Après avoir avalé quelques gorgées du breuvage revigorant, elle parut se reprendre. Elle se redressa et posa la tasse sur la table.

— Si vous n'étiez pas arrivé à point nommé, Ben ne s'en serait pas tiré à si bon compte, déclara-t-elle d'un ton grave.

— Je suis heureux d'avoir pu me rendre utile, répondit-il tout aussi sérieusement.

Le regard gris de Case mit une nouvelle fois la jeune femme mal à l'aise.

— Trentie, déclara-t-elle en se levant, nous allons installer lord Castleton dans la chambre initialement prévue pour Mlle Drake. Il faut allumer du feu dans la cheminée. Le comte aura aussi besoin d'eau chaude et de serviettes. Je me charge de ranger la cuisine et de préparer le dîner.

— Vous ne ferez rien de la sorte ! protesta la gouvernante. Vous avez l'air épuisée. Asseyez-vous, je m'occupe de tout. Il n'y a pas grand-chose à faire, d'ailleurs. Tout est prêt. À présent, finissez votre grog.

Sur ce, Mme Trent adressa un regard éloquent à Case et quitta la pièce. Tandis que Jane s'approchait de Ben, le comte remplit la tasse de la jeune femme.

Elle se pencha sur l'adolescent endormi. Il semblait soudain plus jeune que ses quatorze ans, et elle s'en voulut terriblement de lui avoir imposé de telles responsabilités. Elle aurait dû prévoir qu'il risquait d'avoir des ennuis. Elle avait vraiment tout gâché ! À cause d'elle, la situation de la pauvre Emily avait empiré, quant à Ben…

Un vertige la saisit brusquement et elle porta les mains à ses yeux. Un contact sur son bras lui fit relever la tête.

— Vous avez entendu Mme Trent, fit Case d'une voix calme. Buvez votre grog. Cela vous fera du bien.

Elle lui prit la tasse des mains et avala une première gorgée, puis une autre.

— Cela ne me ressemble pas, déclara-t-elle faiblement. J'ignore ce qui m'a pris.

— Vous êtes un être humain, voilà tout. Vous avez le droit d'être bouleversée. Écoutez, vous devriez monter faire un somme. Nous vous appellerons quand le dîner sera prêt.

En la voyant secouer négativement la tête, il reprit d'un ton impatient :

— Jane, il n'y a pas de honte à accepter de l'aide ! Laissez-moi vous aider.

— Cessez de me materner de la sorte, Castleton, ou je vais finir par croire que ce n'est pas à vous que je m'adresse, répliqua-t-elle.

Il se garda de sourire devant la vivacité de sa réaction.

— Mes amis m'appellent Case.

— Quoi ?

— Case. C'est une sorte de diminutif de Castleton.

— Nous ne sommes pas amis.

— Comment pouvez-vous affirmer une chose pareille après ce que nous venons de vivre ensemble ?

Prise en faute, Jane rougit.

— Je vous ai déjà témoigné ma reconnaissance. Que voulez-vous de plus ?

Les yeux pétillants de malice, il se frotta le nez.

— Si je vous le disais, vous me frapperiez.

Les joues de la jeune femme s'empourprèrent davantage, mais elle soutint son regard.

— Vous ne m'avez toujours pas expliqué ce que vous faisiez là. Vous vouliez m'interroger à propos de cette soirée à l'opéra, je crois.

— Vous détournez toujours la conversation quand vous êtes déstabilisée ? Ah, je sens poindre la colère en vous. Mes questions peuvent attendre jusqu'à demain, vous savez. Elles n'ont rien d'urgent.

— Elles l'étaient pourtant suffisamment pour vous pousser à braver la tempête de neige. Alors autant en finir tout de suite.

Jane était surtout impatiente de le voir partir.

— Très bien. Si nous nous asseyions ?

Il lui désigna une chaise puis s'attabla en face d'elle.

— Mercredi soir, en quittant le théâtre, avez-vous remarqué quelque chose d'anormal ? Réfléchissez bien. Une personne ou un détail incongru ?

La jeune femme luttait toujours pour maîtriser sa colère.

Non, répondit-elle enfin en secouant la tête. Pourquoi ?

Il lui relata les faits, lui fournissant la même version édulcorée qu'à Freddie et à Sally Latham : un collègue de la brigade spéciale avait été agressé non loin du théâtre et il interrogeait tous les témoins potentiels. Le nom de Gideon Piers ne fut pas prononcé. Les réponses de Jane se révélèrent similaires à celles du vicomte et de Sally.

Au terme d'un long silence, Jane risqua :

— C'est pour cela que vous avez parcouru tout ce chemin ? Pour m'interroger à propos de votre collègue ?

— C'est important, Jane, affirma-t-il avec sérieux. Si j'avais su que le temps allait se dégrader à ce point, j'aurais repoussé l'interrogatoire de quelques jours.

— Je me réjouis que vous n'en ayez rien fait, avoua-t-elle en frissonnant d'effroi à la pensée de ce qui aurait pu se produire s'il n'avait pas été là. Heureusement que vous étiez là.

Visiblement, elle ne se rendait pas compte de ce qu'elle disait, songea Case. Elle avait passé une journée éprouvante et semblait sur le point de flancher. Il était inutile de l'interroger davantage. Elle n'avait rien de plus à dire sur l'agression de Harper. En outre, il avait à présent une idée de la raison pour laquelle Jane Mayberry ne criait pas son adresse sur les toits, et cette discrétion n'avait rien à voir avec Gideon Piers.

Plus détendu, il se leva.

— Allons, Jane, il est temps d'aller vous reposer.

Elle le dévisagea, l'air perdu.

— C'est impossible. J'ai un tas de choses à faire.

— Quoi, par exemple ?

— Eh bien, je dois m'occuper de mon chien, le sécher, lui donner à manger, et…

À bout de patience, Case la prit par le coude et l'entraîna vers la porte.

— Quoi que vous en pensiez, la terre ne va pas cesser de tourner parce que vous n'êtes pas là pour tout diriger ! lâcha-t-il. Allez vous coucher. Je me charge de Lance.

Il ouvrit la porte et poussa légèrement la jeune femme vers le couloir. Lance voulut la suivre mais Case lui ordonna de ne pas bouger. Le chien obéit. La tête haute, Jane attrapa une chandelle et gravit les marches. Une fois dans sa chambre, elle se laissa enfin aller.

Son lit semblait très tentant.

Soudain, une fatigue intense la submergea. Elle allait se reposer, mais pas parce que le comte le lui avait ordonné. Uniquement parce qu'elle n'avait pas la force de rester éveillée. Elle se dévêtit et enfila une robe de chambre en laine, puis elle s'allongea et tira l'édredon sur elle.

Quoi que vous en pensiez, la terre ne va pas cesser de tourner parce que vous n'êtes pas là pour tout diriger !

Elle étouffa un grommellement de rage. Castleton semblait la percevoir comme une femme dominatrice, alors qu'elle-même se considérait comme une personne efficace et indépendante.

C'était dans cet esprit que ses parents l'avaient élevée. Certes, ils n'avaient pas les moyens d'avoir un bataillon de domestiques à leur service, comme les Devere. Chez Jane, il n'y avait que Mme Trent, qui faisait pratiquement partie de la famille. L'argent ne fait pas le bonheur, disait-on.

Les parents de Jane ne lui avaient pas seulement inculqué le goût de l'indépendance. Ils l'avaient encouragée à lire, à poser des questions et à défendre ses opinions. Elle gardait un souvenir attendri de dîners familiaux au cours desquels les discussions allaient bon train, le tout dans une atmosphère enjouée. Elle ne s'était jamais rendu compte que cette éducation n'était pas vraiment conventionnelle. Tout le monde n'aimait pas les femmes qui pensaient par elles-mêmes.

Peu à peu, les pensées de Jane dérivèrent vers des contrées moins plaisantes. De toute évidence, l'éducation dont elle avait bénéficié n'avait guère impressionné une personne en particulier, autrefois…

Elle s'agita soudain, tandis que des questions dérangeantes lui traversaient l'esprit. Pourquoi le comte était-il venu chez elle ? Qu'est-ce qui lui avait fait croire qu'elle pourrait l'aider dans son enquête sur l'agression de son collègue alors que Freddie et Sally ne lui avaient rien appris ? Ils étaient tous partis en même temps à l'issue de la représentation.

Mais il l'avait aidée à trouver Ben et elle lui en était reconnaissante.

Toutefois, il la mettait mal à l'aise et semblait y prendre un malin plaisir. Elle n'aimait pas la façon qu'il avait de la regarder. Pas plus que la façon dont *elle* se surprenait à le regarder, d'ailleurs.

Jamais elle ne rougissait !

Plus vite il retournerait en ville, mieux elle se porterait. Et Gideon ? Quel rôle jouait-il dans tout cela ? Gideon était mort, non ? Alors pourquoi…

Avec un soupir, elle s'endormit avant d'avoir pu formuler sa question.

Pendant ce temps, Gideon Piers s'amusait énormément, même si tel n'était pas son but en venant à la bibliothèque de l'Association féminine. Il s'interrogeait sur Jane Mayberry, cette mystérieuse jeune femme qui avait, il n'en doutait pas, remplacé la contessa et Mme Standhurst dans le lit de Castleton. Durant trois jours, le comte avait cherché sans relâche à localiser ce bas-bleu notoire. Ce jour-là, il avait enfin réussi. Grâce à son informateur, Piers connaissait désormais l'adresse de Jane Mayberry.

Hillcrest, près de Highgate. Le comte s'y trouvait justement en cet instant.

— Qu'est-ce qu'on fait là ?

Piers regarda John Merrick, assis en face de lui. Ils se trouvaient dans le salon de thé de l'association après avoir assisté aux dix dernières minutes d'une conférence assommante sur le droit de propriété des femmes mariées. Si Jane Mayberry épousait le comte, elle n'aurait pas à se soucier de ses droits de propriété. Elle serait riche au-delà de ses rêves les plus fous. Et si elle était aussi austère que les dames qui constituaient l'assemblée, elle exigerait le mariage.

Soit Castleton avait perdu la raison, soit cette fille possédait des charmes dont Piers ne soupçonnait pas l'existence.

— Alors ? insista Merrick.

Piers retint un soupir. Il avait demandé à ce dernier de l'accompagner, et non à Joseph, parce que Merrick était plus crédible dans le rôle d'un gentleman. Il se fondait dans le décor. Toutefois, il était décevant sur d'autres points. Il fallait en effet tout lui expliquer. Joseph aurait compris d'instinct que Castleton, ses habitudes, ses préférences, ses femmes, étaient devenus pour Piers une obsession.

— Tout ce qui intéresse le comte m'intéresse, répondit Piers. C'est ici que cette fille passe le plus clair de son temps quand elle est en ville. Je veux me faire une impression précise de ses relations.

— Moi, je crois que nous perdons notre temps, répliqua Merrick. En quoi est-il important de savoir comment elle est ? Ce qui compte, c'est que Castleton s'intéresse à elle.

— Oui, mais à quel point ? Voilà ce qui m'intrigue.

Avant que Merrick ne pose une autre de ses stupides questions, Piers se leva.

— Nous en avons assez vu, décréta-t-il. On s'en va !

C'était un ordre, non une invitation, et Merrick se garda de discuter.

Dans le fiacre qui les emmenait à l'hôtel de Piers pour dîner, Merrick risqua :

— Cela signifie-t-il qu'il faut oublier la contessa et Mme Standhurst ?

— Qu'est-ce qui t'a fourré une idée pareille dans la tête ?

— Si Castleton s'intéresse à cette Mayberry, à quoi bon se soucier des deux autres ?

— Pour une raison précise, justement ! Enfin, ne t'en fais pas pour ça, John. Castleton comprendra, lui. C'est le principal.

— Quelle raison ? persista Merrick, contrarié par son ton méprisant.

— Castleton est un homme chevaleresque, lâcha Piers avec un large sourire. Bon, tu sais ce que tu as à faire ?

— Oui. D'abord la contessa, puis Mme Standhurst.

— Quoi qu'il arrive, tu me laisses la fille Mayberry.

— Prends garde à son chien. Il est féroce.

— Ne t'en fais pas. Ce maudit cabot sera la première victime, assura Piers en riant.

8

C'était un vieux rêve familier et lancinant. Ses parents étaient attablés dans la salle à manger et elle se trouvait dehors, à les observer par la fenêtre, cherchant à attirer leur attention par tous les moyens. Jane était agitée, un peu fâchée, même. Ils savaient où elle était mais lui accordaient à peine un regard de temps en temps, trop absorbés par leur passionnant débat. Ils discutaient du sermon qu'ils avaient entendu à la messe le matin même. Ses parents étaient ainsi. Quand ils étaient lancés dans une conversation, ils oubliaient tout le reste. Ils ne ressentaient même pas la panique de leur fille. Jack était à ses trousses. S'il la rattrapait, il l'emmènerait de force et lui ferait du mal. Si seulement ses parents cessaient de discuter et lui ouvraient enfin la porte, elle pourrait se réfugier à l'intérieur…

Trop tard. La main de Jack venait de s'abattre sur son épaule. Quand elle se retourna pour le repousser, elle s'aperçut que ce n'était pas Jack qui se tenait derrière elle, mais Castleton ; il la fixait de ses yeux gris de prédateur.

Étouffant un cri, elle se redressa vivement, le souffle court, le cœur battant à tout rompre. Il lui fallut un long moment pour se calmer.

Cela faisait une éternité que Jane n'avait pas fait ce cauchemar. Mais il avait évolué depuis la dernière fois. Le comte était également à ses trousses, désormais. Elle n'était pas naïve. Elle ne comprenait que trop bien d'où provenait ce changement : de la façon qu'il avait de la regarder, de lui parler. Il cherchait délibérément à lui faire ressentir sa présence virile. Et il y parvenait.

Bon sang !

Elle avait pourtant appris une bonne leçon avec Jack. Les hommes, même les plus charmants, ne pouvaient s'empêcher de se conduire en mâles. C'étaient tous de redoutables chasseurs. Les femmes étaient leurs proies. Et quand ils en capturaient une, ils la mettaient en cage.

Or Jane n'avait aucune intention d'être la proie d'un homme. Elle s'était déjà évadée d'une cage et rien ne pourrait la persuader d'entrer dans une autre.

Elle respira profondément et balaya la pièce du regard. La chandelle était presque éteinte mais le feu flambait dans la cheminée. Un broc en porcelaine était posé sur le linteau. De toute évidence, Mme Trent était passée par là.

La pendule lui indiqua qu'elle avait dormi plusieurs heures. Il était tard et son estomac criait famine. Elle n'avait rien avalé depuis le matin. Elle tendit l'oreille ; la maison était silencieuse. Mme Trent devait être couchée depuis longtemps. Elle n'avait toutefois aucune certitude que le comte se fût couché tôt et ne se sentait pas la force de l'affronter.

Elle se demanda comment allait Ben. Son estomac se mit à gronder de plus belle. N'y tenant plus, elle repoussa l'édredon et se leva.

Elle se contenta de se débarbouiller et de se brosser les cheveux. Puis, munie de la chandelle, elle descendit au rez-de-chaussée.

Un rai de lumière filtrait sous la porte de la cuisine. Rien d'étonnant puisque Ben y était installé. C'était la pièce la plus chaude de la maison.

Elle entra sur la pointe des pieds. Le lit de fortune du blessé avait été repoussé dans un coin. Ben semblait profondément endormi. Prenant soin de ne pas faire de bruit, Jane s'approcha de lui. Il ne semblait pas fébrile, mais elle préféra s'en assurer en posant la main sur son front. Sa peau était chaude, sans plus.

Sur la table, une lampe était allumée. Jane souffla sa propre chandelle qu'elle posa sur la cheminée puis elle se rendit dans le garde-manger. Quelques minutes plus tard, elle revint chargée d'un plateau garni de pain, de fromage et d'un verre de lait. Elle aurait pu finir la tourte à la pintade et le jambon rôti, mais elle craignait d'avoir du mal à se rendormir ensuite. Et puis, la fierté lui commandait de garder pour le comte un petit-déjeuner copieux et digne de son rang.

La porte s'ouvrit soudain et Jane pivota, s'attendant à voir Mme Trent venue prendre des nouvelles de son petit-fils. En fait, il s'agissait du comte, vêtu de son manteau et couvert de neige, suivi de Lance. Le chien se précipita vers sa maîtresse.

— Vous êtes réveillée, constata Case en esquissant un sourire.

Stupéfaite, elle le vit s'approcher de la cheminée, un grand seau de charbon à la main. Il s'accroupit et entreprit de jeter des boulets dans les braises.

— Voyons si j'ai bien compris les instructions de Mme Trent, reprit-il. Pour entretenir le feu, il faut d'abord ajouter du charbon, puis du bois, et replacer le pare-feu. C'est bien cela? demanda-t-il en lançant un regard à Jane par-dessus son épaule.

Elle le fixait sans mot dire. Ce n'était pas à un comte, héritier d'un duc, de surcroît, d'entretenir le foyer d'une cuisine. C'était là le travail d'une bonne à tout faire.

— Jane? fit-il en se relevant pour ôter son manteau.

Une fois de plus, elle était embarrassée et ce sentiment l'agaçait.

— Vous ne devriez pas faire cela!

— Je vous ai promis de m'occuper de tout. Je ne plaisantais pas. Du reste, qui d'autre aurait pu s'en charger? Ben sera incapable de transporter de lourds fardeaux durant quelques jours, à cause de son épaule.

— Vous auriez dû me réveiller. Mme Trent et moi avons l'habitude de nous débrouiller seules. Nous ne transportons pas le charbon dans ce grand seau, qui est trop lourd. Nous utilisons un récipient plus petit.

Elle le regardait sans sourciller.

— Et ne vous inquiétez pas pour Ben. Mme Trent et moi savons le soigner.

De toute évidence, il l'avait blessée dans son orgueil, ce qui était bien la dernière chose qu'il souhaitait. Mais cette jeune femme avait besoin qu'on lui mette les points sur les i.

— Franchement, rétorqua-t-il, ce n'est pas pour Ben que je m'inquiète, c'est pour vous. Une femme seule…

Devant l'expression courroucée de Jane, Case leva les mains en signe d'apaisement.

— D'accord, cela ne me regarde pas ! J'en suis conscient. Je ne vous critique en rien, bien au contraire. Au risque de paraître quelque peu pervers, je dois même admettre que j'admire ce que vous avez fait ici.

Il ne mentait pas. Certes, il en savait davantage sur elle maintenant qu'à son arrivée. D'après les renseignements qu'il avait glanés auprès de la gouvernante, Jane Mayberry supportait seule l'entretien de cette maison. Après la mort de son père, elle avait dû vivre avec très peu d'argent et s'était essayée à divers travaux avant de se fixer ici trois ans auparavant. Si la gouvernante était restée discrète, Case avait beaucoup appris en entrant dans le bureau de Jane, après le dîner, à la demande de Mme Trent, pour aller chercher la carafe de cognac qu'elle réservait aux invités de marque.

En découvrant le secrétaire parsemé de documents, il avait cédé à sa curiosité naturelle. Quelle n'avait pas été pas sa surprise de découvrir que Jane Mayberry était auteur. À en juger par ses écrits, elle rédigeait des articles sur le vote des femmes, sur leurs droits et sur d'autres sujets variés, de la philosophie aux frivolités. Un discours sur le commerce des céréales et le libre-échange avait retenu particulièrement l'attention de Case. Il entendait encore Freddie s'exprimer avec brio devant la Chambre des lords. Ce jour-là, le vicomte avait sidéré son entourage par sa maîtrise d'un domaine auquel il ne s'était jamais intéressé auparavant. Comme par hasard, Jane était une amie proche de Sally Latham, la sœur de Freddie…

En découvrant le pot aux roses, Case eut envie de s'esclaffer. Pas étonnant que Freddie ait été gêné quand il avait commencé à lui poser des questions sur Jane! Pas étonnant non plus qu'il ait rougi en affirmant qu'il la connaissait à peine et qu'il ignorait son adresse. Il redoutait qu'on ne découvre que c'était elle qui avait rédigé son brillant discours. Ou du moins qui l'avait aidé. Voilà donc comment la mystérieuse Jane Mayberry gagnait sa vie. Elle était écrivain, et réussissait fort bien s'il en jugeait par sa maison qui, sans être vaste, était bien entretenue et en bon état. Les meubles, quoique vieux, étaient de bonne facture, et la cave à charbon bien garnie. Visiblement, elle n'était pas dans le besoin. Case ne pouvait que la respecter et l'admirer. Cependant, c'était une femme trop indépendante et efficace au goût d'un homme. Dans ce cas, pourquoi se surprenait-il à sourire?

— Ça va? lui demanda-t-elle en inclinant la tête, l'air soupçonneux.

— Mieux que jamais, répondit-il en retrouvant son sérieux. Je crois que je vais me joindre à vous, ajouta-t-il en se tapotant l'abdomen. Ce dur labeur m'a ouvert l'appétit. Je peux?

Il désigna la porte du garde-manger.

— Bien sûr. Servez-vous.

Il prit la dernière part de tourte, une belle tranche de jambon et un morceau de fromage, le tout accompagné d'une demi-miche de pain. Déposant son assiette sur la table, il retourna dans le garde-manger. Il en revint avec un pichet et des couverts, un sourire satisfait sur les lèvres.

— Du grog, expliqua-t-il en posant le pichet, mais sans sucre ni thé.

Sur ces mots, il attaqua la nourriture comme s'il mourait de faim. Son appétit atténua quelque peu celui de la jeune femme. À moins que sa simple présence ne suffise à la mettre mal à l'aise. En tout cas, elle chipota et dut se forcer à avaler quelques bouchées.

Elle commençait à se sentir mieux quand il posa soudain sur elle un regard perçant.

— À présent, vous allez tout me dire sur Mlle Drake. Il me semble que j'ai le droit de savoir dans quoi j'ai mis les pieds.

Préoccupée par la blessure de Ben, Jane en avait presque oublié Emily. À quoi bon éluder la question ? De toute façon, Castleton avait sans doute deviné une partie de la vérité.

— Emily Drake est la sœur d'Andrew Drake. Vous avez peut-être entendu parler de lui : la banque Drake et Mills.

— Je le connais de nom, en effet, confirma Case en hochant la tête.

— Je ne connais pas M. Drake personnellement, continua Jane, mais il est beaucoup plus âgé qu'Emily. Et il est également son tuteur. C'est un homme fort riche qui s'imagine grimper les échelons de la société en s'achetant une place au sein de l'aristocratie. C'est là qu'Emily entre en scène. Drake est persuadé que son argent peut acheter un titre à sa sœur. Celle-ci devenue membre de l'aristocratie, il est convaincu que cela améliorera son propre statut social. Malheureusement, le seul candidat à mordre à l'hameçon a été lord Reeve.

— Emily vous a donc demandé de l'aide…

— Oui, admit-elle avec un soupir. Voyez-vous…

Case la laissa parler sans l'interrompre. Ces révélations ne le surprenaient guère. Les mariages arrangés étaient de plus en plus fréquents. Il connaissait pour sa part plusieurs nobles désargentés qui avaient ravalé leur fierté pour épouser des femmes de la bourgeoisie. C'était tout le problème des patrimoines indivisibles. On pouvait vivre dans un château mais dans la plus grande pauvreté. Et pas moyen de vendre une partie de ses terres pour renflouer les caisses. C'était interdit par la loi.

Toutefois, Andrew Drake aurait pu trouver mieux que lord Reeve.

— Ce que je ne comprends pas, dit-il, profitant d'une pause, c'est la raison pour laquelle Emily Drake a cru bon de s'enfuir. Ne pouvait-elle se contenter de dire non à son frère et à Reeve ?

Jane émit un petit rire sardonique.

— Je n'en crois pas mes oreilles ! Êtes-vous naïf ou le faites-vous exprès ? Elle a dix-huit ans et pas un sou en poche. Son frère est aussi son tuteur. En tant que femme, elle n'a pas son mot à dire. Comment résister à une telle pression ? Elle n'a d'autre choix que de s'enfuir.

Case comprenait son point de vue mais trouvait son ton chargé de dérision irritant.

— J'ai bien compris, répliqua-t-il, mais je ne vois pas en quoi sa fuite va résoudre son problème. De quoi vivra-t-elle ? Qui va s'occuper d'elle ? Quelle solution aviez-vous en tête ?

— Nous espérions que d'ici une semaine ou deux, Drake reviendrait à la raison et prendrait au sérieux le refus d'Emily. Ou bien que lord Reeve se rétracterait par crainte du ridicule. Dans l'un ou l'autre cas, Emily aurait pu retourner chez elle.

— Et si son frère n'avait pas changé d'avis ?

— Alors elle aurait fait ce que d'autres ont fait avant elle : trouver un emploi, gagner sa vie. Cela n'aurait duré que quelques années puisque, à l'âge de vingt et un ans elle doit toucher son héritage.

— Gagner sa vie ?

Une jeune fille de la bonne société n'était pas censée gagner sa vie. Case ignorait s'il devait rire ou se fâcher. Il comprit alors que la jeune femme assise en face de lui était dans ce cas.

Il se demanda soudain pourquoi elle ne s'était jamais mariée.

— Quoi ? fit-elle en le dévisageant d'un air suspicieux.

— J'imagine que lady Octavia est la tête pensante de ce projet insensé, dit-il en haussant les épaules.

Jane se crispa.

— Ce projet n'a rien d'insensé ! Nous l'avons déjà mis en œuvre avec succès. Quant à lady Octavia, elle n'est au courant de rien. Si elle l'avait su, elle aurait tenté de nous dissuader. Elle ne peut se permettre d'impliquer son association dans une telle affaire. Elle risque de perdre quelques bienfaiteurs influents, et, dans ce cas, nous n'atteindrons jamais notre but, qui est de parvenir à faire évoluer la loi. Sans cela, les femmes n'auront jamais le droit de décider elles-mêmes de leur sort et de choisir leur avenir.

Elle laissa échapper un soupir.

— Lady Octavia nous soutient, certes. De nombreuses femmes en détresse se présentent à l'association pour nous demander de l'aide. Nous faisons de notre mieux mais, en général, nous ne pouvons que les écouter avec sympathie. Une femme qui quitte son mari doit renoncer à tout, à ses biens, à ses enfants. Peu d'entre elles vont jusque-là et nous ne les encourageons pas à le faire. Rien n'est pire que de perdre ses enfants, non ?

— Et si elles n'ont pas d'enfants ? s'enquit le comte, intéressé malgré lui.

— Ce n'est guère mieux. Le mari n'a aucune obligation de l'entretenir ou de lui rendre l'argent de sa dot. Si la femme trouve un emploi, il peut faire saisir son salaire de sorte qu'elle n'a plus aucun moyen de subsistance !

— C'est injuste !

— En effet, mais la loi est ainsi faite.

Les yeux pétillants, elle appuya le menton sur ses mains jointes.

— Vous devriez venir à nos conférences, lord Castleton. Vous y apprendriez beaucoup, et nous sommes toujours en quête de mécènes fortunés pour soutenir notre action.

Case eut l'impression qu'elle venait de marquer un point. Ce n'était d'ailleurs pas une impression.

— Je n'ai pas besoin d'assister à vos conférences, répondit-il avec un sourire désarmant. Il me suffit de vous écouter.

Elle parut sur le point de se fâcher mais le surprit en éclatant de rire.

— Je sais, je me laisse parfois emporter. Mais ce travail est très important à mes yeux.

— La façon dont je dépense mon argent l'est aussi. Pourquoi avez-vous besoin de mécènes fortunés ?

— Eh bien, il faut couvrir les frais de la bibliothèque, mais la majeure partie des sommes récoltées est consacrée au soutien de députés de seconde zone qui mènent campagne. Plus nous aurons d'alliés au sein du Parlement, plus nous aurons de chances de voir nos idées se répandre et des lois votées en notre faveur.

— Cela ressemble fort à de la corruption !

— Eh bien, je suppose que oui. Mais, apparemment, c'est ainsi que le monde tourne.

Son sourire ne parvint pas à dérider Case. Il avait toujours eu une attitude un peu condescendante envers lady Octavia et sa ligue féminine. Il commençait à se rendre compte qu'il les avait sous-estimées. Leur action n'avait rien d'une plaisanterie. Ces femmes ne cherchaient pas qu'un moyen de passer le temps. Leur combat était sérieux.

Il martela nerveusement la table.

— Que va-t-il arriver à Mlle Drake, maintenant ?

Jane soupira.

— Je vais devoir raconter à… mes amies, en ville, ce qui s'est passé. Elles ne pourront rien faire, hormis supplier Drake de revenir sur sa décision. Je doute qu'Emily ait une autre chance de s'enfuir, à moins de tuer lord Reeve.

Case l'observa avec attention. Elle plaisantait, bien sûr. Inutile de lui demander qui d'autre qu'elle était impliqué dans le projet, mais il était prêt à parier que Sally Latham était sa complice. Pas Freddie, naturellement. Celui-ci ne soutiendrait jamais un projet susceptible de nuire au confort d'un homme. Et il n'était pas suffisamment clairvoyant pour se rendre compte que toutes les femmes n'appréciaient pas cette situation. Tout bien réfléchi, lui-même n'était pas si différent de Freddie.

— Vous dites que ce n'est pas la première fois que vous agissez de la sorte ? reprit-il.

— Non, mais j'ai l'impression que je ne recommencerai pas de sitôt. Je viens d'être percée à jour. Reeve connaît désormais mon identité. Il se peut qu'il en parle à d'autres. Désormais, il ne sera pas difficile de me débusquer. Vous avez bien réussi, vous. Plus personne ne pourra se cacher ici en toute sécurité. Les fugitives devront aller ailleurs.

Case se retint de lui demander à qui elle faisait allusion. Des épouses en fuite, des héritières désespérées… Il ne tenait pas à le savoir, à connaître leur identité, car il risquait d'avoir envie de les aider.

Cette simple pensée le fit frémir. Il refusait de se mêler des affaires des autres, mais le cas de Mlle Drake était particulier. Ce n'était pas sa jeunesse qui suscitait sa compassion, ni le fait qu'elle était promise à un mariage sans amour. Lord Reeve le révulsait. Une jeune fille innocente ne méritait pas de se retrouver entre les griffes de cette ordure.

— Laissez-moi me charger de M. Drake, dit-il soudain. Je suis plus à même de lui faire entendre raison que… qu'une femme – veuillez excuser ma franchise.

La première impulsion de Jane fut de refuser. Elle avait l'habitude de régler ses problèmes elle-même. Cependant, le comte avait raison. Ses arguments auraient plus de poids que les siens. Il était héritier d'un duc alors qu'elle n'était qu'une simple femme, autant dire rien aux yeux des hommes.

— Merci, dit-elle simplement en se forçant à sourire. Prenez garde cependant à ne pas vous faire piéger à la place de lord Reeve.

— Je suis très doué pour éviter de me faire passer la corde au cou.

Elle n'en doutait pas une seconde.

Ils finirent de manger en silence. Jane décida que c'était le moment idéal pour s'en aller. En dépit de leur conversation agréable, elle se sentait mal à l'aise en sa présence.

— Je reste en bas, déclara-t-elle. Vous en avez fait suffisamment, vous devriez aller vous coucher.

— Non. Je dormirai près du feu. J'ai promis à Mme Trent de veiller sur Ben. Laissez-moi Lance. Il me tiendra compagnie.

En entendant son nom, le chien se redressa et trotta vers Case.

— Il comprend tout ce que je dis, ma parole !

— Je me suis souvent posé la question, avoua la jeune femme en riant. Mais comme tous les mâles, il peut se montrer obtus quand cela l'arrange. C'est toutefois un excellent chien de garde, sans parler de ses talents de chien de berger.

On aurait dit une mère vantant les louanges de sa progéniture.

— Comment l'avez-vous trouvé ? Je veux dire, pourquoi avoir adopté un chien de berger ?

Elle entreprit de débarrasser la table tout en expliquant :

— J'étais en voyage en Écosse, dans un petit village nommé Aboyne, non loin d'Aberdeen. Vous ne connaissez certainement pas...

— Je connais Aberdeen. Ma sœur s'y trouve en ce moment, chez les parents de son mari. C'est sur la côte, n'est-ce pas ?

— Oui, mais Aboyne est à l'intérieur des terres, dans les collines, sur les rives de la Dee. Un endroit magnifique. Je me promenais quand Lance a surgi de nulle part, au détour d'un chemin. Il m'a suivie jusqu'à la maison.

Elle posa un regard attendri sur le chien et sourit.

— Il était maigre comme un clou et avait été roué de coups. Quelques jours plus tard, j'ai appris qu'un chien de berger de grande valeur avait disparu. Sa description correspondait à Lance. Dans un premier temps, j'ai songé à la rendre à son maître. Et puis...

Elle fit la grimace.

— Quand j'ai rencontré cet homme, il m'a tout de suite déplu. Il frappe ses chiens sans vergogne, c'est sa façon de les dresser. Je lui ai raconté que j'avais peut-être aperçu son chien près de l'église de Crathie. J'ai quitté Aboyne dès le lendemain en emmenant Lance.

— Vous l'avez *volé* ?

— Je l'ai sauvé !

— Je connais le prix d'un bon chien de berger. Il doit valoir une somme rondelette.

— Je ne pouvais proposer de l'argent à cet homme sans révéler que je savais où était son chien. Il me l'aurait repris et aurait continué à le martyriser. Il n'en était pas question.

— Non, je m'en doute. Décidément, vous semblez avoir un penchant pour les fugitifs.

Une lueur apparut dans les yeux de la jeune femme.

— C'est vrai, admit-elle. Et je n'en ai pas honte.

Quoi qu'il dise, il ne parvenait pas à l'amadouer. Elle prenait la mouche à la moindre occasion. Lorsqu'elle porta son plateau vers le garde-manger, il lui emboîta le pas. Elle dut attendre qu'il lui ouvre la porte.

Les paroles qu'il allait prononcer moururent avant d'avoir franchi ses lèvres. Elle avait levé la tête vers lui ; la lumière sculptait ses pommettes et projetait des ombres sur ses grands yeux. Lorsqu'il s'attarda sur sa bouche, elle l'entrouvrit malgré elle. En passant, elle frôla sa jambe sans le vouloir. Il sentit furtivement la chaleur de son corps, son souffle un peu haletant.

Se demandant quels secrets elle dissimulait, il lui prit le menton.

— C'était inévitable, Jane, murmura-t-il. Vous le savez aussi bien que moi.

Il l'avait prise par surprise, et avant qu'elle puisse réagir à ce contact intime, la chaleur de ses doigts se propagea dans tout son corps. Elle était pétrifiée. Il ne fallait pas qu'elle ressente quoi que ce soit. Elle aurait dû être immunisée contre toute réaction de cet ordre. Pourquoi ne l'était-elle pas ?

Quand il se pencha lentement vers elle, elle se raidit.

— Je veux que vous partiez, murmura-t-elle d'une voix rauque.

Elle se dégagea vivement, s'éloigna de quelques pas et fit volte-face.

— Je veux que vous partiez, répéta-t-elle en s'efforçant de maîtriser les battements de son cœur.

Case la dévisagea longuement, la tête inclinée de côté, puis déclara :

— Votre réaction est démesurée, et je me demande pourquoi.

Une bouffée de panique envahit soudain la jeune femme, qui parvint tout de même à s'exprimer avec froideur.

— Je n'ai rien fait pour vous encourager à vous comporter de la sorte.

— Vraiment ? Allons, Jane, admettez que je vous intrigue autant que vous m'intriguez.

Son sourire désinvolte la fit bouillir.

— Je crois que vous me confondez avec Amelia Standhurst. Si je ne m'abuse, c'était elle qui vous intriguait, il y a quelques jours.

Elle sentit la colère monter en elle. La colère était plus utile et moins redoutable que l'intimité, aussi continua-t-elle sur sa lancée :

— Et peu de temps auparavant, il s'agissait de la fameuse contessa, je crois.

— Je vois que vous n'ignorez rien de ma vie privée, répondit-il en arquant les sourcils. J'en suis flatté.

— Vous n'avez pas de vie privée ! Vous êtes une célébrité, répliqua-t-elle en essayant de contrôler sa voix. Tout le monde est au courant de vos frasques et de vos conquêtes !

Case fit un pas vers elle, mais elle ne recula pas. Le regard pénétrant du comte la scruta, la jaugea.

— Vous n'êtes qu'une prude à l'esprit étroit.

— Je prends simplement soin d'éviter toute...

— ... tentation ?

— Les hommes que je ne connais pas ! compléta-t-elle d'un ton plus acerbe qu'elle ne l'aurait souhaité.

Il esquissa un sourire nonchalant.

— Que cela vous plaise ou non, nous serons amenés à très bien nous connaître, vous et moi. Je vous l'ai dit : c'est inévitable.

— Vous...

— Il la fit taire en posant un doigt sur ses lèvres.

— Chut ! Vous allez réveiller Ben.

Elle lança un coup d'œil vers le lit. Le jeune garçon s'agitait dans son sommeil.

— Je veux que vous partiez, insista-t-elle d'une voix sourde.

— Je sais, répondit-il, un sourire au coin des lèvres. Mais je crains que ce ne soit impossible. Vous ne semblez pas vous rendre compte qu'il n'a pas cessé de neiger depuis que vous êtes montée vous reposer. C'est une véritable tempête qui fait rage. Je doute que j'aille bien loin dans ces conditions. Vous voyez, nous sommes contraints de faire plus ample connaissance.

Elle ne prit pas la peine de regarder par la fenêtre.

Avant qu'elle ne lui lance quelques paroles assassines, Case reprit d'un ton plaisant :

— Je suggère que nous entretenions des rapports courtois, sinon Ben et Mme Trent vont se faire des idées fausses. Ils risquent même de croire à une querelle d'amoureux.

Elle quitta la pièce en claquant la porte derrière elle.

Case attendit que ses pas se fussent éloignés avant d'allumer un cigare qu'il allait fumer dehors. Lance le suivit. Il neigeait toujours, mais ils demeurèrent à l'abri sous le porche.

— Je ne me trompe pas en affirmant que sa réaction était excessive, n'est-ce pas ? dit-il au chien en soufflant un nuage de fumée.

Lance resta silencieux.

En général, pourtant, les femmes apprécient mes attentions.

Naturellement, la plupart étaient surtout impressionnées par son titre et sa fortune. Ce qui n'était pas le cas de Jane Mayberry. Il plissa les yeux en exhalant la fumée de son cigare. Puis il sourit. Elle était directe au point de friser l'impolitesse, elle défendait ses opinions, le contredisait sans cesse et était passionnée par son combat. Ses convictions étaient pour elle des principes de vie. Et elle le captivait.

Était-elle si différente des autres ?

Depuis la mort de son père, elle n'avait pas eu la vie facile. Qui donc le lui avait confié ? Lady Octavia ? C'était sans doute exact, mais, selon lui, Jane ne se considérait pas comme une victime. Elle faisait preuve d'un courage et d'une fougue qu'il ne pouvait que lui envier. Le problème, c'était qu'elle portait un fardeau trop lourd pour ses frêles épaules. Étrangement, il avait envie de la soulager d'une partie de ce fardeau. D'autant plus qu'il avait la nette impression qu'elle s'était réjouie de sa présence, au cours des heures écoulées. En la voyant anxieuse, il avait eu envie de la prendre dans ses bras et de lui promettre qu'il s'occupait de tout…

Il y avait autre chose en elle qui lui plaisait. Chaque fois qu'il était en sa compagnie, il sentait son cynisme s'envoler peu à peu.

Perdu dans ses pensées, il fixait un point invisible devant lui. Il se rappelait Jane telle qu'il l'avait vue à l'opéra. Elle n'avait pas grand-chose de commun avec la jeune femme qu'il avait rencontrée à la bibliothèque. Elle n'était pas qu'un bas-bleu un peu prude et voué aux causes perdues. Pourquoi diable vivait-elle en recluse dans ce trou ?

Il voulait tout savoir d'elle, découvrir tous ses secrets.

Et ensuite ? Jusqu'où était-il disposé à aller ? Avec ce genre de femme, ce serait le mariage sinon rien.

Dommage.

Il jeta le mégot de son cigare dans les buissons et se surprit à rire. Décidément, il perdait la tête. Quoi qu'il y ait entre Jane et lui, cela devrait attendre. Pour l'heure, il devait mettre toute son énergie à retrouver Gideon Piers et finir le travail qu'il avait commencé en Espagne.

Pas de quartier.

Pendant de longues minutes, il songea à l'Espagne et à son combat contre la Roca.

Puis il se ressaisit et se tourna vers Lance.

— Allez, viens, mon vieux. On va patrouiller dans le secteur pour vérifier si tout va bien.

Ravi, le chien le précéda d'un bond.

9

Bien que Case fût membre des clubs les plus huppés du quartier de Saint-James, ses amis et lui préféraient se rencontrer à *l'hôtel Bell*. Au bar du rez-de-chaussée, ils côtoyaient des hommes de théâtre, et dans les salons de l'étage, ils s'adonnaient au jeu ou dînaient. C'était là qu'ils se retrouvaient pour préparer leur réunion annuelle des anciens d'Eton, que le père de Case organisait traditionnellement à Twickenham House. Cette année-là, un problème avait surgi. L'événement avait été repoussé, car l'invité d'honneur était tombé gravement malade. La réception était désormais fixée à la semaine précédant Noël.

Après un somptueux dîner, Case et ses amis se séparèrent. La plupart gagnèrent les salles de jeu, de l'autre côté du couloir, laissant Case planifier la fête en petit comité avec deux compagnons.

Le comte écouta les suggestions de ses amis, mais son esprit était ailleurs. Il avait engagé un homme pour aider Jane dans ses travaux domestiques, mais celui-ci ne pouvait lui consacrer que quelques heures tous les deux jours. Case se demandait comment elle s'en était sortie, ces derniers temps. Elle devait s'occuper de Ben et se charger de toutes les corvées. Lui-même avait fait de son mieux pour la soulager : il avait rentré du charbon, soigné les chevaux, ramené la voiture et veillé sur Ben. En toute simplicité, il avait retroussé ses manches et travaillé comme un simple ouvrier. Lui, le fils d'un duc! Et Jane n'était même pas impressionnée. Il n'avait rien fait qu'elle ne puisse faire elle-même.

En réalité, elle avait souvent dans le regard une lueur qui démentait ses paroles cinglantes. Les yeux de Jane ne mentaient jamais, et ils lui disaient qu'elle appréciait sa présence.

Comprenait-elle pourquoi elle avait les nerfs à fleur de peau chaque fois qu'il se trouvait à proximité ?

Quelqu'un lui tapota le bras. Il leva la tête.

— Ce n'est pas drôle, Case.

— Quoi ?

— Tu n'as pas écouté un seul mot de ce que j'ai dit.

Waldo Bowman était un homme élancé dont les traits taillés à la serpe étaient adoucis par un sourire perpétuel. Ce rictus un peu singulier était en fait une cicatrice résultant d'un coup de baïonnette qu'il avait reçu à Talavera. La plupart des amis de Case avaient combattu à ses côtés en Espagne.

Case se ressaisit.

— Mais si, je t'ai écouté, Waldo. Tu proposais que le Dr Keate soit notre prochain invité d'honneur. D'après mes souvenirs, ce vieux bougre nous terrorisait, à Eton.

— Seulement ceux qui ne respectaient pas le règlement, répliqua Waldo. Et tu semblais croire que les règles étaient faites pour être brisées.

Comme nous tous à cet âge-là, non ?

Robert Shay, le troisième larron, qui était non seulement le meilleur ami de Case mais aussi son cousin éloigné, leur proposa du tabac à priser. Robert était aussi blond que Case était brun. S'il n'était pas aussi séduisant que son cousin, il ne manquait pas d'allure. Il avait notamment de beaux yeux bleu foncé pétillants d'intelligence.

— Soyons honnêtes, dit-il. Le fouet n'a jamais tué aucun d'entre nous. Et ce brave Keate a consacré sa vie à la tâche ingrate d'instruire des générations d'ignorants tels que nous. Il méritait d'être nommé directeur, mais nul n'a jamais ne serait-ce qu'organisé un dîner en son honneur. Rendons-lui cet hommage et remettons-lui un prix par la même occasion.

— La question est réglée, déclara Waldo. Ce sera le Dr Keate. Case, tu pourras demander à ton père s'il est d'accord ?

— Je suis sûr qu'il le sera. Il ne se passe plus grand-chose à Twickenham House, ces temps-ci. Rosamund est en Écosse et Justin en Italie. Mon père apprécie beaucoup ces réceptions.

— C'est vrai, renchérit Robert. Quand nous étions enfants, il nous accueillait toujours chaleureusement. J'adorais aller à Twickenham House. À propos du bon vieux temps, où est Freddie ?

— Il a prévenu qu'il serait en retard, expliqua Waldo. Case, si Keate nous fait faux bond, il faudra que tu lui trouves un remplaçant.

Pourquoi moi ? s'étonna Case. Pourquoi pas toi ou Robert ?

— Parce que nous avons du travail, déclara Waldo. Je me charge des invitations et Robert s'occupe de la carte des vins et du menu.

Il se tourna vers Robert, le dandy du trio, considéré comme un fin gourmet, qui déclara :

— Je ne confierais cette tâche à personne. Vous autres n'êtes que des philistins…

— D'accord, d'accord, concéda Waldo. Nous sommes incapables de faire la différence entre un grand cru et une vulgaire piquette. À l'armée, j'avais un sergent qui prenait systématiquement les nouvelles recrues pour des incapables.

— Ton sergent me rappelle mon valet, renchérit Robert. À en croire ce cher Dobbs, il m'a tout appris.

Case secoua la tête tandis que Waldo s'esclaffait. Robert Shay était l'un des rares de leur groupe d'amis qui n'ait pas combattu en Espagne. Nul ne lui en tenait rigueur, car il était le seul fils survivant. S'il avait été tué, son titre aurait disparu avec lui, une catastrophe inacceptable pour une famille au sang bleu. Le devoir familial passait avant tout.

Toutefois, Robert n'était pas homme à se tourmenter inutilement ou à se justifier. Quand on lui demandait pourquoi il n'avait pas servi son pays auprès de Welling-ton, il répondait qu'il l'aurait fait volontiers s'il avait pu emmener son valet, car il était incapable de s'habiller seul.

Bien sûr, tout cela n'était qu'une façade. Jouer les dandys l'amusait, et il aimait faire croire aux gens qu'il se prenait au sérieux alors que tel n'était pas le cas. En réalité, c'était un avocat de renom qui prenait son métier à cœur et devenait un tout autre homme dès qu'il entrait dans un tribunal.

— Si nous en avons terminé, déclara Waldo en se levant, je crois que je vais aller tenter ma chance au jeu.

Robert le rappela tandis qu'il claudiquait vers la porte.

— Sois prudent, lui recommanda-t-il, surtout avec les créatures en jupons !

— Je n'y peux rien si les femmes sont toutes folles de moi ! répliqua son ami en riant.

Après son départ, Robert reprit :

— Ce doit être dur pour lui. Il n'y avait pas de meilleur athlète que lui à Eton ou à Oxford.

— Je ne pense pas qu'une patte folle fasse une grande différence pour Waldo, intervint Case en haussant les épaules. Hormis sur une piste de danse.

— Ce n'est pas ce que je voulais dire. La guerre l'a changé. À présent, il lui arrive de disparaître, de passer un mois à boire pour oublier. Puis il réapparaît, et c'est de nouveau ce bon vieux Waldo.

— La guerre est ainsi, répondit Case. Elle transforme les hommes. Je n'ai pas envie d'en parler, mais je peux te garantir que c'était une époque brutale, dure, et que je suis ravi que ce soit terminé.

Case se tut. Robert s'empara de la carafe de cognac et remplit deux verres.

— Pourtant, tu es resté là-bas toute la durée de la guerre alors que tu aurais pu rentrer chez toi, remarqua-t-il.

— C'est vrai, mais je m'étais attaché à mes hommes et j'aurais eu l'impression de les abandonner. En outre, j'étais un bon soldat, paraît-il.

— Tu appréciais donc la discipline ?

— Certainement pas ! Mais j'aimais gagner.

Robert se mit à rire et s'adossa à sa chaise.

— Je te reconnais bien là! Je suppose que c'est la raison pour laquelle tu es si déterminé à poursuivre l'enquête sur le meurtre de Hyde Park. Tu progresses?

Malheureusement, Case ne faisait des progrès que dans son esprit. Cependant, il commençait à échafauder une théorie. La réunion de ce soir lui avait fourni matière à réflexion. Lorsque leur invité d'honneur initial était tombé malade, ils avaient repoussé l'événement. Case se demandait si cela avait modifié les projets de Piers. Il n'avait pas compris pourquoi son ennemi juré avait attendu aussi longtemps après la mort de Collier. L'agression de Harper prouvait que les hostilités avaient repris. Était-ce l'ajournement de la réunion qui avait changé les choses? Combien de temps allait-il supporter de jouer ainsi au chat et à la souris?

Si sa théorie était fondée, Case savait désormais quand Piers allait frapper.

Ce n'était qu'une hypothèse et elle était trop tirée par les cheveux pour qu'il l'expose à Robert, qui était sceptique de nature. Ce dernier, comme Freddie, était persuadé que le meurtre de Collier était un acte de vengeance isolé perpétré par un homme qui connaissait les méthodes de Piers. Case ne leur avait rien dit de l'agression de Harper. Et il n'en ferait rien tant qu'il n'aurait pas d'éléments nouveaux. Avec Waldo, c'était différent. Case s'était confié à lui, car il avait fait partie de l'unité d'élite qui avait débusqué Piers au monastère de Saint-Michel. Au moins Waldo croyait-il possible que Piers soit encore en vie et assoiffé de vengeance.

Nous en sommes encore à rassembler des renseignements.

— Tu parles vraiment comme un agent de la brigade spéciale, railla Robert. En d'autres termes, cela ne me regarde pas. Remarque, je ne me sens pas offensé. En tant que magistrat, j'utilise le même genre de formules. Ainsi, tu n'as pas avancé. Cela ne me surprend guère.

Case ne prit pas la peine de répondre. Quelqu'un éclata de rire de l'autre côté du couloir. Les deux hommes jetèrent un coup d'œil vers la porte ouverte.

— Waldo a l'air de s'amuser, commenta Case.

— Il y a une nouvelle à la table de jeu et elle lui plaît, expliqua Robert en haussant les épaules. Tu connais Waldo. Quand il y a une jolie fille à conquérir, on ne voit plus que lui. À ce propos, ajouta-t-il en esquissant un sourire, ma grand-mère m'a raconté que ta tante et elle aidaient une certaine Emily Drake à faire ses premiers pas dans le monde. Qui est donc cette jeune fille, et quels sont vos rapports ?

La question surprit Case. Il n'avait parlé à sa tante de Mlle Drake que le matin même. Il lui avait expliqué quels problèmes elle rencontrait et l'avait invitée à élargir le cercle des amis de la jeune fille. Jane et lui s'étaient mis d'accord sur cette stratégie avant qu'il ne quitte Highgate – en partant du principe que sa tante accepterait de prendre Emily sous son aile. Le but était de persuader M. Drake que sa sœur rencontrerait ainsi de beaux partis, des fiancés éventuels plus à son goût que lord Reeve. Case n'avait pas prévu qu'on le compterait parmi les prétendants possibles.

Pas étonnant que le frère de la jeune fille ait accepté sa proposition avec empressement.

— Inutile de sourire, dit-il à Robert. Je n'ai jamais rencontré cette fille, et je n'en ai aucune envie.

Il lui relata brièvement les faits.

— Je ne vois pas en quoi une saison en ville changera quoi que ce soit à la situation de Mlle Drake si son frère est déterminé à la marier à lord Reeve.

— Son frère a changé d'avis, expliqua Case. Ce M. Drake est un homme très raisonnable. Nous avons eu une petite conversation hier et il a tout de suite adopté mon point de vue.

— Hum. De quoi l'as-tu donc menacé pour qu'il renonce au titre de Reeve ?

— Je ne suis pas si grossier. Très honnêtement, je pense que les motifs réels de Drake ont été mal compris. Comme je l'ai dit, c'est un type raisonnable.

Robert prit sa blague à tabac, la regarda un instant puis la reposa.

— Priser est une sale habitude, déclara-t-il. Je ne vois pas pourquoi je m'y adonne.

— Pour sauvegarder les apparences, peut-être ?

— Absolument. Tout dandy qui se respecte prise. M'offrirais-tu un de tes petits cigares ?

Tandis qu'ils fumaient, Robert remarqua :

— J'espère que M. Drake n'est pas superstitieux.

— Pourquoi ?

— Cela me paraît évident. D'abord la contessa, puis ta dernière conquête, Mme Standhurst, répondit Robert, l'œil espiègle. Ne prends pas cet air surpris. Tu n'espérais tout de même pas garder cette liaison secrète ? Bien des gens t'ont vu quitter l'opéra en compagnie de la belle veuve. Et à présent, Mlle Drake… J'espère vraiment que son frère n'est pas superstitieux.

Case n'avait pas l'esprit aux joutes verbales. Une ombre venait de se profiler à l'horizon. Il fronça les sourcils.

— De quoi parles-tu, Robert ?

— Comment ? Tu n'es pas au courant ? Où diable étais-tu, ces derniers jours ?

— À Highgate, puis dans mon bureau, chez les Horse Guards. De quoi suis-je censé être au courant ?

Devant la mine grave de son ami, Robert reprit vite son sérieux.

— Eh bien, des cambrioleurs se sont introduits chez la contessa. Ils n'ont rien emporté mais ils ont terrorisé la pauvre femme et ont torturé son chat sous ses yeux. Hier soir, il y a eu effraction chez Mme Standhurst. Elle était absente. Ils n'ont emporté que son petit chien. On ne l'a pas encore retrouvé. Je suis désolé d'avoir plaisanté sur ce sujet. Ce n'était pas de très bon goût.

Case était déjà debout.

— Excuse-moi, fit-il. J'ai quelque chose à faire.

Quand il eut surmonté sa stupeur, Robert bondit et le rattrapa.

Attends ! Je t'accompagne.

— Que se passe-t-il ? s'enquit Waldo qu'ils croisèrent dans le couloir.

— Tout ce que je sais, c'est que nous partons pour Highgate, répondit Robert.

Sans hésiter, Waldo leur emboîta le pas.

Un bruit réveilla Jane en sursaut. Elle demeura allongée, l'oreille tendue.

— Lance, murmura-t-elle.

L'air froid de la nuit entrait par la fenêtre entrouverte et faisait voleter les rideaux. Hormis le vent qui bruissait dans les branches, tout était silencieux.

Pourtant, quelque chose l'avait réveillée. Pourquoi avait-elle aussitôt pensé à Lance ?

Alarmée, elle se leva et gagna la fenêtre. Lance allait et venait à sa guise entre la maison et le jardin. Il passait par la trappe à charbon située sous la cuisine. Dans la soirée, il s'était montré agité et n'avait pas voulu rentrer. Jane avait supposé qu'il avait reniflé un blaireau ou un renard, et qu'il rentrerait à la maison dès qu'il l'aurait chassé. Si ç'avait été le cas, il aurait dû être dans sa chambre ou en train de gratter au bas de sa porte…

Qu'avait-elle donc entendu de si inquiétant ? Un hibou ? Un gémissement ? Où diable était passé Lance ?

Elle ouvrit la fenêtre en grand, bien décidée à l'appeler, quand elle perçut le claquement d'une porte, sur sa gauche. Celle de l'écurie. Pourtant, elle était sûre de l'avoir fermée avant d'aller se coucher. Qui l'avait donc rouverte ? Et pourquoi Lance n'aboyait-il pas ? Tout à coup, elle sentit une odeur de fumée, et son inquiétude devint de la peur.

— Ben ! cria-t-elle. Ben !

Elle sortit son pistolet de la commode et se rua dans le couloir. La chambre de Ben se trouvait près de l'escalier.

— Que se passe-t-il ? demanda-t-il d'une voix endormie.

— Habille-toi et va chercher le tromblon !

— Pourquoi ? s'enquit-il, soudain en alerte.

— Je crois que nous avons de la visite. Des vagabonds, sans doute. Et je crains qu'ils n'aient fait du mal à Lance.

Elle dégringola l'escalier, s'arrêta dans l'entrée le temps d'enfiler ses bottes et un manteau, puis s'élança dehors. Il avait plu au cours des derniers jours et la neige avait fait place à de la boue, rendant le chemin glissant, mais Jane s'en moquait. Pas un signe de Lance, en revanche elle entendait les chevaux hennir de panique et sentait une odeur âcre de fumée.

En pénétrant dans la grange, elle ne pensait plus aux éventuels vagabonds. Elle n'avait qu'une idée en tête: faire sortir les animaux le plus vite possible. Fourrant son pistolet dans sa poche, elle ouvrit la porte en grand. En s'engouffrant dans l'écurie, l'air froid attisa les flammes. Les chevaux devinrent fous. Lance gisait à terre, dans une mare de sang.

Alors qu'elle se penchait sur lui, Jane reçut un coup par-derrière et tomba à genoux. Une main se posa sur sa bouche, étouffant son cri, puis elle fut tirée en arrière. Une voix retentit dans son dos. Elle n'appartenait pas à celui qui la maintenait prisonnière.

— Vous auriez mieux fait de dormir plus longtemps, mademoiselle Mayberry. Abrège ses souffrances mais ne frappe pas trop fort.

L'homme qui venait de parler entreprit de refermer la porte. En voyant les flammes dévorer un autre mur, Jane sentit la rage monter en elle. Pressentant le coup fatal, elle mordit la main de son agresseur de toutes ses forces. Il ne portait pas de gants. Le sang jaillit. Profitant de ce qu'il avait ôté sa main en hurlant de douleur, elle se dégagea de son emprise.

Elle se releva vivement, pistolet au poing. Tout s'enchaîna très vite. Ben, qui s'était s'arrêté non loin, cria aux hommes de s'en aller, les menaçant de leur faire sauter la cervelle. À cet instant, la porte de l'écurie s'ouvrit avec fracas et Razor se rua à l'extérieur, suivi de Daisy, la jument. Les deux chevaux faillirent renverser les agresseurs au passage. Un nuage de fumée sortit en tourbillonnant de la bâtisse.

C'était le moment d'agir.

Criant à Ben de la couvrir, elle empocha le pistolet, se mit à quatre pattes, puis rampa vers l'endroit où elle avait vu Lance. La chaleur était intense. Durant les quelques secondes qu'il lui fallut pour trouver le chien, elle entendit un tir de tromblon. Un homme lâcha un juron en espagnol, puis plus rien. La jeune femme avait les cheveux roussis, les yeux lui piquaient et elle avait de la peine à respirer. Elle parvint à puiser en elle la force de soulever Lance, sans savoir s'il était encore en vie, et de le porter dehors, à l'écart de cet enfer.

Elle demeura un long moment penchée sur lui, emplissant ses poumons d'air frais. Puis elle regarda autour d'elle et aperçut Ben qui se relevait avec l'aide de Mme Trent. Elle ne voyait plus ses chevaux mais les entendait hennir au-delà du bosquet de sapins. Les deux inconnus n'étaient nulle part visibles.

Les yeux embués de larmes, elle examina Lance. Son épaisse fourrure était maculée de sang de l'épaule au poitrail. Elle ravala un sanglot et essuya ses larmes du revers de sa manche. Était-ce le fruit de son imagination ou le chien avait-il bougé ?

— Lance ? balbutia-t-elle en posant la main sur son flanc. Lance ?

Il frémit une première fois, une seconde, puis toussota, mais n'ouvrit pas les yeux.

Jane se leva d'un bond et ôta son manteau.

— Lance est vivant ! cria-t-elle. Aidez-moi, madame Trent ! Aidez-moi à le porter à l'intérieur. Mon manteau servira de brancard.

10

Dès qu'ils entrèrent dans Highgate, une odeur âcre de fumée les saisit à la gorge. Il était minuit passé et rares étaient les maisons encore éclairées. Pas moyen d'interroger un paysan pour connaître l'origine de l'incendie. Ils ne décelèrent aucune lueur rougeâtre à l'horizon. De toute façon, incendie ou pas, Case savait où il allait et ne ralentit pas l'allure.

Sentant son inquiétude, Robert et Waldo se contentèrent de chevaucher derrière lui en silence. Ils savaient simplement qu'ils risquaient de se retrouver nez à nez avec Gideon Piers, et s'exposaient donc à de sérieux ennuis.

À la sortie de Highgate, une fine couche de cendres les enveloppa, agaçant les chevaux, et les obligeant à relever le col de leur manteau pour épargner un tant soit peu leurs poumons. À mesure qu'ils avançaient, davantage de maisons étaient éclairées, de sorte qu'ils purent cheminer sans encombre.

Et soudain, il y eut des lanternes partout. Des hommes, le visage protégé par un foulard, formaient une chaîne entre un puits et les ruines fumantes d'une grange. Ils se passaient des seaux d'eau pour éteindre les braises rougeoyantes. Case interpella l'homme qui semblait diriger les opérations.

— Où est Mlle Mayberry ?

— Chez elle. Elle a eu une sacrée frayeur mais elle va bien.

Case poussa un profond soupir de soulagement et demanda :

— Vous êtes agent de police ?

Jaugeant Case du regard, l'homme parut se rendre compte qu'il s'adressait à un notable.

— Agent John Turnbull, répondit-il avec respect.

Il ajouta qu'il était aussi l'intendant du domaine de Lauderdale.

— Toutes les terres alentour font partie du domaine, expliqua-t-il. Et les hommes qui sont là y travaillent. C'est dommage pour la grange, mais le temps d'arriver sur les lieux, il était trop tard. Grâce à Mlle Mayberry, les chevaux ont réussi à s'enfuir, c'est déjà cela.

Case ignorait que Jane louait la maison. Il la croyait propriétaire.

— Et le chien ?

— La pauvre bête semblait mal en point. Mlle Mayberry vous en dira plus. Jamais je n'avais vu quelqu'un faire autant d'histoires pour un chien.

— Comment le feu s'est-il déclaré ? intervint Waldo.

— Des vagabonds, sans doute, répondit Turnbull. Ou des gamins de la ville qui n'ont rien de mieux à faire que d'incendier des granges et de terroriser de pauvres gens. Je vous garantis que si je leur mets la main dessus...

Il s'interrompit pour se porter au secours d'un homme qui venait de tourner de l'œil.

— Allez jeter un coup d'œil dans le coin, histoire de voir si vous dénichez quelque chose, suggéra Case à ses amis.

Tandis qu'il allait attacher son cheval, Robert s'approcha de Waldo.

— Qui est cette Mlle Mayberry ? lui demanda-t-il.

— Aucune idée. Mais ce que j'aimerais bien savoir, c'est comment Case a deviné qu'il allait se passer quelque chose ici, ce soir.

Robert songea à la conversation qu'il avait eue avec Case au *Bell*. La contessa, Amelia Standhurst. Emily Drake...

— C'est grâce à ce que je lui ai appris, tout à l'heure.

Ainsi donc, c'est vrai. Ce Gideon Piers est vraiment sur le sentier de la guerre.

— On en reparlera plus tard, murmura Waldo.

Case s'immobilisa sur le seuil de la cuisine et balaya la pièce du regard. Assis sur une chaise, Ben semblait en piteux état. Il grimaçait de douleur tandis qu'un homme bien vêtu, un médecin, sans doute, bandait son épaule déboîtée quelques jours plus tôt. Jane était attablée, les bras tendus devant elle. Mme Trent lui enduisait les mains de pommade, ravalant ses larmes, comme si elle souffrait encore davantage que la jeune femme.

— Jane, fit doucement Case.

Au son de sa voix, elle tourna la tête.

— Je ne m'attendais pas à vous revoir.

Son expression ne reflétait en rien la sécheresse de ses paroles. Elle était drapée dans une robe de chambre en laine noircie de cendres. Elle avait les cheveux roussis par endroits, le visage maculé de suie. Naturellement, elle s'était précipitée dans l'écurie en flammes pour sauver ses animaux, en déduisit Case, agacé. Il pensa soudain au chien.

— Qu'est-il arrivé à Lance ?

Il s'était exprimé un peu trop brusquement, peut-être. À moins qu'elle n'ait perçu son changement d'humeur, car la lueur amicale dans son regard disparut.

— Il est sous la table.

— Il n'est pas mort !

— Non. Le docteur lui a administré du jus de pavot.

— Oh, monsieur le comte, gémit Mme Trent, Dieu merci, vous êtes là !

Le médecin observait Case d'un air curieux.

— Le chien va s'en sortir, affirma-t-il. Mais il aura besoin de soins attentifs pendant quelque temps. Il a reçu un méchant coup de couteau à l'épaule. Au fait, je suis le Dr Harvard, ajouta-t-il.

— Castleton. Enchanté.

Le médecin hocha la tête en guise de salut. C'était un homme robuste d'une cinquantaine d'années aux joues rubicondes et aux mains puissantes, qui semblait d'une nature joviale.

Case s'accroupit pour examiner Lance. Le médecin avait rasé le pourtour de la blessure, mais il n'y avait pas grand-chose à voir, car la plaie était dissimulée sous un pansement. Toutefois, le pelage portait quelques traces de brûlure et était taché de suie.

Case se releva, essuya la poussière d'une chaise et s'assit en face de Jane.

— Lance a vraiment eu de la chance, déclara-t-il.

Le Dr Harvard l'observait toujours d'un air intrigué. Case comprit qu'il lui devait une explication sur son arrivée en pleine nuit chez Mlle Mayberry s'il voulait sauvegarder la réputation de la jeune femme.

— Mes amis et moi dînions à Highgate quand nous avons entendu parler de l'incendie. Ayant fait la connaissance de Mlle Mayberry par l'intermédiaire de ma tante, j'ai décidé de venir lui offrir mon aide. Que s'est-il passé exactement, Jane, fit-il en se tournant vers elle. L'agent de police semble incriminer des vagabonds.

— Ce n'étaient pas des vagabonds, riposta-t-elle. L'un d'eux parlait espagnol – Turnbull vous dira sans doute que ce sont des gitans. Quant à l'autre, il avait une façon de s'exprimer…

Elle s'interrompit, fouillant dans sa mémoire.

— Je ne dirais pas qu'il semblait cultivé… mais, en fait, il n'avait pas d'accent du tout.

Case comprit son trouble. Un Anglais ne pouvait ouvrir la bouche sans trahir ses origines. Jane avait ainsi un accent cultivé avec une pointe d'écossais. Mme Trent et Ben étaient des Écossais pure souche de la côte est et n'avaient pas d'instruction. Le médecin avait vraisemblablement fait ses études dans un pensionnat huppé. Quant à lui-même, il s'exprimait comme un homme riche et cultivé. C'était injuste, mais l'accent d'un homme avait le pouvoir de lui ouvrir ou lui fermer certaines portes.

— Que vous a-t-il dit?

— Il connaissait mon nom, ce qui m'a étonnée. Il a dit que j'aurais mieux fait de dormir plus longtemps. Ah oui! Et il a ordonné à son complice, celui qui parlait espagnol, d'abréger mes souffrances et de ne pas me frapper trop fort. Je n'y ai pas réfléchi sur le moment, mais je comprends à présent que c'est Lance et les chevaux qu'ils voulaient tuer, pas moi.

— C'est étrange, commenta le médecin. Les gitans volent les chevaux, ils ne les tuent pas.

— Pourriez-vous reconnaître ces deux hommes? demanda Case à Jane.

— Non. Tout s'est passé trop vite.

— Reprenez depuis le début, lui intima-t-il doucement. Et n'omettez aucun détail.

Jane, aidée de Mme Trent *et* du médecin, lui relata les faits. Même Ben fit quelques interventions. Nul ne mentionna le moindre caillou. C'était inutile. Case avait compris qu'il n'y aurait plus de cailloux, dorénavant, uniquement une vague grandissante de violence, vestige d'un passé durant lequel Piers multipliait les coups de force pour prouver sa supériorité.

Case ne put s'empêcher de penser que Jane avait eu beaucoup de chance. Si les chevaux n'avaient pas rué, si Ben n'avait pas tiré… Il observa les mains couvertes de cloques de la jeune femme tout en avalant distraitement une gorgée de grog – quelqu'un avait dû lui en tendre une tasse sans qu'il s'en rende compte.

Le médecin expliqua à son tour. Il était parti au chevet d'un mourant et rentrait chez lui quand il avait remarqué l'incendie. Il n'avait pas vu les deux hommes qui l'avaient déclenché, mais il avait réveillé un voisin et l'avait envoyé chercher de l'aide.

— Vous devrez porter des gants de coton blanc en permanence, ordonna-t-il à Jane en se levant pour prendre congé. Attendez que les cloques aient disparu avant d'utiliser vos mains. Vous risquez de développer une infection. Quant à toi, jeune homme…

Mais Ben s'était endormi.

— Je m'inquiète pour son épaule, reprit-il. Il a reçu un sacré choc quand le coup de feu est parti. Qu'il ne retravaille pas tant que je n'ai pas donné mon autorisation, madame Trent. Vous me raccompagnez ?

Souhaitant une bonne nuit à tous, il quitta la pièce en compagnie de la gouvernante.

Case se rassit. Jane essayait d'enfiler un gant en grimaçant de douleur. Il le lui prit des mains.

— Ces gants ne valent rien, affirma-t-il. Ils sont maculés de suie.

— Ils sont propres à l'intérieur, c'est tout ce qui importe.

Elle voulut persister, mais Case lui prit les poignets. Elle n'essaya pas de se dégager et le laissa examiner ses mains meurtries.

— Ce doit être douloureux, fit-il doucement.

— Ça l'est, quoique sur le moment je n'ai rien senti.

Il leva les yeux vers elle et croisa son regard. Jamais elle n'avait été aussi près de pleurer. Il changea d'expression et relâcha ses poignets.

— Vous auriez pu mourir dans cet enfer, gronda-t-il, en proie à une frayeur rétrospective. Je sais combien Lance compte pour vous, mais la vie d'un animal ne vaut pas celle d'un être humain.

— Je ne me suis pas posé la question. Il gisait à un ou deux mètres de la porte. Comment aurais-je pu l'abandonner ? Je n'ai pas réfléchi.

Case se mit à arpenter nerveusement la pièce.

— Vous n'auriez pas abandonné Lance, mais vous avez laissé un gamin terrorisé à la merci de ces types. Ils auraient pu vous enfermer dans l'écurie et s'en prendre à Ben ou à Mme Trent !

Cette idée le rendait fou de colère.

— Que vouliez-vous que je fasse ?

— Ce que toute femme normale aurait fait. Que vous reculiez et…

— Ne soyez pas ridicule ! le coupa-t-elle, aussi enragée que lui. Ben était armé. Je vous ai expliqué que ces hommes ont détalé quand les chevaux ont surgi droit sur eux. Lance était à deux pas. Je devais le sauver. Mais ce n'est pas pour cette raison que vous êtes furieux, n'est-ce pas? Vous saviez parfaitement qu'il allait se passer quelque chose, ici. Voilà pourquoi vous êtes venu. Je ne crois pas un mot de cette histoire de dîner entre amis à Highgate. Vous savez qui a mis le feu à la grange et vous vous sentez coupable. Qui est-ce? Qui?

Elle avait raison jusqu'à un certain point. En effet, il se sentait coupable, mais ce n'était pas pour cela qu'il était en colère. Cette femme semblait n'avoir peur de rien, qualité qui risquait de lui être fatale face à un homme tel que Gideon Piers. Certes, elle ignorait à qui elle avait affaire, mais si par malheur Piers décidait de la considérer comme une ennemie…

Case prit une profonde inspiration et se tourna vers la jeune femme.

— Je pense que l'homme qui s'exprimait sans accent n'est autre que Gideon Piers, lâcha-t-il. C'est lui qui a allumé le feu. Cet incendie est une espèce de message qu'il m'adresse.

Il fit une pause, l'étudia un instant, puis reprit:

— Vous ne semblez guère surprise.

— Je le suis, répliqua-t-elle d'un air soucieux. Mais je ne suis pas choquée. Depuis que vous avez interrogé Letty sur Gideon, je me pose des questions. Il était porté disparu mais son corps n'a jamais été retrouvé. Était-ce lui, la Roca?

— Je le crains.

— Pourquoi me voudrait-il du mal? Cela n'a pas de sens. Ça ne pourrait pas être quelqu'un d'autre?

— Non, je sais que c'est Piers, répondit Case en se rasseyant. Il se trouve que vous n'êtes pas la seule de ses victimes qui ait un lien avec moi.

Jane était trop fine pour se contenter d'explications évasives. Il lui parla donc de la contessa et d'Amelia, puis revint à l'Espagne et à son combat contre Piers.

— Je vous épargnerai les détails de la traque, mais ce petit jeu du chat et de la souris s'est soldé par un… un duel, pourrait-on dire. Il fallait que l'un de nous deux meure pour que l'honneur soit sauf. Je pensais que Piers était mort jusqu'au meurtre de Collier, à Hyde Park, quand on a trouvé un caillou dans sa poche.

Comme elle demeurait silencieuse, il poursuivit :

— Il aime le jeu, Jane. Ce qui s'est passé ce soir n'était qu'un jeu cruel qui visait à me punir.

— Je suis trop fatiguée pour réfléchir à tout cela, fit-elle avec un soupir. Cela me paraît tellement tiré par les cheveux.

— Jane, il faut me croire. Comment aurais-je pu deviner que je devais venir ici ?

Désemparée, elle secoua la tête.

— Désormais, je veux que vous soyez sur vos gardes, reprit-il. Cet homme est vraiment dangereux.

Pour la convaincre, il lui relata l'agression de Harper.

— Il aurait pu tuer Harper, ou vous, ou les autres.

— Pourquoi ne l'a-t-il pas fait ?

— Je l'ignore. Ce que je sais, en revanche, c'est que ces crimes auraient incité la brigade spéciale à passer le pays au peigne fin pour le retrouver. Et Piers n'y tient pas. Pas tant que je serai encore en vie. Oh, ne prenez pas cet air affolé ! Il ne m'aura pas. Il n'est pas aussi malin qu'il le croit.

Quelque chose dans sa voix, dans son expression fit frissonner la jeune femme. Au moins, il avait réussi à la persuader qu'il s'agissait bien de Gideon. En songeant à ce qu'elle venait de vivre, à la terreur et au désespoir qu'elle avait éprouvés, elle sentit la rage la saisir.

— Qu'avez-vous, Jane ?

Elle leva les yeux vers lui.

— Autrefois, Gideon me faisait de la peine, mais c'est terminé ! Ce soir, j'aurais pu l'abattre et j'ai hésité. La prochaine fois, je n'hésiterai pas.

À ces mots, Case se raidit. La jeune femme semblait sincère.

— Vous seriez morte avant même d'avoir appuyé sur la détente. Je ne plaisante pas. Vous avez eu beaucoup de chance, ce soir.

— Eh bien, ce n'est pas mon impression. Et je parie que la contessa – quel nom grotesque, d'ailleurs – et Mme Standhurst partagent mon opinion. J'ai failli perdre Lance.

Elle esquissa un geste pour caresser son chien mais se ravisa à cause de ses blessures.

— Et sans Razor, j'aurais perdu mes chevaux aussi. On peut dire qu'il m'a sauvé la mise, ajouta-t-elle. Plus jamais je ne me plaindrai de lui.

— C'est vrai qu'il s'est bien comporté, admit Case en souriant.

— Ce qui m'échappe, c'est la raison pour laquelle Piers s'en est pris à moi. Je comprends qu'il s'attaque à vos maîtresses, mais pourquoi moi ?

— Il doit savoir que j'ai passé une ou deux nuits ici et il en a tiré des conclusions.

La jeune femme laissa échapper un soupir.

— Personne, dans les alentours, n'ignore que vous avez passé deux nuits ici. Il n'y a aucun secret, à la campagne. Ils sont aussi au courant pour Emily et lord Reeve. Le pasteur est passé me voir, le lendemain de votre départ. Ils pensent que je suis une fille légère.

— Qu'avez-vous dit au pasteur ? s'enquit Case en réprimant un sourire.

— La vérité, répondit-elle avec une moue. Mais je doute qu'il m'ait crue.

— Laissez-moi m'en charger. Je me débrouillerai pour qu'il vous croie.

— Quoi que vous fassiez, cela ne fera qu'empirer les choses, répliqua-t-elle en le regardant droit dans les yeux. Et votre venue, ce soir, n'a pas amélioré la situation. Dieu sait ce que les voisins vont en conclure.

— Vous n'avez pas de leçons à me donner en matière de commérages. Je vis avec depuis toujours.

Il fit une pause sans lâcher son regard.

— Ne soyez pas trop prompte à croire tout ce qu'on raconte, ajouta-t-il.

Il la défiait, mais elle était trop épuisée pour réagir.

— Pour l'heure, les ragots sont les cadets de mes soucis, dit-elle.

— Qu'allez-vous faire ?

Elle balaya la cuisine du regard. Ben, endormi, Lance, qui ronflait doucement, et ses mains meurtries.

— Nous nous débrouillerons, affirma-t-elle. Comme toujours.

Mais elle n'y croyait guère. Comment Mme Trent allait-elle tenir la maison toute seule ? Il était hors de question qu'elle s'acquitte de toutes les tâches. Elle était âgée et fragile. Elles ne pouvaient rester à Highgate dans de telles conditions.

Quoi qu'il arrive, jamais elle n'abandonnerait sa gouvernante ou Ben. Quand sa mère était tombée malade, Mme Trent l'avait soignée jusqu'à la fin tout en s'occupant de l'adolescente qu'elle était alors. Son pauvre père, accablé de chagrin, en était bien incapable.

Le jour où elle avait dû laisser partir Mme Trent avait été un déchirement pour toutes les deux. Ne trouvant pas d'autre poste, elle était allée vivre chez l'une de ses filles. Mais elle n'avait pas supporté d'être à la charge de celle-ci et, un beau jour, elle était apparue sur le pas de la porte, en compagnie de son petit-fils. Jane l'avait accueillie à bras ouverts.

Leur existence était cependant précaire. Elles avaient connu des déboires, mais jamais rien d'aussi grave. Le problème de Jane, c'était qu'elle avait tendance à surestimer sa capacité à surmonter les difficultés. Elle avait failli à sa parole donnée à Emily. Il en était de même avec la bibliothèque. Tant d'énergie déployée sans résultat ! Les lois anglaises ne changeraient jamais en faveur des femmes.

Et, à présent, cet incendie. Encore un naufrage à ajouter à la liste.

Elle jeta un regard à ses mains. La douleur commençait à être insupportable. Qu'allait-elle devenir ? Elle eut soudain envie de se glisser entre des draps propres et frais, et de dormir pendant une éternité.

La voix de Mme Trent la tira de sa torpeur.

— J'ai trouvé ceci là-haut, dans votre commode.

Elle s'approcha d'un pas traînant et tendit à la jeune femme une paire de gants blancs à peine plus présentables que les autres.

— Pas une seule pièce de la maison n'a été épargnée. Tout est couvert de cendres, et l'odeur de fumée est tenace. Le docteur affirme qu'on ne peut pas rester ici. Mais ne vous inquiétez pas, les voisins vont nous héberger.

— Oh, Trentie ! fut tout ce que Jane parvint à dire.

Désespérée, elle se torturait l'esprit à la recherche d'une autre solution. Elle ne voulait pas s'installer chez les voisins. Elle les connaissait à peine et ne souhaitait pas se sentir redevable de gens qui faisaient d'elle la maîtresse de lord Castleton. En outre, le trio devrait se séparer. Personne n'accepterait d'héberger trois personnes, dont deux blessés, sans parler du chien et des soins qu'il exigeait.

Mme Trent et elle pourraient loger à la bibliothèque, mais pas Ben. Et comment ferait-elle pour soigner Lance ?

Ce serait seulement pour une semaine ou deux. Et ensuite ? Elle laissa vagabonder ses pensées.

Case choisit cet instant pour exprimer à voix haute l'idée qui lui trottait dans la tête depuis un moment. Il cherchait comment aborder le sujet sans se faire rabrouer par Jane, et son air affligé ainsi que le regard triste de Mme Trent lui indiquèrent que le moment était opportun.

— Toute cette histoire est arrivée par ma faute, déclara-t-il. C'est à moi de réparer le mal qui vous a été fait. Vous allez tous venir avec moi, ce soir, dès que j'aurai fait les arrangements nécessaires, et il n'est pas question que vous refusiez. D'ici une semaine ou deux, nous verrons si vous êtes en état de retourner à Highgate et si c'est vraiment raisonnable.

— Vous croyez que Piers risque de revenir ici ? demanda Jane.

— Non. Il a obtenu satisfaction. Mais je peux me tromper, et je tiens à ce que vous soyez en sécurité.

Madame Trent, pourriez-vous empaqueter quelques effets pour Mlle Mayberry, vous-même et Ben ?

La gouvernante le fixait comme s'il s'était adressé à elle dans quelque langue étrangère.

— Madame Trent ? répéta-t-il.

— Euh… oui, bredouilla-t-elle. Oui, monsieur le comte. Tout de suite.

— Bien.

Alors qu'il s'apprêtait à la suivre hors de la pièce, Jane l'interpella :

— Où nous emmenez-vous ? Certainement pas à l'Albany ?

— L'Albany ? fit-il sans s'arrêter pour ne pas lui donner l'occasion de discuter. Non. L'Albany est réservé aux messieurs célibataires. Je vous emmène chez ma sœur, à Woodlands. Je crois vous avoir dit qu'elle se trouvait actuellement en voyage en Écosse. Lance va adorer cet endroit, ajouta-t-il pour faire taire toute protestation éventuelle.

Jane vécut les heures suivantes comme dans le brouillard. Elle eut un entretien avec la police. Mme Trent dut la laver et l'habiller, car elle était incapable de le faire seule. Elle erra ensuite de pièce en pièce pour choisir les objets qu'elle ne voulait pas laisser de crainte que la maison ne soit visitée en leur absence : les perles de sa mère, un camée que ses parents lui avaient offert pour ses quinze ans, la canne de son père avec son pommeau d'argent en forme de tête de cerf, son pistolet. Enfin, elle rassembla ses notes sur divers projets qu'elle espérait vendre pour se renflouer.

Le policier revint boucler la maison et lui recommanda de ne plus jamais dormir la fenêtre ouverte. Si elle était restée fermée, les cendres n'auraient pas pénétré à l'intérieur. Quand vint le moment de partir, le comte avait tout réglé, comme elle s'y attendait.

Ils prirent deux voitures : Mme Trent et Ben montèrent dans l'une, elle-même et Lance dans l'autre. Lord Castleton et deux de ses amis dont elle avait oublié les noms les escortaient à cheval. Lance était réveillé mais demeurait calme. Quand elle se pencha vers lui, il lui lécha le visage.

— Tu vas te remettre, tu verras, lui promit-elle d'une voix câline. Nous allons nous en sortir.

Si elle avait été moins fatiguée, elle aurait sans doute réfléchi aux mille et une raisons qu'elle avait de refuser l'offre du comte. Mais les mouvements de la voiture la berçaient doucement. Lance posa la tête sur ses genoux, et ils finirent par s'assoupir.

Elle se réveilla dans un lit inconnu. Une voix féminine lui murmura de ne pas s'inquiéter et remonta sur elle un drap parfumé à la lavande.

— Maman ? souffla-t-elle en reconnaissant ce parfum, avant de replonger dans un profond sommeil.

11

Gideon Piers mit vingt-quatre heures à découvrir où se cachait Jane Mayberry. Le lendemain, il se rendit en personne à Woodlands pour s'assurer qu'il s'agissait bien d'elle et non de quelque doublure destinée à le piéger.

Depuis les bois bordant la propriété, Merrick et lui avaient une vue dégagée sur la maison et les dépendances. Dissimulé au sommet de la colline, Joseph s'occupait des chevaux. En l'espace de deux heures, deux voitures étaient arrivées, déversant une dizaine de domestiques avant de repartir. À présent, c'était le véhicule personnel du duc de Romsey qui venait de s'arrêter devant le perron.

Gideon baissa sa longue-vue et se redressa.

— Le duc en personne, commenta-t-il. Voilà qui ne m'étonne pas.

— Qui est la femme qui l'accompagne ? s'enquit Merrick.

— La vénérable lady Sophie, ricana Piers. Je présume qu'elle va servir de chaperon à la fille.

— On ferait mieux de décamper, suggéra Merrick en désignant les domestiques en livrée qui commençaient à se déployer dans le parc.

Il parvint à masquer son agacement. En acceptant cette mission, il se réjouissait d'être autonome, de diriger lui-même les opérations. Il se demandait à présent ce qu'il faisait là, à espionner Jane Mayberry. Une semaine auparavant, la jeune femme n'avait pas une telle importance. Et voilà que Piers s'intéressait au moindre de ses mouvements. Il avait dû se passer quelque chose à Highgate, quand Piers était allé incendier l'écurie, mais ce dernier ne lui avait fourni aucune explication.

Et il ne semblait pas pressé de s'en aller.

— Aucun signe de Castleton, pour l'instant.

— Tu crois qu'il va venir ?

— Oh, oui ! Si ce n'est aujourd'hui, ce sera demain.

— Tu sembles très sûr de toi.

Piers posa sur Merrick un regard perçant.

— Tu n'es pas le seul à travailler pour moi, John. J'ai des espions partout. Crois-moi, Castleton viendra.

Soudain, il perçut un mouvement et braqua sa longue-vue sur l'étable.

— Ah, voici Harper avec le chien. Figure-toi que la fille a risqué sa vie pour sauver son chien.

Il ne pouvait s'empêcher de l'admirer. Elle avait bien failli avoir le dessus. Certes, il s'était montré trop sûr de lui. Quand il l'avait coincée devant la grange, il ne s'attendait pas qu'elle lui résiste, elle, une simple femme. Il l'imaginait aussi vulnérable que Letty, sa sœur. Il ne commettrait pas deux fois la même erreur.

Merrick tapait des pieds sur le sol gelé pour se réchauffer.

— Qu'est-ce que tu veux que je fasse ?

Piers n'entendit pas la question, du moins feignit-il de ne pas l'entendre.

— Le chien pose un problème ?

— Non, fit Merrick. Il ne sort que pour faire ses besoins.

— Je crois qu'elle préfère les animaux aux êtres humains.

Merrick attendit que Piers en dise davantage, lui donne un aperçu de ce qui s'était déroulé à Highgate. Voyant que son compagnon n'était pas décidé à satisfaire sa curiosité, il lâcha :

— Tu n'auras jamais le chien. Harper ne le perd pas une seconde de vue.

Piers rangea sa longue-vue.

— Qu'as-tu fait du chien de Mme Standhurst ?

— Quoi?

— Le petit chien de Mme Standhurst. Qu'en as-tu fait?

— Je l'ai donné à ma mère, rétorqua Merrick, sur la défensive. Elle a toujours voulu un chien. Elle vit à Wimbledon. Personne ne fera le rapprochement avec Mme Standhurst.

— Je veux le récupérer. Va à Wimbledon sur-le-champ et ramène-le ici. Je t'attendrai au baraquement, sur l'autre rive. Et prévient Joseph que j'arrive.

Merrick réprima un frisson. Il ne songeait pas au chien, mais à sa mère, lorsqu'il lui annoncerait qu'elle allait perdre son nouveau compagnon.

Après le départ de Merrick, Piers s'adossa à un arbre et scruta le paysage qui s'étendait devant lui. Woodlands ne l'impressionnait guère. Lady Rosamund, la fille d'un duc, n'avait donc pas réussi à faire un beau mariage? Sa propre propriété de Bristol était bien plus somptueuse que celle-ci. Et personne ne lui avait jamais fait de cadeau, dans la vie. Il n'avait jamais bénéficié de l'aide d'un parent fortuné. Il avait dû ne compter que sur lui-même, sa volonté et son génie.

Face à ces injustices sociales, Piers avait du mal à contenir son mépris.

Les domestiques patrouillaient dans le parc. Il était temps de se retirer. Mais il reviendrait. Castleton se croyait intelligent en prétendant que sa tante et cette Jane Mayberry étaient amies, et que c'était la raison de sa présence à Woodlands. Ils traitaient cette fille comme une princesse. Castleton devait en être sacrément entiché.

Le comte allait avoir une surprise, songea-t-il, car il allait lui adresser un message sans équivoque.

Par la même occasion, Jane Mayberry recevrait une bonne leçon, un avant-goût de ce qui allait suivre.

Avec un rire cruel, Gideon Piers tourna les talons et emboîta le pas à Merrick.

La salle à manger était confortable, mais le dîner se révéla une épreuve pénible. Ils étaient quatre: lady

Sophie, Jane, le duc et Castleton, mais les Devere avaient une telle présence que la jeune femme se sentait toute petite.

C'était en partie parce que les Devere étaient tous si grands – et pleins de grâce et élégants, même lady Sophie, en dépit de son âge avancé. Comme le duc, elle avait une épaisse chevelure, et sa robe de taffetas noir en rehaussait la blancheur. Jane avait l'impression de se trouver parmi les acteurs d'une troupe de théâtre.

Un autre détail la mettait mal à l'aise. Elle ne s'expliquait pas la présence de lady Sophie et du duc. Le comte avait prétendu qu'elle ne pouvait rester à Woodlands sans chaperon et que sa tante avait insisté pour tenir ce rôle.

Manifestement, les domestiques, ou même sa chère Mme Trent, n'en étaient pas dignes. Sans doute en était-il ainsi, chez les nanties...

Le duc n'avait pas pris la peine de justifier sa présence. De même que son fils, qui était d'ailleurs arrivé en retard, il ne participait que très peu à la conversation. Ce repas paraissait interminable à Jane.

Si Jane n'en avait pas conscience, Case, lui, savait parfaitement qu'ils étaient observés de près par son père et sa tante qui semblaient guetter leurs moindres changements d'expression. L'insistance de son père à se joindre à eux l'avait agacé. Il n'avait pas cru une seconde à son excuse – il souhaitait soi-disant rendre visite à son vieil ami Harper. Dans l'intérêt de Jane, Case ne disait rien qui puisse éveiller leurs soupçons, mais il écoutait attentivement. Cependant, s'ils osaient mettre Jane dans l'embarras, il était prêt à réagir.

Lady Sophie avait raconté au duc comment elle avait fait la connaissance de Jane.

— Vous voyez, conclut-elle, Jane est une pièce maîtresse de l'association et elle nous stimule toutes dans notre action.

Le duc ne parut guère impressionné par ces louanges et détourna la conversation vers un sujet qui l'intéressait davantage :

— J'ai connu une famille du nom de Mayberry. Ils étaient du Devonshire. Des militaires. Seriez-vous une parente ?

Case adressa à son père un regard furibond, mais Jane répondit avant qu'il puisse intervenir.

— Non, Votre Grâce. Pas à ma connaissance. Ma famille vient du Derbyshire. Mon père était fils unique.

Le duc ouvrit la bouche pour poursuivre son interrogatoire mais Jane lui coupa la parole.

— Devere est un nom peu commun. Seriez-vous par hasard parent des Devere d'Oxford ?

— Les Devere d'Oxford ? répéta le duc.

— Les *comtes* d'Oxford, précisa Jane. Mais je crois que le nom s'écrit en deux mots. Des érudits. Mon père avait l'un des fils comme élève.

— C'est une branche cadette de la famille, expliqua le duc. Nous n'entretenions guère de rapports avec eux car nous n'étions pas du même bord... Enfin, c'est une vieille histoire.

— Je trouve ces querelles familiales bien regrettables, commenta Jane en piquant sa fourchette dans un chou de Bruxelles. Pas vous ?

Caspar réprima un sourire tandis que lady Sophie se mordait la lèvre pour ne pas rire. Le duc se contenta d'un grommellement indistinct.

Il y eut un silence, puis lady Sophie s'adressa à Jane :

— Vous venez de traverser une épreuve pénible, ma chère, mais c'est terminé. Ne vous tourmentez pas. Vous êtes sous notre protection, désormais, et Woodlands sera votre refuge tant que ce ruffian n'aura pas été arrêté et châtié.

— Merci, répondit la jeune femme avec un sourire. Je suis sensible à votre sollicitude, mais je dois retourner chez moi dès que possible. J'ai tant de choses à faire, tant de décisions à prendre. Il y a aussi mes amies de l'association. Vous comprendrez que je ne puisse m'attarder ici.

Elle se tourna vers Case.

— Et je crois savoir qu'il n'y a plus de danger.

— C'est en effet mon opinion, admit Case. Mais nul n'est infaillible.

— Certes, fit lady Sophie, mais votre maison ne sera pas habitable avant un certain temps. Inutile donc de décider quoi que ce soit dans l'immédiat. Considérez votre séjour ici comme des vacances. Vous vous joindrez aux sorties et aux réceptions que j'ai prévues pour Mlle Drake, votre protégée. Je brûle d'impatience !

Jane avait déjà témoigné sa gratitude envers lady Sophie lorsque celle-ci lui avait promis d'introduire Emily dans la haute société. Très casanière, la jeune femme n'avait jamais envisagé d'être de la partie. Désemparée, elle lança un regard à Case.

— Qu'en est-il de ma maison, au juste ?

— Il n'est pas question que vous refusiez, insista lady Sophie avec un sourire radieux. Caspar s'occupe de tout. Rassure-la, Caspar.

— Je m'occupe de tout, confirma celui-ci en faisant signe à un valet. Ce gigot est vraiment délicieux. Quelqu'un en veut encore une tranche ?

Une demi-heure plus tard, le dîner prit fin. Jane accepta avec empressement d'emmener Case voir Lance. Elle avait quelques explications à lui demander.

Le duc et lady Sophie n'esquissèrent pas un geste pour les accompagner. Les domestiques débarrassèrent la table et servirent les alcools : cognac pour le duc et porto pour lady Sophie.

Le duc les congédia et déclara :

— Je crois que vous vous trompez, Sophie. Je n'ai décelé aucune attirance particulière, que ce soit chez Caspar ou chez Mlle Mayberry.

— Quoi de plus normal ? Vous aviez votre œil de lynx rivé sur eux. Vous m'aviez pourtant promis de bien vous tenir.

— J'ai fait preuve de la plus grande discrétion.

— Vous trouvez discret d'interroger cette jeune fille sur ses origines alors que vous ne l'avez jamais rencontrée ?

— Je ne vois pas pourquoi vous tenez à protéger Mlle Mayberry qui me paraît avoir de la repartie.

— Vous l'avez bien cherché, répliqua lady Sophie avec un sourire. Vous n'avez pas l'habitude que l'on vous remette en place.

— J'ai tout de même le droit de me renseigner sur son compte si elle doit un jour épouser mon fils.

— Cela n'a rien de certain. Il est évident que Caspar est amoureux d'elle, mais...

— Il l'a à peine regardée ! Et si elle lui plaît à ce point, pourquoi ne l'ai-je jamais rencontrée ?

— Parce qu'il ne veut rien précipiter.

— Mais, qu'est-ce que vous me racontez, Sophie ? s'emporta le duc, abasourdi. Caspar est le meilleur parti du pays. Il peut épouser n'importe quelle femme de son choix...

— Eh bien, vous l'avez rencontrée, à présent, riposta lady Sophie en secouant la tête. Je crois que Jane n'a nulle envie de se marier. Caspar le sait et espère la faire changer d'avis.

Au terme d'un long silence, elle reprit :

— Que pensez-vous de cette affaire la Roca ?

— Je ne sais que ce que Caspar m'en a raconté, répondit-il en haussant les épaules. Il semblerait que ces agressions visent à lui faire abandonner l'enquête sur le meurtre de Hyde Park. Naturellement, il ne cédera pas à ces tentatives d'intimidation.

— Je m'en doute. C'est tout de même étrange qu'il ait connu ce brigand en Espagne, non ?

— Pas du tout. C'est au contraire la raison pour laquelle Richard lui a confié le dossier.

— Et il ne vous avait jamais parlé de la Roca avant hier soir ?

— Non, jamais. Mais Caspar évoque rarement ses souvenirs de guerre.

Songeur, il avala une gorgée de cognac. Il avait dû arriver quelque chose à Caspar pendant la guerre, un événement tragique qu'il ne pouvait même pas partager avec son propre père. La guerre était ainsi. Mieux valait ne pas s'attarder sur ses horreurs au risque de perdre la raison. Pourtant, leur complicité d'antan lui manquait. Avant son départ pour la guerre, son fils et lui étaient très proches. Depuis son retour, les témoignages d'affection qu'il avait toujours reçus de lui s'étaient raréfiés.

Si seulement sa chère Elizabeth était là pour le conseiller. Le duc était veuf depuis plus de vingt ans et il ne se passait pas une journée sans qu'il pense à sa femme.

— Vous ne vous êtes jamais mariée, dit-il soudain à sa tante.

La vieille dame le regarda, stupéfaite, puis sourit.

— Non. Mon père, votre grand-père, m'avait interdit d'épouser l'homme que j'aimais. Il n'était pas assez bien pour la fille d'un duc, voyez-vous. Mais je l'aimais et je n'en voulais pas d'autre que lui. Vous savez, vous n'êtes pas un mauvais bougre, Romsey. J'ai été très fière de vous quand vous avez permis à Rosamund d'épouser son militaire en dépit de ses origines modestes.

Le duc s'empourpra légèrement.

— Vous n'êtes pas si mal, vous non plus, chère tante, répondit-il, un peu gêné. Vous prendrez bien un autre porto ?

— Uniquement si vous buvez un autre cognac.

Le duc les servit généreusement.

— Attendez-moi !

Case s'efforçait de boutonner son manteau dont les pans flottaient au vent, tout en suivant la jeune femme qui se dirigeait au pas de charge vers les écuries.

— Jane, quelle mouche vous pique, bon sang ?

Elle prit un air excédé et revint sur ses pas.

— Nous étions convenus que je ne resterais que quelques jours, une semaine tout au plus, le temps que mes mains guérissent. Ensuite, je devais rentrer chez moi. Or votre tante semble penser que je vais rester au moins un mois à Woodlands.

Comme elle n'avait pas pris la peine de boutonner sa cape, Case prit la liberté de le faire pour elle.

— Un mois ? Non, pas aussi longtemps.

Il s'exprimait d'un ton plaisant et posé qui contrastait avec celui de la jeune femme.

— Vous ne vous rendez pas compte de l'ampleur des dégâts provoqués par l'incendie.

Il rabattit sa capuche sur sa tête pour la protéger du vent glacial.

— Vous n'êtes pas bien, ici ?

— Bien sûr que si, admit-elle. La maison est superbe. Mais le problème n'est pas là.

— Et Lance ? Harper s'en occupe à merveille, non ?

— Vous le savez parfaitement.

— Et je sais aussi que Mme Trent et Ben sont heureux. Je leur ai parlé avant le dîner. Ils sont comme des coqs en pâte. Alors, où est le problème ?

— Le problème, c'est que j'ai l'impression de profiter de vous.

Tenant toujours la capuche de la jeune femme, Case n'eut guère de mal à approcher son visage du sien.

— Profitez de moi, Jane. Je n'y vois aucun inconvénient.

Elle repoussa ses mains d'un air agacé, tressaillit, puis repartit d'un pas vif sur le chemin. Case scruta les alentours. Aux abords du parc, des lanternes éclairaient les zones sensibles. Les domestiques étaient nombreux à patrouiller dans tout le domaine. Satisfait, Case emboîta le pas à la jeune femme.

En rendant visite à Lance, ces derniers jours, Jane avait trouvé les écuries paisibles. Cette fois, il y régnait une certaine effervescence. Toutes les stalles étaient occupées et des palefreniers s'affairaient autour des chevaux. Ils trouvèrent Harper en train d'astiquer la voiture personnelle de lady Rosamund.

Le chien accueillit Case comme un ami de longue date. Puis, comme s'il se rappelait sa rancœur d'être relégué aux écuries, il lui tendit la patte comme s'il s'agissait d'une aile brisée. Naturellement, Case le caressa avec effusion.

Harper posa son chiffon.

— Lance est un vrai cabotin, commenta-t-il. Si vous le voyiez à chaque visite du vétérinaire.

— Il joue les grands blessés ? fit Case.

— Au contraire ! Il bondit comme un cabri pour lui faire croire qu'il va bien, ainsi le vétérinaire ne lui change pas son pansement.

Case éclata de rire.

— Et toi, Harper, comment vas-tu ? s'enquit-il.

— Je me remets lentement, comme Lance. C'est bien la voiture du duc que j'ai vu partir ?

— Oui. Le cocher l'emmène à l'auberge du coin, car il n'y a plus de place ici. Mon père est à la maison et m'a confié un message pour toi. Il t'invite à boire un cognac en sa compagnie.

— Ainsi, le duc n'a pas oublié ! fit Harper en se frottant les mains. Tu veux bien veiller sur Lance jusqu'à mon retour ?

Case hocha la tête.

— Je vais d'abord faire un brin de toilette, annonça Harper.

Quand il se fut éloigné, Case expliqua :

— À une époque, Harper était notre chef cocher. Mon père et lui se ressemblent beaucoup. Ils ont ça dans le sang.

— Quoi donc ? fit Jane.

— Ils ont la passion des carrosses et des voitures de toutes sortes. Chaque fois qu'ils se retrouvaient autour d'un verre, ils finissaient toujours par se chamailler. Quand le duc a su que Harper était à Woodlands, il a tenu à venir aussi, ajouta-t-il avec un regard innocent.

— C'est très gentil de sa part, commenta Jane après réflexion.

Case s'appuya nonchalamment contre un poteau, attendant qu'elle en vienne au fait. Elle ne se fit pas prier.

— Dans quel état se trouve ma maison, exactement ? C'est pourtant la grange qui a brûlé.

— J'ai demandé à la police de dresser un bilan des dégâts. N'oubliez pas que le chef de la police est aussi l'intendant de Lauderdale. J'ai reçu sa réponse avant le dîner. Le plus gros problème, ce sont les dégâts provoqués par la fumée.

Il entreprit d'énumérer les travaux nécessaires pour rendre la maison habitable. La jeune femme sentit son moral sombrer. Elle s'attendait à devoir effectuer un grand nettoyage, or il faudrait refaire toute la décoration intérieure, sans parler des rideaux et des meubles à remplacer. La liste des frais semblait interminable.

Qui allait régler les dépenses ? Elle espérait que son propriétaire accepterait de les prendre à sa charge. Après tout, elle n'était pas responsable de ce qui s'était passé. Mais tel qu'elle le connaissait, il allait mettre une éternité à réagir.

— Que voulait dire lady Sophie en déclarant que vous vous occupiez de tout ? demanda-t-elle en lançant un regard perçant à Case.

— Comme je vous l'ai dit, je me sens responsable de ce qui vous est arrivé. J'ai donc décidé d'envoyer des gens de Twickenham pour tout remettre en ordre. Ils devraient arriver demain à Highgate. Mais il leur faudra du temps. Au moins quinze jours.

La jeune femme pressa les doigts sur ses tempes. Un terrible soupçon était en train de prendre forme dans son esprit. Avant qu'elle puisse le formuler, Harper réapparut. Il s'était peigné et avait changé de vêtements.

— J'en ai pour une demi-heure, tout au plus, annonça-t-il à Case avant de s'éclipser de nouveau.

— Castleton, déclara Jane, je ne suis pas à vendre. Vous ne pourrez pas m'acheter.

Case était toujours appuyé au poteau, mais sa désinvolture s'envola.

— Si vous y connaissiez quelque chose en matière de liaisons et de maîtresses, répliqua-t-il sans mâcher ses mots, vous sauriez qu'elles coûtent bien plus cher, croyez-moi. Le tarif actuel est une maison en ville, une voiture, une loge à l'opéra, des toilettes et des bijoux à foison, de quoi faire pâlir d'envie les autres femmes.

— À mon avis, il serait plus avantageux de vous marier, commenta-t-elle.

Case trouva charmante la lueur amusée de son regard.

— Vous êtes candidate ?

La lueur disparut aussitôt.

— Je vous l'ai dit, je ne suis pas à vendre, que ce soit pour jouer le rôle de maîtresse ou celui d'épouse.

Avant qu'il puisse tenir des propos risquant de la décontenancer, elle poursuivit :

— Et la contessa ? Et Mme Standhurst ? Allez-vous prendre des mesures pour réparer leurs logements ?

— Je l'aurais fait, au besoin, mais les dégâts étaient minimes. Je leur ai rendu visite avant de venir ici. C'est d'ailleurs la raison de mon retard.

La jeune femme s'en voulut de l'intensité de sa réaction, mais elle ne put s'empêcher d'être fâchée.

— Jane, vous boudez ? s'enquit-il en inclinant la tête de côté.

— Certainement pas ! rétorqua-t-elle en le fusillant du regard. Je suis sidérée que vous ne compreniez pas dans quelle situation embarrassante vous me mettez. Je déteste être l'objet de ragots. Je refuse que mon nom soit prononcé en même temps que celui de la contessa. D'ailleurs, cette malheureuse a bien un nom ! La contessa ! Quel surnom grotesque !

Le comte ne fut en rien déstabilisé par cette tirade, bien au contraire.

— Elle se nomme Maria Angelo, contessa di Pavia e Modena. Sachez que c'est une véritable comtesse italienne. À la mort de son mari, elle s'est retrouvée sans un sou. Elle est venue s'installer en Angleterre, car elle y a des amis.

— Dont vous faites partie, précisa Jane d'un ton revêche. Non, ne dites rien. Cela ne me regarde pas et je ne veux rien savoir. La seule chose qui compte à mes yeux, c'est ma réputation.

Case franchit l'espace qui les séparait et la prit par les épaules.

— À présent, écoutez-moi. Je sais que vous me prenez pour un débauché, mais je n'ai pas perdu tous mes principes. Je n'ai jamais présenté ma maîtresse à mon père ni demandé à ma tante de la chaperonner, sans parler de l'inviter à résider chez ma sœur. Ce serait inconvenant. Faites-moi confiance. Les gens penseront ce que nous voulons qu'ils pensent – et qui est plus ou moins la vérité –, à savoir que votre maison est inhabitable et que votre grande amie lady Sophie vous a proposé de séjourner à Woodlands, voilà tout.

Il la dévisagea, tentant de deviner ses sentiments.

— Regardez-moi ! ordonna-t-il en lui prenant le menton pour l'obliger à croiser son regard.

Elle lui parut fragile, et il en fut surpris.

— Non, murmura-t-elle en posant ses mains gantées sur son torse.

— À quoi dites-vous non ? demanda-t-il, un sourire au coin des lèvres.

À ce qu'elle lisait dans son regard ; aux battements effrénés de son cœur ; à l'idée qu'il ne lui était pas aussi indifférent qu'elle le pensait…

La main de Case glissa dans son cou et resserra son emprise. Elle aurait dû s'écarter de lui, elle le savait. Au contraire, elle leva la tête vers lui. Il avait les lèvres chaudes. Sous leur douce pression, Jane entrouvrit les siennes. Elle n'arrivait plus à penser, ne le voulait pas.

Case sentit une tendresse étrange l'envahir. Jamais il n'avait embrassé une femme ainsi. Ce baiser n'avait rien de passionné. Jane n'était pas prête pour une telle intimité. Elle n'avait pas d'expérience en la matière. De toute évidence, elle n'avait jamais embrassé un homme. Pourtant, il devinait une passion brûlante enfouie au plus profond d'elle-même, qui ne demandait qu'à éclater entre les bras d'un partenaire digne d'elle. Jane ne le savait peut-être pas encore, mais il serait cet homme-là.

La jeune femme sentit un désir inconnu lui couper le souffle. Jamais elle n'aurait dû céder à ses impulsions. Elle était en train de jouer avec le feu.

Cherchant à se protéger de ses propres réactions, elle crispa ses mains meurtries. La douleur la fit redescendre sur terre. Poussant un petit cri, elle se dégagea de son emprise mais eut la sagesse de ne pas s'enfuir. Puis elle examina ses mains.

— Je vous ai fait mal.

— Non, assura-t-elle en soutenant son regard. Mais vous en seriez capable, si je vous laissais faire.

— Jamais de la vie! répliqua-t-il vivement.

— À moins que ce ne soit *moi* qui vous fasse mal.

— Je suis disposé à prendre le risque, déclara-t-il en croisant les bras.

— Je suis heureuse comme je suis. Ne gâchez pas tout, je vous en prie.

— Vous êtes heureuse, Jane? Vous en êtes certaine?

Non, elle n'était pas heureuse, mais elle l'aurait été si Case n'avait pas surgi dans sa vie sans crier gare.

— Oh, à quoi bon? s'écria-t-elle avant de se diriger vers la porte, Lance sur les talons. Pas bouger! lui ordonna-t-elle.

Le chien se tourna vers Case, qui haussa les épaules. Quand il se tourna à nouveau vers la porte, Lance se rendit compte que sa maîtresse avait disparu. Il se mit à hurler à la mort.

— Je connais ce sentiment, lui dit Case.

Il claqua des doigts pour appeler l'animal qui trottina vers lui. Case s'assit sur un banc. Lance vint poser la tête sur ses genoux.

— Je fais des progrès, non?

Lance lui lécha la main, comme s'il compatissait. En échange, il reçut une caresse.

— Tu as remarqué son regard furibond quand je lui ai dit que j'avais rendu visite à la contessa et à Mme Standhurst? Pourtant, elle n'avait aucune raison d'être jalouse.

Il n'y était en effet pas allé seul, mais avec Waldo, pour signifier à son ancienne maîtresse qu'il n'avait nulle intention de renouer avec elle. À moins qu'il n'ait emmené son ami pour empêcher la contessa de piquer une de ses colères légendaires. L'Italienne lui en voulait toujours d'avoir rompu et risquait de lui briser un vase sur la tête. C'était d'ailleurs la raison pour laquelle il l'avait quittée. Son caractère impossible, ses scènes perpétuelles commençaient à l'ennuyer, en dépit de ses talents indiscutables entre les draps.

Il l'avait interrogée discrètement, sans citer le nom de Piers, mais n'avait rien appris de nouveau. Les deux agresseurs portaient un masque et avaient enfermé les domestiques à la cave. Ils n'avaient rien volé. Leur seul but était de terroriser la contessa et ils avaient réussi. Elle avait eu très peur de subir le même sort que son pauvre chat.

Case lui avait suggéré de quitter Londres pendant quelque temps, mais elle lui avait répondu avec un sourire qu'elle avait déjà tout réglé. Lord Gracey l'invitait à passer les fêtes de Noël à Brighton. Si elle s'y plaisait, elle s'y installerait peut-être définitivement.

Case avait laissé Waldo la consoler. Gracey était peut-être son nouveau protecteur, mais elle ne pouvait s'empêcher de séduire. Waldo était de la même veine. Case n'avait donc eu aucun scrupule à les laisser en tête à tête.

Amelia, en revanche, l'avait accueilli avec un baiser fougueux. Elle dut sentir sa réserve, car elle l'interrompit vite. Il n'y eut aucune gêne, aucune rancune. C'était ce qui lui plaisait chez elle. Elle n'exigeait jamais d'un homme ce qu'il n'était pas disposé à lui donner.

Sachant qu'il pouvait compter sur sa discrétion, il lui en révéla davantage qu'à la contessa sur l'affaire qui le préoccupait. Il soupçonnait les cambrioleurs de vouloir l'intimider et le pousser à abandonner l'enquête sur le meurtre de Hyde Park. Elle n'était pas la seule victime. Comme elle était absente au moment des faits, elle fit venir son majordome et le pria de raconter ce qui s'était passé. Il y avait deux hommes. L'un avait menacé les domestiques d'une arme. Apprenant l'absence de Mme Standhurst, l'autre avait tout saccagé. En partant, ils avaient emmené le chien.

Amelia était surtout bouleversée par la perte de son compagnon à quatre pattes. Scamp était vieux et souffrait d'arthrite. Il avait besoin de soins. Qu'allaient faire ces brigands de la pauvre bête ?

Lance leva la tête et gémit.

— Toi, ils ne pourraient pas t'emmener, déclara Case. Scamp est si petit qu'on peut le porter sous le bras. Il ressemble à un manchon en fourrure.

Il avait suggéré à Amelia que le chien s'était peut-être enfui avant d'être recueilli par des inconnus. Il en doutait, mais lui ôter tout espoir lui avait semblé cruel. Il avait eu beau faire, il n'était pas parvenu à convaincre la jolie veuve de quitter Londres. Bien que consciente du danger et disposée à prendre des précautions, elle avait refusé de quitter sa maison. Du reste, elle tenait à rester au cas où Scamp réapparaîtrait.

Il quitta Mme Standhurst en se demandant pourquoi ses déboires ne le touchaient pas autant que ceux de Jane. Quant à la contessa, il ne comprenait tout simplement pas comment il avait pu l'entretenir avec une telle largesse alors qu'il tirait si peu de satisfaction de cette liaison. Amelia était différente. À certains égards, elle lui rappelait un peu Jane, car elle aimait son indépendance. En outre, elle possédait un certain panache et savait faire plaisir aux hommes.

Case voulait que Jane sache faire plaisir à un seul homme : lui-même.

Lance se leva péniblement et renifla autour de lui.

— Non, elle ne reviendra pas, lui dit Case. Tu peux te recoucher.

Lance continua à s'agiter, mais il n'y prêta guère attention. Il songeait à Jane, et se disait qu'elle était seule depuis si longtemps qu'elle n'arrivait pas à envisager la présence d'un homme dans son univers. Et l'Association féminine n'était guère favorable à la gent masculine. Selon lui, la jeune femme menait une vie un peu terne, entre l'écriture, son petit jardin et l'association. Il y manquait de la passion. Elle ignorait combien la passion pouvait enflammer un être, le faire souffrir ou vibrer.

Patience. S'il voulait la conquérir, il devrait avancer à petits pas. Cela dit, sa patience ne semblait pas porter ses fruits.

Soudain, il se rendit comte que Lance grattait à la porte menant dans le jardin.

— Qu'est-ce qui t'arrive, mon vieux ? s'enquit-il en se levant.

Quelque chose clochait. Lance grognait d'une manière menaçante.

Case balaya les lieux du regard et repéra une lanière de cuir qu'il attacha au collier du chien.

— Très bien, allons voir.

Dès que Case ouvrit la porte, Lance montra les crocs. Blessé ou pas, il semblait prêt à attaquer. Case resserra sa prise sur la laisse de fortune tandis qu'il sortait son pistolet.

— Doucement, dit-il. Doucement…

Mais le chien ne l'entendait pas de cette oreille. Ses muscles étaient bandés au point que Case dût faire appel à toute sa force pour le retenir. Ils se dirigèrent vers la maison. Juste avant le perron, Lance bifurqua brusquement vers la droite et s'immobilisa devant un groupe de peupliers. Il s'assit, grognant et gémissant tour à tour. Case ne distinguait rien de particulier.

Cherchant de l'aide du regard, il aperçut un domestique qui sortait de la maison.

— Allez chercher Harper ! lui cria-t-il. Il est avec le duc !

Quelques instants plus tard, Harper descendait vivement les marches.

— Trouve-moi une lanterne ! lui demanda Case.

Avant que Harper pût répondre à sa requête, Case découvrit ce qui avait énervé Lance. Pendue à une branche, une boule de fourrure se balançait doucement au vent. Il crut reconnaître un renardeau.

— Qu'est-ce que c'est ? s'enquit Harper en apportant une lanterne.

— Tiens-moi Lance, et surtout ne le lâche pas.

Case n'eut aucun mal à grimper à l'arbre. Il sortit son couteau et coupa la corde qui retenait la boule de poils.

— Mon Dieu ! s'exclama Harper. Pauvre petite bête !

Lance, qui reniflait la dépouille inerte, se mit à gémir.

— Ces ordures ont pendu le chien de Mme Standhurst ! s'exclama Harper.

Case hocha la tête. Scamp avait les yeux exorbités, la langue enflée, sa silhouette paraissait difforme.

— Il est mort depuis plusieurs heures. Ils ont dû le tuer ailleurs avant de l'apporter ici.

— Il vaut mieux que Mlle Mayberry ne voie pas ce spectacle macabre, déclara Harper.

— Tu as raison.

Case enveloppa la dépouille dans sa veste.

— Nous allons l'enterrer à l'extérieur de la propriété, derrière le mur.

— On ne devrait pas organiser une battue ?

— Dans le noir ? De toute façon, ils sont partis. Lance nous le signalerait s'ils étaient encore dans les parages. Il meurt d'envie de leur sauter à la gorge.

— Pourquoi Piers a-t-il fait cela ?

— Pour me rappeler que, en dépit de toutes mes précautions, il peut aller et venir à sa guise, et qu'il n'en a pas encore terminé avec moi.

Case scruta les ténèbres et ajouta entre ses dents :

— Je l'espère bien, espèce de salaud. Je l'espère bien.

Puis il se tourna vers Harper.

— Dorénavant, je veux que Lance reste à la maison avec Mlle Mayberry. Si la gouvernante y voit une objection, envoie-la-moi. À présent, allons enterrer cette pauvre bête.

12

Les dernières notes de la mélodie irlandaise s'éteignirent. Les invités de la petite soirée organisée par lady Sophie applaudirent à tout rompre. Emily Drake, la pianiste, se leva et salua le public.

— Encore! cria un monsieur au fond de la salle.

D'autres renchérirent, et Emily s'exécuta volontiers.

Jane et Sally Latham se tenaient en retrait, à l'entrée du grand salon, buvant du punch dans des verres en cristal. Derrière elles était dressé un appétissant buffet destiné à faire patienter les convives en attendant le souper. Les messieurs n'étaient pas très nombreux. Durant le concert, ils s'étaient éclipsés peu à peu pour aller fumer dans la bibliothèque où de l'alcool leur était servi.

Parmi ceux qui étaient restés figuraient Waldo Bowman et Freddie Latham. Waldo tournait les pages de la partition d'Emily tandis que Freddie traînait dans les parages.

— On dirait un loup dans une bergerie, commenta sa sœur, agacée. Il n'a donc aucune fierté? Tout ce qu'elle veut, c'est un titre, et maintenant que Case est dans son orbite, un simple vicomte ne vaut pas grand-chose. Comment a-t-on pu se tromper à ce point sur son compte?

Jane balaya l'assemblée du regard. Pas trace de Case. Il avait été l'un des premiers à s'esquiver.

— On ne peut pas en vouloir à Emily de profiter des occasions qui lui sont offertes, observa-t-elle sans enthousiasme. C'est la raison pour laquelle Case… enfin lord Castleton a convaincu lady Sophie de la prendre sous son aile, afin qu'elle puisse rencontrer de beaux partis.

— Cela ne change rien au fait qu'elle nous a trompées ! Elle nous a fait croire qu'elle était une petite créature fragile et que son frère était un ogre décidé à lui imposer un mari odieux. Je crois qu'elle lorgne sur Freddie depuis le départ. Tout bien réfléchi, elle était réticente à l'idée de séjourner chez toi, à la campagne. Elle espérait que Freddie et moi l'inviterions chez nous, en ville. Nous avons été dupées, Jane. Cette histoire sordide avec lord Reeve était un piège pour attirer Freddie dans ses filets.

— Je n'irais pas jusque-là, objecta Jane.

Parce que si c'était le cas, elle serait tentée d'infliger à Emily la correction de sa vie.

En regardant Sally, Jane eut une autre idée. Son amie avait soigné son apparence, ce soir. Sa robe de mousseline ivoire rehaussait à merveille ses cheveux blond-roux dont les boucles encadraient son beau visage. Jane se demanda si elle n'avait pas déployé tous ces efforts pour séduire Waldo Bowman. Lors de la semaine écoulée, il était souvent venu à Woodlands, de même que Sally.

C'était le genre d'homme qui plaisait aux femmes. Grand, mince, bien bâti, un visage altier encadré de cheveux cuivrés, il avait en outre un sourire désarmant et étrangement romantique. Toutefois, son regard était parfois sombre et menaçant. Il y avait chez M. Bowman quelque chose de vaguement inquiétant.

C'était du moins ainsi que Jane le percevait, et elle s'en méfiait. Waldo n'était pas le fiancé qu'elle aurait choisi pour Sally.

Elle tenta de se rappeler ce qu'elle savait de lui. Pas grand-chose, en réalité. Il était parfois sujet à des accès d'humeur noire qui le poussaient à fuir son entourage jusqu'à ce qu'il les eût surmontés. Non, décidément, ce n'était pas l'homme idéal pour Sally.

— Elle a offensé lady Octavia, déclara Sally. Elle s'est moquée de l'association, voilà pourquoi lady Octavia s'est tenue à l'écart.

— Non, Sally. Lady Octavia avait un autre engagement. C'est la raison de son absence.

— Et le duc ?

— Quoi, le duc ?

— Pourquoi n'est-il pas là ?

— Peut-être parce qu'il vit à Twickenham.

Sally jeta à Jane un regard furibond.

— Je ne comprends pas pourquoi tu la défends. Elle n'a pas eu une parole gentille, après tout ce que nous avons fait pour elle ! Au contraire.

Elle n'avait pas tort. Oh, rien d'évident ! Quelques sous-entendus énoncés d'un ton doucereux, tout au plus. Le problème, c'était qu'Emily considérait Jane comme une rivale dans le cœur de Case. Cette dernière avait presque pitié de la jeune femme. Presque, pas tout à fait.

— Parfois, j'ai envie de la gifler !

Jane n'aurait pu le contester.

— Je plains la femme de son frère, reprit Sally. Elle est charmante, et tout à fait respectable, et elle souffre des caprices d'Emily. M. Drake devrait être plus avisé. Regarde-le, je suis sûre qu'il est persuadé qu'Emily n'a aucun défaut.

Jane l'admettait sans peine. M. Drake se rengorgeait fièrement dès qu'il posait les yeux sur sa sœur. Quant à Mme Drake, elle semblait avoir envie d'être n'importe où ailleurs plutôt que dans ce salon à écouter sa jeune belle-sœur jouer un troisième morceau. Lady Sophie, resplendissante dans sa robe de taffetas noir, se pencha vers Mme Drake pour lui chuchoter quelques mots. La jeune femme sourit, hocha la tête et parut se détendre.

Lady Sophie était vraiment une femme remarquable, songea Jane. Elle était authentiquement altruiste et savait mettre les gens à l'aise. Dommage qu'elle se retrouve avec une petite peste telle qu'Emily sur les bras. Jane était d'autant plus contrariée qu'elle ne pouvait s'en prendre qu'à elle-même. Comment avait-elle pu se méprendre à ce point sur la jeune fille ?

Le piano se tut. Le public applaudit, puis un valet annonça d'une voix forte que le dîner était servi. Jane et

Sally allèrent chercher un dernier verre de punch. Quelques instants plus tard, Emily apparut, triomphante, Waldo et Freddie dans son sillage.

Une fois de plus, Jane fut frappée par sa métamorphose. Elle n'était pas simplement jolie, elle était belle. Ses boucles brunes ornées de rubans blancs assortis à sa robe offraient un contraste saisissant avec ses superbes yeux d'un bleu intense.

— Vous jouez fort bien, commença Jane.

Mais Emily eut un mouvement agacé de la main qui la réduisit au silence.

— Je pensais que Case serait là, déclara celle-ci.

— *Lord Castleton*, corrigea Sally, ne supporte pas les concerts amateurs. Il est fort possible qu'il soit rentré chez lui.

— À l'Albany ? s'exclama Emily en ignorant son ton réprobateur. J'en doute ! Il m'a promis de m'accompagner pour le souper.

— Mademoiselle Drake, intervint vivement Freddie, permettez-moi que vous servir un verre de punch en attendant... euh... lord Castleton.

— Lord Castleton ? minauda Emily. C'est si formel. Non, je continuerai de l'appeler Case. Après tout, il m'appelle Emily.

Tandis que Freddie s'approchait du saladier de punch, Waldo attrapa un canapé qu'il fourra en entier dans sa bouche. Ses yeux pétillaient d'amusement. Sally demeura silencieuse. Jane cherchait désespérément quelque chose à dire. Mais elle n'avait qu'une envie : gronder Emily et l'avertir que, si elle n'était pas sage, elle l'enverrait au lit sans dîner.

— Je vois que vous ne portez plus vos gants blancs, Jane, déclara Emily. Cela signifie-t-il que vos mains vont mieux ?

— Beaucoup mieux, merci.

Mlle Drake prit le verre de punch que lui tendait Freddie et en avala une gorgée délicatement.

— D'une certaine façon, je le déplore.

— Vous le déplorez ? répéta Jane.

— Je sais combien votre maison à la campagne vous manque. À présent que vous êtes guérie, j'imagine que vous êtes pressée de rentrer chez vous.

C'était précisément ce que ressentait Jane. Pourtant, elle se surprit à affirmer le contraire.

— Woodlands est à la campagne, et lady Sophie est une compagnie très agréable. Non, je ne suis guère pressée de partir.

— Jane ne peut tout de même pas abandonner lady Sophie, renchérit Sally, alors que celle-ci vous introduit dans le monde uniquement pour lui rendre service.

Les joues d'Emily s'empourprèrent. L'espace d'un instant, elle parut avoir compris la leçon. Puis elle releva le menton et déclara froidement :

— Je croyais que Mlle Mayberry n'était invitée ici que parce qu'elle n'avait nulle part où aller et que lady Sophie l'avait recueillie par bonté d'âme.

Sally émit un sifflement de rage. Jane ignorait si elle devait éclater de rire ou taper du pied. Elles étaient trois jeunes femmes élégantes en train de se crêper le chignon. Il fallait que quelqu'un intervienne avant qu'elles n'en viennent aux mains.

Freddie sauta sur l'occasion.

— Bon sang ! Qu'est-ce qui peut bien retarder Case ? Si nous ne gagnons pas la salle à manger sur-le-champ, il ne restera plus rien. Allons-y. Nous lui garderons une place. Venez, mademoiselle Drake. Toi aussi, Sally, et pas question de refuser. Waldo, tu accompagnes Mlle Mayberry ?

Sans attendre la réponse de Waldo, il saisit les deux jeunes filles par le bras et les entraîna vers la salle à manger.

— Vous, au moins, vous semblez vous amuser, déclara Jane à Waldo.

Ce dernier porta sa main à ses lèvres.

— Non. C'est une vieille blessure de guerre. J'ai l'air d'afficher un rictus en permanence.

— Monsieur Bowman, vos yeux vous trahissent.

Il la dévisagea et éclata de rire.

— Je vois que j'ai été percé à jour. Je vais devoir être vigilant en votre présence, mademoiselle Mayberry.

Elle ressentait à nouveau cette impression étrange que Waldo Bowman cachait son jeu. Une pensée lui vint soudain.

— Vous me surveillez, n'est-ce pas ? Vous, Freddie, Robert Shay et Harper ? Il y en a un autre. Un valet aux cheveux roux.

— Ce doit être Ruggles.

Étonnée qu'il ne nie pas, elle le fixa, les yeux écarquillés.

— C'est une simple mesure de précaution, mademoiselle Mayberry, rien de plus.

— Je croyais que le danger était écarté, s'étonna Jane. Il a dû se passer quelque chose. De quoi s'agit-il ?

— Rien, à ma connaissance, assura-t-il en haussant les épaules.

Devant l'air sceptique de la jeune femme, il poursuivit :

— Il ne serait pas raisonnable de sous-estimer notre ennemi. Il déteste perdre la face. Or, c'est ce qui lui est arrivé quand vous lui avez résisté.

— Vous semblez très bien le connaître, remarqua-t-elle avec un regard perçant.

En dépit de son sourire, l'expression de Waldo se durcit.

— Disons que j'ai assisté au massacre du monastère. Il nous a filé entre les doigts. À présent, nous sommes parés à toute éventualité.

Il se détendit et retrouva sa courtoisie naturelle.

— M'accorderez-vous le plaisir de vous accompagner à table ?

Ce changement d'humeur soudain intrigua la jeune femme. Elle brûlait d'envie de l'interroger sur Gideon Piers, mais ses épais cils bruns voilaient son regard et elle sentit que le sujet était clos.

Elle posa la main sur le bras qu'il lui tendait.

— Volontiers, monsieur Bowman, répondit-elle.

Ils s'arrêtèrent sur le seuil de la salle à manger. En les apercevant, Freddie leur fit signe de le rejoindre. Il était en compagnie de Robert Shay et de Sally. Emily Drake, en revanche, n'était pas là.

Jane parcourut la table des yeux. Emily était assise à côté de Case. Ce dernier ne leva pas la tête, Emily, en revanche, adressa à Jane un sourire triomphal qu'elle trouva insupportable.

Au fil de la soirée, nul n'aurait pu soupçonner à quel point Jane devait se forcer pour paraître indifférente au rire strident de Mlle Drake. Elle n'était pas jalouse. Elle était convaincue que Case avait du goût et qu'Emily n'avait aucune chance de lui plaire.

«Attention, se dit-elle. Ce sont des pensées pernicieuses. Ne t'attache pas trop à lui. Un jour, il rencontrera la femme de sa vie, il l'épousera et ils vivront heureux.»

Cette idée lui déplut souverainement.

Vers la fin du repas, l'atmosphère se détendit. Les invités commencèrent à circuler de table en table pour discuter. Dès que lady Sophie eut entraîné Emily, bien malgré elle, Waldo et Robert rejoignirent Case.

— Elle nous a percés à jour, annonça Waldo.

Il s'assit sur la chaise libérée par Emily, et Robert s'installa en face de lui.

— Qu'allons-nous faire, maintenant?

— Je t'avais prévenu qu'elle était futée, répondit Case avec un sourire. Cela ne change rien. Au contraire, notre tâche en sera facilitée.

— Je n'en suis pas si sûr, rétorqua Waldo. Elle voulait savoir ce qui avait bien pu se passer pour que tu veuilles la protéger ainsi. Ne t'inquiète pas, je n'ai pas parlé du petit chien. Je lui ai simplement rappelé que notre ami était dangereux et qu'il ne fallait prendre aucun risque.

— Il est vraiment dangereux? intervint Robert.

— Mortellement, confirma Waldo.

Leur conversation fut interrompue par un jeune homme à l'allure militaire qui semblait fort affable. Le trio connaissait bien le capitaine Harry Fellowes, un ancien d'Eton, vétéran, lui aussi, de la guerre d'Espagne.

— Tiens, tiens ! lança Fellowes avec son entrain habituel. Voyez-vous cela ! Quelles mines de conspirateurs. J'espère que je ne vous dérange pas.

— Pas du tout, assura Robert en cherchant son tabac à priser dans sa poche. Asseyez-vous donc, Harry. Nous étions en train de parler de…

Il lança un regard désespéré à Waldo

— … de notre réunion annuelle des anciens d'Eton, termina Waldo. J'espère que vous en serez, Harry.

— Je ne raterais cela pour rien au monde. Pourquoi n'ai-je pas encore reçu d'invitation ?

— La réunion a dû être reportée à une date ultérieure, expliqua Robert.

Tandis que ses compagnons discutaient de l'organisation de la réunion, Case s'excusa, prétextant qu'il devait jouer son rôle d'hôte. Conscient des nombreux regards braqués sur lui, il prit soin d'échanger quelques paroles plaisantes avec les jeunes filles présentes. Il ne voulait pas éveiller les soupçons en accordant trop d'attention à Jane. En tout cas en public. Parfois, lorsqu'il arrivait à Woodlands à l'improviste, il parvenait à passer un moment seul avec la jeune femme. Il avait toujours quelque chose à lui dire à propos des travaux ou de son enquête, aussi ne pouvait-elle se dérober. Ils allaient se promener à pied ou à cheval. Il lui faisait une cour discrète mais veillait à ne jamais aller trop loin. Il voulait qu'elle se sente à l'aise en sa compagnie, mais pas trop.

En voyant Jane seule, Case abrégea brusquement sa conversation avec Mlle Hooker pour la rejoindre. Nul n'en serait étonné. En fait, il éveillerait davantage de soupçons s'il l'ignorait totalement.

Robert et Waldo suivaient subrepticement Case des yeux. Robert proposa du tabac à priser à son ami et en prit une pincée, avant de déclarer :

— Tu sais, Waldo, si ce Piers est aussi redoutable que tu l'affirmes, nous devrions peut-être renoncer à la réunion des anciens, cette année.

— Tu crois qu'il risque de faire sauter Twickenham House ?

— J'y ai songé.

— Eh bien, tu as raison. C'est exactement ce qu'il a en tête.

— Comment le sais-tu ?

— La poudre. On en a retrouvé dans la cave à vin, la réserve de charbon et même sous le parquet de la galerie des portraits, répondit Waldo sans quitter Jane et Case des yeux.

— De la poudre ? répéta Robert avec stupeur.

— Oh, ne t'inquiète pas ! Elle n'y est plus. Case veut nous parler à tous après le départ des invités. Il te mettra au courant.

— Mais qu'est-ce qui t'a fait deviner que Piers s'en prendrait à Twickenham House.

— Le temps écoulé.

— Quel temps ?

— Le temps écoulé depuis le meurtre de Collier. Nous avons tous cru à l'incompétence de Bow Street. Ce qui était le cas, bien sûr. Mais si Piers l'avait voulu, il aurait trouvé un moyen de faire savoir à Case qu'il était de nouveau sur le sentier de la guerre. Il a dû être retardé.

— Par quoi ?

— Notre invité d'honneur est tombé malade, puis est mort, et notre réunion a dû être repoussée.

— Ce sont des circonstances, pas des preuves.

— C'est aussi ce que nous avons pensé, mais en découvrant la poudre, nous avons changé d'avis.

Il posa les coudes sur la table et se pencha vers son ami.

— Dis-moi franchement, Robert. Tu crois que j'ai une chance avec Mlle Mayberry ?

— Aucune, répliqua son ami, qui digérait ses révélations. Case la veut pour lui.

— Je m'en doutais, admit Waldo avec un soupir de regret.

Dès que Jane eut ouvert la porte de sa chambre, Lance se précipita à l'intérieur. Case avait promis qu'il pourrait aller et venir à sa guise dans la maison, mais Lance détestait la foule. Il préférait se dénicher un coin tranquille où nul ne viendrait le déranger. Harper avait dû l'emmener faire une longue promenade vespérale, car il sentait la pluie.

Au moment d'aller se coucher, Jane ne souffla pas sa chandelle. Elle ôta son peignoir et s'assit près de la fenêtre pour écouter les bruits familiers de la maison qui se préparait pour la nuit. Sa chambre ouvrait en façade. Elle apercevait au loin les lanternes de la porte de Marylebone. Lance était assis à côté d'elle, en alerte, sentant qu'il se passait quelque chose, mais sans trahir la moindre impatience.

Il suivait chacun des mouvements de sa maîtresse. Des pas étouffés longèrent le couloir. Jane s'empara de sa chandelle et gagna la porte, Lance sur les talons.

Dans le couloir, elle découvrit Ruggles, le valet aux cheveux roux. Elle n'en fut guère étonnée.

— Quelque chose ne va pas, mademoiselle Mayberry ?

— Non, non. Je n'arrive pas à dormir et je voulais me rendre à la bibliothèque pour choisir un livre, prétexta-t-elle.

— Je vous accompagne.

— Ce n'est pas nécessaire. Je trouverai le chemin toute seule.

L'espace d'un instant, le domestique parut déconcerté, puis il se ressaisit et dit tranquillement :

— Ce n'est rien. Et je ne crois pas que lady Sophie serait contente d'apprendre que je vous ai laissée vous promener dans la maison dans le noir.

Jane sourit et se dirigea vers l'escalier en silence.

— Vous êtes Ruggles, n'est-ce pas ? reprit-elle. Je pensais bien vous avoir reconnu, ajouta-t-elle lorsqu'il hocha la tête. Vous êtes le valet de lord Castleton.

Ruggles n'hésita qu'une seconde avant de l'admettre.

— Disons que monsieur m'a mis à la disposition de lady Sophie tant qu'elle aura besoin de mes services.

Il mentait à merveille. Il aurait fait un excellent comédien.

Ayant eu la confirmation qu'elle était bien sous surveillance, Jane choisit rapidement un livre et regagna sa chambre.

— Je me demande si tout le monde est à la solde de Castleton, dit-elle à Lance en posant son livre sur son lit.

En entendant le nom de Castleton, Lance dressa les oreilles et se mit à humer l'air.

— Castleton, répéta-t-elle.

Le chien remua la queue et regarda la porte avec espoir.

— Ah non, pas toi ! s'exclama Jane en secouant la tête. Voilà pourquoi il te laisse entrer dans la maison. Tu me surveilles, toi aussi !

Elle prit le roman qu'elle avait choisi – *Orgueil et Préjugé*.

— Elizabeth Bennet est mon personnage favori. Mais Darcy… (elle fit la grimace). Je ne comprendrai jamais ce qu'elle lui trouve.

Elle posa le livre et caressa la tête du chien.

— Elle aurait été plus heureuse avec un chien, tu ne crois pas ?

Sa plaisanterie familière avait perdu de sa saveur, apparemment. Les épaules de la jeune femme s'affaissèrent.

Brusquement, elle souffla sa chandelle et se coucha.

13

Lorsqu'elle descendit les marches du perron, accompagnée de Lance, pour monter dans le fiacre qui l'attendait, Harper lui tint la portière puis grimpa à sa suite. De toute évidence, c'était à son tour de la surveiller. Jane se rendait chez Letty, à Hans Town. Il s'était passé tant de choses que la jeune femme préférait les raconter de vive voix à son amie plutôt que de lui écrire. Par ailleurs, elle espérait en apprendre davantage sur Gideon Piers. Un détail permettrait peut-être à Case de le localiser. Elle doutait toutefois de réussir là où les policiers avaient échoué.

— Nous aurions dû prendre la voiture, déclara Harper.

— C'est ridicule, assura Jane. Nous ne serons absents qu'une heure ou deux. Cela ne valait vraiment pas la peine d'ordonner aux garçons d'écurie d'atteler les chevaux puis de les faire patienter devant chez Mme Gray pendant ma visite.

C'était là son plus grand souci. Jane ne voulait pas déranger ses hôtes plus que nécessaire. Si lady Rosamund avait été son amie, elle n'aurait pas eu d'inconvénient à emprunter sa voiture personnelle. Du moins, n'avait-elle pas eu à lui emprunter de vêtements. La femme de chambre avait récupéré une malle de vieilles affaires qu'elle gardait dans le grenier, à Highgate, des tenues qu'elle avait emportées lorsqu'elle avait quitté Édimbourg. Ainsi portait-elle ce jour-là un manteau en velours rose avec un chapeau et un réticule assorti.

L'air était mordant malgré le soleil radieux. Et la jeune femme se sentait enfin libre. Dans l'après-midi, une sortie était prévue à Twickenham House où le duc recevrait lady Sophie et ses invités.

Aucun de ses compagnons ne semblait partager son bonheur en ces moments d'insouciance. Les sourcils froncés, Harper scrutait les véhicules qui circulaient sur Marylebone Road. Quant à Lance, il boudait, car sa maîtresse l'avait obligé à se couvrir d'un affreux manteau en dépit de ses protestations.

— Bon chien, murmura-t-elle en lui tapotant la tête.

Pour toute réponse, il montra les dents, mouvement d'humeur qui la fit rire.

En arrivant devant chez Letty, Harper régla la course. Ils trouveraient facilement un autre fiacre pour rentrer. En attendant Jane, Harper décida d'emmener Lance en promenade, histoire de lui dégourdir les pattes. Jane accepta, sachant qu'ils n'iraient pas loin.

— Oh, mademoiselle Mayberry, s'exclama Peggy, désolée, en lui ouvrant la porte, madame est avec les filles à Green Park ! Elles sont parties il y a à peine dix minutes.

— Nous avons dû nous croiser.

— Monsieur est à la maison. Dois-je vous annoncer ?

Avant que Jane puisse lui répondre, Oliver Gray apparut au pied de l'escalier.

— Jane ! Il me semblait bien avoir reconnu votre voix. Vous avez changé, non ?

C'était le manteau rose, une couleur qu'elle ne portait plus, car elle la jugeait trop enfantine.

J'espère que c'est un compliment, Oliver, répondit-elle.

— Naturellement ! fit-il en riant. Vous êtes plus ravissante que jamais. Entrez donc. Je suppose que Peggy vous a dit que Letty venait de sortir avec les enfants ? Puis-je la remplacer de quelque manière ?

Âgé d'une quarantaine d'années, Oliver lui rappelait un héros de roman gothique tant il était courtois. Jane savait d'expérience que les apparences étaient souvent trompeuses mais les qualités d'Oliver étaient authentiques. Il était indéniable qu'il aimait son prochain. Qui le lui rendait bien. L'association de femmes de sa paroisse était florissante…

Il la fit entrer dans son bureau, une pièce confortable mais un peu en désordre qui rappela à Jane le bureau de son propre père. Sa table de travail était jonchée de feuilles raturées. La corbeille regorgeait de boulettes de papier. Le pasteur écrivait un ouvrage sur l'Évangile.

— Je vois que vous êtes en panne d'inspiration, observat-elle.

Il rit et lui désigna un siège.

— En tant qu'auteur, vous devez connaître les affres de la page blanche. J'espérais être interrompu, et vous êtes arrivée à point nommé. Peggy, Mlle Mayberry et moi prendrons volontiers une tasse de thé.

Quand ils furent assis, Oliver reprit :

— Alors, qu'est-ce qui vous amène en ville ?

Jane lui relata brièvement les événements survenus à Highgate et lui expliqua que, depuis, elle séjournait à Woodlands, avec lady Sophie.

— Lady Sophie ? répéta-t-il en fronçant les sourcils. Pas lady Sophie Devere ?

— Si. Vous la connaissez ?

— Je sais qu'elle est la tante de lord Castleton, et que ce dernier est venu ici interroger Letty sur son frère. Il vous a également posé des questions, n'est-ce pas ? Que se passe-t-il, au juste ?

Oliver était fort perspicace, qualité importante pour un pasteur, mais qui n'arrangeait pas toujours ses interlocuteurs. Jane réfléchit un instant puis poussa un soupir avant de lui révéler tout ce qu'elle savait.

— Vous voyez, conclut-elle, rien n'est sûr. Ces agressions sont peut-être le fait de votre beau-frère, mais nul n'en a la preuve formelle.

— Si c'est vraiment le cas, Letty sera anéantie. Elle avait trouvé un certain réconfort dans l'idée que son frère avait fini par changer et était mort pour une noble cause. J'espère que Castleton se trompe.

Il affichait une expression si grave que la jeune femme ne put s'empêcher d'ajouter :

— Vous ne pensez pas que Letty soit en danger ? Je veux dire, Gideon est son frère…

— Non.

Oliver sombra dans un silence songeur.

— Vous n'aimez pas Gideon Piers, n'est-ce pas ? reprit Jane.

— Je ne l'ai jamais rencontré.

— Moi non plus, mais je me suis forgé une opinion d'après ce que Letty m'en a raconté, et il m'a tout l'air d'être un personnage peu plaisant. Non pas que Letty m'en ait dit grand-chose ou en ait parlé en mal, mais… j'ai vraiment peine à croire qu'ils soient frère et sœur.

— Demi-frère et sœur, corrigea Oliver. Gideon est né hors mariage. C'est une histoire tristement banale. Sa mère était domestique. Quand ses patrons ont découvert qu'elle était enceinte, ils l'ont renvoyée comme une malpropre. Un an après la naissance de Gideon, elle a épousé le père de Letty qui a reconnu l'enfant. Letty est née ensuite. Quelques années plus tard, à la mort du père, ils se sont tous retrouvés à l'hospice.

Jane connaissait bien cet épisode de leur vie.

— Pourquoi Gideon n'a-t-il pas pu aller à l'école, comme Letty ? s'enquit Jane.

— Il y avait peu de places disponibles. Leur nombre dépendait de la générosité des bienfaiteurs. Cela dit, il a tout de même eu une chance qu'il n'a pas saisie. Il s'était habitué à l'hospice et a voulu y rester.

Jane éprouvait à nouveau des sentiments ambivalents à l'égard de Gideon. À qui la faute s'il avait mal tourné ? Mais quelle importance, au fond ? On ne pouvait laisser sévir un homme en proie à des crises de folie meurtrière. Mais elle aurait sans doute vu les choses autrement s'il avait été son propre frère.

— À quoi pensez-vous, Jane ? lui demanda Oliver qui s'était adossé à son fauteuil et l'observait.

— Je me disais que quand un chien a la rage, il faut l'abattre.

— Si Lance avait la rage, l'abattriez-vous ?

— Cela me briserait le cœur, mais, oui, je le ferais.

— C'est toute la différence entre Letty et vous, car elle en serait incapable.

Peggy leur apporta du thé et des biscuits, et ils changèrent de sujet.

Sur le chemin du retour, ils s'arrêtèrent à Green Park mais ne trouvèrent pas trace de Letty. Jane ordonna alors au cocher de les conduire à sa banque, dans Bond Street. Intrigué par cette requête, Harper haussa les sourcils. Une dame de la haute société ne s'occupait pas personnellement de ces questions. Il voulut l'accompagner, mais elle refusa.

— Je suis parfaitement capable de me débrouiller, assura-t-elle d'un ton que Harper ne connaissait que trop bien.

Résigné, il s'affaissa sur la banquette et retint Lance par son collier tandis que Jane s'éloignait.

Elle n'avait qu'un simple retrait à effectuer pour ses frais divers. En outre, elle tenait à récompenser les domestiques de Woodlands avant de rentrer chez elle. Elle ressortit cinq minutes plus tard, mais ne regagna pas immédiatement le fiacre. Elle avait repéré une paire de chaussures en agneau lavande ornées de rubans chez un bottier tout proche. À côté de chez le bottier se trouvaient un chapelier, et un peu plus loin un drapier, qui exposait en vitrine des rouleaux de mousseline, de soie et de satin pour attirer l'œil des élégantes.

Bond Street était la rue la plus luxueuse de la capitale. Les véhicules s'y pressaient à toute heure de la journée, déversant sur les trottoirs des dames fortunées escortées de domestiques. La rue se trouvait non loin de Piccadilly, et de l'Albany, où logeait Case. Cependant, Jane ne s'attendait pas à croiser le comte qui se trouvait à Twickenham House pour organiser sa réunion d'anciens élèves.

Elle s'amusait beaucoup et eut soudain envie de dépenser un peu de cet argent durement gagné pour s'offrir des frivolités, rien que pour le plaisir. Elle trouva ce qu'elle cherchait dans la boutique voisine du drapier, une parfumerie qui présentait en vitrine de délicates savonnettes. Puisqu'elle n'avait pas les moyens de s'offrir les chaussures en agneau, elle se contenterait d'une savonnette parfumée.

Jetant un regard par-dessus son épaule, elle s'aperçut qu'elle s'était aventurée assez loin du fiacre. Alors qu'elle se demandait si elle devait aller indiquer à son garde du corps où elle se trouvait, un homme tiré à quatre épingles surgit devant elle. Il était grand, large d'épaules. Sous son chapeau, ses boucles blondes soigneusement coiffées encadraient un beau visage. L'expression de surprise de l'inconnu fut vite remplacée par un masque hostile.

C'était un visage que Jane espérait ne plus jamais revoir : celui de James Campbell, Jack, son mari, qui avait disparu de sa vie depuis longtemps. Elle demeura impassible, mais son cœur battait la chamade comme si elle venait de voir un fantôme.

— Comment est-on censé saluer une épouse dévoyée ? lâcha-t-il.

À une époque, cette voix froide et délibérément posée aurait provoqué chez la jeune femme des frissons d'effroi. Elle avait toujours peur de Jack, mais elle n'était plus la jeune fille seule et sans défense qu'il maintenait sous sa coupe. Aujourd'hui, elle avait des amis, des amis influents. Harper et Lance l'attendaient non loin de là, et surtout, elle avait un pistolet dans son réticule.

Elle brûlait d'y plonger la main pour saisir son arme, mais Jack se tenait trop près. Par ailleurs, malgré sa détermination, elle tremblait si fort qu'elle se sentait incapable de tenir quoi que ce fût. Elle s'en voulut d'être toujours impressionnée par lui.

— Bonjour, Jack, fit-elle en s'efforçant de parler d'une voix assurée. Que fais-tu ici ? Tu devrais être à Édimbourg pour les fêtes.

— J'aurais parié que tu me dirais cela, répondit-il en riant. Cela ne te rappelle rien ? Notre première rencontre. Ce doit être le destin…

Lors de leur première rencontre, en effet, Jane faisait des courses dans Prince Street, à Édimbourg. Jack l'avait remarquée et l'avait suivie jusque chez elle. Comme elle était jeune et romantique, à l'époque !

Il la dévisageait, aussi prit-elle soin de ne pas laisser transparaître sa peur.

— Tu sais, j'avais abandonné tout espoir de te retrouver, reprit-il. J'ai perdu ta trace dans les Highlands, en Écosse. Mais c'est ce que tu voulais, non ? Me lancer sur une fausse piste pour ne jamais avoir à répondre de tes fautes devant ton mari.

— Comment m'as-tu retrouvée ?

— Je ne t'ai pas retrouvée. C'est toi qui m'as mis sur ta piste. Ou plutôt un livre portant mon nom et mon adresse. Tu es bien négligente, parfois. Un brave homme l'a ramassé sur un quai de la Tamise et me l'a renvoyé. C'est ainsi que j'ai su que tu étais à Londres. Cela fait des semaines que je te cherche.

Jane se rappelait en effet avoir perdu un livre, une biographie de sir Thomas Moore, à Chelsea. Mais cela remontait à plusieurs mois.

Tous les livres qu'elle avait emportés en quittant Édimbourg portaient le cachet de Jack, alors même qu'ils lui appartenaient. Jack avait un besoin obsessionnel de posséder. Elle avait pourtant recollé sa propre vignette sur la sienne. Celle-ci avait dû se détacher.

Jack s'approcha plus près, si bien qu'elle ne put maîtriser sa peur.

— Je n'irai nulle part avec toi, affirma-t-elle d'une voix sourde. Laisse-moi passer.

— Enfin, Jane ! s'exclama-t-il en secouant la tête. Je ne te demande pas ton avis.

Jack avait une façon bien à lui de tourner autour du pot avant de frapper, tel un cobra hypnotisant sa proie. Jane s'y attendait. Elle s'écarta vivement au moment où il allait la saisir.

Elle partait dans le mauvais sens ! Jack se trouvait entre elle et le fiacre. Les badauds commençaient à les observer avec curiosité. Si quelqu'un intervenait dans leur querelle, Jack se contenterait de répondre qu'elle était sa femme. C'était déjà arrivé.

À l'instant où il allait l'empoigner, elle bondit en avant. Si elle réussissait à contourner un chariot et à revenir sur ses pas... Mais Jack la rattraperait sans difficulté. Elle traversa donc la rue, évitant de justesse un attelage dont le cocher lui adressa une bordée de jurons. Courant à perdre haleine, Jane s'engagea dans une ruelle située derrière Burlington House.

Harper commençait à s'impatienter. Étant donné l'endroit où le fiacre était, il devait sans cesse se retourner pour surveiller l'entrée de la banque. Il commençait à souffrir d'un torticolis. Excédé, il ordonna à Lance de ne pas bouger et quitta le véhicule.

Il n'y avait pas de mal à attendre devant la banque, après tout. Il pria le cocher de l'attendre. Au bout d'une minute, il se décida à entrer. Mlle Mayberry n'allait pas apprécier, mais il voulait s'assurer que tout allait bien.

Malheureusement, Mlle Mayberry n'était pas là. L'employé du guichet l'informa qu'elle était partie depuis cinq minutes. Harper ressortit, un peu inquiet. Toutefois, Bond Street était bordé d'élégantes boutiques. Quelle femme pouvait résister à leur attrait ?

Le policier entra chez le bottier, le chapelier, le drapier, en vain. Il allait s'adresser au parfumeur quand il remarqua un objet incongru sur le trottoir. Il le ramassa. C'était un réticule en velours rose. Celui de Mlle Mayberry. Plus étrange encore, son pistolet s'y trouvait toujours.

Harper retourna au pas de course jusqu'au fiacre pour récupérer Lance à qui il fit sentir le réticule.

— Cherche, commanda-t-il. Cherche !

Lord Francis Reeve était installé à sa table habituelle, devant la fenêtre du *King's Arms*, dans Vigo Street. La veille, il avait perdu une somme rondelette au jeu et était d'une humeur massacrante. Il s'était déjà plaint auprès du serveur que sa tourte était immangeable. Comme il avait avalé jusqu'à la dernière bouchée, le maître d'hôtel avait refusé de la déduire de l'addition. Un monsieur lui avait ensuite demandé s'il pouvait partager sa table et il l'avait éconduit sans ménagement.

Tout en buvant son café, Reeve réfléchissait à son avenir. Tout s'était bien déroulé jusqu'à ce que cette maudite Mayberry vienne se mêler de ses affaires. Et voilà que la jeune héritière providentielle qui devait le sauver de ses créanciers avait été adoptée par la clique de Castleton. Il avait même entendu dire qu'elle était devenue la coqueluche des salons londoniens.

Il était fou de rage. Jamais il n'oublierait l'affront que Castleton et cette garce de Jane Mayberry lui avaient infligé. Ils avaient commis une grave erreur. Reeve ne savait pas encore comment, mais il allait les faire payer !

Il regardait distraitement par la fenêtre quand le sujet de ses tourments apparut soudain. Il crut être en proie à une hallucination. La Jane Mayberry qui venait de tourner au coin de la rue n'avait rien à voir avec la vieille fille revêche qui l'avait agressé à Highgate. Elle arborait un manteau rose avec un chapeau assorti. Mais son port altier et son menton volontaire étaient reconnaissables entre tous. Il mourait d'envie de la frapper.

C'était peut-être l'occasion de lui donner une bonne leçon. Vigo Street était une petite rue calme qui longeait l'arrière des vastes demeures bordant Piccadilly. D'où il était, Reeve ne voyait que des murs de brique protégeant les jardins des regards indiscrets. Puisque Mlle Mayberry était seule, autant profiter de la situation.

Il allait se lever lorsqu'il constata que la jeune femme n'était pas seule. Elle venait de se retourner vers un homme d'une trentaine d'années, très élégant, qui semblait la suivre.

Tout se déroula si vite que Reeve en demeura pétrifié. Alors qu'il discutait tranquillement avec Jane Mayberry, l'inconnu la projeta soudain à terre. La malheureuse se redressa tant bien que mal : l'homme lui assena alors un coup de poing dans l'abdomen.

Reeve parcourut la salle des yeux. Nul ne semblait conscient de la scène qui se déroulait à l'extérieur. Pas question d'alerter quiconque. Il se contenta d'observa le spectacle.

L'inconnu aidait Jane à se relever. Elle semblait sonnée et tenait à peine debout. Rien de plus normal. Son agresseur pesait bien trente kilos de plus qu'elle. Reeve regretta de ne pas être à la place de celui-ci. Il se demandait quel rapport il pouvait entretenir avec la jeune femme, et se promit de le découvrir.

De nouveau, les événements s'enchaînèrent à toute allure et Reeve demeura figé de stupeur. Un loup féroce d'environ quarante kilos, les oreilles couchées, les crocs découverts, surgit de nulle part et se jeta sur l'inconnu, le plaquant contre le mur. Mlle Mayberry prononça quelques mots, un ordre, apparemment. En vain. La bête continuait à montrer les crocs, prête à sauter à la gorge de l'inconnu au moindre geste.

Mlle Mayberry parla de nouveau et le loup redevint un chien obéissant. Reeve remarqua qu'il portait un étrange manteau de flanelle. Abandonnant l'inconnu, l'animal trottina vers la jeune femme et se frotta contre ses jambes. Quand elle lui caressa la tête, il lui lécha le visage.

Reeve déglutit nerveusement au souvenir des menaces de Jane. S'il faisait du mal au garçon d'écurie, son chien l'égorgerait. Sur le moment, il ne l'avait pas prise au sérieux. À présent, ce n'était plus le cas.

L'inconnu profita de la distraction du chien pour se ruer vers l'entrée du *King's Arms*. Aussitôt, l'animal se lança à sa poursuite. Sans attendre, Reeve se hâta d'aller ouvrir la porte à l'inconnu qui se précipita à l'intérieur.

Prise de nausées, la jeune femme s'appuya contre le mur et vomit. Le moindre mouvement lui arrachait un cri, mais, douleur ou pas, elle devait décamper au plus vite avant que Jack ne revienne.

— Lance ! appela-t-elle.

Le chien s'approcha en gémissant et mordilla le bout de ses doigts gantés.

Prenant appui contre le mur, Jane rebroussa chemin. Quelques secondes plus tard, Harper déboula dans Vigo Street. En apercevant sa silhouette familière si rassurante, elle sentit les larmes lui monter aux yeux. Jamais elle n'avait été aussi heureuse de voir quelqu'un.

D'une main Harper tenait son pistolet, de l'autre son réticule. Sa course folle derrière Lance l'avait laissé pantelant. Quand il fut certain que tout danger était écarté, il glissa le réticule dans sa ceinture et alla porter secours à la jeune femme.

— Que s'est-il passé ? la pressa-t-il, essayant de ne pas montrer sa colère. Je vous laisse seule une minute et voilà le résultat !

Il la prit par les épaules.

— J'ai été agressée. Je ne suis pas vraiment en état de parler. Je vous en prie, Harper, je veux partir d'ici.

Le policier comprit vite qu'elle n'irait pas loin. Il ne pouvait pas la porter, et il ne pouvait l'abandonner en si fâcheuse posture pour aller chercher le fiacre. Par chance, ils se trouvaient tout près de l'entrée de service de l'Albany où logeait lord Castleton. Et il avait la clé de la grille dans la poche.

— Où allons-nous ? s'enquit-elle en le voyant ouvrir la grille.

— Dans les appartements de lord Castleton. Vous m'y attendrez le temps que j'aille chercher le fiacre.

— Je croyais que l'Albany se trouvait sur Piccadilly.

— Il s'agit de l'entrée de service.

Harper l'interrogea sur cette mystérieuse agression mais il dut se contenter de réponses évasives. Il n'insista pas, persuadé qu'elle lui en raconterait davantage quand elle serait remise du choc. Toutefois, elle put le rassurer sur un point. Son agresseur n'était pas un des hommes qui avaient incendié la grange.

Dès que Harper eut refermé la lourde grille, Jane eut l'impression de se trouver au cœur d'une forteresse tant le mur était haut. Ce sentiment de sécurité serait de courte durée, elle le savait. À présent que Jack l'avait retrouvée, il ne la lâcherait plus et se lancerait à ses trousses à la première occasion. Jack Campbell n'abandonnait jamais.

Ruggles était en train de repasser les vêtements de son maître. Jane trouva son visage avenant très réconfortant.

Après le départ de Harper, Ruggles tendit un verre de cognac à la jeune femme qui s'étrangla dès la première gorgée. Naturellement, il la questionna, mais elle lui servit la même histoire qu'à Harper : elle avait été agressée par un malfrat qui l'avait sans doute vue sortir de la banque. Quand elle avait voulu prendre la fuite, il l'avait pourchassée. C'était une version des faits peu crédible, mais, à moins de la traiter ouvertement de menteuse Ruggles dut s'en contenter. Tant qu'elle n'aurait pas vu Case et lady Sophie, elle était déterminée à ne pas en dire davantage.

Ruggles proposa d'aller préparer du thé et elle accepta. Elle souffrait horriblement. Quand Jack se montrait violent, il n'y allait pas de main morte. Et encore, elle avait eu de la chance : il n'avait frappé qu'une seule fois. Mais il savait comment faire mal. Il l'avait touchée en plein estomac et elle avait toujours du mal à respirer.

Lance posa la tête sur ses genoux et gémit doucement. Cette marque de sympathie fit monter les larmes aux yeux de sa maîtresse.

— Ne sois pas aussi sensible, lui chuchota-t-elle, ou je n'arriverai jamais à me ressaisir. Je vais bien. Sans toi, je serais sans doute en route pour l'Écosse à l'heure qu'il est.

Cette perspective la fit frissonner d'effroi.

Harper avait laissé son réticule sur le guéridon, non loin de son fauteuil. Elle en sortit son petit pistolet à crosse de nacre, idéal pour un réticule. Dommage qu'elle l'eût lâché en s'enfuyant. C'était le problème des toilettes féminines : elles étaient dépourvues de poches.

Elle brandit son arme comme si Jack était encore en train de la menacer. Pas de doute, elle possédait l'instinct d'une tueuse.

Le jour où elle avait rencontré Jack, elle avait eu le coup de foudre. La jeune fille rêveuse de dix-huit ans qu'elle était alors avait été impressionnée par sa prestance, son charme, sa beauté ravageuse. Son père aussi, d'ailleurs. À ses yeux, James Campbell représentait le mari idéal. C'était un lointain parent des ducs d'Argyll et son père était baron. Il avait une belle maison à Édimbourg, il aimait Jane et était aimé d'elle.

Son père avait donc consenti avec joie à leur mariage.

Il devint vite flagrant que le charme et la courtoisie de son mari n'étaient qu'un verni et qu'il les réservait à ses amis et à son entourage. Jane espérait que son couple ressemblerait à celui de ses parents, qu'ils se taquineraient, qu'ils discuteraient des heures durant, qu'ils riraient ensemble. Comme elle s'était bercée d'illusions !

Jack n'avait qu'une idée en tête : dominer sa femme, la posséder.

Au début, Jane avait cherché des explications à ses crises de jalousie et à ses accès de mauvaise humeur. Il prétendait qu'elle était trop gâtée, ce qui n'était pas totalement faux. Aussi avait-elle fait des concessions pour devenir l'épouse modèle qu'il voulait qu'elle fût. Elle avait cessé d'en faire le soir où il était entré dans sa chambre et l'avait giflée si violemment qu'elle s'était effondrée sur le sol. Son seul crime avait été de le contredire en présence de ses amis. Ils étaient mariés depuis deux mois à peine…

Ensuite, la situation n'avait fait qu'empirer. Le moindre écart déclenchait des crises de furie. Elle ne savait ce qu'elle méprisait le plus : sa violence ou ses déclarations d'amour après coup, assorties de pathétiques tentatives pour se racheter. Deux années durant, elle avait accumulé les cadeaux destinés à acheter son pardon. En partant, elle avait tout emporté, estimant qu'elle les avait mérités. Bien entendu, ils n'avaient aucune valeur sentimentale. En fait, elle avait tout vendu avant de quitter Édimbourg. Elle avait besoin d'argent pour commencer une nouvelle vie, loin de Jack Campbell.

Si son père n'était pas mort, elle serait peut-être restée plus longtemps avec Jack. Ce décès fut un tournant décisif. Elle avait demandé à son mari d'engager Mme Trent à leur service, mais il avait refusé. En l'embrassant, il lui avait expliqué qu'ils avaient suffisamment de domestiques et que Mme Trent avait passé l'âge de la retraite. N'avait-elle pas une fille mariée ? Elle n'avait qu'à s'installer chez elle.

Ce n'était pas la véritable raison de son refus d'embaucher Mme Trent. En réalité, Jack était d'une jalousie maladive. Il savait combien Jane était attachée à sa gouvernante. Or il refusait que sa femme soit proche de quiconque. Il la voulait pour lui seul.

À l'époque, elle aurait aimé résister, ne pas se montrer aussi lâche, ni se laisser maltraiter de la sorte. Mais la volonté implacable qu'elle devinait derrière le sourire enjôleur de son mari la paralysait littéralement.

Elle ravala un sanglot. Avec le recul, elle se demandait encore où elle avait trouvé le courage de le quitter enfin. Elle qui avait peur de tout, qui n'avait plus d'amis, plus de famille, plus personne pour l'aider… Pourtant, elle avait réussi à partir sans se retourner.

À Londres, elle avait pris un poste d'institutrice à Saint-Bede, sous son nom de jeune fille. Elle adorait son métier, s'était fait des amies. Bref, elle était heureuse. Au bout de trois ans, elle s'était enfin décidée à écrire au notaire de son père, à Édimbourg, afin de savoir si son mari avait entrepris des démarches en vue d'un divorce. Le notaire s'était empressé de transmettre la lettre au notaire de Jack, qui l'avait remise à son client.

Heureusement, cette fois, Jane avait des alliés. Quand Jack avait déboulé, telle une furie, à Saint-Bede, ses collègues l'avaient retenu pour permettre à Jane de s'enfuir. Letty et Mlle Hepburn l'avaient cachée, et elle s'était finalement retrouvée en Écosse, dans le cottage que ses parents louaient pour les vacances.

C'était là-bas qu'elle avait adopté Lance, ou qu'il l'avait adoptée.

Cette rencontre fut un autre tournant dans sa vie. Ils devinrent vite inséparables. Le fait qu'ils soient tous deux fugitifs les rapprochait.

Jane était plus que jamais déterminée à ne pas laisser Jack gâcher sa vie. Elle ne pouvait retourner à Saint-Bede, à cause de son chien. Elle avait donc décidé de repartir de zéro et de trouver un logis où son compagnon serait le bienvenu. C'est ainsi qu'elle avait rencontré lady Octavia.

Elle avait pris une autre décision : la prochaine fois que Jack la traquerait, elle serait prête. Elle n'était pas stupide au point de crier sur tous les toits où elle se trouvait ou de faire preuve d'imprudence. La prochaine fois, cependant, elle l'affronterait.

— Et qu'est-ce que je fais ? dit-elle à Lance avec un rire tremblant, je laisse tomber mon réticule avec mon pistolet et je prends mes jambes à mon cou ! Heureusement que tu es arrivé.

Il ne lui restait plus qu'à expliquer la situation à Case.

Elle réfléchit longuement. Ce serait sans doute trop lui demander que de conserver son amitié. Il s'était passé entre eux quelque chose qu'elle n'aurait jamais dû laisser arriver. Peut-être comprendrait-il, à présent...

14

Après réflexion, Jane décida de ne pas parler de l'agression à lady Sophie. Elle préférait éviter que quelqu'un n'alerte les autorités, un médecin, ou ne provoque un scandale. Case devait être le premier à savoir et elle tenait à ce qu'il l'apprenne de sa bouche. Elle fit jurer à Harper qu'il garderait le silence tant qu'elle n'aurait pu avoir une conversation en tête à tête avec Case. Puis elle se rafraîchit, se changea, et afficha la mine d'une jeune femme qui venait de passer la matinée à se promener dans les boutiques de Bond Street.

À en juger par la réaction de lady Sophie, elle était une piètre comédienne. La voiture avait à peine dépassé Hyde Park, que la vieille dame se plongea dans un mutisme inhabituel.

— Vous allez bien, Jane ? finit-elle par demander.

— Oh oui, très bien ! assura la jeune femme.

— Je vous pose la question, car je ne vous trouve pas comme d'habitude.

Jane prétendit qu'elle était en proie à une forte migraine.

— Voilà qui explique que vous ayez l'air si… troublée, commenta lady Sophie en hochant la tête.

Elle était surtout préoccupée. Comment Case allait-il réagir quand elle lui avouerait la vérité ? Comme elle redoutait cet instant…

La vieille dame feignit de s'intéresser à ce qui se passait dans la rue avant de reprendre soudain :

— Vous ai-je jamais parlé de la mère de Caspar ?

— Vous m'avez dit qu'elle était vive et qu'elle avait un certain penchant pour la provocation, répondit Jane, qui se demandait où elle voulait en venir.

— C'était le cas, en effet, admit lady Sophie. Et nous l'aimions tous beaucoup.

Elle posa sur la jeune femme son regard intense.

— Son mariage avec le père de Caspar a fait scandale, à l'époque. Et je dois dire, non sans satisfaction, que mon prétentieux de frère a été choqué, lui aussi. C'était lui le duc. Voyez-vous, Elizabeth ne faisait pas partie de notre monde. Son père était roturier, ce qui ne convenait guère au duc. Ils se sont mariés tout de même. Naturellement, le père et le fils se sont brouillés. Mon entêté de frère n'a jamais changé d'avis, pas même après la naissance de Caspar.

— C'est triste, commenta Jane, ne sachant que dire.

C'était une histoire intéressante, mais elle brûlait de savoir pourquoi la vieille dame lui racontait tout cela. Elle obtint bientôt une réponse.

— Il n'était pas question pour le père de Caspar d'infliger la même épreuve à ses enfants. Je sais qu'il peut paraître impressionnant, mais il a bon cœur. Il ne souhaite que le bonheur des siens. Il a été si heureux avec Elizabeth… Il a accepté sans difficulté que Rosamund épouse son Richard.

Jane comprenait mieux, à présent. Elle se montra plus directe que lady Sophie.

— Il n'y a rien entre votre neveu et moi, hormis de l'amitié.

— Allons, Jane… fit la vieille dame en riant. Allons !

Case reconnut la voiture des Devere tandis qu'elle surgissait d'un bosquet, au bord de l'étang. Quelques instants plus tard, elle s'arrêta devant le somptueux portail de Twickenham House. Il se tenait à la fenêtre de la salle de billard, au premier étage. Derrière lui, ses amis

Waldo, Robert et Freddie discutaient de la réception prévue quelques jours plus tard.

— Moins d'une semaine, déclara Robert Shay d'un ton grave.

Case vit Harper ouvrir la portière. Sa tante descendit la première, suivie de Jane et de Lance. La jeune femme échangea quelques mots avec le policier, qui hocha la tête et emmena le chien. Apparemment satisfaite, Jane pénétra enfin dans la maison.

Case esquissa un sourire. C'était lui qui avait eu l'idée de cette visite à Twickenham House. Il voulait que Jane sache que les Devere menaient une vie simple. Qu'ils étaient des gens comme les autres, ou presque. Il avait tout prévu dans les moindres détails : les invités, le menu, la petite fête informelle. Son but était de convaincre Jane qu'elle pouvait s'adapter à ce milieu sans difficulté. En fait, qu'elle serait même un atout majeur pour lui.

Naturellement, il y avait aussi le château des Devere, mais ce serait pour plus tard. Après tout, son propre père n'y avait emmené sa mère que bien après leur mariage.

Mais il existait une autre raison à cette réception, une raison plus sombre. Case voulait laisser croire à Piers que tout se déroulait normalement à Twickenham House, que nul ne soupçonnait rien de ses projets. Il ne fallait surtout pas donner l'impression que la maison se préparait à subir un assaut.

— Tu m'as entendu, Case ?

Le comte laissa retomber le rideau de mousseline et se tourna vers ses compagnons.

— Oui, je t'ai entendu, Robert.

Il s'assit au coin du feu.

— Tu penses que nous devrions annuler la réception et confier l'enquête à la brigade spéciale.

— Exactement, confirma Robert.

— Et que fera la brigade spéciale de plus que nous ?

— Ils entreprendront une énorme enquête et réussiront à ferrer Piers.

— Mais nous l'avons déjà ferré. Ce plan est notre meilleure chance de le capturer. Il ne sera pas effrayé. Il risque de se cacher quelque temps, et quand il refera surface, nous serons revenus au point de départ sans savoir quand il frappera de nouveau.

Un long silence s'installa.

— Eh bien, je ne suis pas soldat, reprit Freddie, mais je trouve que Piers serait stupide d'attaquer Twickenham House. Or j'ai l'impression que ce n'est pas un imbécile. Il va se douter que la maison est mieux gardée qu'une citadelle imprenable.

— Freddie, soupira Case, il vaut mieux qu'elle ne soit pas imprenable, sinon nous n'arrêterons jamais Piers.

— Ah oui. Je vois…

— Tu es bien silencieux, Waldo, remarqua Robert. Qu'en penses-tu ?

Waldo était appuyé contre la table de billard.

— Je suis d'accord avec Case. Mais cette solution ne me satisfait pas pour autant. Comme l'a dit Freddie, Piers n'a rien d'un imbécile. Si le plan A échoue, nous passerons au plan B. Nous devons être parés à toute éventualité.

— Et tout cet or qu'il a dérobé ? demanda Robert. Où est-il, à présent ?

— Nul ne l'a jamais retrouvé, répondit Waldo.

— Je pense que Piers l'a récupéré, intervint Case. Il est sans doute à l'abri dans un coffre, à la banque. Piers est certainement très riche, à l'heure qu'il est.

Un valet entra avec le café et ils se turent.

— Posez la cafetière sur la table, nous nous servirons, dit Case.

Quand ce fut fait, Robert déclara :

— Piers semble adopter un profil bas, pour le moment. Tu crois qu'il se livre encore à ses petits jeux, Case ?

— Ses petits jeux ? répéta le comte en buvant une gorgée de café. C'est une façon de voir les choses. Je dirais que oui, et je crois qu'il s'amuse énormément. Il me défie de le retrouver avant qu'il ne se lasse. Jusqu'à présent, c'est lui qui mène la danse. Ce qui m'inquiète, c'est ce qu'il a prévu pour la suite.

Après un silence, Robert risqua :

— Pourquoi te déteste-t-il autant, Case ?

— Sans doute parce que j'étais à la tête de l'unité qui a décimé ses hommes. Ils ont refusé de se rendre, alors il n'y a eu aucun prisonnier.

— Et Piers ne nous l'a jamais pardonné, ajouta Waldo.

Robert hocha la tête, mais cette réponse ne le satisfaisait pas.

— Messieurs, le duc nous attend, annonça Case.

Le buffet fut servi dans la longue galerie qui offrait une vue imprenable sur la Tamise. Il y avait une quarantaine de convives, mais la galerie aurait pu facilement en accueillir plus de cent. Des tables dressées avec élégance proposaient un choix de mets plus appétissants les uns que les autres. Les invités furent priés de se servir avant de s'installer par petits groupes.

— Je crois que cette simplicité est destinée à rassurer Emily, murmura Sally à Jane. Ils veulent la mettre à l'aise, ainsi que sa famille. Si nous étions dans la salle à manger, la pauvre serait reléguée en bout de table, étiquette oblige.

— À côté de moi, répondit Jane avec flegme.

Elle chercha Emily des yeux. Une fois de plus, celle-ci badinait outrageusement, mais Jane ne reconnut aucun des jeunes gens qui l'entouraient.

L'assemblée lui parut très bien choisie. Elle connaissait déjà certaines dames de l'association. Pourtant, elle ne parvenait pas à se détendre. Elle répétait mentalement ce qu'elle comptait dire à Case au sujet de Jack.

Elle avait décidé de ne pas s'excuser. Elle ne pouvait rien changer à son passé, pas plus qu'elle ne pouvait se changer elle-même. Si elle s'était confiée au premier venu, Jack l'aurait vite retrouvée et c'était la dernière chose qu'elle souhaitait.

Non, elle ne s'excuserait pas. Elle était trop fière de ce qu'elle avait fait de sa vie ces dernières années.

Alors pourquoi se sentait-elle coupable ?

Case n'était pas le premier venu. Il s'était comporté en ami, le meilleur des amis. Elle avait commis l'erreur de ne pas le maintenir à distance raisonnable.

Mais comment retenir la marée montante, la vague déferlante?

Case et son père apparurent soudain sur le seuil de la galerie. Leur ressemblance était vraiment frappante. Aussitôt, le silence se fit et tout le monde se leva.

— Tu parles d'une réception informelle, railla Sally à l'oreille de Jane. Pauvre Romsey, pauvre Case. Ce n'est pas leur faute si les gens les traitent comme des princes.

Il est vrai que le duc et son fils formaient un couple saisissant, doté d'une prestance naturelle impressionnante. C'étaient des hommes visiblement sûrs d'eux et de leur rang.

Case chuchota quelques mots à son père qui sourit.

— Bienvenue à Twickenham House! lança-t-il en ouvrant les bras. Nous sommes là pour nous amuser, alors pas de cérémonies. Continuez, je vous en prie!

— C'est un ordre, ajouta Sally dans un murmure.

Nul ne semblait décidé à obéir. Les invités demeuraient debout, à échanger des regards gênés, attendant que quelqu'un fasse le premier pas. Case en profita pour faire signe à l'orchestre qui attaqua un morceau. Puis il entraîna son père vers un petit groupe et ils se mirent à bavarder.

Il y eut comme un soupir collectif puis chacun reprit ce à quoi il était occupé avant l'arrivée du duc. Jane surveillait Case du coin de l'œil, mais il n'était jamais seul, et le moment ne semblait jamais le bon pour lui parler. Toutefois, il n'ignora pas sa présence. Sally et elle partageaient une table avec lady Octavia et son mari. Case s'y arrêta pour deviser quelques instants avant de passer à une autre table, au grand soulagement de Jane, qui redoutait plus que jamais cet entretien.

En fait, elle était même terrorisée.

Après le buffet, les invités furent libres de déambuler dans la maison ou de se promener dans le parc. Un concert était prévu en fin d'après-midi – des extraits du *Don Giovanni*, de Mozart, un avant-goût de la première d'un spectacle qui aurait lieu en mars.

N'ayant guère envie de marcher, Jane se joignit au groupe qui visitait la serre en compagnie de lady Sophie. Celle-ci décrivait en détail chaque plante exotique, chaque fleur, et, au bout d'un moment, Jane se surprit à bâiller. Elle trouva un banc et s'y assit pour méditer tranquillement.

Sentant soudain une ombre sur elle, elle leva les yeux.

— Case… je pensais justement à vous.

— Ne prenez pas cet air effrayé. Je ne vais pas vous mordre.

Il la dévisageait, aussi se força-t-elle à sourire. Rassemblant son courage, elle prononça enfin les paroles tant redoutées :

— Il faut que je vous parle. J'ai quelque chose d'important à vous dire.

— Quoi ? demanda-t-il tandis qu'elle lui faisait une place sur le banc.

En apercevant Case, deux élégantes un peu curieuses s'arrêtèrent non loin et se mirent à examiner avec attention l'écorce d'un vieux palmier comme s'il s'agissait d'un trésor. Le moment était mal choisi pour une confession.

— Vous avez une maison magnifique, déclara-t-elle.

Il sourit et lui prit la main d'un geste désinvolte. La jeune femme cessa de respirer.

— Cela ne me dit pas grand-chose, remarqua-t-il. Ce que je voudrais savoir, c'est si elle vous plaît.

Son impatience presque juvénile amusa Jane.

— Jamais une maison ne m'a autant plu, assura-t-elle.

— Et vous n'avez pas encore vu le parc. Allez chercher votre manteau et votre chapeau, je vous emmène en promenade.

Il l'aida à se lever.

— Il faut que je vous parle, répéta-t-elle dès qu'ils se furent éloignés des deux indiscrètes.

— Je vous écoute, dit-il en se tournant vers elle.

— Pas ici. Quelque part…

Ils furent interrompus par un jeune homme vêtu de bleu dont Jane avait oublié le nom. Il souhaitait s'entretenir avec Case de la réception donnée pour les anciens d'Eton et savoir s'il avait invité une personne dont elle ne retint pas non plus le nom.

— Vous voyez, déclara Case dès que son ami se fut éclipsé, je dois être en permanence à la disposition de tous. J'aimerais me faire plaisir, ne serait-ce que quelques instants. J'aimerais être avec vous, Jane.

La jeune femme se raidit. Il fallait qu'elle l'arrête avant qu'il n'aille trop loin. Mais la situation était déjà incontrôlable et elle en était l'unique responsable.

Un nouvel importun s'approcha.

— Allez récupérer votre manteau, chuchota Case à Jane, et retrouvez-moi à la porte d'entrée. Dépêchez-vous, sinon nous ne parviendrons jamais à nous échapper.

Ce n'était ni le moment ni l'endroit pour soulager sa conscience. Case conduisait l'attelage et ne pouvait lui accorder toute son attention. Mieux valait attendre qu'ils aient quitté Twickenham House. Le comte ne serait plus accaparé par ses devoirs d'hôte. Elle lui parlerait dès leur retour à Woodlands. Et s'il ne rentrait pas avec elle, elle trouverait un prétexte pour qu'il vienne à elle.

Sa logique était sans faille, mais elle se mentait à elle-même. Elle ne faisait que repousser l'instant de lui révéler une vérité qui changerait définitivement les choses entre eux.

Au sommet de l'allée, Case arrêta la voiture.

En levant les yeux vers lui, Jane sentit son cœur manquer un battement. Dès le début, elle avait nourri des préjugés à son sujet. À présent qu'elle le connaissait, elle voyait au-delà des apparences. Ce n'était pas simplement un aristocrate beau et riche. Il était fier sans être méprisant. Il était aussi généreux envers ses amis, et cultivait l'ouverture d'esprit. C'était un homme droit, un homme de parole.

Comment espérer qu'il comprendrait ses mensonges ?

— Alors, fit-il, que vouliez-vous me dire ?

Elle sentit ses joues s'empourprer et détourna vivement le regard.

— C'est impossible à expliquer en quelques minutes. Vous voulez bien passer me voir, ce soir, après notre retour à Woodlands ?

— Jane, laissez-moi voir vos yeux.

Elle obéit.

— C'est à propos de nous deux, n'est-ce pas ?

— Oui.

Il la fixa longuement puis esquissa un sourire.

— Je suppose que ma tante vous a parlé.

— Oui. Enfin, non, il ne s'agit pas de cela.

Il se pencha et l'embrassa furtivement, effleurant à peine ses lèvres, mais la jeune femme se sentit aussitôt fondre de désir. Elle crispa les doigts sur le revers du manteau de Case.

— Seigneur, fit-il en s'écartant, le souffle court. Qu'importent vos paroles, vos yeux en disent suffisamment long. Ne vous affolez pas, je vous promets que mes intentions sont honorables.

Il éclata d'un rire désinvolte. Voyant qu'elle ne répondait pas, il secoua la tête.

— D'accord, nous en parlerons à Woodlands. Admirez plutôt ceci, ajouta-t-il en désignant d'un geste Twickenham House nichée dans son parc.

Le soleil bas dardait ses rayons qui se reflétaient sur les hautes fenêtres de la grande demeure. Quant aux écuries, elles faisaient deux fois la taille de la maison de Jane. Au loin, elle distingua une rivière. L'endroit était vraiment féerique.

— C'est magnifique, commenta-t-elle en s'efforçant de masquer son malaise.

Ils effectuèrent deux fois le tour du parc, Case prétendant que les chevaux avaient besoin d'exercice. Il en profita pour lui montrer quelques sites intéressants, un lac, une rotonde et l'atelier où son père se livrait à son violon d'Ingres, la fabrication de voitures. De toute évidence, il prenait du plaisir à lui faire découvrir son univers familier.

Elle souriait quand elle le jugeait opportun. Elle parvint même à rire, mais sans joie, car elle nageait désormais dans un océan de regrets.

Tandis que les invités gagnaient le salon de musique et s'installaient pour le concert, Case demeura à distance de Jane. Il se posta près d'une fenêtre, au fond de la pièce. Il aurait aimé s'asseoir à côté d'elle, mais c'était l'équivalent d'une déclaration, et il sentait qu'elle n'était pas prête.

Il avait une vague idée de ce qu'elle voulait lui dire. Elle allait sans doute souligner leur différence sociale. Elle n'avait pas de fortune alors que sa famille à lui s'attendait qu'il fasse un beau mariage. Il en bâillait rien que d'y penser.

À moins qu'elle ne lui affirme qu'elle préférait sa vie de célibataire. Quoi qu'il en soit, s'il ne pouvait la convaincre avec des mots, il l'embrasserait.

Naturellement, elle risquait de lui reprocher son passé de libertin, comme elle l'avait déjà fait. Mais depuis, leurs rapports avaient évolué. Néanmoins, elle rechignerait peut-être à se compromettre avec un homme qui avait eu de mauvaises fréquentations.

En dépit de son passé tumultueux, il avait l'impression d'être un autre homme avec elle. Pour la première fois de sa vie, il attendait autre chose d'une femme que la passion d'une étreinte. Il recherchait l'intimité au sens fort du terme, le partage.

Tandis que les musiciens accordaient leurs instruments, Case alla rejoindre Waldo qui était seul dans un coin.

— Tu as l'air épuisé, lui dit-il.

— Tu le serais aussi si tu venais de passer plus d'une heure à promener le chien de Mlle Mayberry.

— Où est Harper?

— D'après toi? À l'atelier, avec le duc, en train de bricoler une antiquité tout juste bonne à brûler dans la cheminée.

— Du moment que quelqu'un garde un œil sur mon père! rétorqua Case en riant.

— Ne t'inquiète pas. On le surveille.

Dès les premières notes de musique, un valet vint informer Case que quelqu'un le demandait dans le vestibule. Waldo lui emboîta le pas.

Un gardien lui tendit un message.

— Deux messieurs ont demandé à vous voir, monsieur, expliqua-t-il. Ils ont affirmé que c'était urgent, mais comme ils ne figuraient pas sur la liste des invités, nous avons refusé d'ouvrir la grille. Ils étaient fort mécontents. Ils ont laissé ce message puis sont repartis sans attendre.

Case le parcourut rapidement.

Monsieur,
Si vous voulez épargner à Mlle Mayberry et à vous-même l'humiliation d'un scandale public, je vous suggère de me retrouver au Saracen's Head *à* Twickenham. *Je vous y attendrai jusqu'à vingt heures.*
Votre serviteur, James Campbell

— Qui diable est ce James Campbell? s'enquit Case.

Personne ne fut en mesure de lui répondre.

— Comment se nommait l'autre homme? demanda-t-il au portier.

— Reeve, répondit-il. Lord Reeve.

Reeve! Il l'avait complètement oublié, celui-là. Ce qui était une erreur. Reeve avait été humilié. Il avait perdu Emily Drake et leur en voulait, à Jane et à lui. Mais s'il pensait qu'il le laisserait embarrasser Jane ou lui faire du mal, il allait vite s'apercevoir qu'il se trompait.

Case empocha le message.

— C'est notre ami Piers qui refait des siennes? hasarda Waldo.

— Non. Une affaire personnelle, mais j'aimerais que tu m'accompagnes.

— Où vas-tu ?

— À Twickenham. Avec ma voiture, nous y serons dans dix minutes.

15

Jane repoussa le moment de se mettre au lit autant qu'elle le put, mais elle dut finalement se faire une raison : Case ne viendrait pas. En veillant, elle ne faisait qu'empêcher les domestiques d'aller dormir. Certes, elle n'était pas inquiète. Déconcertée, plutôt. Case l'avait quittée sans un mot d'explication, sans confier le moindre message à un valet. Tout ce que Harper put lui révéler était que le comte avait eu un imprévu et avait dû partir pour Twickenham avec M. Bowman.

— Cela ne m'apprend pas grand-chose, déclara-t-elle à Lance tout en gravissant les marches.

Ruggles était déjà posté dans le couloir, non loin de sa chambre. Elle le surprit en train de manger un sandwich. Sur une tablette étaient posés une chope à bière et un pistolet. Lorsqu'il vit la jeune femme, il rougit.

— Mademoiselle Mayberry... balbutia-t-il en se levant, je vous croyais déjà couchée.

— Non, restez assis. Vous avez l'air épuisé. Vous ne pouvez être de service matin, midi et soir. Je vous ai dit de rester assis, Ruggles.

Il obéit mais parut mal à l'aise.

— Je ne suis pas toujours de service. M. Harper ou un valet viennent me remplacer à l'aube. Ensuite, je vais dormir. Enfin, j'essaie, mais je ne suis pas habitué à me coucher au lever du soleil.

Lance s'approcha de lui et commença à renifler l'une de ses poches.

— Oh non, pas vous, Ruggles !

Il lui sourit d'un air penaud.

— M. Harper m'a conseillé d'avoir toujours un bout de lard sur moi, au cas où je me retrouverai face à votre chien en votre absence. Puis-je le lui donner ?

Elle hocha la tête.

— Il n'est pas féroce, vous savez. Il n'attaque jamais sans avoir été provoqué. Disons qu'il aboie plus qu'il ne mord.

Ruggles se mit à rire. Le chien ne fit qu'une bouchée du morceau de lard.

— Bon chien, dit-il en lui caressant la tête, un peu méfiant tout de même.

— Vous n'avez pas l'habitude des chiens, apparemment.

— Quand on est domestique, on n'a pas la possibilité d'avoir un chien. Dans toutes les maisons où j'ai travaillé, les chiens restaient dehors. Mais un jour, j'ouvrirai une petite taverne. Je prendrai peut-être un chien à ce moment-là.

Ruggles n'eut pas besoin de préciser qu'il espérait se marier et avoir des enfants. Tous les domestiques qu'elle avait rencontrés ne rêvaient que d'économiser pour se mettre à leur compte. Quelques-uns y parvenaient, mais très peu. Elle espérait que Ruggles réaliserait un jour son rêve.

— Vous savez vous servir de ce pistolet ? lui demanda-t-elle.

— Pas vraiment, mais M. Harper me donne des leçons.

Depuis l'apparition de Jane, il n'avait pas touché son sandwich et n'en ferait rien tant qu'elle serait présente. Elle lui souhaita donc bonne nuit et entra dans sa chambre.

Elle avait dit à sa femme de chambre de ne pas l'attendre, mais celle-ci avait laissé une chandelle allumée sur la cheminée. Les couvertures de son lit étaient rabattues et son broc d'eau chaude avait refroidi sur la table de toilette. En poussant un soupir, elle se dévêtit.

Une fois nue, elle s'observa dans la glace. Elle ne portait aucune marque visible de son agression. Jack était ainsi. Un véritable gentleman. Lorsqu'il la frappait, il prenait toujours soin de ne laisser aucune trace.

Cette sensation d'impuissance était humiliante. Un jour, il faudrait qu'elle réagisse, sinon Jack finirait par la tuer. Ce n'était pas la première fois que cette idée lui traversait la tête. Le moment était peut-être venu.

Elle glissa son petit pistolet sous l'oreiller avant de se coucher. Lance prit place devant la cheminée. Mais elle ne parvint pas à trouver le sommeil ; trop de questions la tourmentaient. Où se trouvait Jack et qu'allait-il faire, maintenant qu'il la savait à Londres ? Et où se terrait Gideon Piers ? Quand reverrait-elle Case et que lui dirait-elle ?

Au bout de dix minutes, elle se leva, alluma sa chandelle et enfila sa robe de chambre en laine. Puis elle chercha un livre, histoire de se changer les idées. Soudain, Lance se dressa sur ses pattes et émit un léger grognement de satisfaction en fixant la porte.

Elle entendit des voix étouffées puis quelqu'un frappa.

Elle se doutait qu'il s'agissait de Case, mais préférait ne prendre aucun risque après les événements de la matinée. Elle ouvrit donc, son pistolet à la main. Lance bondit en avant.

— Bon chien ! lui dit Case en lui caressant la tête. Oui, moi aussi, je suis content de te voir. Mais tu vas aller faire un petit tour avec Ruggles.

Il se tourna vers l'intéressé.

— Donnez-moi la laisse.

Il l'attacha au collier du chien.

— Vous m'attendrez près des écuries, ordonna-t-il à Ruggles. Je ne devrais pas en avoir pour très longtemps.

Case pénétra dans la pièce et referma la porte derrière lui. Un regard avait suffi à Jane pour deviner qu'il était en proie à des émotions intenses. Il avait les traits tirés, les poings crispés, et une légère odeur de cognac émanait de lui. Alors qu'elle sentait la peur monter en elle, il la contourna, s'approcha de la cheminée, puis, le bras posé sur le linteau, lui fit enfin face.

— Rangez-moi ce pistolet! Je ne vous ferai pas de mal.

Jane avait oublié qu'elle brandissait encore son arme. Elle la déposa sur la commode mais resta à distance de Case. En dépit de ses paroles rassurantes, il avait bu. Et il était manifestement furieux. Deux bonnes raisons pour demeurer sur ses gardes.

Même si Harper lui avait parlé de son agression, elle doutait que ce soit cela qui ait provoqué une telle colère. Les paroles qui suivirent lui glacèrent les sangs.

— Eh bien, reprit-il, ne restez pas là à me regarder, *madame Campbell*. Placez-vous donc dans la lumière que je voie le visage de la menteuse qui m'a trompé depuis le début. Qui nous a tous trompés, en fait.

Il aurait voulu qu'elle proteste, qu'elle affirme qu'il y avait méprise, que Campbell l'avait confondue avec une autre. Hélas, son visage parlait de lui-même. Jane était livide et le fixait de ses grands yeux affolés.

Case n'aimait pas Campbell. D'emblée, il l'avait trouvé arrogant et vaniteux. Si les rôles avaient été inversés, il l'aurait volontiers provoqué en duel. Campbell était pathétique. Sa femme l'avait quitté et n'avait pas donné de nouvelles depuis des années. Il avait retrouvé sa trace à Londres, l'avait croisée par hasard dans Bond Street, et tout était pardonné. Il s'était soudain rendu compte qu'il l'aimait encore.

Et c'était ce qui chagrinait le plus Case. Jane l'avait envoûté de la même façon. Il avait beau savoir qu'elle l'avait trompé, lui aussi l'aimait encore.

— Comment avez-vous appris la vérité? murmura-t-elle.

— C'est Campbell qui m'a retrouvé. Avec l'aide de cette ordure de Reeve. Il semblerait que Reeve vous ait vue lâcher Lance sur votre mari, ce matin, dans Vigo Street. C'est ensuite qu'il a fait sa connaissance. Je précise qu'il n'avait d'autre objectif que de rire à mes dépens, naturellement. Pourquoi ne m'avez-vous rien dit? explosa-t-il. Pourquoi m'avoir mené en bateau?

Case était d'autant plus furieux qu'il avait organisé toute cette journée à Twickenham dans le dessein de lui faire comprendre qu'elle n'aurait aucun mal à s'adapter à son mode de vie. Et pendant tout ce temps, elle lui avait caché la raison suprême qui aurait pu l'empêcher d'agir de la sorte et de se ridiculiser. Il se moquait de ce que les autres pensaient de lui, mais il se méprisait de s'être à ce point laissé prendre aux apparences. Jane s'était joué de lui sans se soucier de la profondeur et de la sincérité de ses sentiments.

Se sentant coupable, celle-ci détourna les yeux.

— J'ai essayé de vous le dire, mais le moment n'était jamais propice. Il y avait toujours une tierce personne. C'est pourquoi je vous ai demandé de venir ce soir. Afin de vous parler de Jack.

— Si vous aviez une once d'intégrité, vous m'en auriez parlé depuis longtemps.

Ces paroles injustes déclenchèrent la colère de la jeune femme.

— Je ne l'ai pas fait, parce que je considère que j'ai droit à une vie privée !

Lorsqu'il s'avança vers elle, Jane ne recula pas. Il s'immobilisa à quelques centimètres d'elle, mais son instinct lui dicta de garder la tête haute et de soutenir son regard.

— Depuis le départ, je me suis efforcée de vous faire comprendre que ma vie actuelle me convenait parfaitement, que je n'avais ni besoin ni envie d'un homme dans mon existence. Mais vous ne m'avez pas écoutée.

Son attitude ne fit qu'attiser la rage de Case.

— Oh non ! répliqua-t-il. Dès le départ, vous m'avez impliqué dans votre vie, si on peut appeler cela une vie. Certes, vous ne m'avez pas demandé d'aide, mais vos yeux, vos yeux superbes, parlaient pour vous. Et j'ai répondu présent chaque fois que vous avez eu besoin de moi.

Jane avait la gorge nouée. Elle ne pouvait prétendre le contraire. Case avait pris son parti contre lord Reeve, il avait sauvé Ben, il était venu à la rescousse d'Emily, et enfin il l'avait accueillie, elle, alors qu'elle n'avait nulle part où aller.

— Je ne savais pas, je ne comprenais pas. Cela n'aurait jamais dû se produire.

Elle s'interrompit, la voix brisée. Case enfouit les mains dans ses cheveux.

— Vous ne saviez pas quoi ? Que j'étais en train de tomber amoureux de vous ?

— Non, gémit-elle. Que j'étais en train de tomber amoureuse de vous.

Il la dévisagea un interminable moment, puis la furie qui étincelait dans ses yeux disparut peu à peu. Elle crut qu'il allait l'embrasser, mais il se contenta de lâcher ses cheveux et de retourner auprès du feu. Lorsqu'il reprit la parole, sa voix trahit une sorte de lassitude :

— Tout ce que vous m'avez raconté depuis le premier jour n'était qu'un tissu de mensonges. À présent, c'est terminé. Campbell est prêt à vous pardonner et à tout oublier si vous retournez chez lui.

L'espace d'un instant, Jane se sentit comme engourdie. Puis une bouffée de terreur la submergea.

— Que lui avez-vous dit ? murmura-t-elle, la gorge nouée.

— Oh, pas grand-chose. J'étais sans doute trop choqué pour penser quoi que ce soit. C'est surtout Campbell qui a parlé. Vous vous rendez compte ? Il vous aime encore et veut vous récupérer. Il a même évoqué un éventuel héritier. Apparemment, son père souhaite que sa lignée ne s'éteigne pas. En fait, il y tient beaucoup.

— Jamais je ne retournerai auprès de lui, articula Jane.

— Dans ce cas, il va entamer une procédure de divorce à vos torts.

— Pour quel motif ?

— Adultère.

Jane prit une profonde inspiration.

— Avec qui ?

— D'après vous ? rétorqua Case avec véhémence. Avec moi, bien sûr !

— Mais, nous n'avons rien fait de mal !

— Peut-être, mais Campbell n'aura aucun mal à trouver des témoins pour affirmer que j'ai passé la nuit chez vous, à Highgate, et ici, à Woodlands. C'est bien vous qui m'avez averti que vos voisins se faisaient des idées fausses à notre sujet. Si j'avais su qu'un mari patientait dans les coulisses, j'aurais veillé à ne pas me laisser piéger.

Sa voix, son expression, tout en lui l'agressait. Comme dans le brouillard, elle recula jusqu'au lit et s'y assit.

— Je me moque qu'il veuille divorcer, dit-elle lentement. Au contraire, je ne demande que cela. Mais je doute qu'il renonce à moi si facilement. Il doit y avoir anguille sous roche.

— L'anguille, c'est *moi*, reprit-il, la mâchoire crispée. Il a pris un gros poisson dans ses filets et ne le laissera pas partir.

Comme elle le fixait d'un air ébahi, il poursuivit :

— Je parle de dommages et intérêts. Vous vous rappelez l'affaire Uxbridge ? Ce type a dû verser au mari trompé vingt mille livres pour lui avoir pris sa femme. Franchement, mademoiselle Mayberry, vous ne valez pas vingt mille livres à mes yeux.

Elle avait entendu parler du divorce houleux de lord Uxbridge et en connaissait les détails. À l'époque, l'affaire avait fait scandale. Uxbridge avait également dû payer dix mille livres de plus pour se libérer de son propre mariage. Depuis, chacun s'était remarié de son côté.

Elle hésitait entre le rire et les larmes.

— Mais vous pouvez éviter de payer des dommages et intérêts, commença-t-elle, si…

— Si vous n'êtes plus sous ma protection. Si vous retournez auprès de votre mari.

Le sang de Jane ne fit qu'un tour. Case ne se rendait pas compte de ce qu'il lui demandait. S'il l'aimait vraiment, il aurait pris sa défense.

Il la scrutait. Avant qu'il puisse voir combien il l'avait meurtrie, elle se leva d'un bond et se dirigea vers la penderie. Elle en sortit sa malle, l'ouvrit et entreprit de la remplir.

— Bon sang, qu'est-ce que vous fabriquez ? s'écria-t-il en la prenant par le bras.

Elle se dégagea vivement.

— Ne me touchez pas ! lança-t-elle d'un ton tranchant, alors même qu'elle se sentait sur le point de fondre en larmes. Selon vous ? Je pars. Comme vous le disiez, je ne suis plus sous votre protection. Je n'en ai d'ailleurs jamais voulu. Je suis parfaitement capable de m'occuper de moi-même. J'ai mon chien et mon pistolet. Ils sont bien plus fiables que les hommes.

Elle avait vidé la commode et allait s'attaquer à l'armoire quand il lui barra le passage.

— Vous ne pouvez pas partir en pleine nuit. Seigneur, Jane, ressaisissez-vous ! Quelqu'un vous emmènera où vous voudrez demain matin.

— Eh bien, ce ne sera pas chez Jack Campbell ! Jamais je n'y remettrai les pieds ! Jamais !

— Je ne dis pas que vous devez vivre avec lui. Si vous ne parvenez pas à surmonter vos différends, c'est votre problème. Mais, à en croire mon avocat, si vous refusez toute tentative de réconciliation, il peut toujours nous attaquer en justice.

— Vous avez demandé conseil à un avocat ? fit-elle, incrédule.

— Il s'agit de Robert ! Après ma conversation avec Campbell, j'avais besoin de l'avis d'un expert.

Et d'un verre ou deux, histoire de chasser le goût amer de la trahison. Robert lui avait recommandé de ne plus revoir Jane et de le laisser agir en son nom. Mais Case s'en était senti incapable. Il avait tenu à venir à Woodlands pour la voir une dernière fois et lui demander des comptes.

À présent, tandis qu'il regardait son visage blême et lisait la panique dans son regard, il sentait sa détermination vaciller.

— Jane...

— Retournez donc voir votre maudit avocat et dites-lui...

Elle déglutit nerveusement.

— ... dites-lui que j'ai l'intention de me battre. Jamais je ne céderai. Et rien ni personne ne me fera retourner auprès de Jack Campbell, même pas pour vous faire économiser vingt mille livres !

Case sentit un terrible soupçon s'insinuer dans son esprit, mais il n'osait y croire tant cette hypothèse était épouvantable.

— Jane... pourquoi avez-vous quitté Campbell ?

Tremblant de la tête aux pieds, elle articula avec peine :

— Devinez, vous qui êtes si intelligent !

Campbell avait affirmé que c'était largement sa faute si sa femme avait quitté le domicile conjugal. Il n'avait pas su faire les concessions que nécessitaient sa jeunesse et son éducation. Jane était une jeune fille sage, alors que lui avait un penchant pour le jeu et la boisson. Il avait même avoué qu'il fréquentait d'autres femmes. Mais il aimait encore Jane et voulait qu'elle revienne. De plus, son père tenait à ce qu'ils fondent une famille afin que le titre perdure.

Sous le choc de ces révélations, Case était demeuré pétrifié, incapable de réfléchir. Campbell avait ensuite ajouté que si Jane s'entêtait dans sa décision, il se verrait contraint de divorcer pour pouvoir se remarier et engendrer cet héritier tant désiré. C'était alors qu'il avait évoqué la question des dommages et intérêts.

À présent qu'il était en mesure de réfléchir, Case voyait la situation sous un jour nouveau. Il se rappelait combien il avait eu du mal à débusquer la jeune femme, d'abord à l'association, puis à Highgate. Seuls quelques proches connaissaient son adresse. Elle ne sortait que pour se rendre à l'opéra. Sa vie était vouée à l'association, et peu d'hommes en franchissaient les portes. Elle avait mis du temps à lui accorder sa confiance, mais pas au point de lui parler de Campbell. Elle semblait n'avoir foi qu'en son chien et en son pistolet.

— Jane, pourquoi avez-vous quitté Campbell ? répéta-t-il. J'ai besoin de le savoir.

Elle ne pouvait le lui dire ; elle ne pouvait le dire à personne. Elle refusait de passer pour une pauvre créature qui avait peur de son ombre. Elle avait réussi à reprendre sa vie en main et à devenir quelqu'un. C'était désormais l'image qu'elle voulait donner d'elle. Surtout à Case.

Tout à coup, toutes les émotions qu'elle tenait en laisse depuis si longtemps la submergèrent. C'était sans espoir. Tous ces mensonges, ces questions éludées, cette méfiance… Tout cela n'avait servi à rien puisque Jack avait fini par la retrouver. En tant qu'épouse légitime, elle demeurait sous sa coupe. La loi était ainsi faite. Jamais elle ne pourrait se libérer de ce tyran.

Son corps entier fut secoué de sanglots. Elle dut poser la main sur sa bouche pour les étouffer. Case fit un pas vers elle mais elle recula en secouant la tête. Il tendit la main vers elle mais elle la repoussa. Si elle avait été capable de parler, elle lui aurait ordonné de s'en aller. Elle voulait être seule.

Case connaissait ce regard. C'était celui d'une bête traquée avant le coup de grâce des chasseurs. Il souffrait de la voir dans cet état et se maudissait d'avoir été aussi aveugle. La simple perspective de retourner auprès de Campbell la terrorisait. Or, Jane n'avait peur de rien. Elle avait résisté à lord Reeve avec courage, elle s'était battue contre Gideon Piers avant d'aller sauver son chien des flammes. Quel genre d'homme pouvait faire naître en elle une telle terreur ?

Elle refuserait toute pitié ou commisération. Jamais elle ne voudrait qu'il sache combien elle était vulnérable.

Case comprenait désormais que sa vie auprès de Campbell avait dû être un calvaire. Cet homme lui faisait peur. À présent, il savait pourquoi elle s'était attachée à la cause des femmes.

Sa propre colère et son humiliation semblaient bien dérisoires face à l'angoisse de Jane. Soudain, tout devenait limpide.

Sans prêter attention à ce qu'il lisait dans les yeux de

la jeune femme, Case la prit dans ses bras, doucement et cependant assez fermement pour l'empêcher de se dégager. Elle résista, tenta de le repousser, mais il resserra son étreinte. Enfin, ses sanglots cessèrent et elle se laissa aller contre lui.

Quand elle se mit à renifler, il sortit un mouchoir et le lui tendit. Elle refusa de le regarder, ce qui ne le surprit pas. Ce soir, il avait prononcé des paroles impardonnables. Il s'en expliquerait plus tard.

Elle prit le mouchoir et se moucha.

— Rien ne vous oblige à me parler de votre vie avec Campbell si vous ne le souhaitez pas, fit-il d'un air contrit. C'est fini, à présent. Il ne vous fera plus jamais de mal.

Elle lui jeta un bref regard et comprit qu'il avait deviné son terrible secret. De nouveau au bord des larmes, elle déclara d'une voix étranglée:

— Jack est un homme cruel, brutal, et je ne vous dirai rien de plus.

Case l'attira contre lui, lui caressa le dos, cherchant à la réconforter, à apaiser sa tension.

— Petite folle, vous croyez que je vous jugerais pour ses péchés? Un jour, quand vous vous sentirez prête, nous en parlerons, mais pas avant. Le passé est le passé. En tout cas, je vous promets qu'il ne vous fera plus aucun mal.

— On voit que vous ne le connaissez pas! Quoi qu'il prétende, il ne m'aime pas. Je l'obsède. Il veut me garder sous sa coupe. Il préférerait me voir morte plutôt qu'avec un autre homme.

— Les circonstances évoluent. Les gens changent. Non pas que je pense qu'il soit devenu meilleur, mais je n'ai pas l'impression qu'il soit stupide. Quand il comprendra qu'il ne peut vous avoir, il n'aura d'autre choix que de s'incliner.

— Il mettra ses menaces à exécution.

— Moi aussi.

— Quelles menaces? s'enquit Jane en fronçant les sourcils. Qu'êtes-vous en train de dire?

— Je dis que si vous retournez auprès de Campbell, je vous suivrai. Je ne plaisante pas, Jane. Et que si vous vous enfuyez pour vivre cachée, je vous retrouverai et je vous enchaînerai à moi. Alors il ferait bien de mettre ses menaces à exécution ou nous vivrons dans le péché pour le restant de nos jours.

— Et moi je parle d'un divorce ! s'écria Jane. Et de vingt mille livres.

— Moi aussi. Non, écoutez-moi. En arrivant, tout à l'heure, je ne savais pas, je ne comprenais pas. Je croyais que vous m'aviez trompé délibérément tout en sachant que jamais vous ne pourriez être mienne. J'étais fou de jalousie. Ma fierté en a pris un coup. Je n'ai aucune excuse, alors que vous, vous en avez. Vous deviez tout faire pour que Campbell ne vous retrouve pas. J'en ai conscience, à présent.

Après une seconde de silence, la jeune femme secoua la tête.

— Je regrette qu'il n'y ait pas d'autre solution. Que vont dire votre père et lady Sophie ? Votre nom va être traîné dans la boue.

Il sourit.

— Je ne voudrais pas vous ôter vos illusions, mais l'histoire de ma famille est jalonnée de scandales et de crapules de tout poil. Naturellement, nous n'en parlons jamais en société, mais sans eux, les Devere seraient bien ternes.

Cette tentative visant à la dérider ne parvint pas même à faire naître un sourire sur ses lèvres.

— Vingt mille livres, c'est une forte somme.

— Inutile de secouer la tête. Campbell ne nous laisse pas le choix. Soit vous retournez vivre avec lui, soit il demande le divorce. Je lui verserai volontiers les vingt mille livres, ce qui n'est pas cher payé pour que vous soyez définitivement débarrassée de lui.

— Case, je ne peux pas retourner vivre auprès de lui, murmura Jane anxieusement.

Il l'étreignit en lui chuchotant des paroles apaisantes. Intérieurement, toutefois, il fulminait. S'il avait su tout cela lors de son entrevue avec Campbell, il lui aurait infligé la correction de sa vie.

Au bout d'un moment, il s'écarta de la jeune femme et plongea son regard dans le sien.

— Jane, je suis impardonnable : je considère certaines choses comme acquises, mais vous accepterez de m'épouser quand le divorce sera prononcé, n'est-ce pas ?

— C'est mon désir le plus cher.

Case eut un sourire étrangement grave.

— Encore une question, dit-il. Étiez-vous sincère en affirmant que vous étiez tombée amoureuse de moi ?

— Je ne le voulais pas. J'ai essayé de résister...

— Étiez-vous sincère ? insista-t-il.

— Oui, avoua-t-elle dans un souffle.

— C'est tout ce que je souhaitais savoir.

Il alla fermer la porte à clé, puis, tandis qu'il revenait vers elle, il ôta sa veste et son foulard. Elle leva vers lui ses grands yeux aux pupilles dilatées. Son léger tremblement n'avait plus rien à voir avec la peur. Elle voyait où il voulait en venir mais ne s'y attendait pas si tôt.

— Case, est-ce bien... raisonnable ?

— Tout à fait, répondit-il en souriant. Je fais le contraire de ce que m'a conseillé Robert. Campbell veut divorcer pour adultère. Nous allons lui fournir plus de témoins qu'il ne lui en faut.

Comme Jane ne disait rien, il reprit plus sérieusement :

— Il aura besoin de preuves de votre infidélité, et nous allons lui en procurer dès ce soir. Ruggles va bien finir par s'inquiéter et venir me chercher quand il ne me verra pas aux écuries. Il sera en mesure de jurer sous serment que nous sommes restés seuls, vous et moi, dans votre chambre, et pendant un certain temps. S'il existait une autre solution, je l'utiliserais volontiers, mais à part tuer Campbell, je ne vois pas comment vous protéger autrement.

— Vous ne songez pas à un duel, j'espère ? s'inquiéta-t-elle.

— Non. Il risquerait de me tuer. À quoi bon ? L'adultère est vraiment la seule solution.

Il lui accorda le temps de le repousser, de protester, d'affirmer qu'elle ne voulait pas se compromettre avec lui, mais elle n'en fit rien et se blottit contre lui avec un soupir. Il lui prit le menton et déposa des baisers légers sur son front, ses joues, ses lèvres.

Le cœur de Jane battait à tout rompre, et pas seulement à cause des baisers troublants de Case. Elle songeait à toutes ces femmes expérimentées qu'il avait séduites. Elle songeait aussi à sa propre maladresse dans ce domaine, à sa façon de rester de marbre chaque fois que Jack la rejoignait dans sa chambre.

Elle posa la main sur le torse de Case et s'écarta pour mieux voir son visage. Puis, d'une voix empreinte de dignité, elle déclara simplement:

— N'en attendez pas trop de moi sous prétexte que j'ai été mariée. Ce... cet aspect de la vie conjugale ne fut pas une expérience très agréable pour moi.

Case réprima la colère qui menaçait de le submerger à nouveau. Avec Jane, il devrait faire preuve de patience, d'une patience infinie, et de toute la finesse dont il serait capable.

— Jane, auriez-vous peur?

— De vous? Jamais!

— Non, je parlais de ceci.

Il dénoua la ceinture de sa robe de chambre qu'il fit ensuite glisser sur ses épaules. Prenant soin de ne pas être trop audacieux dans ses caresses, il effleura sa gorge, ses bras, son dos. Lorsqu'il s'écarta, il constata qu'elle souriait.

Enroulant les bras autour de sa taille, elle murmura à son tour:

— Case, vous n'avez pas peur de *moi*, n'est-ce pas?

— J'ai peur de... Enfin, je ne voudrais pas...

Que lui arrivait-il donc? *Jamais* il ne balbutiait.

— Je suis pétrifié, avoua-t-il.

Elle arqua les sourcils d'un air sceptique.

— C'est la vérité, Jane.

Il ne résista toutefois pas à l'envie de déposer un baiser sur la fossette que creusait le sourire de la jeune femme.

— Pour moi, c'est une première fois, expliqua-t-il. Vous êtes la seule femme que j'aie jamais aimée. J'ai l'impression d'être de nouveau un adolescent.

La jeune femme sentit sa gorge se nouer. Case était un magnifique exemple de virilité, avec son corps musclé par des années passées dans l'armée. Et pourtant, elle n'avait pas peur de lui. En fait, c'était le contraire. Jamais elle n'avait autant eu conscience de son pouvoir de séduction. Avec Jack...

— Que se passe-t-il, Jane ?

Elle chassa vite le souvenir de son mari.

— Votre regard hardi me fait des promesses silencieuses depuis des semaines, répondit-elle. Sans parler de vos baisers volés. Eh bien, le moment est venu de tenir vos promesses.

La prenant au mot, il la souleva brusquement et la porta jusqu'au lit. Tous deux riaient lorsqu'il s'allongea près d'elle. Tels des félins, ils s'étirèrent, se frottèrent l'un contre l'autre, les doigts entrelacés, les bras tendus au-dessus de la tête.

Peu à peu, l'expression de Case se fit plus grave. Il s'inclina sur elle et entreprit de l'embrasser lentement, profondément, sans fougue ni désir de possession. Il voulait simplement savourer le cadeau qu'elle était en train de lui offrir : elle lui faisait don de sa personne.

Il était loin d'imaginer combien sa douceur émouvait la jeune femme qui découvrait enfin ce que l'on ressentait à être aimée. Une vague de bonheur l'envahit. Elle se sentait précieuse et n'éprouvait ni timidité ni crainte. Ce qui lui manquait, c'était l'expérience. Elle savait ce que c'était que d'être l'objet de la passion d'un homme. Mais cette fois, c'était différent. Case serait son premier véritable amant.

Elle s'enhardit à lui caresser les bras et les épaules. Sous ses doigts, les muscles de Case se tendirent. Quand il lui rendit ses caresses, la jeune femme se détendit, au contraire. C'était si bon de se laisser faire en toute confiance... Comment avait-elle pu redouter cet homme ?

Tandis qu'elle s'abandonnait au plaisir, Case s'efforçait de maîtriser son propre désir. Il voulait effacer de la mémoire de Jane tous les souvenirs désagréables et humiliants liés à Campbell. Plus que tout, il voulait qu'elle sache qu'elle n'était en rien fautive. C'était la femme la plus désirable, la plus belle qui soit.

Ses caresses, ses baisers n'étaient en rien fébriles. Il souhaitait l'envoûter, la séduire. Et il y parvint. Le sang de la jeune femme se mit à bouillonner dans ses veines. Son corps appelait les caresses et Case ne se fit pas prier. Mais Jane en voulait davantage. Quand il lui ôta sa chemise de nuit, elle ne protesta pas. L'amour physique lui était un mystère. Elle était impatiente d'apprendre dans les bras de ce premier amant si tendre.

Lorsqu'il l'invita à le déshabiller à son tour, elle hésita. Jack n'avait jamais attendu d'elle autre chose que de lui permettre d'assouvir son désir rapidement, brutalement, dans l'obscurité. Jane ignorait donc tout de la façon de procurer du plaisir à un homme.

Devinant ses pensées, Case ne lui laissa pas le temps de réfléchir. Murmurant des mots doux, il prit les mains de la jeune femme et l'aida à le dévêtir.

-— Avec la pratique, tout devient plus facile, vous verrez, souffla-t-il.

— Vous êtes bien placé pour le savoir.

— C'est une chance que l'un de nous deux sache s'y prendre.

— Je ne vous le fais pas dire ! s'esclaffa-t-elle.

Quand ses vêtements eurent rejoint la chemise de nuit de Jane sur le tapis, il s'allongea près de la jeune femme.

Au contact de sa peau nue contre la sienne, elle retint son souffle. Elle perçut les battements effrénés du cœur de Case contre le sien. Ses baisers se firent brûlants et elle les lui rendit sans retenue. Toute pensée déserta son esprit. Seules demeuraient les sensations délicieuses qu'il éveillait en elle. Ses seins lourds, cette douce moiteur entre les cuisses. Elle avait déjà connu l'impuissance, mais pas cette sorte d'impuissance. Non seulement elle n'avait pas peur, mais elle se sentait libérée.

Case faisait volontairement durer le plaisir, bien que cela lui coûtât plus qu'il n'aurait imaginé. Jamais il n'avait désiré une femme à ce point. Il voulait cependant autre chose : effacer de sa mémoire tout souvenir de Jack Campbell, comme si ce dernier n'avait jamais existé. Le fantôme d'un autre homme ne partagerait plus jamais leur lit.

Quand elle commença à haleter, ses caresses se firent plus intimes. Il prit ses seins dans ses mains, en caressa les pointes, les embrassa. Si elle avait montré le moindre signe de résistance, il lui aurait accordé le temps nécessaire pour s'y accoutumer mais, loin de protester, elle l'attira à elle et lui rendit caresse pour caresse. Quand il lui écarta les cuisses, y glissa la main, elle eut comme un sanglot. Pétrifiée, transie d'amour, elle leva les yeux et s'accrocha à son regard.

Il poursuivit son exploration. Frémissante, elle tendit la main vers lui. Il lui murmura quelques mots tendres mais le désir de Jane était trop puissant. Cramponnée à ses épaules, elle le pressait de la faire sienne.

Il se positionna sur elle et, durant quelques instants, contempla son visage sur lequel la flamme de la chandelle jetait des ombres mouvantes. C'était un spectacle dont il avait rêvé. Jane avait les joues roses de désir, le regard voilé. Un souvenir lui revint en mémoire, celui de leur première rencontre, alors qu'elle était perchée sur une chaise.

— Ah ! ces bas bleus…

— Case ! protesta la jeune femme qui n'était pas d'humeur à plaisanter.

Avec une tendresse infinie, il la pénétra enfin, lui laissant le temps de s'habituer à sa présence, d'accueillir le poids de son corps sur le sien. Jane ouvrit de grands yeux au point qu'il crut qu'elle allait lui résister. Puis un frisson la parcourut et elle enroula les bras et les jambes autour de lui. Encouragé par sa réaction, il commença à se mouvoir en elle.

Jusqu'alors, il n'avait recherché que le plaisir de sa partenaire. Désormais, ce plaisir serait partagé. Il oublia toute retenue, toute douceur pour céder à un besoin irrépressible de possession. Lorsqu'elle lui répondit avec la même ardeur, il crut que son cœur allait exploser.

Puis il oublia tout pour se laisser emporter par le raz de marée du plaisir.

Bien plus tard, appuyé sur le coude, il contemplait le visage de Jane. Il voulait admirer à loisir cette femme qui venait de bouleverser sa vie. Elle semblait sereine. Avait-elle conscience de l'ampleur du scandale que ne manquerait pas de provoquer l'annonce publique de leur liaison ? Il ne s'était pas montré totalement franc avec elle, car ils avaient une chance de gagner s'ils contestaient la procédure de divorce. Toutefois, ce n'était pas ce qu'il souhaitait. Car Jane resterait alors mariée avec Campbell. Or il voulait qu'elle lui appartienne totalement et pour toujours.

Elle souleva la tête pour déposer un baiser léger sur ses lèvres.

— Ne réfléchis pas, souffla-t-elle. N'aie pas de regrets. Oublions le monde qui nous entoure durant un moment et ne pensons qu'à nous.

Aussitôt, l'étau qui oppressait la poitrine de Case se desserra. Jane n'était pas naïve. Elle n'ignorait rien de la cruauté du monde. Il ferait de son mieux pour lui épargner le pire de la tempête, mais ses efforts ne suffiraient peut-être pas.

— Dis-moi ce que tu ressens, fit-il.

Elle sourit d'un air satisfait.

— Je me sens un peu étourdie, grisée par mon propre pouvoir.

Elle leva vers lui un regard espiègle.

— Si j'avais su que les amants pouvaient connaître un tel plaisir ensemble, je ne serai pas demeurée chaste pendant toutes ces années.

Elle l'embrassa sur le menton.

— J'aurais enchaîné les liaisons.

Cette réponse enchanta Case qui s'empara de ses lèvres.

— Alors rattrapons le temps perdu, suggéra-t-il.

Jane dormait à poings fermés quand on frappa à la porte. Comme prévu, c'était Ruggles qui s'inquiétait du retard de Case. Lance entra dans la chambre en trottinant et regagna sa place habituelle, près de la cheminée.

Devant Case vêtu de son seul pantalon, Ruggles demeura bouche bée. En découvrant Jane dans le lit, il ouvrit des yeux ronds.

— Ah, Ruggles ! s'exclama Case. Je vous avais complètement oublié. J'arrive ! J'en ai pour une minute.

Il referma la porte. Tout en se dirigeant vers le lit, il lança un regard au chien.

— Bon chien. Tu as été très courageux, aujourd'hui. Tu sais, tu vas devoir t'habituer à moi, car personne ne me fera renoncer à ta maîtresse, même pas toi.

— Que disais-tu ? s'enquit Jane d'une voix ensommeillée.

— Je disais que le sort en est jeté, mon amour.

Elle se réveilla pour de bon, jeta un regard vers la porte.

— Oui, Ruggles est venu voir ce qui me retardait. Je dois partir. Tu ne bouges pas jusqu'à ce que je vienne te chercher, compris ?

— Et quand viendras-tu ?

— Demain matin, répondit-il en consultant la pendule. Ou plutôt ce matin. Sois prête pour, disons, 11 heures.

— Pour aller où ?

— À Highgate, inspecter ta maison.

Il s'assit au bord du lit et lui caressa les cheveux. Il n'avait aucune envie de la quitter. Il ne souhaitait au contraire qu'une chose : la rejoindre entre les draps sans avoir à se soucier de l'entrée inopinée de sa tante Sophie. Il ne serait vraiment satisfait que le jour où Jane serait sa femme.

— Le but réel est de fournir à Campbell les preuves dont il a besoin pour divorcer, expliqua-t-il en l'embrassant, avant de se lever. C'est le seul moyen d'être un jour ensemble.

— Je sais.

Dès qu'il fut sorti, la jeune femme eut l'impression qu'il avait emporté avec lui toute la chaleur de la pièce. Elle se recroquevilla sous les couvertures en frissonnant.

16

À son retour, plus tard dans la matinée, Case trouva Jane dans le vestibule. Elle portait de nouveau ce manteau rose qui rehaussait son teint. Elle était si rayonnante qu'il ne put résister à la tentation de l'entraîner dans le petit salon tout proche. D'abord, il lui ôta son chapeau, qu'il jeta sur une chaise, puis il l'attira dans ses bras.

Sa bouche était brûlante et avide sur celle de Jane. Ivre d'amour, elle se laissa envahir par une vague de passion, et constata avec plaisir que ce désir était réciproque.

— Quand tu me regardes ainsi, je suis incapable de réfléchir, murmura-t-il.

La jeune femme ferma les yeux.

— C'est mieux, comme ça ?

Naturellement, il l'embrassa de nouveau, plus longuement encore.

— J'avais si peur que tu aies changé d'avis, souffla-t-il contre ses lèvres. En te voyant dans le hall, je n'ai pas pu résister.

— Tu me laisserais changer d'avis ? demanda-t-elle avec un sourire.

Le regard de Case s'assombrit jusqu'à prendre la couleur de l'ardoise.

— Non, répondit-il. Pas après cette nuit. Jamais je ne te laisserai partir.

Dans la bouche de Jack ou de tout autre homme, ces paroles l'auraient terrifiée. Mais elle commençait à connaître Case et savait qu'il ne lui prendrait jamais rien de force.

— Tant mieux. Ainsi, je n'aurai pas à m'inquiéter de savoir si je fais le bon choix.

— Il est trop tard pour se poser ce genre de questions.

— Il lui remit son chapeau.

— Qu'as-tu raconté à ma tante?

— Que tu m'emmenais à Highgate pour voir où en étaient les travaux. De toute façon, elle passe la journée à la bibliothèque. Je dois la retrouver là-bas quand nous en aurons terminé. Qu'allons-nous faire, en réalité?

— Faire en sorte que ton mari possède un dossier convaincant pour le divorce.

— Et comment allons-nous procéder? fit-elle, disposée à accepter tout ce qu'il lui proposerait.

— Tu verras bien. Nous y allons? ajouta-t-il en lui offrant le bras.

La voiture portant les armoiries des Devere remontait l'allée. Ignorant tout de sa destination ou de ses activités de la journée, la jeune femme avait préféré confier Lance aux bons soins de Ben.

Elle comprit vite que l'affaire était plus sérieuse qu'elle ne l'avait imaginé. Case était déterminé à semer des indices indiquant qu'elle était une femme entretenue. Ils allèrent donc chez le bijoutier, le chapelier, le bottier, la modiste. Case dépensa sans compter en recommandant que marchandises et factures lui soient adressées personnellement.

À sa grande surprise, Jane se plia au jeu sans l'ombre d'un remords. Loin de se sentir coupable, elle éprouvait de la reconnaissance envers Case. Elle avait enfin trouvé le moyen de se défaire à jamais des liens qui l'unissaient à un homme qu'elle craignait et détestait cordialement. Sans Case, cela aurait été impossible.

Certes, elle était un peu gênée. Par le passé, elle avait toujours méprisé les femmes qui monnayaient leurs faveurs contre une vie de luxe. Dans chaque boutique, les vendeuses la toisaient et elle devinait fort bien leurs pensées. Il lui fallut faire appel à toute sa volonté pour les regarder dans les yeux et feindre de s'amuser à dépenser l'argent de son protecteur.

Protecteur. Maîtresse. Quels mots horribles ! Au fond de son cœur, Jane considérait Case comme son amant. Même quand ils seraient mariés, elle le verrait toujours ainsi, car si elle avait déjà eu un mari, c'était la première fois qu'elle était aimée.

— Oh non ! s'exclama-t-elle lorsque la voiture s'arrêta devant la boutique d'un fourreur.

— Tu n'aimes pas les fourrures ? s'étonna Case en se tournant vers elle.

— Ce n'est pas cela. Mais ton objectif n'est pas de me couvrir de cadeaux, mais de convaincre le tribunal que tu m'entretiens. Je crois que l'objectif est atteint. Quoi ? ajouta-t-elle en le voyant rire.

— J'adore te couvrir de cadeaux. Cela me procure énormément de plaisir. Et je peux t'assurer que tu es la première femme à qui j'aie jamais dit une telle chose !

— Et je suppose que tu en as connu un grand nombre, remarqua-t-elle froidement.

— Des dizaines, railla-t-il, les yeux pétillants de malice. Mais tu es la seule qui vaille vingt mille livres.

Ils déjeunèrent à la taverne du *Gatehouse* à Highgate. Ils prirent soin de s'attabler dans la grande salle, histoire d'alimenter les commérages. Soutenir le regard réprobateur d'une vendeuse inconnue était une chose, côtoyer ses voisins en était une autre. À Highgate, Jane connaissait des gens ; elle les appréciait et les respectait. Résultat, elle ne cessait de jeter des regards vers la porte, de crainte de voir entrer le médecin, le pasteur ou quelque notable.

Au bout de quelques minutes de ce manège, Case posa sa cuillère et déclara :

— Finalement, je crois que je préfère pique-niquer.

Il venait de terminer son potage et la jeune femme avait à peine commencé le sien. Déconcertée par ce revirement soudain, elle leva les yeux vers lui. Il affichait une expression complice et chargée de sous-entendus.

— Je ne suis pas très douée pour ce genre de comédie, avoua-t-elle.

— En effet, admit-il. Et je m'en réjouis.

Ils quittèrent leur table.

— Nous achèterons des provisions au village et mangerons à Hillcrest, décida-t-il.

Elle l'attendit dans la voiture tandis qu'il allait chez l'épicier.

De la grange, il ne restait qu'un vaste trou noir. Pas un ouvrier n'était en vue.

— Je crains que les ouvriers n'attendent un certain temps avant de reconstruire la grange, car le terrain est imbibé d'eau.

— J'espère que ce n'est pas toi qui règles les frais. Je ne suis que locataire. C'est au propriétaire de payer.

La remarque fit sourire Case. Tandis que Jane se dirigeait vers la maison, il ordonna à Harper de revenir une heure plus tard.

— Tu n'as qu'à laisser les chevaux à l'écurie de la taverne, ajouta-t-il. Je t'offre le déjeuner là-bas.

Le policier ne semblait pas du tout d'accord. À voix basse, mais avec détermination, il répliqua :

— Je suis ton garde du corps, au cas où tu l'aurais oublié.

— Comme tu voudras, concéda Case avec un soupir.

Sur ce, il rejoignit Jane à la porte d'entrée. Le jeune cocher en livrée émit un sifflement.

— Pas un mot, Bernie, je te préviens, grommela Harper en le fusillant du regard.

— D'accord, monsieur Harper. Je ne dirai rien, pas de problème… Alors, qu'est-ce qu'on fait, maintenant ?

— On attend.

La maison n'avait pas changé même s'il y flottait une odeur de peinture fraîche. Il restait aussi un relent de fumée sur les rideaux du salon et dans les placards, ainsi que sur un châle posé sur un fauteuil, dans la chambre de la jeune femme. Jane s'en saisit et le sentit.

— Cette maison a grand besoin d'être aérée, déclarat-elle. Regarde, toutes les fenêtres sont fermées. Pas étonnant que les tissus empestent la fumée.

En entendant Case fermer la porte de la chambre, elle posa son châle et se tourna lentement vers lui. Elle croisa son regard brûlant de passion, et retint son souffle.

En deux enjambées, il fut près d'elle. Il la plaqua contre lui, écrasant ses seins contre son torse, et s'empara avidement de ses lèvres.

Ce n'était plus l'amant doux et attentionné qu'elle avait découvert la veille, mais un homme puissant en proie à un désir violent. L'espace d'un instant, Jane eut presque peur de lui. Puis il se mit à murmurer d'une voix rauque qu'il l'aimait comme un fou et qu'il la désirait tellement, et sa crainte s'évanouit. C'était Case, celui en qui elle avait toute confiance.

Sans plus attendre, il la poussa vers le lit. Elle lui agrippa les épaules pour l'entraîner avec elle. Les yeux dans les yeux, ils se dévêtirent l'un l'autre. Elle songea que le plaisir serait pour lui, cette fois, car il était trop pressé pour elle, mais donner du plaisir n'était-il pas une joie? Et elle voulait l'aimer comme il n'avait jamais été aimé.

Soudain, l'ardeur de Case s'atténua pour s'éteindre peu à peu.

— Ralentis, souffla-t-il contre ses lèvres. Tu vas trop vite pour moi.

Elle ne put s'empêcher de s'esclaffer. Case avait les yeux rieurs, lui aussi. Mais leur sourire s'effaça dès que Case entreprit de la caresser de façon plus intime, explorant ses replis secrets avec une habileté diabolique.

La jeune femme s'embrasa.

— Case... gémit-elle en crispant les doigts sur ses épaules. Case...

Il lui offrit ce que tous deux désiraient. Elle l'étreignit tandis que son corps musclé allait et venait sur le sien. Enfin, à l'instant où le plaisir les submergea, elle cria son nom.

— J'ignorais que cela pouvait se passer ainsi, avoua-t-elle, repue. Même si tu me l'avais dit, je ne t'aurais pas cru.

— Tu n'aurais pas cru quoi ? s'enquit-il en lui caressant les seins.

Elle repoussa sa main et, s'appuyant sur le bras, plongea son regard dans le sien.

— Eh bien, je n'aurais jamais cru que je rirais pendant l'amour. Si j'avais osé rire avec Jack...

Elle s'interrompit.

— Oui ? la pressa-t-il d'une voix douce.

Elle soupira puis reprit :

— Je n'aurais jamais osé rire de lui. Il me faisait trop peur, surtout quand il venait dans mon lit. Pour lui, il existe deux types de femmes : celles qu'on épouse et les autres. Une épouse se devait de tolérer l'intimité de la vie de couple, de l'endurer sans protester. Mais quand il voulait vraiment prendre du plaisir, il allait voir sa maîtresse.

Elle parut soudain pensive et il demanda :

— Qu'y a-t-il, Jane ? À quoi penses-tu ?

Son visage s'éclaira et elle lui sourit.

— Jamais je n'aurais cru être heureuse grâce à une liaison clandestine. Et pourtant, regarde-moi.

Il la prit par les épaules et la fixa d'un regard intense.

— Je ne considère pas ce que nous vivons comme une liaison clandestine, dit-il d'une voix tendue. Tu n'es pas ma maîtresse, tu es la femme que j'aime, celle que je vais épouser.

— Je sais. Je dis des bêtises. N'y pense plus.

Sachant ce qui avait provoqué cette remarque, Case se radoucit.

— Écoute-moi, Jane. Ce qui s'est passé aujourd'hui ne se reproduira plus. Nous n'irons plus dévaliser les boutiques. Je ne te ferai plus honte en m'affichant avec toi en public. Nous avons rempli notre mission. Ton mari possède désormais les preuves qu'il lui faut pour obtenir le divorce. Je me charge du reste. Tu n'auras même pas à te présenter au tribunal. C'est moi qu'il va poursuivre, désormais.

Elle le fit taire en posant le doigt sur ses lèvres.

— La honte n'est pas mon problème ! Tout ce que je veux, c'est être débarrassée de Jack et libre de mes choix. Et c'est toi que je choisis.

— Tu seras débarrassée de lui, je te le promets.

— Si seulement je pouvais le croire, fit-elle en frissonnant.

— Tu m'as dit que c'était son père qui tenait les cordons de la bourse et qu'il voulait à tout prix des petits-enfants. Campbell est fils unique, n'est-ce pas ? Il ne peut que se soumettre.

— C'est vrai.

Elle reposa la tête sur l'oreiller. Case tira l'édredon sur eux.

— Quel genre d'homme est sir Archibald ?

— Le contraire de son fils. Il est sévère, intimidant ; il n'a rien d'un charmeur. Je ne me souviens pas de l'avoir jamais vu sourire. Je ne l'ai rencontré que quelques rares fois, mais je sais qu'il terrorise Jack.

— Tout s'explique. Mais cela ne change rien. Tu seras bientôt libérée de Jack Campbell, qu'il le veuille ou non.

Elle chercha son regard.

— Fais-moi confiance, insista-t-il. Je m'occupe de tout.

Comme chaque fois, l'intensité de ses yeux d'ardoise lui coupa le souffle.

— Et maintenant ? demanda-t-elle.

— Je vais voir mon avocat pour lui donner de nouvelles instructions.

Il enfouit les doigts dans ses cheveux avant de l'embrasser doucement.

— Ensuite, j'irai trouver mon père. Je ne voudrais pas qu'il apprenne notre liaison de la bouche d'un tiers.

— Non, bien sûr. Mais…

Il l'interrompit d'un nouveau baiser et elle oublia tout ce qui n'était pas le moment présent et le bonheur d'être dans ses bras.

Avant de recevoir la visite de Merrick, Gideon Piers était plutôt détendu. Son plan se mettait progressivement en place. Castleton ne savait pas où le chercher. Il tournait en rond pour n'aboutir nulle part. En revanche, lui savait tout de Castleton, de ses femmes, en particulier Jane Mayberry, et des mesures qu'il avait prises pour la protéger. Il n'ignorait rien des amis du comte, de ses relations. À présent, il fixait Merrick en se demandant s'il n'avait pas fait preuve de suffisance.

— Assieds-toi, lui ordonna-t-il. Et recommence depuis le début.

Quand Merrick fut assis, Joseph posa un verre de cognac devant lui puis laissa les deux hommes pour aller faire le guet au rez-de-chaussée.

— Ce n'est pas nécessaire, déclara Merrick en faisant allusion à Joseph. Je suis accompagné de mes hommes.

— Cela lui fait plaisir, assura Piers. Il aime se sentir utile. Parle-moi plutôt de ces deux types.

— Il s'agit de lord Reeve et de James Campbell. Hier soir, ils ont tenté de franchir les grilles de Twickenham House. Les gardiens ont refusé de les laisser entrer mais ils ont accepté de remettre un message à lord Castleton. Campbell, le plus jeune, était furieux. Il menaçait de traîner le comte en justice et de le ruiner. Bref, Campbell et Reeve sont repartis mais ils sont vite revenus avec une lettre cachetée.

— Que contenait cette lettre ?

— Nous l'ignorons. Nous savons simplement que Reeve et Campbell l'ont remise puis sont partis. Peu après avoir pris connaissance de la lettre, Castleton est parti à son tour avec un ami.

— Ton informateur est l'un des gardiens, n'est-ce pas ?

— Oui, avoua Merrick avec un large sourire. Mais il n'aimerait pas que tu le traites d'informateur. Il croit que je travaille pour la brigade spéciale et qu'il s'agit d'une mission secrète visant à protéger le comte.

— Bien joué, commenta Piers. Continue. Que s'est-il passé, ensuite ?

Merrick eut un geste d'impuissance.

— Si tu veux savoir s'il y avait un homme caché dans les buissons chargé de prendre Castleton en chasse, la réponse est non. La maison est assez isolée. Castleton se serait vite aperçu qu'on le filait.

Piers savait que Merrick avait raison, mais il n'en était pas moins irrité.

— Donc, tu ignores où ils sont allés ?

— J'en ai bien peur. Toutefois…

— Je te paie pour rassembler des informations, coupa Piers, la mâchoire crispée, avant d'ajouter plus calmement : Pourquoi n'ai-je jamais entendu parler de Campbell et de Reeve avant aujourd'hui ?

Merrick s'efforçait de garder son calme. Il ne comprenait pas pourquoi ce détail avait une telle importance. À ses yeux, ce n'était qu'une broutille. Cependant, c'était en effet Piers qui le payait. Il devait lui fournir ce qu'il voulait.

— Parce que c'est la première fois que j'entends parler d'eux, moi-même, répondit-il aussi posément que possible. Je pensais que tu pourrais me renseigner sur eux, mais puisque tu ne les connais pas non plus, je vais suivre la seule piste dont je dispose.

— Quelle piste ? demanda Piers, l'air soupçonneux.

— Mon informateur m'a indiqué que Campbell logeait dans un hôtel de Dover Street. J'espérais que tu saurais lequel. Puisque ce n'est pas le cas, je m'en vais le découvrir.

— Tu me tiens au courant dès que tu as du nouveau ?

— Bien entendu.

Ils se séparèrent. Piers était d'humeur massacrante. Plus que jamais, il fallait éviter de sous-estimer Castleton. En y réfléchissant bien, le comte ne tournait pas en rond. Certes, il avait renforcé la sécurité à Twickenham House et à Woodlands, mais il vaquait à ses occupations habituelles comme s'il n'avait rien à craindre. La réception donnée à Twickenham House apparaissait à Piers comme un véritable pied de nez. Une intolérable provocation.

Il allait trouver un moyen de lui montrer que c'était lui qui tirait les ficelles. Jane Mayberry et son chien... Le comte rirait jaune s'il leur arrivait malheur.

Ses pensées dérivèrent vers un problème plus immédiat. Qui diable était ce James Campbell ? Et comment pouvait-il ruiner le comte ?

Il n'appréciait guère ces imprévus à quelques jours de l'exécution de son plan. Une chose était certaine : Campbell n'avait pas intérêt à se mettre en travers de sa route.

17

Dès le lendemain matin, Case alla trouver Robert Shay, son ami et avocat, et lui donna ses instructions pour la procédure de divorce qui allait sans nul doute être menée par Campbell.

— Nous n'allons pas contester? s'écria Robert, déconcerté. Cela équivaut à avouer ta culpabilité. En revanche, si tu suis mon conseil en coupant tout lien avec Mlle Mayberry, Campbell échouera certainement dans sa requête.

— Je ne veux pas qu'il échoue.

Robert dévisagea son ami avec stupeur.

— Mais pourquoi?

— Parce que je vais épouser Jane.

Robert en demeura bouche bée.

— Tu vas l'épouser, répéta-t-il faiblement.

— Robert, ce n'est pas la fin du monde, reprit Case en souriant. Il s'agit de dissoudre un mariage qui n'a jamais été heureux. Le couple est d'ailleurs séparé depuis plusieurs années.

Robert commençait à avoir les idées plus claires.

— Le tribunal ne verra pas la situation sous cet angle, prévint-il. Jane est toujours son épouse, elle lui appartient, pour ainsi dire. Je t'ai parlé des dommages et intérêts que tu risques de devoir lui verser si tu continues à fréquenter cette jeune femme, n'est-ce pas?

— Je sais. Je suis prêt à tout assumer. Ce que j'attends de toi, ce sont des conseils avisés. Comment puis-je accélérer le divorce pour épouser Jane au plus vite?

Robert n'en croyait pas ses oreilles. L'avant-veille, il expliquait encore comment éviter une procédure de divorce à un Case furieux, ivre de rage, même, mais sa colère était dirigée contre Jane Mayberry. Sa transformation était stupéfiante. À présent, il semblait détendu, heureux. Si l'heure avait été un peu plus tardive, l'avocat se serait volontiers servi un verre de la bouteille de cognac qu'il cachait dans le dernier tiroir de son bureau.

Jane Mayberry... songea-t-il. Case devait beaucoup l'aimer. Il savait que son ami s'était amouraché d'elle. Cela sautait aux yeux. Mais Case était quelqu'un de raisonnable. En apprenant qu'elle était mariée, il aurait dû la repousser sans ménagement.

Il ne servait à rien de discuter avec lui. Le comte savait certainement que son chemin serait semé d'embûches. Robert préférait ne pas être à sa place lorsqu'il annoncerait la nouvelle à son père.

Il tenta une dernière fois de ramener son ami à la raison.

— Ne précipite rien. Réfléchis avant de prendre une décision. Une fois que tu seras embarqué dans cette affaire, il sera impossible de faire demi-tour.

— Tu refuses de représenter mes intérêts ?

— Bien sûr que non ! s'emporta Robert.

— Merci, fit Case en souriant. À présent, explique-moi comment les choses vont se dérouler, que je me prépare.

Robert fronça les sourcils, puis céda :

— La première chose à faire est d'informer Campbell par courrier que nous ne contesterons pas son action en justice. Si tout va bien, le dossier devrait être traité dans une semaine, peut-être deux, avant de passer au tribunal des affaires familiales.

— Cela prendra ensuite combien de temps ?

— Un mois ou deux. C'est la partie la plus simple. Campbell obtiendra le divorce, et Jane aussi, mais cela ne signifie pas qu'elle sera libre de se remarier. Pour cela, il faudra un décret du Parlement. Et la procédure risque d'être longue.

— Dans ce cas, ne perdons pas de temps, déclara Case en se levant. Je veux que Campbell sache au plus vite que Jane ne retournera jamais vivre avec lui. Je veux qu'il sache qu'elle est désormais sous ma protection. Fais en sorte qu'il réagisse promptement.

— Où le trouverai-je?

— À l'hôtel *Cook*, dans Dover Street.

— Où vas-tu, maintenant?

— Annoncer la nouvelle à mon père.

Après le départ de Case, Robert ne put résister à la tentation de sortir sa bouteille de cognac. Il se servit généreusement. C'était la première fois qu'il s'occupait d'une affaire de divorce. Les procédures étaient rares à cause de leur coût prohibitif et de la complexité des dossiers. Il allait devoir se plonger dans ses livres de droit. Campbell était écossais. Il devait exister des exigences concernant son lieu de résidence. Cela prendrait plus de temps que Case ne l'imaginait.

Entre-temps, Mlle Mayberry et lui auraient peut-être retrouvé leurs esprits. Voilà qui était rassurant.

À moins que non. Case avait changé, il était souriant, ses yeux pétillaient de bonheur, il était de bonne humeur malgré les circonstances. Soudain, Robert comprit: ils étaient amants! Case et Jane étaient amants! L'événement avait dû se produire l'autre soir, lorsque Case s'était rendu à Woodlands pour demander des comptes à la jeune femme.

L'avocat avala une autre gorgée de cognac. Désormais, il était trop tard pour faire marche arrière. Case n'aurait jamais franchi un tel pas s'il ne s'était engagé sérieusement auprès de Jane. Pas étonnant qu'il soit si pressé de voir prononcer le divorce. Il ne voulait pas que son premier enfant naisse hors mariage.

Robert vida son verre d'une traite. Puis il chercha un ouvrage dans sa bibliothèque et le parcourut. Il obtint vite la confirmation que les lois relatives au divorce étaient extrêmement complexes.

Lorsque Case arriva chez son père, ce dernier faisait du cheval. Le comte patienta dans la bibliothèque, se préparant mentalement au difficile entretien qui allait suivre. Au-dessus de la cheminée était accroché un portrait de sa mère. Il le contempla longuement et ne put s'empêcher de sourire. Sa mère avait toujours détesté ce tableau. Elle prétendait ne pas se reconnaître et le trouvait sans vie.

Il faut dire qu'aucun peintre, si talentueux soit-il, n'aurait pu capter la vivacité de sa mère. Elizabeth était aussi blonde que les Devere étaient bruns. Peut-être était-ce ce qui avait fasciné son père. Dès le départ, elle avait mis de la fantaisie dans sa vie bien ordonnée. En mourant, elle avait emporté avec elle toute sa joie.

Jamais cela n'aurait dû arriver. Partie se promener seule à cheval, elle avait fait une mauvaise chute. On ne l'avait malheureusement retrouvée que le lendemain matin. Elle avait fini par succomber à la fièvre. Elle avait tout juste trente ans. L'âge de Case aujourd'hui.

Que lui aurait-elle dit, en cet instant, si elle avait encore été de ce monde ? Elle ne lui aurait certainement pas infligé l'un de ces sermons qui passent pour de la sagesse dans leur milieu. Au fond, personne ne se souciait qu'il prenne Jane pour maîtresse. Le véritable scandale serait qu'il veuille l'épouser.

Case se passa la main dans les cheveux et s'assit près de la cheminée. Il savait ce que lui dirait sa mère. Elle lui demanderait ce que lui dictait sa conscience. Il lui répondrait avec sincérité que sa conscience était limpide, qu'il ne s'était jamais senti aussi sûr de lui de sa vie.

Avec son père, ce serait une autre histoire. Le duc avait le sens de l'honneur. L'honneur d'un Devere était sacré. Ses valeurs étaient la parole donnée, la loyauté, le secours apporté aux pauvres et aux démunis. Jamais il ne déshonorait un ami ou un ennemi.

Ses trois enfants avaient entendu ces leçons maintes fois au cours de leur jeunesse. Dans un monde civilisé, ces valeurs-là allaient de soi et Case s'était efforcé de s'y conformer. Mais en Espagne, il avait connu les horreurs de la guerre et été confronté à des choix cruels. Durant un conflit, l'honneur était le premier sacrifié.

Case ne pouvait évoquer ces souvenirs douloureux avec son père. Celui-ci ne comprendrait pas. Il ne savait pas non plus s'il pourrait l'amener à comprendre, pour Jane et lui, et n'avait même pas l'intention d'essayer.

Case poussa un profond soupir. Avec tout cela, il avait quelque peu négligé les préparatifs de la réception des anciens d'Eton. Heureusement, il pouvait compter sur Waldo. Une répétition générale de la cérémonie était prévue le lendemain. Case espérait que tout se déroulerait normalement. Personne ne savait vraiment ce que mijotait Piers. La présence de la poudre était peut-être une feinte.

Il devait rester vigilant jusqu'au lendemain soir. Ensuite, il verrait Jane.

En entendant des pas se rapprocher, il se leva. Le duc entra, un sourire chaleureux sur les lèvres.

— Il me semblait bien avoir reconnu ta voiture, dit-il. Harper t'accompagne ?

— Oui. Je l'ai laissé aux écuries.

Le duc hocha la tête et s'avança. En voyant l'expression grave qu'arborait son fils, il s'immobilisa. Son sourire s'évanouit.

— Que se passe-t-il, Caspar ? Quelque chose ne va pas ?

— Une catastrophe. Jane Mayberry, la femme que j'aime, est déjà mariée.

Plus que jamais, le duc regrettait que sa femme ne soit pas là pour le conseiller. L'homme au visage dur assis en face de lui ressemblait à un étranger. Son fils n'était pas venu lui demander son avis ou discuter avec lui. Sa décision était prise. Caspar allait épouser Jane Mayberry envers et contre tout.

Sauf qu'il s'agissait en réalité de Mme James Campbell. D'après le peu que lui avait raconté Caspar, la jeune femme avait de bonnes raisons de redouter son mari. S'il

y avait une justice, Campbell croupirait depuis longtemps aux oubliettes, mais là n'était pas le problème. Le
mariage était un sacrement. Quand mari et femme ne
pouvaient vivre ensemble, il existait d'autres solutions
que le divorce. La séparation de corps, par exemple. Malheureusement, Caspar ne voulait pas en entendre parler.
Il était déterminé à épouser Jane.

— Je suis désolé, père.

— Tu n'es pas désolé du tout ! rétorqua le duc.

— Laissez-moi vous présenter les choses autrement,
reprit Case d'un ton posé. Je regrette de vous peiner et
je suis désolé du scandale qui ne manquera pas d'éclater. S'il existait une autre solution, je la choisirais, mais
la loi anglaise interdit à une femme de divorcer. Jane ne
peut obtenir le divorce, et donc être libre, que si c'est
Campbell qui demande le divorce.

— Et s'il refuse ? riposta le duc, agacé par l'aplomb de
son fils. Tu dis qu'il cherche au contraire à se réconci-
lier avec elle.

— Il ne refusera pas. Jane ne retournera jamais
auprès de lui et Campbell veut un héritier.

— Et tes propres héritiers ? Comment réagiront-ils
quand leurs camarades se moqueront du passé louche
de leur mère ?

Le duc regretta aussitôt ces paroles cruelles. Son fils
le fusilla du regard.

— Excuse-moi, reprit le duc. Je n'aurais pas dû dire
cela. Ce doit être le choc. En entrant dans cette pièce, je
m'attendais à une bonne nouvelle. J'espérais que tu avais
demandé Mlle Mayberry en mariage et qu'elle avait
accepté. Jamais je n'aurais soupçonné qu'elle était déjà
mariée.

Les traits de Case s'adoucirent un peu.

— Je vais vous servir un cognac.

— Volontiers.

Tandis que Case savourait un café, le duc sirota l'alcool ambré, qui ne le réconforta guère. Il se considérait
pourtant comme ayant les idées larges. Non seulement
il avait permis à sa fille d'épouser un homme de rang

inférieur, mais son gendre Richard était à l'époque recherché par les autorités. Lui-même n'avait pas fait un beau mariage et son père l'avait renié. Mais cette fois, c'était différent. Il ne s'agissait pas de braver les conventions sociales, mais de briser des vœux prononcés devant Dieu.

— Père, commença Case d'une voix douce, Campbell ne nous laisse pas le choix. Si Jane ne retourne pas auprès de lui, il lancera la procédure de divorce.

Le duc lâcha un soupir.

— Je sais, dit-il en regardant son fils droit dans les yeux. Mais tu pourrais contester ces allégations d'adultère.

— Non. Il est trop tard.

C'était ce que le duc redoutait. Il disposait d'arguments convaincants susceptibles d'infléchir Caspar : Jane serait rejetée de tous si son mari la répudiait de la sorte, et rien n'atténuerait cet état de fait, pas même son mariage avec Case. Même ses amies de l'association lui tourneraient le dos si elle se révélait une épouse adultère. C'était elle qui allait payer le prix fort en étant l'objet du désir de deux hommes.

Il préféra toutefois se taire, car il devinait que ses paroles n'auraient aucun effet sur son fils. Quand Caspar avait pris une décision, rien ne pouvait l'ébranler.

Le duc se rappela ce jour où son fils avait décidé de rejoindre les troupes de Wellington, en Espagne. Ils se trouvaient dans cette même pièce. Il avait mis en avant tous les arguments qui s'opposaient à son départ : il était son héritier, il avait des devoirs envers sa famille… Caspar s'était contenté de répondre que son frère cadet, Justin, n'avait qu'à endosser ce rôle.

Et qu'était-il arrivé avec Justin ? L'histoire s'était répétée quelques années plus tard, pour la bataille de Waterloo. Quant à Rosamund, ce n'était pas mieux. Le duc ne voyait pas d'inconvénient à ce qu'elle épouse un roturier, mais un homme sous le coup d'une condamnation…

Il avait trop gâté ses enfants. Il avait joué à la fois le rôle du père et de la mère. Sur son lit de mort, Elizabeth l'avait imploré de les chérir. Peut-être avait-il rempli sa mission avec trop de zèle.

Certes, il pouvait menacer de déshériter Caspar. Mais il songea à la façon dont son propre père l'avait traité quand il avait émis le souhait d'épouser Elizabeth. Il n'était pas question qu'il se comporte comme cet homme indifférent et froid qui ignorait tout de l'amour. S'il réprouvait le choix de son fils, jamais il ne lui tournerait le dos.

Il songea à Jane. Le fait qu'elle soit l'élue du cœur de son fils l'enchantait. Il se souvenait des conquêtes successives de Caspar. Certaines l'agaçaient, d'autres semblaient prometteuses. Toutes attiraient les regards des hommes. Jane était une jeune femme intelligente et séduisante, mais pas particulièrement élégante ou sophistiquée. Elle n'avait que peu à voir avec les conquêtes habituelles de Caspar. Qu'avait-elle donc de plus que les autres ?

— Caspar, fit-il en se penchant vers son fils. Pourquoi Jane ?

Case baissa les yeux sur sa tasse. Un sourire joua sur ses lèvres.

— Parce qu'elle me rend heureux, répondit-il enfin en croisant le regard de son père.

Un bonheur que ce dernier ne pouvait partager.

Le duc observa Case et découvrit un changement en lui.

— Que se passe-t-il ? Qu'as-tu d'autre à me révéler ?

— Vous savez que je travaille actuellement sur une enquête pour la brigade spéciale, n'est-ce pas ?

Le duc hocha la tête.

— Tu es chargé d'arrêter ce dénommé la Roca. Et alors ?

— Je me dois de vous prévenir, père. Je crois qu'il a l'intention de faire exploser Twickenham House.

— Bon sang, Caspar ! tonna le duc. Tu sais ce que « ménager » signifie ? Dieu merci, je ne suis pas cardiaque ! Je viens de subir deux chocs terribles en l'espace d'une demi-heure. Sers-moi vite un autre cognac.

Quand son verre fut plein, il reprit :

— Faire sauter Twickenham House ? Qu'il essaie ! Bon, je t'écoute. Raconte-moi tout.

Assise dans son lit, Jane essayait de lire quand Case apparut sur le seuil.

— Case ! Qu'est-ce que tu fais ici ? Je croyais que tu passais la nuit à Twickenham House.

Il s'approcha du lit tout en se débarrassant de sa veste et de sa cravate. Lance remua gaiement la queue puis se recoucha.

Case ôta le livre des mains de la jeune femme et le jeta sur un fauteuil.

— Impossible de me passer de toi. Quoi que je fasse, je ne cesse de penser à toi.

Il entreprit de lui caresser doucement les seins. Elle s'écarta légèrement.

— Et ton père ? Qu'a-t-il dit ?

— Quoi ?

— Ton père. Tu devais lui parler de nous.

— Oh, ça. Il a réagi comme prévu. Le divorce ne l'enchante guère, mais il l'accepte. Il sera à nos côtés.

Il se déshabillait à toute allure, comme si ses vêtements étaient en feu. Jane, quant à elle, avait envie de discuter.

— C'est tout ce que tu as à me raconter ?

— Que veux-tu que je te dise de plus ? s'esclaffa-t-il. Jane, je n'ai pas parcouru tout ce chemin en pleine nuit pour parler de mon père.

Il lui enleva sa chemise de nuit et la rejoignit entre les draps.

— Aime-moi, souffla-t-il. C'est tout ce que je te demande.

Il pesait de tout son poids sur elle, son corps musclé et dur. Elle l'enlaça, lui caressa le dos, cherchant à apaiser sa tension.

— Je ne te ferai pas mal, promit-il d'une voix rauque. Mais j'ai tellement envie de toi…

— Case…

Soudain, le désir fusa en elle, aussi intense, aussi puissant que celui de Case. Elle l'embrassa longuement, avec ardeur. Ils s'unirent avec passion et s'aimèrent jusqu'à l'épuisement.

Jane reprenait son souffle quand quelqu'un frappa à la porte.

— Mademoiselle Mayberry?

C'était Ruggles.

— Tout va bien? J'ai cru entendre du bruit.

Elle lança un regard horrifié à Case.

— Il sait que tu es là? chuchota-t-elle.

— Non. J'ai pensé que tu n'avais certainement pas envie de revivre l'expérience de la dernière fois.

Il quitta le lit et commença à s'habiller.

— Débarrasse-toi de lui. Demande-lui de te monter un verre de lait chaud.

— Ruggles, fit-elle d'une voix charmeuse, je n'arrive pas à dormir. Pourriez-vous aller me chercher un verre de lait chaud?

Il y eut un instant de silence, puis le domestique répondit:

— Tout de suite, mademoiselle.

Ils entendirent ses pas s'éloigner dans le couloir.

Case était habillé et nouait sa cravate.

— Où vas-tu? s'enquit-elle.

— Je retourne à Twickenham. Mon père croit que j'y passe la nuit. Je suis censé prendre le petit-déjeuner avec lui, demain matin. Tu ferais mieux de remettre ta chemise de nuit, lui conseilla-t-il avant de prendre son visage entre ses mains pour l'embrasser tendrement.

Il lui rendit son livre et ajouta:

— Plus tôt nous nous marierons, mieux cela vaudra. Nous en reparlerons demain. J'essaierai d'être là pour le dîner.

Sur ces mots, il quitta la chambre sur la pointe des pieds.

Jane mit un certain temps à retrouver ses esprits. Elle se tourna vers Lance.

— Case est bien venu ou était-ce une hallucination ? lui demanda-t-elle.

Ce ne pouvait être le fruit de son imagination, car son corps portait encore les traces de leurs ébats. Elle sourit avec ravissement. Un amant capable de parcourir tout ce chemin uniquement pour passer un moment avec elle devait être très épris.

Il n'avait pas dû rester plus de dix minutes.

Chantonnant presque, elle se leva pour aller faire un brin de toilette. Sur la serviette, elle découvrit des traînées de sang révélatrices : elle n'était pas enceinte.

18

Jane conclut un pacte avec elle-même. Jamais elle ne laisserait quiconque ni quoi que ce soit détruire sa tranquillité d'esprit. Elle ne demandait pas la lune ; simplement la possibilité de refaire sa vie avec Case. Tout le monde n'avait-il pas droit au bonheur ?

Non, décidément, elle ne se laisserait pas déstabiliser. Du reste, se montrer lâche équivaudrait à renier son combat pour l'égalité des droits entre hommes et femmes. Puisque ceux-ci n'étaient pas encore d'actualité, elle accepterait d'être désignée comme coupable.

Un mois auparavant, elle n'aurait pas imaginé une seconde se retrouver dans cette situation. À l'époque, elle ignorait encore qu'elle aimerait Case et que cet amour serait réciproque. Son univers était bouleversé. Elle découvrait enfin le bonheur.

Elle consulta la pendule. L'heure du dîner approchait. Espérant le retour de Case, elle avait enfilé une robe bleue à manches longues très sobre. En s'examinant dans le miroir, elle trouva qu'elle ressemblait à une gouvernante. Elle était très pâle, comme toujours, à cette période du mois, et se pinça les joues pour se donner bonne mine. Trouvant qu'il manquait une touche finale, elle alla chercher les perles de sa mère. Enfin, elle fut satisfaite de son apparence.

Lady Sophie la trouva très élégante, mais il faut dire qu'elle avait toujours apprécié la simplicité. Les deux femmes dînèrent seules, et la vieille dame nota de nombreux changements chez Jane; son teint était plus lumineux, ses yeux brillaient, un léger sourire flottait sur ses lèvres et elle semblait ailleurs.

Histoire d'entretenir la conversation, lady Sophie évoqua plusieurs de leurs connaissances. La jeune femme répondant par monosyllabes, elle plissa les yeux, et ne put s'empêcher de l'interroger:

— Jane, je vous en prie, éclairez-moi. L'heure est-elle aux félicitations?

— Je vous demande pardon? balbutia la jeune femme, les joues empourprées.

— Je parle de vous et de Caspar. Je sais qu'il s'est rendu à Twickenham House. Dans la mesure où vous vous aimez, tous les deux – cela saute aux yeux –, il est facile de deviner la raison de cette visite.

— Oh non, madame! s'exclama Jane en secouant la tête. Cette conversation est très prématurée.

— Balivernes! répliqua lady Sophie. Vous ne croyez tout de même pas que Caspar va *demander* à son père une quelconque autorisation. Cela ne lui ressemble pas! Il se contentera de l'informer de son intention de vous épouser, sans lui demander son avis. Et le duc sera enchanté de vous donner sa bénédiction. Si vous aviez vu certaines des jeunes filles qui avaient jeté leur dévolu sur mon neveu, naguère, vous comprendriez pourquoi. Je crois que le duc avait perdu tout espoir de voir son fils tomber amoureux d'une jeune fille gentille et convenable comme vous. Vous verrez, tout se déroulera selon vos souhaits.

Bien que rongée par la culpabilité, Jane parvint à expliquer d'un ton posé:

— Ce n'est pas aussi simple que cela. Quoi qu'il en soit, quand Case et moi aurons une nouvelle à vous annoncer, nous le ferons ensemble.

Lady Sophie éclata de rire.

— À votre guise, ma chère! Je ne ferai qu'un commentaire: je me réjouis du choix de mon neveu. À présent, que diriez-vous de prendre le thé dans le jardin d'hiver?

En recevant de Campbell une invitation à dîner à l'hôtel *Cook*, dans Dover Street, lord Reeve ne se sentit plus de joie. Certes, Campbell ne s'intéressait guère à sa brillante personnalité, mais plutôt à ce qu'il savait de lord Castleton. Qu'importait! Cette invitation lui changerait les idées, et cet intérêt n'était pas sans avantages. Depuis qu'il avait rencontré Campbell, Reeve avait déjà reçu une caisse de cognac, il avait dîné dans les meilleurs restaurants, avait joué aux cartes et pris du bon temps sans débourser un sou.

Naturellement, cela ne durerait pas. Dès que Campbell aurait obtenu ce qu'il voulait, à savoir le retour de son épouse rebelle qui, soit dit en passant, méritait une bonne correction, il repartirait pour l'Écosse. En attendant, Reeve profitait autant qu'il le pouvait de ses largesses. Campbell le traitait avec déférence et lui avait laissé entendre que le moindre service rendu serait bien rétribué.

Ce n'était pas la seule explication à l'humeur enjouée de lord Reeve. Jamais il n'oublierait l'expression de Castleton quand Campbell lui avait appris que Jane Mayberry était en réalité une femme mariée, son épouse, plus précisément. En l'espace d'une seconde, le comte avait perdu cet air d'insupportable arrogance pour afficher un masque de mort.

Jane Mayberry... Reeve secoua la tête. C'était incompréhensible. Il ne voyait vraiment pas ce que le comte lui trouvait. De toute évidence, Castleton ignorait tout du passé de la jeune femme avant que Campbell ne le lui dévoile. Il espérait qu'elle était aussi entichée du comte qu'il l'était d'elle, afin qu'ils souffrent mille morts.

Le sourire de Reeve s'évanouit dès qu'il pénétra dans la chambre de Campbell. Celui-ci avait visiblement bu plus que de raison et affichait un air furibond. Attablé près de la fenêtre, il lisait une lettre. Sa cravate était de travers et sa veste gisait sur le lit.

— Que se passe-t-il? s'enquit Reeve, alarmé.

— Lisez ceci!

Il posa son chapeau, ses gants et sa canne sur le lit et prit la lettre que Campbell lui tendait.

— De quoi s'agit-il ?

— Vous allez voir ! On me l'a remise en main propre ce matin. L'employé de l'avocat m'a demandé de signer pour en accuser réception.

Campbell se leva et se mit à arpenter la pièce.

Reeve prit un siège et approcha une chandelle. Il eut peine à croire ce qu'il était en train de lire. C'était une lettre de maître Robert Shay, représentant les intérêts de lord Castleton. Il annonçait en termes non équivoques que Jane Mayberry refusait toute réconciliation avec son mari et resterait sous la protection dudit lord Castleton aussi longtemps qu'elle le désirerait. Comme si cela ne suffisait pas, lord Castleton était décidé à reconnaître tout enfant né de cette union.

— Vous comprenez ce que cela signifie ? explosa Campbell.

— Oh oui ! répondit Reeve. Castleton a perdu la raison. Son père n'acceptera jamais cette situation scandaleuse. Il s'agit de son fils aîné, que diable ! Je ne serais pas étonné qu'il le déshérite.

Campbell serra les dents.

— Il m'ordonne de divorcer ! Il me menace !

— Au moins, vous allez empocher une somme rondelette. Je ne serais pas surpris que le tribunal vous accorde plus de vingt mille livres. Vous devriez garder cette lettre et la montrer à votre avocat.

Campbell le dévisagea comme s'il avait affaire à un demeuré.

— Si j'avais voulu divorcer, je l'aurais fait en Écosse ! Vous croyez que je vais laisser Jane avoir le dernier mot ? Que je vais me laisser humilier publiquement, cocufier par ce... malotru ?

Il était écarlate.

— Il semble considérer que l'affaire est réglée ! poursuivit-il, hors de lui. Si cette garce pense s'en tirer ainsi, elle se trompe !

Tandis que Reeve réfléchissait, Campbell s'attabla en face de lui.

— Écoutez-moi, Reeve. Vous m'avez bien dit que ma femme résidait avec la tante de Castleton dans quelque propriété de Bloomsbury.

— Woodlands, précisa Reeve en hochant la tête.

— Castleton y vit également ?

— Pas à ma connaissance. Il y a passé plusieurs nuits mais, en général, il rentre dormir à l'Albany. Si vous voulez des preuves, il faudra vous rendre à Highgate. Comme je vous l'ai expliqué, c'est leur nid d'amour. Castleton y effectue des travaux de réparations à ses frais.

— Vous ne me comprenez pas.

— Qu'avez-vous en tête ? demanda Reeve en fronçant les sourcils.

— Je veux savoir s'il se trouve à Woodlands en ce moment.

Reeve réfléchit un instant.

— Sa voiture ! fit-il.

— Quoi, sa voiture ?

— Voilà comment les ragots ont commencé. Il n'y a pas assez de place pour la garer dans le hangar, alors il la laisse dans la cour. S'il se trouve sur place, sa voiture y sera aussi.

Campbell le dévisagea longuement puis frappa brusquement la table du plat de la main.

— C'est bon ! Si la voiture est dans la cour, nous ne bougeons pas. Dans le cas contraire, nous récupérons ma femme, sachant que Castleton ne sera pas là pour intervenir.

— Vous… vous voulez l'enlever ? fit Reeve, sidéré.

— Exactement.

— Et les domestiques ? risqua Reeve après avoir dégluti avec peine. Il y aura des domestiques un peu partout.

— Ils se tiendront tranquilles quand ils verront que nous sommes armés. Vous avez votre pistolet ?

— Pas sur moi.

— Je vous prêterai l'un des miens.

234

Reeve réfléchissait à toute allure, cherchant comment arrêter ce projet périlleux.

— Comment comptez-vous l'emmener ? Je n'ai pas de voiture et vous non plus.

Campbell était déjà debout et enfilait sa veste. Une lueur de folie brillait dans son regard.

— Nous trouverons une histoire plausible et graisserons la patte à un cocher de fiacre qui sera notre complice.

— Et le chien ? Il paraît qu'il la suit partout.

— Nous l'abattrons.

Campbell posa les mains sur la table et se pencha vers Reeve.

— Nous n'aurez pas à le regretter. Cinq cents livres, cela vous va ?

— Cinq cents livres ? répéta Reeve. C'est très généreux de votre part.

— Je savais bien que j'arriverais à vous convaincre, fit Campbell.

Jane buvait son thé en s'efforçant de tenir des propos cohérents, mais son regard était irrépressiblement attiré vers la fenêtre. Le jardin d'hiver se trouvait à l'avant de la maison d'où elle apercevait la grille et les gardes qui déambulaient munis de lanternes. Elle attendait Case. Avec lui, tout paraissait simple. Sans lui, elle se sentait assaillie de doutes.

Elle vit soudain les portiers se précipiter vers la grille. Posant sa tasse, elle se leva pour observer la scène.

— Je crois que c'est Case ! annonça-t-elle.

Sans laisser à lady Sophie le temps de lui répondre, elle se rua hors de la pièce.

Elle descendit vivement les marches du perron et traversa la pelouse avant de s'arrêter net. Ce n'était pas Case que les portiers venaient d'encercler, mais son mari. L'un des hommes maintenait le bras de Jack dans le dos pour l'immobiliser. Il avait la bouche en sang. En se débattant, il avait perdu son chapeau.

— Je suis parfaitement en droit de venir ici ! glapit-il.

— Mais pas d'entrer de force sous la menace d'une arme, répliqua un gardien.

Les yeux de Jack se posèrent sur la jeune femme.

— Dis-leur qui je suis ! lui cria-t-il.

— Je n'ai jamais vu cet homme.

Entourée des quatre robustes domestiques, elle se sentait invincible. L'un d'eux tenait Lance en laisse. Sans doute rentrait-il de sa promenade lors de l'intrusion de Jack.

Celui-ci était ivre de rage. Soudain, d'un mouvement brusque, il se libéra et se rua vers Jane. Lance devint fou. Ce fut Ruggles qui s'interposa et envoya Jack à terre d'un direct à l'estomac. La jeune femme tressaillit, mais ne ressentit aucune compassion tandis qu'il se tordait en deux.

— Dois-je prévenir les autorités ? s'enquit Ruggles.

— Non, répondit-elle.

Elle venait de comprendre que, en dépit de sa haine pour cet homme, elle n'avait aucun intérêt à le provoquer.

— De toute évidence, il a trop bu et s'est trompé de maison. Raccompagnez-le à la grille.

Ils relevèrent l'intrus sans ménagement et l'entraînèrent vers la sortie. Mais il n'avait pas dit son dernier mot.

— Tu diras au comte d'aller griller en enfer ! hurla-t-il d'une voix rauque. Et toi avec ! Il n'y aura pas de divorce ! Castleton n'aura que des bâtards. Tu m'entends, madame Campbell ? Pas de divorce !

Il continua à déblatérer, mais Jane, pétrifiée, n'entendit rien. Quand quelqu'un lui posa un châle sur les épaules, elle se retourna, s'attendant à découvrir lady Sophie. C'était Mme Trent, sa fidèle gouvernante, qui connaissait ses secrets et ne l'avait jamais jugée.

— Trentie... balbutia-t-elle, au bord des larmes.

— Rentrez donc, petite. Je vais vous préparer un grog. Et si cette crapule revient, Ben lui fera sauter la cervelle.

Jane aperçut alors le jeune homme qui se tenait un peu en retrait, son tromblon sous le bras.

Elle ne tenait pas à expliquer la situation aux domestiques et se sentait incapable d'affronter lady Sophie. Mais elle ne savait plus que faire…

Mme Trent lui entoura les épaules du bras, comme autrefois, après la mort de sa mère.

— Venez, murmura-t-elle. Nous allons passer par l'office. N'ayez crainte, je ne vous abandonnerai jamais.

Ruggles et les deux gardiens escortèrent Campbell vers un fiacre garé dans la rue. Reeve lui ouvrit la portière. En voyant le visage de Campbell, il sursauta. Puis il aperçut Ruggles et recula au fond du véhicule.

— Je vous conseille vivement de ne plus rôder par ici, déclara Ruggles. Mon maître n'apprécie pas les hommes qui menacent les dames. Et ne venez pas dire qu'on ne vous aura pas prévenus.

— Jane n'a rien d'une dame ! s'insurgea Campbell, furieux. C'est une traînée, une…

Ruggles le réduisit au silence d'un violent coup de poing. Quand ils eurent déposé l'homme inconscient sur la banquette et refermé la portière, il ordonna au cocher de déguerpir.

Lord Francis Reeve aurait aimé se trouver n'importe où plutôt qu'à l'hôtel *Cook*, en compagnie d'un homme visiblement en proie à une crise de démence. Il aurait bien trouvé un prétexte pour s'éclipser mais craignait d'attiser la colère du jeune homme. Aussi préféra-t-il se taire.

— Elle ne s'en tirera pas à si bon compte, gronda Campbell. Je préférerais la voir morte.

Ce n'était pas la première fois que Campbell proférait ce genre de menaces, mais jamais il n'avait paru aussi hargneux. Reeve commençait à se rendre compte qu'il perdait la tête. Il voulait bien infliger une bonne correction à Jane Mayberry et à Castleton, mais Campbell l'effrayait avec ses idées de meurtre.

Si seulement il cessait de boire ! Il avalait verre de cognac sur verre de cognac comme s'il s'agissait de citronnade. Reeve se racla la gorge.

— À présent, ils vont être sur leurs gardes, déclarat-il. À votre place, je patienterais quelques jours, voire une semaine ou deux, avant d'agir.

Dans quelques jours, il serait à Bath, en train de se forger un alibi. Ainsi, s'il arrivait quoi que ce soit à Jane Mayberry, nul ne pourrait le montrer du doigt.

Campbell s'emporta de plus belle.

— Elle croit m'avoir cloué le bec, mais je peux vous assurer que je n'ai pas dit mon dernier mot. Castleton ne me fait pas peur. Je suis issu d'une lignée aussi prestigieuse que la sienne. Sans parler de mes relations. Savez-vous de qui je descends ?

— Euh… non. Je crains que non.

— Le duc d'Argyll.

Reeve afficha l'expression impressionnée qu'on attendait de lui.

— Eh oui ! reprit Campbell en hochant la tête. Le duc d'Argyll. Mon père et lui sont cousins issus de germains.

Reeve ne voyait pas le rapport avec Castleton, mais Campbell étant sur le point d'exploser, il préféra se garder de tout commentaire.

Il sursauta en entendant frapper à la porte. Campbell se contenta de froncer les sourcils avant d'aller ouvrir.

Deux hommes se tenaient sur le seuil.

Monsieur James Campbell ? s'enquit poliment l'un d'eux.

— Qui le demande ? répondit l'intéressé d'un ton vif.

— Moi, répondit l'autre homme. Capitaine John Cox, de la brigade spéciale. Nous souhaitons interroger M. Campbell. Et vous aussi, monsieur Reeve, ajouta-t-il en se penchant.

Reeve attrapa son chapeau, ses gants et sa canne. C'était là l'occasion rêvée d'échapper à Campbell. Il savait tout de la brigade spéciale, même si elle n'avait qu'un an ou deux d'existence. Ces hommes étaient des représentants des forces de l'ordre. Il n'avait rien à craindre. Après tout, il n'était qu'un témoin innocent. Une fois qu'ils l'auraient interrogé, ils le laisseraient repartir.

— La brigade spéciale? Qu'est-ce que c'est que ça?

— Nous vous expliquerons en route, monsieur, répondit Cox. Ce n'est rien de grave. Sachez toutefois que Mlle Jane Mayberry a porté plainte contre vous.

— Ah oui? Vraiment? Alors, tout va vite rentrer dans l'ordre, siffla Campbell, les poings serrés.

Cox désigna le pistolet qu'il portait à la ceinture.

— Je vous conseille à tous deux de nous suivre sans discuter.

Reeve fut le premier à franchir le seuil.

19

En arrivant à Woodlands, Case trouva lady Sophie fort
agitée : Jane était enfermée dans sa chambre.

— Elle refuse de me laisser entrer ou de me parler,
expliqua la vieille dame.

— Que s'est-il passé ?

— Je ne sais pas vraiment. Il y a eu une altercation
près des grilles, un ivrogne qui s'était trompé de maison,
paraît-il. C'est ce que j'ai tout d'abord cru. Mais depuis
que Jane s'est enfermée dans sa chambre, je me pose
mille questions. Sais-tu qui est cet homme, Caspar ?

— Je préférerais voir Jane avant de tirer des conclusions.

— Bien sûr, à condition qu'elle accepte de te recevoir.
Mme Trent est avec elle mais elle refuse d'ouvrir à toute
autre personne.

Case sourit. Avec une assurance qu'il espérait convaincante, il déclara :

— Elle me recevra, ne vous tourmentez pas, ma tante.
Je suis sûr que c'est une tempête dans un verre d'eau. Si
vous alliez demander qu'on nous prépare du café ? Dès
que j'aurai parlé à Jane, je viendrai vous voir.

Quand la vieille dame se fut éloignée, il partit en quête
de Ruggles.

— Il l'a appelée Mme Campbell ? fit Case.
— Oui, monsieur.

— Et il a ajouté qu'il n'y aurait pas de divorce ?

Ruggles opina.

— Reeve était présent, dites-vous ?

— Oui, monsieur. Dans la voiture.

Case comprenait à présent pourquoi Jane s'était enfermée dans sa chambre. Et Ruggles aussi, apparemment, même s'il arborait une expression neutre.

— Et les portiers ? reprit Case. Qu'en pensent-ils ?

— Ils croient que cet homme s'est trompé de maison et qu'il a pris Mlle Mayberry pour une autre. Il empestait l'alcool. Il était en piteux état.

— Merci, Ruggles. Vous pouvez disposer.

— Bien, monsieur.

Case prit le temps de réfléchir à la situation. Il ignorait qui, de Campbell ou de Jane, allait lui poser le plus de problèmes. Quoi qu'il en soit, il était plus que jamais déterminé à remporter la bataille

Il alla frapper à la porte de la jeune femme.

— Jane, c'est moi.

Ce fut Mme Trent qui lui ouvrit.

— Elle vous attendait, monsieur, assura-t-elle avant de glisser dans le couloir. Montrez-vous patient.

— Merci, madame Trent.

La gouvernante ne parut pas remarquer la tension de sa voix. Elle s'inclina et s'éloigna en hâte.

Dès qu'il entra dans la pièce, Case sentit l'odeur du grog. Jane était assise dans un fauteuil, près de la cheminée, Lance recroquevillé à ses pieds. Il observa Case comme s'il s'agissait d'un loup déguisé en agneau. Ce n'était pas l'accueil que Case espérait.

— Était-il vraiment nécessaire de te terrer dans ta chambre ? demanda-t-il d'un ton plaisant.

Elle lui jeta un coup d'œil puis se détourna.

— C'était plus facile pour moi, répliqua-t-elle d'une voix crispée. Je ne savais comment expliquer la situation à lady Sophie et, de toute façon, je tenais à te parler d'abord.

Il attira un fauteuil près de celui de la jeune femme. Aussitôt, Lance émit un grognement d'avertissement.

— Merci, Lance, dit-il, mais tu n'as pas à me prévenir. Mme Trent s'en est chargée.

Le chien se calma et lui permit de s'asseoir.

— J'ai appris qu'il y avait eu du grabuge près de la grille, tout à l'heure.

— C'était mon mari. Mais tu le sais sûrement. Il a fait un véritable scandale.

Jane était plus calme qu'il ne s'y attendait. Il posa les yeux sur le pichet de vin chaud et se demanda si elle en avait bu beaucoup.

— Continue, dit-il. Raconte-moi tout.

Ses yeux sombres étaient fixes.

— J'ai compris que je m'étais bercée d'illusions. Jack ne divorcera jamais. Je crois que je l'ai toujours su, tout au fond de moi.

Elle eut un geste d'impuissance.

— Je n'ai jamais réussi à te convaincre qu'il était dangereux. En apparence, il est normal. Il peut même se montrer charmant, raisonnable… mais ce n'est qu'une comédie. Il est fou. Il ne m'aime pas. Enfin, ce n'est pas ce que j'appelle de l'amour. Je lui appartiens et il préférerait me voir morte qu'avec un autre que lui.

— Vingt mille livres…

Elle le fit taire d'un geste qui alerta Lance.

— L'argent n'a aucune importance pour Jack. L'honneur, ne pas perdre la face, voilà ce qui compte vraiment à ses yeux. Je ne l'ai pas quitté uniquement parce qu'il me battait, mais parce qu'il était d'une jalousie maladive, il était obsédé par ma personne. Rien n'a changé.

Case savait où elle voulait en venir. Il commençait à être à bout de patience.

— Je regrette, dit-il, je regrette amèrement que tu aies subi ses attaques, ce soir. Si je pouvais revenir sur le passé, je le ferais, mais c'est impossible. Nous n'avons que l'avenir, Jane, *notre* avenir. Je croyais que tu y tenais, que tu tenais à moi.

— Quelle vie aurons-nous si Jack refuse le divorce ? rétorqua-t-elle.

— Une sacrée belle vie, à mon avis, assura-t-il, la mâchoire serrée. Tu aurais une maison, un homme qui t'aime, un homme fidèle, des enfants…

— Des enfants ! répéta-t-elle, les lèvres tremblantes. C'est justement là le problème.

Elle se leva et arpenta nerveusement la chambre, le souffle court.

— Tu n'es pas un imbécile ! Tu sais très bien ce que je veux dire. Nous aurions des enfants illégitimes. Jack me l'a rappelé, tout à l'heure. Tu devrais élever des bâtards.

Case ignorait s'il devait la consoler ou la secouer. La colère l'emporta. Dès le premier obstacle, elle trébuchait et baissait les bras.

— Ce ne sera pas la première fois qu'un Devere engendrera des bâtards – c'est toi qui as employé ce terme, pas moi. Mais si cela compte à ce point, pour toi, nous n'aurons pas d'enfants.

Jane sembla incrédule.

— Et tes héritiers ? Tu devras te marier pour assurer ta succession.

— J'ai un frère. Justin assurera la succession. Et il est un peu tard pour ce genre de discussion. Nous avons partagé des heures de passion dans ce lit, non ? Qu'as-tu à répondre à cela, mademoiselle Mayberry ?

Elle fixa le lit puis se mordilla la lèvre.

— Que nous avons de la chance, répliqua-t-elle. Je sais depuis ce matin que je ne suis pas enceinte.

— De la chance ! s'exclama-t-il. C'est ainsi que tu appelles cela ?

Lance se redressa et s'ébroua, puis il contourna le lit et se coucha, hors de vue des deux adversaires.

— Seigneur ! marmonna Case en se passant la main dans les cheveux.

Il s'approcha de la fenêtre, tournant le dos à la jeune femme.

— Cette conversation est sans objet, reprit-il. De toute façon, Campbell finira par divorcer. Je l'y obligerai. Ensuite, nous nous marierons.

Elle se rassit dans son fauteuil.

— Tu ne connais pas Jack, murmura-t-elle.

Case lui fit face ; il avait la bouche étrangement tordue.

— Non, Jane ! C'est toi qui ne me connais pas.

Ce qu'il lut sur le visage de la jeune femme ne fit qu'accroître sa colère.

— Où donc crois-tu que j'ai passé la majeure partie de ma vie d'adulte ? En Espagne. À me battre pour mon pays. Je n'étais pas un simple soldat. La plupart du temps, je ne portais pas l'uniforme, pas plus que les hommes de mon unité. Nous étions chargés de missions spéciales. Nous faisions le sale boulot pour des officiers tels que mon beau-frère. J'ai tué des hommes à mains nues et sans me poser de questions.

Il fixa ses paumes comme si elles étaient maculées de sang. Jane avait les yeux rivés sur lui.

Il reprit d'une voix sourde, comme s'il s'adressait à lui-même :

— Certains nous appelaient les exécuteurs, d'autres nous traitaient d'assassins. Ils n'avaient pas entièrement raison. Quoi qu'il en soit, nous étions des tueurs efficaces. Nous ne faisions jamais de prisonniers.

Elle tressaillit et il leva les yeux. Leurs regards se verrouillèrent.

— C'est vrai, admit-il, nous ne faisions pas de quartier. D'après toi, pourquoi Piers me déteste-t-il autant ? Je n'avais pas l'ordre de le capturer, mais de l'éliminer, lui et sa bande. Et c'est ce que nous avons fait.

Il respirait bruyamment.

— À présent, dis-moi ce que faisait Jack Campbell pendant que je me salissais les mains en Espagne. Il buvait, il jouait, il courait les femmes… En tout cas, c'est ce qu'il m'a raconté. Tu trouves qu'il est de taille à m'affronter ? S'il me connaissait vraiment, il tremblerait dans ses bottes.

Jane le croyait, mais elle avait soudain l'impression de se trouver face à un inconnu.

Le silence se prolongea. Case soupira et tendit la main vers Jane, qui la prit et se leva.

— Ne me regarde pas ainsi. J'ignore pourquoi je t'ai raconté tout cela. J'étais différent, à l'époque, c'était une autre vie. N'aie pas peur de moi.

— Je n'ai pas peur, répondit-elle, un peu trop vite pour être convaincante.

— C'était la guerre.

— Je sais. Je comprends.

— Tant mieux. Alors tu sais que Campbell ne m'impressionne pas. Dans ton intérêt, j'étais décidé à me conduire en gentleman. À présent, les règles du jeu ont changé.

Apercevant soudain deux formes sombres, par terre, devant la fenêtre, il plissa les yeux.

— Qu'est-ce que c'est que cela ? demanda-t-il, alors même qu'il savait pertinemment qu'il s'agissait de ses bagages.

— Je compte passer quelques jours chez Sally. Nous avons tous deux besoin de réfléchir. J'ai envie d'être seule. Avec toi, je ne parviens pas à avoir les idées claires.

— Tu ne peux pas partir d'ici !

Elle lui décocha un regard furieux.

— Attends une minute…

— Non ! coupa-t-il. Inutile de discuter. Je ne peux te laisser partir. Tu ne comprends donc pas ? Ce n'est pas Campbell qui est à redouter, c'est Piers. Il sait que tu es sous ma protection. Ici, tu es en sécurité, et tu y resteras tant que je n'aurai pas décidé quoi faire de toi.

Lance émergea de derrière le lit et montra les crocs. Case pointa vers lui un index rageur.

— C'est aussi valable pour toi !

Sur ce, il quitta la chambre en claquant la porte derrière lui.

Comme promis, Case alla trouver sa tante. Mais pas plus de cinq minutes. Il laissa la vieille dame profondément déconcertée. Elle compatissait sincèrement au malheur qui les frappait, mais un divorce… Pour une femme, c'était une souillure indélébile. Jane serait rejetée de tous.

Elle n'avait même pas cherché à raisonner son neveu. Nul n'en aurait été capable, de toute façon. Elle songea un moment à s'entretenir avec Jane, mais rejeta vite cette idée. Caspar ne le lui pardonnerait jamais.

En désespoir de cause, elle s'installa à son secrétaire et commença à dresser la liste des amis et connaissances sur qui elle pouvait compter pour soutenir Jane dans cette épreuve. Elle était décidée à épargner coûte que coûte à la jeune femme le scandale qui ne manquerait pas de la frapper.

Case trouva Waldo dans les écuries, en grande conversation avec Harper.

— Harper, déclara-t-il je sais que tu te considères comme mon garde du corps, mais il y a eu un incident, ici, ce soir, et je préférerais que tu veilles sur Mlle Mayberry. M. Bowman s'occupera de moi.

Harper le dévisagea un instant et comprit qu'il se passait quelque chose de grave.

— Je prendrai garde qu'il ne lui arrive rien, promit-il en hochant la tête.

Case attendit qu'il se soit éloigné pour ajouter :

— Alors, Waldo, te revoilà. Qui es-tu, au juste ? Mon ombre ?

Waldo soupira d'un air théâtral.

— Je sais que tu négliges ta sécurité. En souvenir du bon vieux temps, je me suis dit que je pourrais veiller un peu sur toi.

— C'est une idée de mon beau-frère ? questionna Case en inclinant la tête.

— Il m'en a peut-être touché deux mots avant de partir pour l'Écosse, mais je crois que l'idée vient de moi. Parle-moi plutôt de l'incident de ce soir.

— Je te raconterai tout cela quand nous arriverons à l'hôtel *Cook*.

— Campbell ? suggéra Waldo en arquant les sourcils.

Case acquiesça.

Il fit seller deux chevaux pour ne pas attirer l'attention avec sa voiture, qu'ils laissèrent dans la cour, puis ils s'enfoncèrent dans la nuit.

Le propriétaire de l'hôtel leur révéla seulement que M. Campbell et son ami, lord Reeve, avaient quitté l'hôtel depuis un certain temps en compagnie de deux autres messieurs et qu'ils n'étaient pas encore rentrés. Leur comportement n'avait rien de suspect, même si M. Campbell semblait éméché.

— Quelle heure était-il? s'enquit Case.

— C'était il y a moins de trois heures. Plutôt deux heures, même. Nous venions de terminer de ranger la salle, après le dîner, quand lord Cadogan a souhaité visiter la cave à vins. Il se trouve que je possède une excellente cave, monsieur…

— Merci, l'interrompit Case. Nous attendrons dans la salle. Peut-être pourriez-vous nous apporter une bouteille de bordeaux?

— Certainement, monsieur, répondit le patron dont le visage s'illumina. Vous verrez, vous ne serez pas déçu.

Quand ils furent installés et en train de savourer leur vin, Case raconta l'intrusion de Campbell à Woodlands et relata, en omettant certains détails, la réaction de Jane. Waldo ne fut pas dupe un instant.

— Tu veux dire qu'elle te laisse tomber?

En voyant Case plisser les yeux, Waldo reprit d'un ton enjoué:

— Eh bien, nous ne pouvons l'accepter.

Il baissa le ton.

— J'en conclus que tu ne vas pas provoquer Campbell en duel? Je m'en doutais. Cela ne résoudrait rien. Et si tu le tuais, même ton beau-frère ne pourrait rien faire pour toi. Nous optons donc pour la persuasion?

— Il s'agit seulement de l'inquiéter un peu, répondit Case. Tu as un cigare?

Ils fumèrent en silence pendant quelques minutes, puis Case déclara :

— Tu sais, Waldo, ta compagnie est reposante.

— Pourquoi ?

— Parce que tu ne passes pas ton temps à me questionner sur la guerre, et à me demander pourquoi Piers me déteste à ce point.

— En effet, reconnut Waldo en crachant un nuage de fumée. J'y étais. Je sais ce qui s'est passé.

— Étions-nous des barbares ?

Waldo tourna la tête et regarda son ami droit dans les yeux.

— Nous avons sauvé des milliers de vies. Je ne me sens aucunement coupable. Et ne t'attendris pas trop. Piers n'est pas un barbare, c'est un sauvage. Ne l'oublie jamais.

Au bout d'une demi-heure, ils avaient vidé la bouteille de vin et commençaient à s'impatienter.

— Allons jeter un coup d'œil là-haut, suggéra Case. Campbell est peut-être rentré par la porte de service.

Il frappa à la porte, sans résultat. Aucun son ne provenait de la chambre. Il ne leur fallut que quelques secondes pour forcer la serrure. Waldo saisit une bougie fixée au mur et entra.

Il n'y avait pas grand-chose à voir. C'était une chambre confortable, digne d'un établissement de qualité. Le sol était jonché de vêtements. Une bouteille de cognac était posée sur la table, avec deux verres sales. Il y avait aussi une lettre.

— Une lettre de Robert, annonça Case en la parcourant vivement.

— Tiens, tiens, fit Waldo qui s'était approché de la cheminée. Qu'est-ce qu'il vient faire dans cette histoire, celui-là ?

— Qui ?

— Piers.

— Qu'as-tu trouvé ? s'enquit Case, les sourcils froncés.

— Des cailloux.

Waldo les déposa dans la main de son ami.

— Qu'est-ce que cela peut bien signifier ? murmura Case.

— Je crois que tes ennuis avec Campbell sont terminés.

Case avait l'esprit en ébullition.

— Mais comment a-t-il su, pour Campbell ? Et pourquoi s'en prendrait-il à lui ? Il devrait plutôt se réjouir des ennuis qu'il me crée.

— Oh, non, je ne crois pas. Piers est le seul qui ait le droit de tirer les ficelles. Quant à savoir comment il est au courant, n'oublie pas qu'il a des informateurs partout. Le gardien de Twickenham House, entre autres, et un domestique de Woodlands. Il y en a sans doute d'autres qui servent également nos intérêts. Ils colportent des informations que nous souhaitons voir circuler, mais nous ne pouvons les empêcher de jouer sur les deux tableaux. À mon avis, Piers surveille Campbell depuis le soir où il a tenté d'entrer à Twickenham.

— Certes, Piers ne verrait sans doute pas d'un bon œil que Campbell débarque chez nous à n'importe quel moment.

— Que fait-on, maintenant ?

— Rien. Bow Street prendra les choses en main dès que le propriétaire de l'hôtel aura signalé la disparition de Campbell.

— Et le temps qu'ils aient bouclé le dossier, notre réunion sera terminée.

Case glissa les cailloux dans sa poche.

— Nous avons passé une soirée pénible et j'ai l'impression que le pire reste à venir. Rentrons à l'Albany, histoire de réfléchir un peu à tout cela.

Waldo lui flanqua une tape amicale sur l'épaule.

— J'ai une meilleure idée. Rentrons à l'Albany pour boire une bouteille du meilleur cognac de ton père.

Case ne le désapprouva pas.

20

Jane s'était assoupie. Elle se réveilla en sursaut en entendant frapper à la porte. Elle était courbatue, car elle s'était endormie tout habillée dans le fauteuil. Minuit avait sonné depuis longtemps.

On frappa de nouveau, puis la voix de Ruggles retentit :

— Mademoiselle Mayberry, vous êtes réveillée ? Deux messieurs souhaitent vous parler.

En pleine nuit ? Effrayée, elle se leva et traversa la pièce. Lance était sur le qui-vive.

— Qui est-ce ? demanda-t-elle après avoir ouvert au domestique.

Ruggles affichait une mine sombre.

— Deux officiers de la brigade spéciale. Ils désirent parler à Mme Campbell. Ils vous attendent en bas.

— Lady Sophie est avec eux ?

— Non. Nous avons préféré ne pas la réveiller.

— Où est Harper ?

— Harper ?

— Je lui ai parlé hier soir. Je croyais qu'il était de garde.

Si elle devait apprendre une mauvaise nouvelle, elle préférait que Harper soit présent. C'était un homme rassurant. Jamais il ne céderait à la panique.

— Il ne doit pas être bien loin. Je vais le chercher pendant que vous parlerez aux policiers.

Ruggles la conduisit dans le petit salon donnant sur le vestibule, là où Case l'avait embrassée avant qu'ils ne partent dévaliser les boutiques. Ce jour-là, elle était heureuse, insouciante. À présent, elle était au bord de l'affolement. Il devait s'être produit une catastrophe pour que deux officiers de la brigade spéciale se déplacent en pleine nuit. Harper lui avait dit que Case était allé parler à son mari, à l'hôtel *Cook*. Que s'était-il donc passé ? Où se trouvait Case ?

Les deux officiers affichaient une mine aussi sombre que Ruggles. L'un d'eux se présenta comme étant le capitaine John Cox. Âgé d'une trentaine d'années, il était trapu mais bien mis. La jeune femme remarqua à peine son collègue.

— Il faut vous préparer à recevoir un grand choc, madame. Vous êtes bien Mme Campbell, n'est-ce pas ?

— Ruggles, restez avec moi, souffla-t-elle, le cœur battant. Oui, je suis bien Mme Campbell. Dites-moi vite ce qui se passe.

— J'ai le regret de vous informer qu'un homme a été agressé cette nuit, à Vauxhall Gardens et qu'il est décédé. Nous pensons qu'il s'agit de votre époux. Il était en possession d'une lettre… Quoi qu'il en soit, veuillez nous suivre.

Elle eut toutes les peines du monde à retrouver l'usage de la parole.

— Vous dites que… Jack a été assassiné ?

— Manifestement. Vous voulez bien nous accompagner, madame ?

— Vauxhall Gardens ? répéta-t-elle.

Durant l'été, le parc était très fréquenté et les attractions se prolongeaient tard dans la soirée. En hiver, toutefois, les grilles étaient cadenassées.

— Le… le parc n'est-il pas fermé, en cette période de l'année ? balbutia-t-elle.

— C'est un gardien qui l'a trouvé. Je suis navré, madame.

Elle hocha la tête.

— Je vais chercher mon manteau. Ruggles, trouvez vite Harper.

Sur le palier, elle croisa Mme Trent, en chemise de nuit, qui affirma avoir été réveillée par un bruit étrange. Jane lui résuma la situation en quelques mots.

La gouvernante aida la jeune femme à enfiler son manteau, celui de tous les jours, en laine grise.

— Ne citez pas le nom de lord Castleton, lui recommanda Jane. Ne dites à personne… Oh, Trentie, laissez-le en dehors de tout cela.

— D'accord. Je ne dirai mot à personne.

Jane saisit son réticule, qui contenait son pistolet, et descendit vivement les marches.

Ruggles était là, mais Harper manquait à l'appel. Les deux policiers ne semblaient pas disposés à attendre qu'on le retrouve. Ils refusèrent également la présence de Lance.

En bas du perron, une voiture aux fenêtres munies de barreaux était garée. Ruggles suivit la jeune femme, puis les policiers montèrent à leur tour. Quelques instants plus tard, le véhicule franchissait les grilles. Nul n'avait prononcé un mot. Les paroles de Case à propos de l'Espagne, et de son travail au sein de l'unité spéciale revinrent en mémoire à Jane. *Certains nous appelaient les exécuteurs, d'autres nous traitaient d'assassins… À présent, les règles du jeu ont changé.*

De la fenêtre de la chambre de Jane, Mme Trent regarda le véhicule s'éloigner. « Pourvu que Jack Campbell ait enfin eu le sort qu'il méritait », songea-t-elle. Pas question de s'attendrir sur cette crapule. Ses prières pour le comte en furent d'autant plus ferventes. Elle espérait seulement qu'il n'était pas impliqué dans ce décès…

Avec un soupir, elle entreprit distraitement de ranger la pièce. Un bruit l'avait réveillée, mais il ne s'agissait pas d'une voix. Puis elle se rappela : du verre brisé. En dessous de sa chambre. Elle allait voir ce qui se passait quand elle avait entendu la voix tremblante de Jane, du coup, l'incident lui était sorti de l'esprit.

Une chandelle à la main, elle longea le couloir. Et sursauta soudain. Mais ce n'était que Lance. Elle se réjouit qu'il soit là. Elle n'avait pas vraiment peur, non. Elle doutait qu'il s'agisse d'un cambriolage, mais la journée avait été si éprouvante qu'elle avait les nerfs à fleur de peau.

Elle pénétra dans une chambre inoccupée, et comprit tout de suite que c'était la bonne : un fauteuil était renversé et le miroir avait volé en éclats. Un chandelier gisait sur le sol. Les yeux écarquillés, elle parcourait la pièce du regard quand Lance se précipita vers la penderie et se mit à gratter furieusement le panneau de bois. Les jambes flageolantes, Mme Trent traversa la pièce. Dès qu'elle ouvrit la porte, un corps inerte s'écroula à ses pieds. La gouvernante poussa un hurlement.

Case buvait, seul, et Waldo dormait dans un fauteuil quand quelqu'un frappa à la porte avec insistance. Il n'y avait pas de domestique. Case s'en voulut d'avoir donné sa journée à Ruggles.

Il ouvrit donc, pistolet en main. C'était l'un des portiers de Woodlands.

— Il faut venir tout de suite, monsieur le comte. M. Harper est au plus mal et Mlle Mayberry est partie avec deux messieurs.

— Que se passe-t-il ? s'enquit Waldo.

— Piers tire à nouveau les ficelles ! gronda Case.

Dans la cuisine, Harper était assis, stoïque, tandis que Mme Trent soignait la plaie qu'il s'était faite au front en heurtant le miroir. Elle avait déjà appliqué une poche de glace sur la bosse à l'arrière du crâne. Toute la maison était réveillée, y compris Mme Morrison, la gouvernante principale, qui avait pourtant le sommeil lourd. Elle était en train de préparer des sandwiches pour le comte et M. Bowman, ou quiconque aurait une petite faim.

Case tendit à Harper un verre de cognac que ce dernier accepta avec reconnaissance. Mme Trent avait tenté de lui faire boire du grog, en vain.

Le policier dut une nouvelle fois raconter sa mésaventure à lord Castleton et à son ami, qui venaient d'arriver.

— Eh bien, voilà, je faisais ma ronde dans le couloir quand quelqu'un m'a appelé par mon nom. En regardant autour de moi, j'ai remarqué une porte entrouverte. Sans me méfier, je suis entré. Et j'ai reçu un coup sur la tête.

Il porta la main à sa nuque endolorie.

— Je suis tombé en avant et j'ai heurté le miroir.

— Qui t'a frappé ? demanda Case, visiblement tendu.

Le policier baissa les yeux, puis les releva.

— Je l'ignore, prétendit-il, mais son regard affirmait le contraire. Je ne me rappelle de rien jusqu'à ce que madame me fasse renifler les sels.

— Pourquoi avoir fait cela à Harper ? intervint lady Sophie d'une voix inquiète. Dans quel but ?

Elle se tourna vers Case, qui échangea un regard furtif avec Waldo. Ayant déjà interrogé les gardiens et Mme Trent, ils connaissaient les détails du départ de Jane en compagnie des deux soi-disant agents de la brigade spéciale. Ils comprenaient pourquoi Harper, lui-même agent de la brigade spéciale, avait été agressé.

— Je me pose la même question, admit Waldo.

Avant que sa tante fouille la question, Case s'adressa à Mme Trent :

— Vous êtes certaine qu'ils l'ont emmenée à Vauxhall Gardens ?

— C'est ce qu'ils lui ont déclaré, en tout cas. Elle me l'a répété.

— Harper, je peux te dire deux mots en privé ?

Dès qu'ils eurent quitté la pièce, Case lâcha :

— Allons, qui est-ce ?

— Ruggles. J'ai vu son reflet dans la glace.

— Tu l'as reconnu malgré la pénombre ?

— Non. Je tenais une chandelle.

— Seigneur ! s'exclama Case en crispant les poings. Je me doutais que quelqu'un de notre entourage était complice de Piers, mais Ruggles… J'avais toute confiance en lui ! Cela dit, c'est logique. Il est en général de service le soir, et je lui avais accordé sa soirée. Les hommes de Piers ne s'attendaient pas à te trouver là. Ils ont dû avoir peur.

— En effet, approuva Harper. Vu que je connais tous les agents de la brigade spéciale.

— Tu as de la chance que Ruggles ne t'ait pas tué.

— Je n'ai pas l'impression d'avoir eu de la chance. D'ailleurs, qui sait s'il n'a pas essayé ?

Les deux hommes se turent en voyant s'approcher Waldo et lady Sophie.

— Merci, Harper, conclut Case. À présent, va faire soigner tes blessures.

— Mais…

— Tout de suite, Harper. C'est un ordre !

Le policier regagna la cuisine en grommelant.

— Caspar, j'exige de savoir ce qui se passe, martela lady Sophie.

— Nous ne le savons pas vraiment.

— Ces deux hommes n'étaient pas des agents de la brigade spéciale, n'est-ce pas ?

— Nous ne le pensons pas. Il fit signe à Waldo. Envoie deux hommes chez les Horse Guards. Peut-être ont-ils vraiment dépêché deux agents ici. J'arrive dans une minute.

— Si c'étaient des imposteurs, Harper l'aurait su tout de suite, reprit la vieille dame. Il travaille pour la brigade spéciale.

Elle écarquilla soudain les yeux.

— Voilà pourquoi il fallait l'éliminer ! Il aurait découvert l'imposture !

— Rien n'est encore certain.

— Pauvre Mme Trent ! Elle n'est au courant de rien.

— Il ne faut surtout pas qu'elle sache. Inutile de l'inquiéter pour le moment.

Il dévisagea sa tante puis reprit plus posément :

— Vous voulez bien me rendre un service, ma tante ?

— Tout ce que tu voudras.

— Veillez à ce que Harper ne nous suive pas. Il n'est pas en état d'aller où que ce soit. Et j'aimerais qu'un médecin examine ses blessures.

— J'ai déjà fait prévenir le médecin.

— Il est essentiel que tout le monde garde son calme.

— Je m'en charge, assura-t-elle. Contente-toi de nous ramener Jane saine et sauve.

Case hocha la tête avant de s'éloigner.

L'air frais et vivifiant lui fit l'effet d'un coup de fouet – ce dont il avait besoin. Il ne fallait pas qu'il perde de vue son objectif, qu'il se déconcentre. Pour ce faire, il devait oublier que Jane était Jane, et se glisser dans la peau du Case d'autrefois, le chasseur qui traquait Gideon Piers.

Waldo et un groupe d'hommes, tous d'anciens soldats, étaient déjà à cheval.

— Le chien nous accompagne ? s'enquit Waldo.

Case baissa les yeux sur Lance, à ses pieds.

— Oui. Si quelqu'un est en mesure de retrouver Jane, c'est bien lui.

— Je me pose un tas de questions, avoua Waldo quand Case fut à son tour en selle. Le moment choisi, les méthodes employées... Tu vois ce que cela signifie ?

— Je vois, répondit Case sombrement. Il y a un traître parmi nous.

— Qui ? s'enquit Waldo.

— Ruggles, mon valet.

— Ce ne peut être lui ! Robert a vérifié ses références. Elles étaient impeccables.

— Sans doute, mais l'argent est capable de corrompre les plus intègres. Nous en reparlerons plus tard. En route.

La voiture les déposa devant le grand portail puis repartit. Ils pénétrèrent dans le parc par une porte latérale. Les murs, dignes d'une forteresse, rappelèrent à Jane ceux des jardins de l'Albany. L'obscurité était totale, et les lanternes de ses compagnons ne parvenaient pas à rendre les lieux plus rassurants.

Le capitaine Cox la frôlait presque tant il était près. De temps à autre, elle lançait un regard par-dessus son épaule en direction des hommes qui l'accompagnaient. Ils étaient quatre, à présent, dont Ruggles. À la lueur des lanternes, leurs visages ressemblaient à des masques mortuaires.

Pour ne pas céder à la panique, elle se remémora le parc tel qu'il était la seule fois où elle y était venue. Il y avait foule, ce jour-là. Un orchestre jouait près d'un bosquet. Tout le monde était joyeux. On fêtait l'une des victoires de Wellington en Espagne.

Mais elle avait beau faire, de sinistres pensées ne cessaient de remonter à la surface. Elle était en route pour identifier la dépouille de son mari. Case avait-il provoqué Jack? Ce décès était-il la conséquence d'un duel? Ce qui expliquerait le choix du parc.

Tout était sa faute, se dit-elle amèrement.

Si seulement quelqu'un rompait ce silence pesant. Mais ils étaient tous muets. Elle-même avait la gorge nouée, la bouche sèche. Elle ne percevait d'autre bruit que celui de leurs pas sur le gravier et le chuchotement des feuilles, au-dessus de leurs têtes.

Ils quittèrent bientôt l'allée principale pour s'engager dans un sentier bordé d'arbres et de buissons. La pénombre était oppressante. Quelque chose lui effleura la joue et elle sursauta. Le capitaine Cox la retint par le coude.

— Ce n'est plus très loin, affirma-t-il.

Ils empruntèrent une autre allée, encore plus étroite. Jane ralentit le pas. Ce parc strié de sentiers ressemblait à un labyrinthe. Elle était totalement désorientée. Si elle tentait de s'échapper, elle ne saurait retrouver l'entrée.

Cette pensée en fit naître une autre. Ces hommes s'étaient présentés comme étant de la brigade spéciale, mais quelle preuve en avait-elle? Pourquoi les avait-elle crus sans se poser de questions?

Ruggles. Sa présence était une garantie. Jamais il ne la mettrait en danger. Elle avait toute confiance en lui.

— Nous y sommes, annonça Cox.

Jane tressaillit. Devant elle se dressait l'un des nombreux pavillons disséminés dans le parc qui permettaient aux promeneurs de s'abriter de la pluie. La lanterne répandait une lueur dorée rassurante jusque sur le chemin.

— Le chef aimerait avoir d'abord un entretien en privé avec vous, expliqua le capitaine Cox. Vous pouvez me confier ceci.

Il faisait allusion au réticule renfermant le pistolet de la jeune femme. Jane n'était guère disposée à le lui remettre, mais la logique l'emporta sur son instinct. Il s'agissait tout de même de la brigade spéciale. S'ils avaient eu l'intention de lui faire du mal, ils en auraient eu maintes fois l'occasion.

Elle regarda derrière elle. Personne. Ruggles avait disparu. Sa gorge se noua. Le capitaine Cox la poussa doucement vers le pavillon.

— Je monte la garde dehors, fit-il.

À l'intérieur, Jane découvrit un homme de taille moyenne dont elle ne distingua pas les traits, car la lampe se trouvait derrière lui.

— Asseyez-vous, mademoiselle Mayberry.

Elle prit place sur un banc de bois. Lorsque l'homme s'approcha, une bouffée d'angoisse la saisit. Il se tenait devant elle, la dominant de toute sa hauteur. Rassemblant son courage, elle demanda :

— Où se trouve le corps de mon mari ?

— Chaque chose en son temps, répondit-il aimablement. C'est un grand plaisir de vous revoir. Lors de notre dernière rencontre, je suis un peu resté sur ma faim. Je ne m'attendais pas à une telle énergie de la part d'une femme.

L'instinct rejoignit enfin la logique dans l'esprit de Jane. C'était l'homme qui avait incendié sa grange ! Elle reconnaissait sa voix, son accent neutre. Il n'y avait pas d'agent de la brigade spéciale, ni de cadavre à identifier. Elle était tombée dans un piège et se retrouvait à la merci de Gideon Piers.

Elle se maudit d'avoir été si crédule, si stupide. Mieux valait se ressaisir et se tirer au plus vite de ce mauvais pas. Surtout, ne pas céder à la panique...

Cox montait la garde à l'entrée. Où donc était passé Ruggles ? Et les autres ? Si seulement elle parvenait à s'évader avec Ruggles, ils se cacheraient dans le parc jusqu'à l'arrivée des secours. Elle évalua la distance qui la séparait de la porte.

— J'ignore ce que vous avez en tête, déclara Piers en riant, mais vous n'avez rien à craindre de moi, à moins que vous ne deveniez un obstacle. Si vous êtes raisonnable, vous vous en garderez.

Le souffle court, la jeune femme articula avec peine :

— Pourquoi devrais-je vous croire ? Vous avez assassiné cet homme, dans Hyde Park.

Elle frémit de sa propre stupidité. Voilà qu'elle lui donnait des idées de meurtre, à présent.

— Collier ? Il méritait son sort. C'était un frère et il m'a trahi. C'est à cause de lui que Castleton a réussi à me tendre une embuscade, répliqua-t-il d'une voix tranchante.

Imperceptiblement, elle commença à glisser sur le banc pour s'éloigner de lui. Elle entendit à peine ses explications sur la mort de Collier.

— À votre place, je n'essaierais pas ! lâcha-t-il soudain.

Jane se figea. Un lourd silence tomba. Elle n'entendait plus que les battements frénétiques de son propre cœur.

Elle crut le voir sourire.

— Letty prétend que vous n'avez peur de rien, ou presque, reprit-il d'un ton plus léger.

Letty se trompait. Jane avait une peur bleue de Gideon Piers. Il était si calme, si froid…

— Elle ne parlait que de vous dans ses lettres, poursuivit-il. Vous vous êtes montrée très secourable lorsqu'elle a eu besoin d'aide.

Elle ignorait à quoi il faisait allusion, mais elle refusait de discuter avec lui. S'il avait une bonne opinion d'elle, tant mieux.

Tandis qu'il parlait, elle nota qu'il n'avait rien du monstre dépravé qu'elle s'était imaginé. Ce qui n'infléchissait en rien l'opinion qu'elle avait de lui. Ayant vécu avec James Campbell, elle savait que le charme était une arme redoutable. Cet homme était un tueur, un être imprévisible qu'il ne fallait jamais sous-estimer, à en croire Case.

Elle leva les yeux vers lui, cherchant à discerner ses traits dans la pénombre. Mais Piers avait tout prévu. La lumière était braquée sur elle.

S'efforçant d'offrir un visage impassible, elle demanda :

— Pourquoi m'avez-vous amenée ici, monsieur Piers ? Cox, votre complice, m'a dit que je devais identifier le corps de mon mari. C'était une ruse, n'est-ce pas ?

— Je vous ai fait venir pour deux raisons. D'abord, pour régler une dette envers Castleton. Asseyez-vous, mademoiselle Mayberry !

Elle ne s'était même pas rendu compte qu'elle s'était levée. Elle s'empressa d'obéir.

— Une dette d'honneur, précisa-t-il.

— D'honneur ?

Il recula d'un pas, au grand soulagement de la jeune femme.

— Oui. J'ignore ce que Castleton vous a raconté sur l'Espagne mais, avant notre dernier combat, il a permis aux femmes et aux enfants de partir du monastère. Il n'est pas le seul à avoir l'esprit chevaleresque. Un bon geste en appelle un autre. À présent, nous sommes quittes. Je veux qu'il le sache.

Elle ne comprenait pas un mot de ce qu'il racontait.

— Et la seconde raison ? demanda-t-elle.

— Comme je l'ai dit, un bon geste en appelle un autre. Vous êtes une amie de ma sœur, alors je vais me comporter en ami. Vous avez un mari gênant. Je vais vous en débarrasser. Campbell ne vous fera plus aucun mal. Je n'ai qu'un mot à dire et vous vous retrouverez veuve. Réfléchissez. Vous serez libre de vous remarier. Oh, pas avec Castleton, malheureusement. J'ai d'autres projets pour lui.

Cet homme d'apparence si raisonnable, si courtoise, lui proposait d'assassiner Jack avec la même désinvolture que s'il offrait de lui héler un fiacre.

Elle déduisit toutefois de ses propos qu'elle survivrait à cette aventure, ce qui eut pour effet de calmer une partie de son angoisse.

— Merci, dit-elle, mais je préférerais ne pas en arriver à de telles extrémités. Je n'ai nul désir de me remarier, ni avec lord Castleton ni... ni avec un autre.

— Très bien, alors je tuerai l'autre homme.

— Quel autre homme? s'écria-t-elle, déconcertée.

— Je n'ai peut-être pas été assez clair, fit Piers en secouant la tête. Dehors, il y a deux hommes dont le sort repose entre vos mains. L'un vivra, l'autre mourra. À vous de choisir.

Elle se figea.

— Jack? Vous détenez Jack?

— Oui. Je ne vous l'avais pas dit?

L'autre homme ne pouvait être que Ruggles.

— Pourquoi les tuer? demanda-t-elle d'une voix étranglée. Ils n'ont rien à voir avec votre vengeance contre lord Castleton.

— Chère mademoiselle Mayberry! s'exclama Piers, l'air amusé, je ne vous ai pas fait venir pour parler de la pluie et du beau temps. Je tenais à adresser un message à Castleton. Si je vous laisse partir indemne, il croira que je me suis dégonflé. Ne mettez trop longtemps à vous décider, sinon je les tue tous les deux.

Horrifiée, elle le vit sortir. Il ne parlait pas sérieusement. Comment pouvait-on être aussi monstrueux? Letty affirmait qu'il avait un bon fond, qu'il méritait une seconde chance.

Alors que Case soutenait le contraire.

La lanterne extérieure s'éteignit soudain et elle se leva en tremblant. Paralysée par le doute, elle demeura un instant immobile. Puis elle saisit la lampe et courut dehors.

Elle n'alla pas loin. Sa pauvre lampe émettait trop peu de lumière pour s'orienter dans le noir, et le silence était total.

— Piers! cria-t-elle, ne faites pas cela! Letty...

Une détonation retentit.

— Oh, non, gémit-elle en pivotant.

Elle attendit un second coup de feu qui ne vint pas. Alors elle prit ses jambes à son cou, gênée dans sa course par les broussailles. Enfin, elle émergea dans une petite clairière. En sentant l'odeur de la poudre, elle ralentit le pas. Puis s'arrêta net en découvrant une masse informe sur le sol. Au bout de ce qui lui parut une éternité, elle fit un pas en avant, puis un autre.

Il était allongé sur le dos, bâillonné, pieds et poings liés. Ses yeux étaient écarquillés et une tache de sang maculait son manteau.

C'était Jack.

Jane tendit une main tremblante vers lui, puis la retira vivement. Inutile de le toucher pour savoir qu'il était mort.

Un sanglot se forma dans sa gorge. Seigneur! Qu'avait-elle fait?

— Ruggles! hurla-t-elle. Ruggles!

L'oreille aux aguets, elle guettait le moindre bruit. Pas de réponse. Non loin d'elle, elle perçut le craquement d'une brindille. Elle se rappela soudain une remarque de Case. Piers adorait jouer au chat et à la souris.

Il fallait qu'elle sorte de là, qu'elle aille chercher du secours.

Une autre brindille craqua. Le cœur de la jeune femme s'emballa. Son tour était-il venu? «Du calme, se tança-t-elle, pas de panique.» Surtout ne pas le provoquer.

— Ruggles! cria-t-elle encore.

Elle revint sur ses pas comme si elle cherchait le domestique. Une fois à l'abri des buissons, elle posa sa lampe à terre. Elle n'avait pas envie de s'en débarrasser, mais la garder était trop risqué.

À pas de loup, elle s'éloigna entre les arbres. De temps à autre, elle s'arrêtait pour tendre l'oreille, mais nul ne semblait la pourchasser. Elle savait qu'elle ne tournait pas en rond, car elle prenait bien soin de rester à proximité du chemin de gravier. Il y faisait moins sombre et le pâle ruban la guidait dans la nuit.

Soudain, alors qu'elle venait de trébucher sur une racine, un coup de feu retentit au loin, derrière elle. Ruggles! Elle se releva vivement et, oubliant toute prudence, aveuglée par la panique, elle se mit à courir à perdre haleine.

Enfin, elle entendit un son qui lui redonna espoir.

— Lance ? appela-t-elle. Lance ?

Le chien surgit dans l'allée et se rua vers elle. Jane tomba à genoux pour l'enlacer.

— Jane ! Où es-tu ?

C'était la voix de Case.

— Par ici !

Elle vit des lanternes briller parmi les arbres. Une minute plus tard, Case était à ses côtés. Elle se jeta dans ses bras.

— Ils ont tué Jack, gémit-elle. Case, ils ont tué Jack, et je crois qu'ils ont aussi tué Ruggles.

— Tout va bien. Je suis là, murmura-t-il. À présent, raconte-moi ce qui s'est passé.

Case confia Jane à quelques-uns de ses hommes qui l'emmenèrent dans l'auberge, de l'autre côté de la rue. Elle aurait voulu qu'il vienne avec elle et laisse les autorités rechercher Ruggles, mais elle ne parvint pas à l'infléchir. Il souhaitait simplement savoir où elle avait trouvé le cadavre de Jack. Elle n'en était plus certaine, mais Lance semblait avoir flairé une piste. Il ne cessait d'aller et venir sur le chemin comme pour attirer leur attention.

Dès que Jane se fut éloignée, Case mit le chien en laisse. Il ordonna à ses hommes de se disperser et de se tenir prêts à tirer, puis il partit en compagnie de Waldo qui brandissait une lanterne.

— D'après toi, quel message Piers nous adresse-t-il ? s'enquit ce dernier.

— Le même que d'habitude. Nous sommes ses marionnettes et c'est lui qui tire les ficelles. J'en saurai davantage quand j'aurai parlé avec Jane.

— Son stratagème était différent, plus élaboré, cette fois.

— En effet. J'ai l'impression qu'il commence à perdre patience. Le dénouement est proche. Il ne prendrait pas autant de peine s'il n'était pas sur le point de s'évanouir de nouveau dans la nature.

— Tu penses à la réception donnée pour les anciens d'Eton?

— Je l'espère, Waldo, sinon nous tournons en rond.

Lance se mit à tirer sur sa laisse et ils se turent. Case cessa de le retenir; il devait presque courir pour le suivre. À proximité d'une clairière, il le retint de nouveau. Le chien commença à gémir, le regardant d'un air implorant.

— Tiens Lance et passe-moi la lanterne, dit-il à Waldo.

— Sois prudent. C'est peut-être un piège.

— Couvre-moi.

Deux cadavres gisaient dans la clairière. Case ôta l'un de ses gants et effleura le visage de Campbell. Il était froid. Il était mort depuis un certain temps mais la rigidité cadavérique n'avait pas encore fait son œuvre. En s'approchant de l'autre corps, il reconnut lord Reeve.

Cette découverte ne l'émut pas outre mesure. Il s'y attendait. Reeve était froid, lui aussi. De toute évidence, tous deux avaient été tués ailleurs puis déposés dans la clairière.

Il se releva et fixa le visage de Campbell, mais il ne ressentit rien, ni regret ni pitié. Il regretta simplement de ne pas avoir trouvé le cadavre de Ruggles à ses côtés.

21

Incrédule, Jane secoua la tête.

— Comment cela, ils étaient froids ? C'est impossible. J'ai entendu deux coups de feu. Piers les a exécutés parce que je refusais de choisir.

Case s'accroupit devant la jeune femme et s'empara de ses mains. Elle tremblait, son visage livide exprimait la fatigue et la peur. Elle se reprochait le sort funeste de Campbell et de Reeve. Pour sa part, Case considérait que ces deux morts ne représentaient pas une grosse perte pour l'humanité, mais ce n'était pas ce que Jane avait envie d'entendre en cet instant.

— Écoute-moi. Ils ont été tués ailleurs, puis leurs cadavres ont été transportés à Vauxhall Gardens. Piers s'est livré à un jeu cruel avec toi. Tu n'es en rien responsable de la mort de ces deux hommes.

— Tu ne me mentirais pas, n'est-ce pas ?

— Je te le jure.

— Mon Dieu !

Elle fut parcourue d'un frisson puis fondit en larmes. Case voulut la prendre dans ses bras mais elle eut un mouvement de recul. Il se redressa et la contempla, impuissant. Enfin, les sanglots de la jeune femme se calmèrent. Case lui tendit un mouchoir. Percevant son désarroi, Lance était plaqué contre les jambes de sa maîtresse. Case eut l'impression que la présence de son chien lui était d'un plus grand réconfort que la sienne.

Ils se trouvaient dans l'un des salons privés du *White Horse*, une auberge située en face de l'entrée de Vauxhall Gardens. De la fenêtre, on n'apercevait toutefois que le haut mur d'enceinte. Ils n'avaient pas prévenu les autorités. Les deux cadavres pouvaient demeurer éternellement dans le parc, Case s'en moquait éperdument. En tentant de faire de Jane leur victime, les malfrats avaient commis une erreur fatale. Les méthodes de Piers étaient bien plus expéditives que celles que Case était disposé à employer, mais le résultat était le même : Jack Campbell n'importunerait plus jamais Jane.

Les autorités finiraient par arriver, mais Case n'était pas pressé de les voir. Il ne tenait pas à ce que Jane soit impliquée dans ces événements. Avec un peu de chance, elle ne serait même pas interrogée. Rares étaient ceux qui savaient qu'elle était mariée avec Campbell.

Dans un dernier hoquet, Jane se moucha et leva les yeux vers Case.

— Où sont Waldo et les autres ? s'enquit-elle.

— Ils sont en bas. J'ai envoyé un homme à Woodlands pour prévenir que tu étais saine et sauve. J'ai trouvé ton réticule ; enfin, c'est Lance qui l'a déniché et qui me l'a rapporté. Ton pistolet est toujours dedans, mais le chargeur est vide.

Elle hocha distraitement la tête, déconcertée par ce que Case venait de lui révéler. Ruggles était un traître. Case avait trouvé deux corps, dont celui de Reeve. Elle n'y comprenait rien. Elle se souvenait encore de sa terreur lorsque les coups de feu avaient claqué.

— Pourquoi Jack et Reeve ? demanda-t-elle d'une voix tremblante. Pourquoi Piers ferait-il une chose pareille ? Ils ne sont en rien concernés par cette histoire.

— Ils étaient devenus gênants. À mon avis, Piers craignait qu'ils ne compromettent le plan qu'il a prévu pour moi, en particulier Campbell. Il a peut-être cru que j'allais le provoquer en duel, ou vice versa, et que l'un de nous mourrait. J'aurais quitté la scène et Piers voulait éviter cela à tout prix.

« Il tient à se réserver le plaisir de me tuer », ajouta-t-il en silence.

— Mais pourquoi m'attirer à Vauxhall sous un faux prétexte ? Il n'avait qu'à déposer les deux cadavres dans quelque allée sombre.

— Ce n'est pas assez spectaculaire pour Piers. N'oublie pas que c'est un comédien. Il adore épater la galerie. Il se nourrit des applaudissements de son public.

— Eh bien, je ne l'applaudis pas ! s'exclama Jane.

Sa vive réaction le fit sourire. Enfin, elle se ressaisissait.

— Vraiment ?

— Non. Les mots me manquent pour qualifier cette ordure, ce débris. C'est le diable en personne !

— Piers serait ravi de t'entendre.

Elle le dévisagea un moment, puis risqua :

— Et toi, tu l'applaudis ?

— Assurément. On peut dire qu'il a réussi à me déstabiliser. En arrivant ici, ce soir, je ne savais vraiment pas à quoi m'attendre.

La jeune femme fondit à nouveau en larmes.

— Je n'ai pas l'intention de pleurer comme une madeleine pendant des heures, tu sais, balbutia-t-elle en se mouchant.

— Tu es sous le choc, dit Case gentiment. Ne discute pas et bois ce cognac.

Son verre était posé sur la cheminée. Elle n'en avait pas avalé une seule gorgée. Case le lui plaça de force entre les mains. Sous son regard attentif, la jeune femme y trempa les lèvres, puis elle but franchement. Case s'assit dans le fauteuil près d'elle.

— Encore un peu, ordonna-t-il.

Elle obéit et, bientôt, ses tremblements cessèrent.

— J'aimais bien Ruggles, remarqua-t-elle en fixant son verre.

— Comme nous tous, répondit Case sans parvenir à dissimuler son amertume.

— Il s'agit peut-être d'une erreur…

— Aucune chance. Demande à Harper.

Elle but une nouvelle gorgée de cognac avant de reprendre :

— Il m'a raconté qu'il faisait des économies pour acheter une taverne où il aurait un chien.

Case eut un grommellement de dérision.

— Il espère sans doute que Piers lui versera suffisamment d'argent pour réaliser son rêve.

— Mais toi, tu n'en crois rien ?

Il jeta un coup d'œil à son visage blême, et préféra garder son opinion pour lui. Piers ne laisserait jamais derrière lui un témoin susceptible de l'identifier, à moins d'être certain de sa loyauté. Ce qui était rassurant, c'est qu'il avait pris grand soin de ne pas montrer ses traits à Jane.

Mais peut-être était-ce une nouvelle ruse de sa part ?

Jane attendait une réponse.

— Je ne sais pas vraiment, dit-il.

— Quand cette histoire va-t-elle enfin se terminer ? s'enquit-elle d'un ton où perçait le désespoir.

Il n'avait pas l'intention de lui révéler que tout serait fini le samedi suivant, avec la réunion des anciens d'Eton. Il voulait à tout prix éviter qu'elle s'y rende. Mieux valait qu'elle reste à l'abri.

— Bientôt, fit-il en haussant les épaules. Mais pas avant le face-à-face entre Piers et moi.

— Un face-à-face ? répéta-t-elle d'une voix faible.

— C'est inévitable puisque c'est surtout moi qu'il cherche à impressionner. Il voudra me montrer combien il est intelligent. Ne prends pas cet air inquiet. Je suis bien plus malin qu'il ne le pense.

Jane but une rasade de cognac sans se rendre compte de ce qu'elle faisait, et faillit s'étrangler. Tout cela lui évoquait deux gladiateurs s'affrontant dans l'arène, ce qui n'avait rien de rassurant.

— Pourquoi une telle haine entre vous ? murmura-t-elle.

Il ne répondit pas tout de suite. Il sortit de sa poche un cigare qu'il alluma à la flamme d'une chandelle.

— La fumée ne te dérange pas ?

Elle secoua négativement la tête.

Il cracha un nuage bleuté puis se plaça dos à la cheminée.

— Il ne s'agit pas de haine, expliqua-t-il. Pas de ma part, en tout cas. Comme je te l'ai dit, en Espagne, j'ai reçu la mission de mettre hors d'état de nuire une bande de brigands qui se comportaient comme des barbares. Sans entrer dans les détails, je me contenterai de te dire que nous étions des soldats aguerris, mais que nous avons vu des horreurs à nous faire rendre tripes et boyaux. Tout officier de l'armée britannique qui tombait aux mains de Piers pouvait s'attendre aux pires tortures.

« Piers se croyait invincible et je lui ai prouvé le contraire. Je l'ai battu à son propre jeu, en employant ses méthodes, du moins le pensais-je. Jusqu'à ce qu'il débarque à Londres et assassine John Collier.

— Et à présent, il est à tes trousses.

— C'est une question de point de vue. Je préfère croire que c'est moi qui suis à ses trousses.

Il alla se servir un cognac dont il avala une bonne rasade. Puis il retourna à son fauteuil.

— Jane, reprit-il, je sais que tu as passé des heures horribles, mais crois-tu être en état de me raconter une nouvelle fois ce qui t'est arrivé, pendant que c'est encore frais dans ta mémoire ? Ensuite, je te ramènerai à la maison.

La vision des deux gladiateurs dans l'arène continuait à flotter dans l'esprit de la jeune femme.

— Jane…

Elle tourna vivement la tête vers lui.

— Bien sûr. Si cela peut t'aider.

— Sans doute.

— Le plus étrange, c'est qu'il m'a paru plutôt distingué. Oh, pas dans sa tenue, mais dans ses manières et sa façon de s'exprimer. Il a même parlé d'esprit chevaleresque. Il a expliqué qu'il avait une dette d'honneur envers toi parce que tu avais laissé partir les femmes et les enfants avant votre dernier combat. Il a ajouté qu'à présent, vous étiez quittes. Que voulait-il dire par là ?

— Qu'il a fait la même chose pour moi, je suppose. Il m'a prouvé qu'il aurait pu tuer les femmes de mon entourage, toi, Amelia, la contessa. Mais il vous a épargnées comme j'ai épargné les femmes de son campement.

— Il a une curieuse notion de la chevalerie ! Il m'a littéralement terrifiée.

Case était rassuré de la voir retrouver son mordant.

— Je sais. Mais il t'a épargnée. Ce soir encore.

— Et maintenant, après cet échange de politesses, je suppose que vous allez pouvoir vous entre-tuer la conscience tranquille ! commenta-t-elle d'un ton acerbe.

— En quelque sorte.

Il but une gorgée de cognac pour dissimuler son sourire, même s'il ignorait pourquoi il souriait, après cette soirée éprouvante.

— Parle-moi encore de Letty, reprit-il. En quelle occasion t'es-tu montrée secourable ?

— Je ne vois pas. Nous étions de bonnes amies. Il prétend qu'elle parlait beaucoup de moi dans ses lettres.

— Mais, lui, tu ne l'as jamais rencontré.

— Non. À l'époque où je suis entrée à Saint-Bede, il était en Espagne. Letty lui écrivait régulièrement, mais il répondait très peu. Et puis, un jour, il a cessé d'écrire. Letty croit qu'il est mort en héros, ajouta-t-elle avec un rire amer.

— Continue, l'encouragea Case après un instant de silence.

— Eh bien, il a affirmé qu'un bon geste en appelait un autre et que, puisque j'étais une amie de Letty, il allait faire de moi une veuve.

— Il a menti, Jane. Crois-moi, il a menti. Il n'a pas tué Campbell parce que tu étais une amie de sa sœur. Piers n'agit que dans son propre intérêt. Campbell le gênait, voilà tout. C'est pour cela qu'il l'a éliminé. Et il ne pouvait le faire que de façon spectaculaire. Tu ne dois pas te reprocher la mort de Campbell.

C'était pourtant ce qu'elle ressentait. Elle ne pouvait s'en empêcher.

— Tu te sens également responsable de la mort de Reeve ? demanda-t-il comme s'il lisait dans ses pensées.

— Non. Je ne comprends pas pourquoi il l'a tué.

— Pour les mêmes raisons que Campbell. Reeve le gênait. Le petit manège de ce soir ne t'était pas destiné. C'est moi qu'il visait. Piers veut me convaincre qu'il est invincible.

— Mais tu n'en crois rien, n'est-ce pas, Case ?

— Non. Je l'ai vaincu une fois et je recommencerai. À présent, continue ton récit.

Elle s'exécuta, mais une seule pensée lui hantait l'esprit : la promesse de Piers de faire d'elle une veuve.

Ils arrivèrent à Woodlands aux premières lueurs de l'aube. Jane et Lance étaient dans le fiacre qu'ils avaient loué à l'auberge, tandis que les hommes étaient à cheval. En ouvrant la portière, Case les trouva tous deux endormis. Ils ne semblèrent pas ravis d'être ainsi tirés de leur sommeil. Lady Sophie, qui les avait attendus toute la nuit, semblait avoir vieilli de dix ans. Case porta Jane dans sa chambre et la déposa sur son lit. Avant de rabattre les couvre-lits sur elle.

Il prit le temps de la contempler. Avec son teint pâle et ses yeux cernés, elle semblait aussi vulnérable qu'une enfant.

Peut-être aurait-il mieux valu qu'elle ne croise jamais son chemin, songea-t-il. Elle n'aurait pas subi ces épreuves et il ne serait pas fou d'angoisse à son sujet.

Mais ce n'était pas son unique préoccupation. Piers ne lui avait pas rendu service en éliminant Campbell. Bien au contraire. Jane se sentait si coupable qu'elle ne supportait pas qu'il la touche. Elle refusait le réconfort qu'il lui proposait. Il lui avait dit qu'il l'aimait et elle n'avait pas répondu par la réciproque. Et il y avait autre chose. Il regrettait de lui avoir parlé de l'Espagne et de l'homme implacable qu'il était alors. Il n'en avait jamais parlé à son propre père, dont il était si proche, ni à son frère, à Robert ou à Freddie. Qu'est-ce qu'il lui avait donc pris de dévoiler cet aspect si sombre de lui-même à une personne aussi convenable et innocente que Jane ?

Car c'est ce qu'elle était à ses yeux. Et le monde entier pouvait la considérer comme sa maîtresse, peu lui importait.

Sa frustration s'atténua peu à peu. Jane était telle qu'il voulait qu'elle soit. Comment aurait-il pu supporter une femme qui se réjouirait de la mort de son mari, même détesté ? Pourtant, elle avait des raisons de se réjouir de cette disparition. Mais elle était sensible. Elle avait besoin de temps pour venir à bout de ce sentiment de culpabilité qui la taraudait. Et il en serait de même par rapport à ce qu'il avait fait en Espagne. Lui-même avait des difficultés à vivre avec le souvenir du soldat qu'il avait été. Il ne pouvait exiger que Jane n'en ait pas. Certaines femmes étaient attirées par la part d'ombre des hommes, mais pas elle. Pour gagner l'amour de Jane, il était prêt à se battre.

Il l'embrassa sur le front.

— Pour moi, tu es la seule, souffla-t-il. Et je veux être l'homme de ta vie.

Elle soupira sans se réveiller.

Pour commencer, Case devait s'occuper de Piers. Il n'y aurait qu'un survivant et il était déterminé à sortir vainqueur de ce dernier combat. La vie avait tant à lui offrir, désormais.

Il partit à la recherche de sa tante. Il n'avait pas grand-chose à lui dire excepté qu'il fallait qu'elle oublie la nuit qui venait de s'écouler. Campbell n'était jamais venu faire un scandale à la grille, aucun agent de la brigade spéciale n'était passé chercher Jane pour l'emmener à Vauxhall Gardens. Quiconque accuserait la vieille dame de mensonge aurait affaire à lui.

Lady Sophie se montra à la hauteur.

— Je suis la fille d'un duc ! s'exclama-t-elle. Si l'on m'accuse de mensonge, j'en référerai au roi !

Waldo retrouva Case dans le couloir.

— Harper ronfle comme un sonneur, annonça-t-il. Quand je l'ai réveillé pour lui annoncer qu'il était hors course, il était furieux. Il semble croire qu'il est en pleine forme et ne veut rien manquer de l'action.

— Que lui as-tu répondu ?

— Je lui ai dit de veiller sur Mlle Mayberry au prix de sa propre vie s'il le fallait, et de ne pas la quitter des yeux.

Il inclina la tête et étudia Case.

— Mais elle n'est plus en danger, n'est-ce pas ? ajouta-t-il.

— Je ne crois pas. J'ai l'impression que nous entrons dans la phase d'accalmie avant la bataille.

— Quel jour sommes-nous ?

— Jeudi. Bientôt vendredi.

— Et la réception a lieu samedi. Je vais peut-être prendre un peu de repos, d'ici là.

— Oh que non ! fit Case. Nous n'en avons pas encore terminé.

Il avait changé d'avis. Il ne pouvait laisser les corps de Campbell et de Reeve pourrir à Vauxhall jusqu'à ce que quelque vagabond les découvre par hasard. Jane n'accepterait pas un tel comportement. Il décida donc d'en parler à Massie, un responsable de la brigade spéciale, de lui demander d'évacuer les cadavres et d'avertir les proches. Puis il le prierait de suspendre l'enquête jusqu'à samedi. Après quoi il lui fournirait un rapport détaillé. Massie lui rendrait ce service comme une faveur à Richard, car c'était ce que Richard ferait pour lui.

Il était parfois utile d'avoir des relations haut placées.

— Case, le jour n'est pas encore levé. Je sais ce que tu as en tête, mais cela peut tout de même attendre quelques heures, non ? Voilà ce que nous allons faire : trouver des lits, ici, à Woodlands, et dormir un peu.

Case regarda par la fenêtre.

— D'accord, soupira-t-il. Quelques heures de plus ou de moins ne changeront rien.

— Quel jour sommes-nous, Joseph ?

— Vendredi. Tu le sais très bien.

— Il ne reste plus beaucoup de temps. Mais je ne veux pas que samedi vienne trop vite. Je veux savourer chaque seconde de ma victoire annoncée.

C'était une belle journée ensoleillée qui reflétait à merveille l'humeur de Piers. Il avait passé la matinée chez Angelo à faire de l'escrime avec le maître en personne, puis il s'était rendu chez Gentleman Jackson, sur Bond Street, où il avait affronté des lutteurs amateurs de premier ordre qui l'avaient traité en égal. À présent, ils se trouvaient à l'hôtel *Clarendon*, également sur Bond Street, où ils dégustaient un repas gastronomique arrosé de champagne.

Toutefois, Joseph n'appréciait pas ce repas autant que Piers. Celui-ci avait choisi le Clarendon, car les Devere le fréquentaient assidûment, surtout le duc, qui y louait une suite à l'année, Twickenham étant trop excentré. Il était possible que le duc ou son fils fassent une apparition, aussi Joseph gardait-il la tête baissée.

— Joseph, fit Piers en posant ses couverts, les Devere ne nous connaissent pas. Alors, détends-toi. Profite de ce délicieux repas qui me coûte une fortune.

Joseph balaya discrètement la salle du regard pour s'assurer que nul ne les écoutait.

— Tu prends trop de risques, déclara-t-il. Et si Castleton débarquait ?

— Il ne viendra pas, assura Piers en riant. Il doit être en train de se demander comment se débarrasser des deux cadavres. Il doit aussi s'occuper de cette femme hystérique, et régler les derniers détails pour sa réunion d'anciens d'Eton. Franchement, j'aimerais bien qu'il vienne. Je rêve de le regarder dans les yeux et de lui souhaiter une bonne journée.

Il fronça les sourcils.

— Joseph. Tiens ta fourchette à l'anglaise. Et redresse-toi. C'est mieux. À présent, tu sembles un peu plus dans ton élément.

C'était ce qui lui plaisait, ici : l'impression de faire partie des nantis. Et ce n'était que le début. Il y avait aussi ces prestigieux clubs de Saint-James. Toutefois, l'argent ne suffisait pas pour en franchir les grilles. Il fallait être parrainé et avoir des origines nobles. Mais il y travaillait, car c'était le but qu'il s'était fixé.

— Je ne vois pas pourquoi on ne se contente pas de lui tirer une balle, grommela Joseph.

Il ne pouvait expliquer ses motivations à son compagnon, aussi répondit-il simplement :

— Et les autres ? Devraient-ils s'en tirer à bon compte ? Non. On les aura tous ensemble, comme il a eu nos frères au monastère.

— Il nous attendra au tournant.

— Je sais. Mais c'est lui qui va tomber dans *mon* piège, cette fois.

Naturellement, le hasard avait son rôle à jouer, ce qui rendait le jeu d'autant plus intéressant. Il se rappela la soirée de la veille, à Vauxhall, les enjeux, l'organisation. Tout s'était déroulé à merveille. Et il avait éliminé les deux importuns qui risquaient d'anéantir ses projets.

Castleton était sans doute en train de se frotter les mains en songeant qu'il était libre d'épouser Jane Mayberry. Mais cela n'arriverait jamais.

— Et son valet ? s'enquit Joseph. Il a vu mon visage. Qu'allons-nous faire de lui ?

— Nous nous occuperons de lui samedi, en arrivant à Twickenham House. Un nouveau cadavre dès maintenant risquerait d'inquiéter les autorités.

Joseph hocha la tête et sourit.

22

Ce n'était pas surprenant, songea Jane. C'était bizarre. Elle s'attendait que tout le monde la bombarde de questions, mais ce fut l'inverse. À Woodlands, chacun redoublait de sollicitude, comme si rien ne s'était passé, comme si Jack n'était jamais venu, comme si deux brigands ne l'avaient pas emmenée en pleine nuit, comme si Ruggles n'était pas un traître.

Elle n'avait nulle intention de s'épancher ou de se montrer indiscrète. Case l'avait priée de ne rien dire tant qu'ils n'auraient pas eu une discussion ensemble. C'était avant leur départ du *White Horse*. On était samedi et elle ne l'avait toujours pas croisé. Elle ne le reverrait pas avant le lendemain à cause de la réception donnée pour les anciens élèves d'Eton. Elle se demanda à quelle heure la fête se terminerait. Elle consulta la pendule. Bientôt 7 heures. Peut-être Case passerait-il la voir plus tard ?

Pressé d'aller faire sa promenade, Lance jappait à la porte. Un peu d'air frais leur ferait du bien à tous les deux. Elle se sentait si lasse. Elle avait dormi presque toute la journée de la veille et s'était réveillée oppressée. Peut-être était-ce l'explication de la sollicitude inhabituelle dont elle faisait l'objet. Elle se comportait comme une malade, alors son entourage la traitait comme telle. Les domestiques refusaient toute visite et lui servaient ses repas dans sa chambre. Si elle continuait ainsi, elle ne tarderait pas à recevoir les derniers sacrements.

— Harper! appela-t-elle en sortant dans le couloir, car elle n'avait pas le droit de se déplacer sans lui.

Il apparut presque aussitôt sur le seuil d'une autre pièce. Pauvre Harper! Il affichait une mine aussi lugubre que l'humeur de la jeune femme.

— C'est l'heure de promener Lance, annonça-t-elle.

Le policier opina.

Ils descendirent au rez-de-chaussée sans un mot. Le gardien leur ouvrit la porte. Dehors, les lanternes scintillaient déjà. Des hommes patrouillaient dans le parc, mais Jane eut l'impression qu'ils étaient moins nombreux que d'habitude. Elle lâcha Lance et ils entamèrent leur parcours habituel.

— Vous allez bien, Harper? s'enquit-elle au bout d'un moment. Vous me semblez un peu taciturne, aujourd'hui. Si vous souhaitez voir le médecin…

— Je n'ai pas besoin de médecin! C'est simplement…

— Quoi?

— Je me dis qu'il est temps pour moi de démissionner, grommela-t-il en haussant les épaules.

— Qu'est-ce qui vous a mis cette idée en tête? s'exclama-t-elle, stupéfaite.

— Cela nous arrive à tous. L'âge venant, on devient inutile.

— Inutile? Mais, Harper, vos exploits dans la police sont légendaires! Qu'est-ce que vous racontez?

Après bien des hésitations, il finit par lui avouer ce qu'il avait sur le cœur. Il avait l'impression de ne pas avoir été la hauteur, d'avoir failli à sa tâche. D'abord devant le théâtre, quand quelqu'un l'avait suivi dans le fiacre et l'avait assommé. Ensuite le jour de l'agression de Jane dans Vigo Street, il avait réagi trop lentement. Et enfin quand Ruggles lui avait assené un coup de chandelier avant de l'enfermer dans le placard.

— Je ne suis vraiment plus bon à rien, nom de Dieu! Excusez mon langage, mademoiselle…

Elle tenta de le raisonner, affirmant qu'il était encore convalescent. En vain. Il refusa d'en démordre.

Ils poursuivirent leur promenade en silence, puis Harper reprit :

— Et vous, mademoiselle ? On ne peut pas dire que vous soyez très vaillante non plus.

Elle l'aurait volontiers rabroué, mais il avait fait preuve d'une telle franchise qu'elle trouvait discourtois de se retrancher derrière un mur de réserve. Non. Il y avait autre chose. Ce vétéran de la guerre d'Espagne était un homme sage, bon et vertueux. S'il n'avait pas été soldat puis policier, il aurait pu entrer dans les ordres.

— Je me sens perdue, avoua-t-elle. Tenez, prenez Ruggles, par exemple. Je l'aimais bien. Je l'appréciais beaucoup.

Moi aussi, avoua Harper, jusqu'à ce qu'il m'assomme.

— Vous me semblez guéri.

— D'après le docteur, j'ai quand même eu une légère commotion.

— Je ne cesse de penser à ce qui est arrivé à Vauxhall, reprit la jeune femme pour détourner la conversation.

Un peu gêné, il lui tapota gentiment l'épaule.

— Vous avez été très courageuse, mademoiselle. Oui, je sais tout. M. Bowman m'a raconté votre épreuve.

Elle ne parvint pas à évoquer sa découverte du cadavre de Jack ni la terreur qu'elle avait ressentie en entendant les coups de feu. D'autres questions la hantaient.

— M. Bowman vous a-t-il expliqué pourquoi Gideon Piers déteste autant lord Castleton ?

— Nous nous sommes tous posé la question, mais nous n'avons trouvé qu'une réponse : la bataille du monastère de Saint-Michel. Piers y a perdu tous ses camarades, ses frères, comme il disait. À présent, il veut se venger.

— Ainsi il n'en veut pas uniquement à lord Castleton ?

— Je suppose que non.

— Il doit haïr M. Bowman et tous ceux qui faisaient partie de cette unité d'élite, insista la jeune femme.

— Sans doute.

— Alors pourquoi Piers joue-t-il à ces petits jeux uniquement avec lord Castleton ? Pourquoi ne tourmentet-il pas M. Bowman, ou un autre de ses compagnons d'armes ayant participé à l'embuscade?

— Parce que c'est le major Devere qui dirigeait l'opération.

Ils poursuivirent leur promenade, mais Jane demeurait soucieuse. Soudain, elle s'arrêta net et appela Lance.

— Qu'y a-t-il? demanda Harper.

— Il y a une personne qui connaît les réponses à mes questions, et je vais aller la voir.

— Qui?

— Mon amie Letty Gray. La sœur de Gideon Piers.

— Vous n'irez nulle part sans moi!

— Eh bien, alors, nous irons ensemble.

Franchir les grilles de Twickenham House se révéla un jeu d'enfant. Gideon montra son invitation aux gardiens qui lui firent signe de passer. Certes, il était accompagné du Dr Keate, l'invité d'honneur, et se trouvait dans la voiture de ce dernier. Le Dr Keate le prenait pour l'un des médecins personnels du duc. Il était censé s'assurer que Sa Grâce allait bien et se tenir prêt au cas où il serait en proie à des palpitations. Le Dr Keate se félicita de la prévoyance du duc. Aux yeux des autres invités, Piers avait décidé de se faire passer pour l'ami d'un ancien d'Eton, lord Castleton, en l'occurrence. Il ne savait pas grand-chose du prestigieux collège, mais il n'ignorait rien de Castleton. Nul ne pourrait le prendre au dépourvu.

En descendant de voiture, il informa le Dr Keate qu'il le rejoindrait dans la galerie, puis s'éclipsa discrètement. Il regarda en direction du fleuve. La première explosion serait le signal: Joseph arriverait en bateau.

Les invités commençaient à emplir la galerie. En l'absence de comité de réception officiel, le duc et l'invité d'honneur passaient parmi les groupes de messieurs qui échangeaient déjà souvenirs et plaisanteries. Toutefois, le regard du vieil homme se portait souvent vers son fils.

Comme son père, Case remplissait son devoir d'hôte. En voyant arriver Waldo, il s'excusa et suivit son ami dans une alcôve où ils s'entretinrent en privé.

— Il est là. À moins que le duc n'ait vraiment envoyé l'un de ses médecins personnels pour accompagner le Dr Keate…

— Pas du tout. Tu as une description ?

— Oui. La trentaine, taille moyenne, pas de signes particuliers.

— Combien sont-ils, à présent ?

— Quatre, d'après nous.

— Ne faites rien qui puisse les effrayer. Dès le début du feu d'artifice, ne me quitte pas des yeux.

— Tu es certain que c'est vers toi qu'il viendra ?

— Waldo, je ne suis certain de rien. Comment s'en sortent Freddie et Robert ?

— Ils sont très nerveux, mais ils savent ce qu'ils ont à faire.

— Bien.

Case fit signe au majordome. Des valets emperruqués en livrée bleu et or passèrent parmi les invités pour leur proposer du champagne.

Ruggles releva le col de son manteau et regarda en direction de Twickenham House, qui se dressait sur l'autre rive du fleuve.

— On dirait que la fête bat son plein, dit-il en se tournant vers Joseph.

Celui-ci se contenta d'un vague marmonnement.

— Qu'attendons-nous ?

— Le signal, fit Joseph.

— Et ensuite ?

— Ensuite, on traverse le fleuve en bateau pour récupérer nos invités.

Ruggles observa les lumières qui jalonnaient la rive opposée.

— Nous nous ferons prendre, commenta-t-il. Il y a des gardes en patrouille.

— Il n'y en aura plus quand nous traverserons.

— Pourquoi ? Que va-t-il se passer ?

— Tu poses trop de questions.

Le silence s'étira, puis Ruggles déclara :

— Écoute, j'ai rempli ma mission. Je n'ai pas été engagé pour faire ce genre de boulot. J'aimerais bien savoir quand je vais être payé.

— Très bientôt, ne t'en fais pas, assura Joseph d'un ton chargé d'ironie.

— Je ne veux pas de chèque. Je veux être payé en or.

— Tu recevras ce qui te revient, Ruggles.

Celui-ci sentit les poils de sa nuque se hérisser.

Lady Sophie ne parut guère enchantée d'apprendre que Jane allait rendre visite à une amie. Elle tenta de l'en dissuader mais ne put que s'incliner face à sa détermination. Elle posa toutefois deux conditions. Ils prendraient la voiture de lady Rosamund, et les valets seraient armés. La vieille dame retourna ensuite auprès de ses amies pour jouer aux cartes, mais elle se montra si distraite qu'elle ne fit que perdre, si bien que sa partenaire en fut fâchée.

En arrivant chez Letty, Jane fut introduite au salon. Les enfants étaient couchés et Oliver rédigeait son prochain sermon dans son bureau.

En voyant le visage soucieux de son amie, Letty se figea.

— Jane, que se passe-t-il ? Il est arrivé quelque chose de grave ?

Jane prit enfin conscience de l'état de nervosité dans lequel elle se trouvait. Elle aurait préféré interroger Letty avec ménagement, sachant que son frère était toujours un sujet de conversation délicat, mais quelque chose la taraudait, un sentiment d'urgence.

Sans prendre le temps de s'asseoir, elle débita d'une traite :

— Avant-hier soir, j'ai été enlevée et emmenée à Vauxhall Gardens où j'ai rencontré Gideon, ton frère. Letty, si tu oses m'interrompre, je te frappe. C'était bien ton frère. Il en savait trop sur nous, sur moi. Letty, laisse-moi parler! Inutile de me raconter combien ton pauvre Gideon n'a jamais eu de chance. Tu vas simplement répondre à deux questions, ensuite je partirai, d'accord?

Letty hocha la tête.

— Première question: en quoi t'ai-je rendu un grand service?

— Je ne sais pas.

— *Réfléchis!* Tu as écrit à ton frère. Il paraît que tes lettres ne parlaient que de moi. Il affirme que j'étais une très bonne amie et que c'est la raison pour laquelle il m'a épargnée. Quel geste méritoire ai-je donc accompli? Et ne te mets pas à pleurer ou je hurle!

Letty cligna les yeux et porta une main tremblante à son cou.

— Je ne vois rien en particulier. Des petits gestes d'amitié au quotidien. Tu m'as poussée à assister à des conférences. Nous avons fait des promenades ensemble, ce genre de choses. Avant que tu n'arrives à Saint-Bede, je n'avais jamais vraiment eu d'amie.

Jane se sentit étrangement soulagée. Gideon lui avait menti! Aucun homme sain d'esprit n'irait jusqu'à tuer un autre homme pour les raisons qu'il avait invoquées. Case avait dit vrai. Gideon avait tué Jack pour servir ses propres intérêts.

— Jane?

Elle prit une profonde inspiration.

— Voici ma seconde question: pourquoi ton frère déteste-t-il lord Castleton?

Son amie secoua la tête.

— Letty, fit la voix d'Oliver, depuis le seuil. Tu dois le lui dire.

Il rejoignit sa femme et posa les mains sur ses épaules.

— Parle à Jane de l'hospice. Explique-lui l'origine de cette haine, sinon, je le ferai à ta place. Asseyons-nous.

Quand ils furent installés, Letty prit la parole d'une voix chevrotante :

— Gideon est persuadé que l'actuel duc de Romsey est son père.

Dès qu'ils eurent grimpé dans la voiture, Jane interpella le cocher et lui ordonna d'attendre.

— Nous ne rentrons pas à Woodlands ? s'étonna Harper.

— Je ne sais pas, je ne sais pas...

Les révélations de Letty l'avaient troublée. Elle ne croyait pas une minute que Piers pût être le fils naturel du duc, Letty et Oliver non plus d'ailleurs, mais Piers, lui, en était persuadé. Durant toutes ces années, il avait cru que sa mère et lui avaient vécu dans la misère parce qu'ils avaient été lâchement abandonnés par le duc. C'était en tout cas ce que sa mère lui avait affirmé.

Pendant toutes ces années, Gideon avait épié les Devere depuis l'autre rive du fleuve. Comme il avait dû les haïr, les envier ! Et mépriser le duc pour avoir infligé à sa pauvre mère un si triste sort !

Jane ignorait que l'hospice était si proche de la résidence du duc.

— Harper, parlez-moi de la réception de ce soir. Qui sera présent ?

— Uniquement des anciens d'Eton et leurs amis.

Ces fils de famille que Piers observait autrefois...

— Harper, cela ne me dit rien qui vaille.

— Ne vous tourmentez pas. Le comte sait ce qu'il fait.

— Le comte sait ce qu'il fait ? répéta-t-elle, éberluée. Il s'attend donc à ce que Piers frappe ce soir ! Je me trompe ?

— Je n'ai pas dit cela, fit-il, mal à l'aise.

Jane passa la tête par la fenêtre ouverte.

— Cocher ! À Twickenham House ! cria-t-elle.

La voiture ne s'ébranla pas.

— Hé, une minute ! protesta Harper, la mine féroce, j'ai des ordres, moi.

Elle posa une main sur le bras du policier.

— Écoutez-moi. Lord Castleton est persuadé que c'est à lui que Piers en veut, mais ce n'est pas tout à fait exact. En réalité, c'est le duc qu'il cherche à atteindre. Ne devrions-nous pas en avertir le comte, ce soir ? Ou est-ce que cela peut attendre jusqu'à demain matin ?

— Vous ne pouvez être au courant de cela !

— C'est ce que Letty m'a raconté. Je vous expliquerai tout en chemin.

Harper se passa la main dans les cheveux.

— Nom de Dieu ! Quelle heure est-il ?

— Bientôt 8 heures, répondit la jeune femme en consultant la petite montre agrafée au revers de son manteau.

— À Twickenham House ! ordonna-t-il au cocher. Et vite !

Case commençait à se demander si Piers ne lui avait pas joué un mauvais tour. Cette incertitude était agaçante au plus haut point. Le dîner était terminé et les invités fumaient le cigare en buvant du cognac. Le Dr Keate, encore auréolé des louanges que venait de lui adresser l'un de ses anciens étudiants, s'apprêtait à faire un discours à son tour. Qu'attendait donc Piers pour se manifester ?

Soudain, le bâtiment tout entier trembla. Les vitres explosèrent. Des débris de plâtre tombèrent en pluie du plafond. Dehors retentirent des détonations dignes d'une bataille rangée. Case poussa un soupir de soulagement. Son plan se déroulait comme prévu. L'atelier de son père, qui contenait ses si précieuses épaves, était réduit en cendres. Il était certain que le duc en aurait les larmes aux yeux.

Après quelques secondes de silence, ce fut la panique.

— Évacuez les lieux ! cria Case. Sortez tous !

Turner, le majordome, avait reçu des ordres précis. À son signal, des valets ouvrirent les portes du jardin d'hiver. Les invités se précipitèrent dehors en s'efforçant d'afficher un calme relatif. Parmi ces anciens d'Eton se trouvaient de nombreux vétérans de la guerre d'Es-

pagne. Ils avaient une réputation à sauvegarder. L'éva-
cuation se déroula sans heurts.

« Le moment est venu », songea Case. Piers ou l'un de
ses complices allait l'attaquer. Quant à ce qui suivrait, il
préférait ne pas faire d'hypothèses.

Il y eut soudain une autre explosion. Case se figea.
Celle-ci n'était pas prévue. Il traversa le jardin d'hiver au
pas de course, se frayant un chemin à coups de coude
parmi la foule, et surgit sur la terrasse. Dans l'aile ouest
de la bâtisse, la rotonde était en flammes.

Qu'avaient-ils donc négligé lors des préparatifs ?

Waldo le rejoignit, hors d'haleine.

— Turner ne trouve pas ton père, annonça-t-il. Il a
perdu sa trace dans le jardin d'hiver.

— Occupe-toi de la rotonde, ordonna Case. Je vais aller
voir du côté de l'atelier.

Waldo fit demi-tour. Case hésita. Le duc ne se serait
jamais éloigné seul. Il connaissait les risques. Piers avait
dû le faire prisonnier...

En entendant des pas derrière lui, il ne broncha pas
et eut toutes les peines du monde à ne pas se retourner.
La douleur explosa dans son crâne et il s'effondra.

La voiture franchit les grilles de la propriété en l'absence de tout gardien. Jane et Harper bondirent dehors,
Lance sur les talons. Les yeux écarquillés, ils fixèrent les
flammes qui léchaient une aile du bâtiment. D'épais
nuages de fumée âcre s'élevaient dans le ciel nocturne.
Apparemment, la partie principale de la maison semblait avoir été épargnée. Bien que le rez-de-chaussée fût
éclairé, les invités erraient dans le parc.

— On dirait bien que c'est l'atelier qui brûle, déclara
Harper. Pauvre Romsey.

L'atelier. Jane se sentit un peu rassuré, car il n'y avait
là-bas que de vieilles carcasses de véhicules.

— La rotonde est en feu, reprit Harper. Ce n'était pas
prévu. Heureusement, les dégâts provoqués dans le bâtiment principal seront limités.

Jane n'avait pas de temps à perdre en bavardages. Elle n'était pas aussi confiante que Harper, qui était convaincu que Case savait ce qu'il faisait. Gideon Piers paraissait toujours avoir une longueur d'avance sur lui.

— Allons-y, lança-t-elle en regagnant la voiture.

Mais le policier ne l'entendait pas de cette oreille. Il ordonna aux cochers de surveiller les grilles. Nul ne devait entrer ou sortir sans son autorisation et chacun devait rester à son poste, quoi qu'il arrive.

— Nous irons à pied, dit-il à la jeune femme. Vous avez votre pistolet ?

— Le voilà, répondit-elle en levant la main.

Ils s'élancèrent dans l'allée. Jane avait la gorge nouée, le souffle court. Son cœur battait si fort qu'elle avait l'impression qu'il allait exploser. Elle faisait confiance à Piers pour être fidèle au personnage qu'il s'était forgé : cruel, capricieux et roublard. C'était en Case qu'elle n'avait pas confiance. Il avait eu beau dire, elle ne parvenait pas à chasser de son esprit l'image des deux gladiateurs dans l'arène. Cette fois, ce serait une lutte à mort.

Il régnait un vacarme indescriptible et Jane avait du mal à se faire entendre. Elle voulait simplement savoir si quelqu'un avait vu le duc ou lord Castleton. Nul ne les avait aperçus, mais elle semblait être la seule à s'en inquiéter.

— Allons voir dans la maison, décida Harper. M. Bowman dirige cette opération. Il pourra peut-être nous renseigner.

Jane parcourait la foule des yeux. Elle était la seule femme. Son regard sans cesse en mouvement s'immobilisa soudain.

— Harper, fit-elle en agrippant le bras du policier. Je reconnais ces deux hommes, là-bas. Ce sont les faux agents de la brigade spéciale, ceux qui m'ont emmenée à Vauxhall.

— Vous êtes sûre ?

— Certaine.

Harper se dirigea vers eux d'un pas nonchalant. En le voyant s'approcher, l'un d'eux glissa quelques mots à l'autre. Aussitôt, ils s'éloignèrent.

— Halte! cria Harper. J'ai dit halte!

Les deux hommes détalèrent. Il se lança à leur poursuite.

— Lance! appela Jane. Lance?

Le chien avait disparu. Décidément, tout allait mal.

— Lance!

Il surgit de l'ombre en gémissant et vint se frotter contre ses jambes. La pauvre bête était trempée et repartit vite en direction du fleuve. Jane le suivit jusqu'à la rive.

— Qu'est-ce que tu as trouvé?

Le chien entra dans l'eau et nagea sur quelques mètres, puis il revint s'ébrouer sur la rive.

— Tu veux que je traverse?

Lance gémit.

— Mais...

Letty lui avait expliqué ce qu'il y avait sur l'autre rive: l'hospice pour indigents où Gideon avait grandi et nourri sa haine des Devere.

Lance avait-il flairé la trace de Case?

Elle longea la rive, mais il faisait trop sombre pour voir quoi que ce soit. Pas un garde, bien entendu! Tous avaient dû se précipiter vers la maison en flammes.

Finalement, c'était peut-être mieux ainsi. Comment aurait-elle pu distinguer un homme de Case d'un complice de Piers?

Il fallait cependant qu'elle trouve de l'aide.

— Lance! Va chercher Harper, ordonna-t-elle en désignant la maison.

Le policier était le seul en qui elle ait une confiance aveugle.

Lance gémit encore mais regimba.

Jane s'accroupit et lui prit la tête entre ses mains.

— Écoute-moi. Je crois que Piers a capturé Case et qu'il l'a emmené à l'hospice, en face.

Elle préférait ne pas envisager le traitement qu'il lui avait infligé.

— Je n'arriverai jamais à le sauver toute seule. J'ai besoin d'aide.

Elle se redressa et désigna une nouvelle fois la maison.

— Lance, va chercher Harper !

Le chien s'éloigna enfin.

La jeune femme longea la rive jusqu'à l'embarcadère. Ses yeux s'étant accoutumés à la pénombre, elle distinguait des formes. Une barque retournée gisait au bord de l'eau. Elle s'y appuya et chercha à contenir son impatience en attendant le retour de Lance.

Soudain, elle aperçut une lueur à travers les arbres, sur l'autre rive. Une lueur immobile. Il devait y avoir une habitation.

L'hospice.

Elle se leva d'un bond et revint sur ses pas.

— Lance ! Harper !

Elle attendit un instant. Pas de réponse. Le cœur battant, elle retourna près de l'embarcation et entreprit de la mettre à l'eau.

Ce ne fut pas aussi difficile qu'elle s'y attendait. Elle venait de retourner la barque, quand elle buta contre une masse molle et tiède. Le corps d'un homme.

— Case ! sanglota-t-elle.

Elle n'y voyait rien, ne distinguait pas son visage, mais dès qu'elle l'eut touché, elle sut qu'il ne s'agissait pas de Case.

La colère enfla lentement en elle, se propagea dans tout son être. C'était l'œuvre de Gideon Piers. Elle était capable de comprendre quelles souffrances il avait enduré à l'hospice, mais ces épreuves ne pouvaient justifier ses crimes. Il était comme un chien enragé qu'il fallait éliminer.

Elle posa son pistolet au fond de la barque, en même temps que les rames, puis poussa l'embarcation dans l'eau avant de grimper à bord.

23

Case revint à lui ligoté sur une chaise, la tête baissée. Il ne la releva pas, ne broncha pas. En dépit d'un violent mal de tête, il ne mit que quelques minutes à retrouver ses esprits. Il se rappela avoir été assommé, sur la terrasse, après avoir envoyé Waldo chercher le duc. Ce n'était pas très avisé vu que Waldo était censé le surveiller en permanence.

Enfin, il leva la tête et s'étira autant qu'il le put. Piers, ce devait être lui, regardait par la fenêtre. Il se retourna et lui sourit.

— Ainsi tu es réveillé, dit-il.

— Où sommes-nous ?

— À l'hospice. Enfin, l'ancien hospice. À présent, le bâtiment est désaffecté.

Et en piteux état, apparemment. Même si Case ne distinguait pas grand-chose à la lueur de l'unique lampe posée sur la table, il ne pouvait manquer de voir l'énorme trou dans le plafond, qui semblait sur le point de s'effondrer.

Son regard se porta sur Piers. Il l'avait toujours imaginé plus grand, plus imposant, doté d'un puissant charisme. Or, il correspondait à la description de Waldo : de taille et de corpulence moyennes, le visage avenant, un homme banal somme toute.

C'était peut-être la clé de son succès. Il passait inaperçu.

— Pourquoi m'as-tu amené ici ? lui demanda Case.

Piers vint se poster devant lui.

— J'y ai habité, figure-toi. Tu ignorais sans doute qu'il y avait un hospice pour indigents juste en face de Twickenham House.

— Je le savais. Mon père en était l'un des bienfaiteurs.

— Un bienfaiteur ! ricana Piers, la mâchoire crispée. Pour se donner bonne conscience, sans doute. Il n'est jamais venu ici pour constater dans quelles conditions les gens vivaient. Les enfants étaient séparés de leurs parents et remis à des geôliers qui les battaient, les fouettaient. Pendant ce temps-là, toi, tu vivais comme un prince, sur l'autre rive. Je t'ai souvent observé ; j'ai vu les fêtes organisées en ton honneur, avec tous tes amis bien nourris et bien vêtus. Regarde ! Dans un instant, Twickenham House et tout ce qu'elle représente va s'écrouler comme un château de cartes.

Sur ces mots, Piers retourna près de la fenêtre.

Case était complètement perdu. Il s'attendait à un sermon, mais à propos de l'Espagne et non pas de sa maison. Il s'attendait à voir Piers triompher, savourer sa vengeance. Certes, il allait se venger, mais de quoi ?

— Tu me hais depuis toutes ces années uniquement parce que tu m'enviais ? s'enquit-il prudemment.

— Si je te hais, gronda-t-il, c'est parce que tu étais le fils préféré, et que notre père, oui, je dis bien *notre* père, m'a laissé pourrir dans ce trou à rats !

Un lourd silence suivit cette déclaration, durant lequel Case chercha désespérément comment sortir de ce labyrinthe.

— Il ne s'agit donc pas de l'Espagne et du massacre de tes camarades, au monastère ? hasarda-t-il.

— Je me moque bien des camarades ! rétorqua Piers en riant. À dire vrai, tu m'as rendu un fier service en les exécutant. J'ai pu garder ainsi tout l'or pour moi seul.

— Dans ce cas… tu te venges parce que tu considères que les Devere te doivent quelque chose.

— Vous ne pourrez jamais me rembourser ce que vous me devez.

— Tu penses être mon frère.

— Je ne le pense pas, j'en suis sûr.

— Pauvre imbécile! Si tu crois une chose pareille, c'est que tu ne connais pas les Devere. Si tu étais vraiment le fils de mon père, il ne t'aurait jamais abandonné. Il t'aurait donné une éducation. Nous le faisons toujours, dans cette famille. J'ignore qui a pu te raconter un tel mensonge.

— C'est ma mère qui me l'a dit! hurla Piers. Sur son lit de mort, ici même, à l'hospice! Elle était femme de chambre à Twickenham House. Ton père l'a engrossée puis l'a chassée.

En proie à une émotion intense, cet homme insignifiant ressemblait soudain à un dément.

— Tu n'arriveras pas à m'en convaincre, répliqua Case. Jamais mon père n'aurait déshonoré l'une des femmes de chambre de ma mère.

Il s'interrompit. Un déclic venait de se produire dans son esprit. Il considéra Piers et jugea qu'il devait avoir plusieurs années de plus que lui.

— Quel âge as-tu? lui demanda-t-il.

— Je suis plus vieux que toi. Quelle importance?

— Si tu es plus vieux que moi, ta mère n'a pas pu être domestique à Twickenham House. À l'époque, mon père était célibataire et les Devere n'ont par tradition que des domestiques masculins tant qu'ils ne sont pas mariés.

— Balivernes! Tu mens!

Piers attrapa une chaise et la fracassa contre la fenêtre.

— Quand ma sœur s'est mariée, toutes les femmes de chambre l'ont suivie à Woodlands, martela Case.

— Si tu ne la fermes pas tout de suite, je t'étrangle!

— Tu es venu à Twickenham House, ce soir, n'est-ce pas? As-tu vu la moindre servante? Non, bien sûr, parce que c'est une maison de célibataires.

— Tu ferais n'importe quoi pour sauver ton père, *notre* père!

Une peur soudaine noua les entrailles de Case. Pourvu que le duc soit toujours à Twickenham House...

— Qu'as-tu fait de mon père?

— Il est dans la salle des châtiments, gloussa Piers. C'est un endroit fort approprié, non ? Il est ligoté sur une chaise, comme toi. Sauf que, sous sa chaise, il y a une charge d'explosif. Oh, il ne s'échappera pas ! Joseph le surveille. Ce soir, en partant, je vais allumer un vrai feu d'artifice. *Boum !* Plus de duc, plus de fils préféré, plus d'hospice.

Il se pencha vers Case, l'air menaçant.

— Ensuite, je reconstruirai une maison sur les fondations de l'hospice. Je suis très riche, Castleton. Ma demeure sera bien plus somptueuse que Twickenham House. Je ferai partie des clubs les plus huppés, j'aurai une suite au Clarendon, je trouverai une épouse de bonne lignée, j'aurai des enfants au sang noble et je serai heureux.

Il retourna près de la fenêtre à la vitre brisée et ôta les bris de verre à coups de chaise. Un vent frais s'engouffra dans la pièce, apportant une odeur de brûlé.

— Tu sens cette odeur ? s'enquit Piers. Respire profondément, Castleton. Ce sont là les derniers vestiges de ta vie de privilégié.

En arrivant sur le palier, Jane entendit leurs voix. Agrippée à la rampe, elle avait eu du mal à gravir les trois étages avec pour seul guide une lampe accrochée au sommet de l'escalier. Certaines marches manquaient. Cet endroit était censé être un hospice, mais on aurait dit une prison.

Malgré ses précautions, elle fit craquer une latte. Retenant son souffle, elle se plaqua contre le mur. Dans le couloir, une porte s'ouvrit, laissant filtrer un rai de lumière.

— Joseph !

Elle reconnut aussitôt la voix.

— Joseph ! répéta Gideon Piers. Qu'est-ce que tu fabriques en bas ?

— Un besoin pressant !

La réponse venait de l'étage inférieur. Jane aperçut entre les colonnes de la rambarde un valet qui ressem-

blait à ceux des Devere – livrée bleu et or, perruque pou-
drée. Seigneur! Elle n'avait qu'une balle dans son pistolet. Combien étaient-ils donc?

— Retourne auprès du duc!

— *Dios!* Il ne va pas s'échapper!

— Je t'ai dit d'y retourner!

Joseph marmonna en espagnol mais s'exécuta. Une
porte claqua peu après.

Jane prit une profonde inspiration. Sur la pointe des
pieds, elle s'approcha de la pièce d'où provenaient les
voix. La porte était entrebâillée. Les muscles bandés, elle
la poussa doucement, prête à tirer sur quiconque la
menacerait.

La pièce était immense. Un dortoir, sans doute. Au
fond se tenaient deux hommes: l'un, ligoté sur une
chaise, l'autre, debout près de la fenêtre.

Elle se glissa à l'intérieur et se tapit dans l'ombre. Puis
elle entreprit de traverser lentement la salle.

— Je veux que tu voies ça, déclara Piers. Je vais te détacher, mais tu resteras entravé, alors ne tente rien. Un
geste et tu es un homme mort.

Une fois débarrassé d'une partie de ses liens, Case se
leva. Il avait déjà réussi à élargir les nœuds qui lui main-
tenaient les poignets, mais sans se libérer totalement.

— Twickenham n'est qu'une bâtisse, Piers. Au fait, mon
père devrait assister au spectacle, lui aussi, tu ne trouves
pas? C'est sans doute lui que tu cherches à impressionner.

— Malheureusement, Sa Grâce s'est beaucoup débattue
lors de son enlèvement. Joseph a dû le maîtriser un peu
trop... brutalement. Mais ne t'en fais pas, le duc paiera
pour ses fautes. D'abord, un feu de joie, et ensuite...
Boum! Comme Guy Fawkes, autrefois.

Il semblait de nouveau très agité. Case ravala sa colère
et remarqua d'un ton laconique:

— Cela n'arrivera pas, Piers. Twickenham House n'ex-
plosera pas. Nous avons trouvé la poudre. L'atelier de
mon père et la rotonde. C'est tout ce que nous t'accor-
derons.

— Tu mens !

— Aurais-tu oublié tes leçons d'histoire ? Le complot fomenté par Guy Fawkes a été déjoué et il a été pendu pour ses crimes.

Avec un grondement de rage, Piers gifla violemment Case, lui fendant la lèvre. C'était le moment ou jamais. Jane surgit de l'ombre.

— Piers ! cria-t-elle, le doigt sur la détente.

Elle avait été prompte mais quelqu'un le fut plus encore. L'arme de Piers sauta littéralement de sa main. Jane tourna la tête. C'était l'homme déguisé en valet. Joseph. Comment avait-il réussi à la suivre ?

— Ne le tuez pas, mademoiselle Mayberry. Nous le voulons vivant.

Non. Ce n'était pas Joseph, mais Ruggles. La main de la jeune femme tremblait, hésitant entre Piers et Ruggles. Que diable se passait-il ?

— Braque ton arme sur Piers ! hurla Case.

Le comte se débattait comme un beau diable pour se libérer de ses derniers liens. Ruggles fit un pas vers lui.

— Ne bougez pas ! lui cria Jane.

Piers tenta alors de bondir sur elle. Elle fit feu, mais le recul de l'arme projeta la balle vers le plafond déjà fragile. Piers la heurta de l'épaule et elle tomba à la renverse. Alors qu'elle cherchait son souffle, une pluie de débris et de plâtre s'abattit sur eux. Les yeux lui piquaient, elle étouffait. Comble de malheur, l'unique lampe s'éteignit.

Quelqu'un s'enfuit au pas de course. Ce devait être Piers. Puis deux autres silhouettes s'élancèrent à travers le dortoir. Au moins, personne n'avait de pistolet chargé, songea Jane. Elle cherchait à tâtons l'arme de Piers quand un coup de feu claqua. Quelqu'un s'effondra.

Elle se releva d'un bond et traversa la pièce.

— Case ?

— Non, mademoiselle, c'est Ruggles.

Il arracha sa perruque et la lança au loin.

— Je suppose que vous allez me dire que vous êtes des nôtres, finalement, fit-elle, au bord des larmes.

— Je le crains, mademoiselle. J'espérais emmener discrètement le duc quand je vous ai vue monter l'escalier. Je ne pouvais vous laisser affronter Piers toute seule.

— J'aurais peut-être réussi à le maîtriser. Ruggles, vous auriez dû sauver le duc en priorité.

Un grand fracas les interrompit, suivi d'un crépitement. L'escalier fut illuminé par la lueur de l'explosion qui avait dû avoir lieu dans l'une des pièces du rez-de-chaussée.

— Piers vient de déclencher son feu d'artifice, expliqua Ruggles. Il faut sortir d'ici en vitesse. Aidez-moi à me lever. Je suis blessé à la jambe. Ce n'est rien. Une simple égratignure.

Dès qu'il fut sur pied, il reprit :

— Allez ici maintenant. Je vous suis.

Jane était en proie à un cruel dilemme. Elle voulait aider Case mais ne pouvait abandonner un homme blessé. Case prit la décision à sa place en apparaissant sur le seuil. Essoufflé, il s'appuya contre le chambranle.

— Jane ! Ruggles ! Descendez vite ! ordonna-t-il.

Dès qu'ils furent à l'air libre, Case demanda à Ruggles où était détenu le duc.

— Au deuxième étage, monsieur. Sous la salle où vous étiez ligoté. Le duc est dans un sale état. Vous aurez besoin d'aide pour le sortir de là. Je vous accompagne.

— Pas question ! Emmenez Mlle Mayberry au bateau et ramez de toutes vos forces. Éloignez-vous d'ici au plus vite !

— Bien, monsieur.

— Il y a une autre entrée ?

— L'escalier de service, à l'arrière, monsieur.

— Case, intervint Jane, les joues ruisselantes de larmes. Je peux t'aider. Allons-y ensemble.

Il prit son visage entre ses mains.

— Tu es ce que j'ai de plus précieux au monde, lui dit-il avant de l'embrasser. Je ne risque pas de t'abandonner. Je reviendrai, je te le promets.

Sur ces mots, il s'éloigna. Elle avait tant de choses à lui dire ! Il fallait qu'il sache combien elle adorait son sourire, sa façon de tirer le meilleur d'elle-même, combien elle l'aimait et l'admirait.

Comment pouvait-il lui promettre de revenir alors qu'il prenait des risques insensés ?

— Venez, mademoiselle Mayberry.

— Ruggles, ne pourrions-nous pas…

— Montez !

Où était passé le gentil Ruggles ? Il avait à présent tout d'un officier donnant des ordres à ses soldats.

— Faites attention !

Elle recula. Piers flottait à côté du bateau, la face dans l'eau.

— J'ai trouvé un cadavre, sur l'autre rive, dit-elle. Qui est-ce ?

— Joseph, mademoiselle. Je n'avais pas le choix. C'était lui ou moi.

— Je suis soulagée qu'il soit mort, déclara-t-elle farouchement. Je me réjouis qu'ils soient morts tous les deux.

Elle leva soudain la tête.

— Qu'est-ce que c'était ?

— Ohé ! cria Ruggles, à la proue de l'embarcation. Ohé !

C'était sans espoir. La fumée était si dense que Case étouffait presque malgré le foulard dont il s'était couvert la bouche et le nez. Il savait qu'il se trouvait au bon étage, mais c'était bien tout.

— Père ! appela-t-il. Père !

Il sentit un contact furtif contre sa jambe.

— Lance ? C'est toi ?

Le chien aboya.

Harper apparut à son tour en toussant.

— Par ici, monsieur Bowman ! s'écria-t-il en se retournant.

Waldo les rejoignit.

— Vous vous rendez compte que cette bâtisse peut sauter à tout moment ? s'écria Case.

— On en a vu d'autres, en Espagne, mon vieux, rétorqua Waldo en lui flanquant une tape sur l'épaule.

Case la lui rendit. Il avait toujours su qu'il pouvait compter sur ses amis.

— Nous allons trouver le duc, monsieur, assura Harper. N'ayez crainte. Lance, cherche ! ordonna-t-il au chien.

Celui-ci n'hésita pas une seconde.

— Ils sont sortis ! s'exclama Ruggles en cessant de ramer.

Le rez-de-chaussée était en feu. Ils ne distinguaient que des silhouettes sombres qui se mouvaient rapidement en direction de la rive.

— Je crois qu'ils ont trouvé le duc, reprit-il.

— C'est certain. Case n'aurait pas abandonné son père derrière lui.

Encore un aspect de Case que Jane appréciait. Certains prétendaient qu'il était arrogant et distant, mais ils étaient aveuglés par les préjugés. Certes, il était issu d'une famille prestigieuse, mais il y avait plus que du sang noble qui courait dans ses veines. Il y avait de la compassion, de la loyauté et de l'honneur. Jane ignorait pourquoi elle l'aimait, car il pouvait en effet se montrer distant et arrogant. Il avait besoin d'une femme pour arrondir un peu les angles, et cette femme, ce serait elle.

— Mademoiselle Mayberry, ils sont sains et saufs. Ne vous inquiétez pas.

— Je sais, je sais, répondit-elle en se mouchant pour dissimuler ses larmes.

Tout à coup, il y eut un grondement terrible, puis le bâtiment s'embrasa tout entier. Quelle que soit la personne qui tenait les rames de la barque où se trouvait Case, elle ne s'arrêta pas pour contempler la scène.

Dès qu'ils touchèrent la rive, Robert et Freddie se précipitèrent avec des couvertures.

— Ne tuez pas Ruggles ! implora Jane. Il est des nôtres. Et il est blessé. Aidez-le.

— Ce n'est qu'une égratignure, assura Ruggles. Je m'en occuperai seul.

La rive était jalonnée d'hommes, invités, gardes et domestiques. La mine grave, ils échangeaient des propos à mi-voix. Jane doutait qu'ils sachent ce qui se passait.

Quand la barque de Case accosta à son tour et que chacun vit qu'il était sain et sauf, les exclamations de joie fusèrent. Mais elles s'éteignirent lorsqu'on découvrit le duc. Une couverture fut aussitôt apportée pour servir de brancard.

— Emmenez-le à l'intérieur, ordonna Case. Robert, Freddie, dites à tout le monde de rentrer chez eux. Ils sauront tout en lisant le journal.

Puis il vit Jane et se fraya un chemin parmi la foule pour la rejoindre. Il était couvert de suie et portait des traces de brûlure au visage, mais elle se hissa sur la pointe des pieds pour l'embrasser.

— Nous allons affronter cette épreuve ensemble, murmura-t-elle.

— Si nous n'avions pas eu Lance avec nous... fit-il d'une voix rauque. Merci de nous l'avoir envoyé. Où est-il passé, d'ailleurs ?

Lance se tenait près du duc, et il ne le quitta pas lorsque les hommes qui portaient le brancard de fortune se mirent en route, suivis par une procession silencieuse.

Quand ils se furent lavé les mains et le visage, Jane, Waldo et Ruggles se réunirent dans le petit salon. Case était resté au chevet de son père, avec le médecin. Robert et Freddie évaluaient les dégâts et s'assuraient que tout danger était écarté. Quant à Harper, il était parti à Woodlands chercher lady Sophie ainsi que des vêtements propres pour Jane. Nul ne fit le moindre commentaire à ce propos. Chacun savait que la place de la jeune femme était auprès de Case.

Elle leva les yeux quand Waldo lui tendit une tasse de thé.

— Buvez, lui dit-il. Cela vous fera du bien.

Elle avala une gorgée de breuvage fumant pour lui faire plaisir. Elle se remémorait le duc à l'instant où on l'avait allongé sur son lit, son visage anguleux ensanglanté et meurtri. Le malheureux avait dû s'évanouir sous les coups répétés de Joseph. Quant à Case, il semblait souffrir mille tourments.

Il avait prié la jeune femme d'aller l'attendre au salon. Lance avait refusé de la suivre.

— Laisse-le, avait dit Case. Je te l'enverrai s'il devient pénible.

Elle aurait voulu le réconforter, mais il était visiblement ailleurs. Il s'était détourné avant même qu'elle ait trouvé les mots, prétextant qu'il devait envoyer des messagers avertir son frère et sa sœur.

La voix de Waldo la tira brusquement de ses pensées.

— Jane ? Êtes-vous en état de répondre à quelques questions ?

— À quel propos ? s'enquit-elle, désireuse de se changer les idées.

— Gideon Piers.

— Gideon ?

— Vous êtes l'une des rares personnes à lui avoir parlé. Vous pouvez peut-être nous aider à résoudre un mystère.

— Qui êtes-vous donc ? demanda-t-elle en observant les deux hommes tour à tour.

— Vous savez qui je suis, répondit Waldo. Je suis l'un des meilleurs amis de Case.

Comme elle ne disait rien, il soupira et reprit :

— Nous travaillons pour une unité des Services.

— Quels Services ?

— Les Services secrets. Mais pas pour la brigade spéciale.

— Case est au courant ?

— Nous ne pouvions rien lui dire, fit Waldo. Mais je suis certain qu'il a deviné.

— Attendez un peu, fit la jeune femme en regardant Ruggles. Vous êtes presque des agents de la brigade spéciale, et pourtant vous m'avez laissé rencontrer ce brigand à Vauxhall Gardens ?

Ruggles eut la bonne grâce d'afficher une expression honteuse.

— Je savais qu'il ne vous arriverait aucun mal, affirma-t-il. Sinon, je vous aurais empêchée d'y aller.

— Vous avez assommé Harper !

— Je n'ai pas frappé très fort. Il ne devait pas être présent, ce soir-là.

— Mais pourquoi ne pas nous avoir expliqué qui vous étiez et ce que vous faisiez ?

— Parce que ce n'est pas ainsi que travaillent les Services secrets, intervint Waldo. Jane, acceptez-vous de répondre à nos questions ?

Elle pinça les lèvres et ravala sa colère.

— Allez-y. Je vous écoute.

— Selon notre chef de section, la réapparition de Piers était l'occasion de récupérer l'or volé aux troupes britanniques en Espagne, expliqua Waldo. Voyez-vous, nous le croyions mort. Nous pensions que cet or était en Espagne, et donc perdu à jamais. Mais Piers ne serait pas rentré en Angleterre sans son butin.

— Il ne m'a pas parlé d'or.

— Nous cherchons sa cachette.

— Une cachette ? Pourquoi pas un coffre dans une banque ?

Ruggles sourit.

— Les voleurs et les brigands pillent les banques. Piers n'aurait pas apprécié. En outre, la quantité était trop importante. Il lui fallait un endroit sûr où il pourrait se rendre à sa convenance et en toute discrétion.

— J'aimerais pouvoir vous aider, mais je ne sais rien.

— Il a peut-être caché l'or sous une église, suggéra Ruggles. Ou dans une crypte, une cave, une tombe…

Jane secoua encore la tête.

— Il y a bien la tombe de sa mère, hasarda-t-elle. Mais Piers la vénérait. Jamais il ne lui aurait manqué de respect à ce point.

— Si elle est morte à l'hospice, elle doit être inhumée dans le cimetière local.

— Non. Elle s'est retrouvée à la fosse commune. En fait, c'est une fin sordide. Pas de pierre tombale, un simple numéro sur un morceau de bois, au bord d'une route très fréquentée, à Kensington.

Jane posa brutalement sa tasse sur la table.

— Du moins, reprit-elle, c'est là qu'elle se trouvait jusqu'à ce que ses restes soient transférés dans un cadre plus approprié. À la demande de son fils.

— Et où se trouve la nouvelle tombe ? s'enquit Ruggles.

— Dans le cimetière d'un petit village nommé Newbrey, non loin de Staines. Ce serait la paroisse de naissance de sa mère.

— Comment la trouverons-nous ?

— Il suffit de lire la pierre tombale : *À la mémoire de Sadie Sellars.*

La porte s'ouvrit et Case apparut. Jane scruta avec anxiété son visage. Elle le trouva un peu moins tendu.

— Comment va ton père ?

— Il est trop tôt pour le dire, mais le médecin pense qu'il y a de l'espoir. Viens voir.

Il la prit par la main et l'emmena au chevet de son père. Lance était couché près du duc.

— Non, ne lui ordonne pas de descendre. Regarde.

Lance gémissait à fendre l'âme. Il lécha la main du blessé, qui lui tapota le flanc.

— Jamais il ne s'était comporté de la sorte, déclara Jane.

— Ce chien est très intelligent et très précieux, commenta le médecin. Il semble dressé pour effectuer cette tâche. Serait-ce un chien de montagne ?

— Non. C'est un simple chien de berger.

— Elle n'en sait rien, en réalité, fit Case. Elle l'a volé.

Cette taquinerie indiqua à la jeune femme qu'il était rassuré. Il s'assit au bord du lit et s'empara de la main de son père.

— Caspar... murmura ce dernier.

Case tourna son regard brillant vers Jane.

— Nous avons bonne mine, tous les deux, dit-il d'une voix légèrement tremblante. Qu'importe ! Jane, je ne peux laisser mon père, mais j'aimerais que tu sois là aussi. Tu veux bien rester ?

— Je vais m'installer dans un coin et je me ferai toute petite.

Le médecin prit congé, non pour rentrer chez lui, mais pour aller se reposer dans la chambre préparée à son intention. Au moindre problème, il pourrait accourir au chevet du blessé.

Enveloppée dans une couverture, Jane écouta Case évoquer pour son père certains souvenirs d'enfance dont il savait qu'il aimait à les entendre. Elle se surprit à sourire. Bercée par sa voix, elle sentit ses paupières s'alourdir et finit par s'assoupir.

24

Ils se marièrent à l'église de Twickenham, par un matin de janvier. Il pleuvait des cordes, mais nul ne semblait s'en soucier. Et surtout pas les mariés. Ce fut une cérémonie intime. Seuls une douzaine d'invités étaient présents, parmi lesquels le duc, lady Rosamund, sa fille, et son mari, ainsi que lord Justin, qui était arrivé aux premières lueurs du jour.

Assis dans un fauteuil roulant, le duc était flanqué de Lance et de Harper. En fait, ces deux derniers n'avaient pas quitté le blessé depuis la nuit tragique, ce qui, de l'avis de Case, avait grandement contribué à son rétablissement.

En contemplant le jeune couple devant l'autel, le duc sentit sa gorge se nouer d'émotion. Trois semaines plus tôt, le jour de Noël, il s'était réveillé pour découvrir que son fils était un autre homme. Cette réserve qu'il trouvait si difficile à supporter avait disparu. Était-ce l'influence de cette ravissante jeune femme ou le fait qu'il avait lui-même frôlé la mort ?

Il ne gardait aucun souvenir de cette fameuse nuit. Selon le Dr Nichols, la mémoire ne lui reviendrait sans doute jamais. Tout ce qu'il en savait, il l'avait lu dans les journaux. Un mystérieux bandit connu sous le nom de la Roca, supposé mort en Espagne, était rentré en Angleterre pour se venger du major Devere, l'officier qui l'avait humilié en le débusquant et en abattant ses complices. Le ministère affirmait qu'une unité spéciale des

Services secrets de Sa Majesté avait non seulement évité le complot, mais avait aussi retrouvé la majeure partie de l'or dérobé autrefois par la Roca, en Espagne.

Caspar répondit à ses questions, mais cette histoire ne le passionnait pas vraiment. Le duc se réjouissait simplement que, pour une fois, les Services secrets se soient montrés efficaces. Sinon, il aurait peut-être perdu son fils.

Sa fille Rosamund était assise à côté de lui.

— Père, chuchota-t-elle en se penchant vers lui. Ce doit être le plus beau jour de votre vie. Vous qui redoutiez que Caspar ne trouve jamais chaussure à son pied…

Sa gorge se noua de nouveau.

— Non, répondit-il. Le plus beau jour de ma vie fut celui où tu es revenue après avoir été enlevée, à Newgate.

Très bronzé, lord Justin ressemblait à son frère aîné.

— Franchement, dit-il, je me demande pourquoi nous ne nous installons pas tous en Italie. Il fait si froid, en Angleterre. Cette église n'est donc pas chauffée ?

— Moi, je trouve qu'il fait suffisamment chaud, contra lady Sophie.

Richard Maitland poussa un soupir.

— Chut ! gronda Harper. C'est un moment solennel. Écoutez plutôt le pasteur.

Tous les Devere demeurèrent bouche cousue.

À l'issue de la cérémonie, amis et parents félicitèrent les jeunes mariés. Le duc pria Harper de l'emmener à l'écart, mais ne quitta pas son fils des yeux. Il le vit échanger un regard avec son épouse, et son visage parut soudain irradier de bonheur. Jane rougit comme une jeune fille.

La vie réservait bien des surprises, songea le duc. Il y a quelques semaines encore, il regrettait que Jane ait croisé le chemin de son fils. Mais il avait changé d'avis en les observant ensemble, jour après jour. À moins que ce soit parce qu'il avait compris que la vie ne tenait qu'à un fil. S'il était arrivé malheur à Caspar, savoir qu'il avait connu le bonheur avec cette femme lui aurait été une consolation.

La disparition de Campbell avait simplifié la situation. Mais même si tel n'avait pas été le cas, il aurait été à leur côté pour les soutenir. Leur relation n'avait rien d'une amourette. Caspar et Jane n'étaient plus des adolescents romantiques. Ils étaient même un peu trop sérieux. Ils n'auraient jamais choisi la solution du divorce à moins d'être persuadés de la justesse de leur décision.

Le meurtre de Campbell demeurait flou. Caspar avait évoqué des traces de pas, mais il ne parvenait pas à s'intéresser à ces détails de l'enquête. Le médecin affirmait que cela se produisait parfois après une sévère commotion. Avec le temps, il finirait par s'intéresser de nouveau à ce qui l'entourait.

Pour l'heure, il se contentait de profiter de l'instant présent. Que demander de plus ? Il était entouré de ses enfants et de leurs conjoints, de Harper et de Lance.

Il était émerveillé par les liens qui s'étaient tissés entre ce chien et lui. Il avait dû se passer quelque chose, cette nuit-là. Si seulement il réussissait à se rappeler…

Mais il était trop heureux pour se creuser la tête. Comme il s'était senti seul, ces derniers mois, après le départ de Rosamund pour Woodlands. Tout allait changer, désormais. Caspar et Jane allaient vivre auprès de lui, et Harper avait pris un congé de la brigade spéciale. Ils reconstruiraient un atelier encore plus grand et sillonneraient la campagne en quête de véhicules abandonnés qu'ils restaureraient avec amour.

Oui, la vie réservait parfois des surprises. Après avoir frôlé la mort, il était impatient de se remettre au travail.

Impatient ? Non. Il était heureux. Il avait bien élevé ses trois enfants. Elizabeth aurait été fière de lui.

La fête se prolongea jusqu'en fin d'après-midi. Freddie tenait à rentrer avant la nuit, il ordonna donc à un valet de faire avancer sa voiture, puis il se rendit dans la salle de billard pour fumer un dernier cigare avec Richard et Waldo. Jane suivit Sally qui allait chercher son manteau. Elle avait proposé à Case de rester avec les siens. Les Devere avaient besoin d'être ensemble. Justin venait d'arriver. Ils avaient sans doute un tas de choses à se raconter.

— Lady Octavia sera folle de joie en apprenant ton mariage avec Case.

— Je n'en suis pas certaine, répondit Jane. Elle m'a affirmé un jour qu'il épouserait une princesse, ou l'équivalent, et tu sais qu'elle déteste avoir tort.

— Comment cela, « l'équivalent » ? Qu'est-ce que cela signifie ?

— Je suppose qu'elle faisait allusion à une femme du même rang que Case.

— Les Devere ont de la chance de t'accueillir dans leur famille et j'espère qu'ils s'en rendent compte. Mais lady Octavia s'intéressera certainement aux relations des Devere, à leur influence et, oserai-je le dire, à leur argent.

— Tant qu'elle ne me demande pas d'user de mon influence auprès de ma belle-famille.

Dans l'escalier, Sally reprit leur conversation là où elles l'avaient interrompue.

— Jane, tu ne comptes pas cesser tes activités au sein de l'association, j'espère ?

— Eh bien, en fait… si.

— Tu veux dire que Case te l'interdit ?

— Oh non ! répondit Jane en riant. Il me connaît.

— Alors pourquoi ?

Dans le vestibule, Jane désigna deux fauteuils au coin du feu.

— Je n'ai pas l'intention de tout abandonner, expliqua-t-elle. Mais j'aimerais que tu comprennes ce qui m'arrive. Quand j'ai découvert l'association, il y a quatre ans, ce fut comme si une porte s'ouvrait devant moi. Je ne l'ai pas cherchée. Elle m'est apparue. J'avais le choix de la franchir ou non. J'ai choisi d'entrer et je ne l'ai jamais regretté. Au cours des dernières semaines, une autre porte s'est ouverte et j'ai aussi décidé de la franchir.

— Quelle porte ? la pressa Sally.

— Celle des hospices pour indigents. Les gens qui les dirigent, ceux qui y travaillent. Les orphelins, leur instruction, les soins. Il y a beaucoup à faire pour améliorer le sort de ces malheureux. Oh, je n'ai pas l'intention de tout entreprendre en même temps. Je commencerai très modestement.

Un valet annonça que la voiture de monsieur le vicomte était avancée.

En découvrant qu'il s'agissait d'une voiture découverte, Jane s'exclama :

— Freddie t'a amenée ici dans une voiture ouverte ? Attends, je vais te faire préparer une voiture fermée. À moins que tu ne passes la nuit ici, comme Waldo et Robert. Tu pourras rentrer chez toi demain, avec Robert.

— Merci, mais ce ne sera pas nécessaire. Il ne pleut plus. Et je ne veux pas contrarier Freddie davantage.

Jane envoya le valet chercher le vicomte. Elle avait du mal à s'habituer à ne pas trop en dire devant les domestiques. Or la maison en était remplie.

— Freddie est contrarié ? Je ne l'avais pas remarqué.

— C'est normal, le jour de ton mariage. Jane, il s'est passé quelque chose de terrible chez nous, hier. Emily Drake est venue nous rendre visite. Elle a demandé à me voir, mais, en réalité, c'est à Freddie qu'elle voulait parler. La pauvre fille est amoureuse de lui, et il se montre à peine poli. Il l'ignore. Elle ne s'est jamais intéressée à Case, elle est folle de Freddie. Elle cherchait simplement à le rendre jaloux. Et je crois que Freddie l'aime aussi, néanmoins, il refuse de la voir.

— Quel était le but de sa visite ?

— Elle voulait mettre les choses au point et lui demander pardon.

— Sally, reste en dehors de tout cela. Ce n'est pas ton problème.

— Mais je déteste le voir dans cet état. Il l'aime et elle l'aime aussi. Elle ne cherchait qu'à le faire réagir en se comportant de la sorte. Mais tu sais combien mon frère peut être obtus, parfois.

— Freddie aime peut-être Emily, mais elle ne l'aime pas. Elle n'aime qu'elle-même. C'est une enfant gâtée. Elle utilise les gens puis les jette. Et je ne pense pas seulement à nous deux. Elle a impliqué d'autres personnes dans ses manigances. Lord Reeve, lady Sophie, Case, Waldo et même mon garçon d'écurie. Tu tiens à ce que Freddie épouse ce genre de fille ?

— Les gens changent, répliqua Sally. Je crois qu'elle a retenu la leçon.

— Je l'espère. Mais il est peut-être trop tard, pour Freddie. De toute façon, ils doivent régler eux-mêmes leurs différends.

Entendant les pas de Freddie dans l'escalier, Jane entraîna son amie vers la porte.

— Tu sais ce que je crois ? Je crois que quand il aura surmonté ce chagrin d'amour, Freddie rencontrera la femme de sa vie. Une femme aussi honorable et sincère que lui. Crois-moi, il saura reconnaître son âme sœur.

— Et moi, Jane ? Quand vais-je rencontrer l'homme de ma vie ?

— Je ne lis pas dans l'avenir, tu sais.

— Je sais. Mais essaie quand même...

— Eh bien, commença Jane, tu ne chercheras pas l'amour. Tu seras debout sur une chaise, en train de trier de la vaisselle, quand tu entendras une belle voix d'homme t'ordonner de retenir ton chien, sinon il sera obligé de l'abattre. Naturellement, tu le détesteras, et il sera contraint de passer le reste de sa vie à te faire changer d'avis.

Les deux amies éclatèrent de rire.

Robert était allé faire un tour, laissant Richard et Waldo dans la salle de billard.

— Alors, Waldo, quand les Services secrets ont-ils commencé leur enquête ?

Waldo, qui savourait un excellent cognac, observa Richard par-dessus son verre.

— J'ai un peu honte de l'admettre, mais nous nous sommes fait posséder. Personne n'a pris le meurtre de Collier au sérieux. Heureusement, comme il y avait beau-

coup d'argent en jeu, deux d'entre nous ont donc été chargés du dossier.

— Ruggles et toi ?

— Eh bien, c'était logique, non ?

— Tu es le meilleur ami de Case.

— N'est-ce pas une note de dérision que je perçois
dans tes paroles ? Tu sais pourtant mieux que quiconque
que c'est justement ce qui me rend si précieux. Allons,
Richard, tu faisais partie des Services secrets avant de
passer à la brigade spéciale. Tu connais leurs méthodes.
Tu veux un autre cigare ?

— Oh non. Un seul me suffit amplement. Je n'en fume
qu'en société, par politesse. Mais passe-moi donc la bouteille de cognac.

Richard remplit son verre et reprit :

— Parle-moi de Ruggles. Depuis quand est-il le valet
de Case, et comment a-t-il infiltré la bande de Piers ?

— C'est la première fois que je travaille sur une telle
mission, expliqua Waldo avec un sourire. Le genre de
mission où l'on avance à l'aveuglette, et en comptant sur
la chance. C'est ce qui s'est produit avec Ruggles. L'Albany
fournit des valets à ceux de ses clients qui le désirent.
Case en fait partie. Il n'a pas été difficile de lui assigner
Ruggles. Le moment était un peu délicat, si peu de temps
après le meurtre de Collier, mais nous avons fourni à
Ruggles des références exemplaires et Case l'a engagé.

— Naturellement, commenta Richard.

— Notre véritable objectif était d'infiltrer la bande de
Piers, mais nous pensions que c'était impossible. Je te le
répète, nous y sommes allés à tâtons.

— Ils ont contacté Ruggles ?

— Il leur a vendu quelques babioles appartenant à
Case. Ils en ont conclu qu'il était malhonnête, et donc
corruptible.

— Et cet hospice où Piers et sa bande se terraient ?

— Nous connaissions l'endroit, mais sans savoir quels
étaient les liens de Piers avec cette bâtisse désaffectée. La
stratégie de Case était de ne surtout pas l'effrayer. Apparemment, il avait raison.

— Sauf que le duc a failli être battu à mort.

— Oui, il y a toujours des ratés. Nous ignorions qu'il serait pris pour cible.

— Vous avez eu de la chance de retrouver l'or.

— Oui, n'est-ce pas?

— Mmm, fit Richard en regardant droit devant lui. Et le testament de Piers. Comment est-il apparu?

— Nous cherchons toujours. Ses dernières volontés ne sont pas mentionnées dans les archives de l'armée. Nous pensons qu'il l'a rédigé en privé.

Les deux hommes vidèrent leurs verres, chacun perdu dans ses pensées. Puis Richard reprit la parole :

— C'est une histoire fascinante, Waldo. Très amusante, en vérité. À présent, j'aimerais entendre la vérité.

— Tu ne me crois pas?

— Jusqu'à un certain point seulement. Mais je sais que ce n'est pas aussi simple. Comme tu l'as rappelé, j'ai fait partie des Services secrets. Je connais les ficelles.

— Alors tu dois savoir que nous ne divulguons jamais nos secrets, surtout aux agents de la brigade spéciale.

Les deux hommes échangèrent un regard, et se mirent à rire.

Richard croisa sa femme dans le vestibule. Ils se cherchaient mutuellement. Elle était très pâle et il fronça les sourcils.

— Tu as l'air fatiguée.

— Je le suis. Mais si tu voyais Justin. Il est épuisé. Il ne se rendait pas compte de l'état de santé de Père. Je lui ai assuré qu'il avait fait d'énormes progrès, cette semaine, mais j'ai l'impression qu'il ne me croit pas.

— Justin a vraiment animé la fête. Il m'a paru d'excellente humeur, et il a fait rire tout le monde.

— Il est ainsi. Cela ne signifie pas pour autant qu'il ne ressent pas les choses profondément. Mais il nous a bien distraits. Surtout Père, qui en avait besoin.

Il effleura le ventre de sa femme.

— Tu ne leur as rien dit à propos de l'enfant?

Elle soupira et posa la tête sur son épaule.

— Non. Cela ferait trop d'émotions pour une seule journée. De plus, je tiens à garder notre secret encore un certain temps. Rien qu'à nous.

Elle releva la tête et croisa son regard.

— Tu me trouves ridicule ?

— Je me moque que tu sois ridicule ou pas. Si tel est ton choix, je le respecterai.

— Ce n'est pas une réponse.

— Non, je ne te trouve pas ridicule, assura-t-il.

Bras dessus, bras dessous, ils longèrent le couloir.

— Où m'emmènes-tu, Richard ?

— Je vais te border dans ton lit. J'aimerais que tu te reposes un peu avant le dîner.

— Hmm…

Quand elle fut couchée, il plaça des briques chaudes à ses pieds et s'installa au coin du feu avec un livre. Mais il ne parvenait pas à se concentrer sur sa lecture. Il ne pouvait s'empêcher de contempler sa femme. Quelques mois auparavant, il n'aurait jamais imaginé connaître un tel bonheur. Tout ce qui comptait dans sa vie se trouvait dans cette chambre.

L'accident se produisit juste après Kensington. Les lanternes de la voiture s'étaient éteintes et ils avançaient dans le noir. En un éclair, le véhicule se renversa, heurté par une voiture à quatre chevaux qui cherchait à le dépasser. Une roue se brisa. Freddie et Sally roulèrent dans le fossé.

L'autre voiture s'arrêta. Un homme élégant suivi d'un domestique se précipitèrent vers eux.

— Tout est ma faute, déclara Freddie en se relevant. J'espère que votre voiture n'est pas abîmée. Je réglerai les frais, bien sûr.

— J'espère bien. Bon, nous ne pouvons pas vous laisser là. Je suppose que vous allez devoir voyager avec nous. Joe, détache les chevaux. Nous les emmenons.

Cette proposition faite à contrecœur eut le don d'agacer Sally.

— Vous rouliez trop vite, déclara-t-elle.

— C'est très gentil à vous, merci, s'empressa de dire Freddie. Au fait, je me nomme Latham, et voici ma sœur, Mlle Latham.

— Chalbury. John Chalbury. Enchanté.

Sally demeura silencieuse. Freddie l'aida à se relever.

— Eh bien, ne restez pas là. Emmenez votre sœur à la voiture, puis revenez nous aider.

— J'arrive tout de suite, répondit Freddie.

Dès qu'ils se furent éloignés, il lâcha :

— Sally, quelle mouche t'a piquée ? Cet homme ne cherche qu'à nous aider. En général, tu n'es pas aussi guindée.

— Il roulait trop vite, s'entêta-t-elle.

— Certainement pas. Et tout est ma faute. J'aurais dû remplacer ces maudites lanternes depuis longtemps mais j'ai fait preuve de négligence. Alors je t'en prie, sois polie. Détends-toi un peu, que diable !

Sally n'y parvint pas. Elle avait tout de suite pris en grippe ce John Chalbury et rien ne la ferait changer d'avis.

Quand Jane et Case quittèrent discrètement la maison, les lumières de l'étage étaient éteintes et les volets étaient clos.

— Où m'emmènes-tu ? s'enquit-elle.

— Dans un endroit intime et romantique où je serai enfin seul avec ma superbe épouse.

— Que reproches-tu à ma chambre ou à la tienne ?

— Justin. Il a un humour bizarre. Je n'aime pas le savoir livré à lui-même dans cette maison. Je ne plaisante pas. Il est du genre à glisser des crapauds entre nos draps. Non, vraiment, nous serons mieux ailleurs.

Il boutonna le manteau de Jane puis se noya dans son regard. Il avait envie de goûter la saveur de ses lèvres, de caresser sa peau. Le corps tremblant de la jeune femme, leur abstinence des dernières semaines mettaient sa volonté à rude épreuve. Ses baisers étaient de plus en plus fébriles.

Elle posa les mains sur son torse et s'écarta de lui.

— Case, c'est de la folie! dit-elle en riant. Vite. Gagnons ce lieu intime et romantique où nous serons enfin seuls, et où tu me feras l'amour sérieusement.

— Je ne fais pas l'amour sérieusement, mais avec finesse.

— C'est à moi d'en juger, il me semble.

Il rit à son tour. Il semblait si jeune et insouciant, elle était fascinée.

— J'aime te voir heureux.

Il l'enlaça et l'entraîna au loin.

— Cela n'a pas été vraiment une journée de mariage traditionnelle. La mariée est censée être la reine de la fête, mais entre le retour de Justin et la santé précaire de mon père...

— Je sais, Case, mais je ne suis pas une enfant. Je me moque d'être au centre de toutes les attentions. À vrai dire, cela me ferait plutôt fuir.

Ils s'esclaffèrent.

— Je comprends que tout le monde s'occupe de ton père, reprit-elle. Si cela n'avait pas été le cas, je me serais demandé quelle était donc cette famille indigne. Et je ne me suis pas sentie seule une minute. J'ai passé pas mal de temps avec Trentie et Ben.

— Ta gouvernante et ton garçon d'écurie, grommela Case.

— Je ne les considère pas comme tels. Ce sont mes amis. Ils étaient à l'église, non? Je les estime.

— Ton amie, Letty Gray, n'est pas venue, remarqua Case.

— Non, fit Jane après un silence. Oliver m'a écrit pour m'expliquer que ce serait au-dessus de ses forces. Un officier de police s'est rendu chez eux le lendemain de la mort de Gideon et lui a demandé d'identifier le corps. À présent, elle connaît la vérité sur son frère, et elle est anéantie. Oliver m'a suppliée de ne pas m'en offusquer et de ne pas renoncer à notre amitié.

— Tu n'abandonneras pas ton amie, j'en suis certain. Mais que comptes-tu faire pour retisser des liens?

— Je ne sais pas, soupira-t-elle.

Il contempla d'un air songeur les premiers flocons de neige qui commençaient à voleter autour d'eux.

— Pourquoi ne pas lui demander de t'aider dans ton projet relatif à l'hospice de la paroisse? Elle est femme de pasteur. Elle se sentira obligée d'y participer. D'après ce que tu m'as dit d'elle, c'est la personne idéale. Ensuite, qui sait…

— Case! Parfois, tu me sidères! s'exclama Jane en lui agrippant le bras. C'est une excellente idée!

— Je sais, je suis plutôt futé quand il le faut, railla-t-il, fort amusé.

— Non. C'est un compliment. La plupart des hommes n'y auraient jamais pensé.

Ils quittèrent les bois et gravirent une pente bordée de petits cottages.

— Ce sont les cottages des paysans, expliqua-t-il. Et voici le nôtre.

Il était construit un peu en retrait des autres. Quand ils franchirent le seuil, une bourrasque de vent attisa les braises de la cheminée. Le décor était très simple. Un tapis couvrait le sol et un lit étroit se dressait dans un coin.

— En fait, c'était le cottage de Richard quand il était fugitif et se faisait passer pour un cocher, poursuivit Case. Je n'ai jamais vu de cocher plus incompétent. Mais l'idée venait de lui. C'est aussi lui qui a exigé le tapis. Nous n'avons pas coutume d'offrir un tel luxe à nos journaliers.

— J'ignorais que ton beau-frère s'était caché ici durant sa fuite.

— Les journaux ne disent pas tout.

— Certes, murmura-t-elle en songeant au récit qu'ils avaient fait de la fameuse nuit du drame.

— Et voici du champagne pour la mariée! Ainsi que des victuailles.

— Le champagne me conviendra.

Jane était un peu déçue. Ce n'était pas du champagne ou de la nourriture qu'elle voulait. Elle souhaitait que son mari la prenne dans ses bras. Son corps brûlait de

314

sentir ses mains le parcourir. Mais de toute évidence, Case avait plutôt envie de parler.

Puis elle comprit qu'elle aussi en avait envie. Elle aurait dû lui dire certaines choses depuis longtemps. Ils commençaient leur vie de couple. Il leur fallait partir sur de bonnes bases.

Assis près du feu, ils savourèrent leur champagne.

— Tout s'est passé si vite, depuis ce jour où tu voulais partir pour réfléchir loin de moi. Nous n'avons jamais eu l'occasion d'en reparler. Ces dernières semaines, j'étais préoccupé par la santé de mon père, et je crains de m'être montré égoïste.

— Tu étais blessé.

— Oui, admit-il en fixant sa coupe de champagne.

— Et j'ai été stupide.

— Vraiment ? fit-il en levant les yeux.

Elle opina.

— C'est en frôlant la mort qu'on parvient à se débarrasser de tout ce qui n'est pas essentiel. C'est ce qui m'est arrivé lorsque je gravissais les marches, à l'hospice, guidée par le son de ta voix.

Elle parlait très bas et lentement.

— À cet instant, j'ai su que rien ne pourrait nous séparer. Nos familles, nos enfants à venir, la société… La vie est trop courte. Le temps est précieux. Je ne veux pas le gâcher. C'est toi que je veux. Je n'allais pas laisser Gideon Piers me priver de toi, pas après tout ce que nous avions traversé pour sauver notre amour. En ayant peur pour toi, j'ai su que je devrais tuer Piers ou mourir.

Il lui prit la main et la porta à ses lèvres.

— Un jour, tu m'as raconté que tu avais tué des hommes à mains nues, continua-t-elle. J'ai compris ce que tu avais pu ressentir. Si j'avais dû, j'aurais tué Piers de mes mains.

Il laissa échapper un soupir tremblant.

— Tu ne peux pas savoir pas combien ce que tu viens de dire est important pour moi.

Il lui prit sa coupe et la posa sur la table. Puis il l'entraîna vers le lit.

— Quoi? fit-elle en riant de sa hâte. Je n'ai pas droit à quelques belles phrases en retour?

Il entreprit de la dévêtir.

— Si. Voilà ce que je veux te dire depuis longtemps: « Ne refais *jamais* ça ! » En te voyant menacer Piers avec ce pistolet ridicule, j'ai failli mourir! Il aurait pu te tuer! Tu imagines ma souffrance?

Elle enroula les bras autour de son cou.

— Mais, mon amour, le problème, c'est que je n'avais pas le choix. À ma place, tu aurais fait la même chose.

— Certes. Mais le fait que tu aies raison ne me rassure pas.

— Est-ce là la finesse dont tu parlais tout à l'heure?

— Quand je te fais l'amour, ce n'est pas à la finesse que je pense.

— Et à quoi penses-tu?

— À toi. À toi seule.

Enlacés, ils se laissèrent tomber sur le lit.

— Il faudra que je t'offre un véritable pistolet pour remplacer ce jouet, déclara-t-il.

Ce furent ses dernières paroles cohérentes.

Un mois plus tard, au cours de leur voyage de noces en Écosse, Jane reçut une lettre de Sally Latham.

Chère Jane,
Il m'est arrivé une aventure extraordinaire. Je suis aujourd'hui fiancée à un homme merveilleux, John Chalbury, de Stanton Hall. Tout s'est produit exactement comme tu me l'avais prédit. C'est incroyable, non?
Tu n'es pas seulement l'équivalent d'une princesse, tu es la femme la plus étonnante que je connaisse, une voyante, la meilleure des amies.
Je te souhaite d'être aussi heureuse que je le suis, chère comtesse.

Ton amie pour toujours,
Sally

Découvrez les prochaines nouveautés
de la collection

Aventures et Passions

Le 1er avril
La justicière de Boston de Linda Francis Lee (n° 6947)
À Boston, le très chic club masculin tenu par Lucas Hawthorne risque de fermer. Et pour cause ! Son distingué propriétaire est très fortement soupçonné d'avoir tué une prostituée. On a retrouvé sur son corps l'exacte réplique du sceau d'une de ses bagues. Sur les conseils d'un ami, il s'est tourné vers une femme avocate pour le défendre, la jeune Alice Kendall. Mais son fiancé et son père, tous deux procureurs, désapprouvent : un gentleman perdu de réputation... une affaire de mauvaises mœurs... Tout ceci n'est pas pour leur plaire !

Le 8 avril
L'insoumis du Pacifique de Candice Proctor (n° 6948)
Native d'Écosse, Miss India Knight voyage de par le monde et écrit de palpitants romans qui mêlent ethnologie et aventure. Toujours curieuse, elle tient absolument à voir les statuettes indigènes d'une petite île du Pacifique. Mais cette île est peuplée de cannibales. Même l'armée anglaise, qui occupe l'archipel, l'évite soigneusement. Selon le capitaine Simon Granger, c'est sans espoir ! À moins qu'elle n'arrive à convaincre cette tête brûlée de Jack, radié de l'armée anglaise et ayant vécu aux côtés des indigènes, de l'accompagner...

Le 16 avril
Soif d'amour de Linda Lael Miller (n° 4881)
Devenu vampire à son corps défendant depuis deux siècles, Adrian déteste ce qu'il est. Enfant, une bohémienne lui avait prédit qu'il serait maudit pour l'éternité mais qu'une femme aurait le pouvoir de le sauver. Le jour où il rencontre Neely, il comprend que la prédiction est vraie et son amour pour elle va le pousser à entreprendre une quête pour redevenir mortel.

Le 23 avril
Vint un chevalier de Jude Deveraux (n° 6949)
Dougless Montgomery rêve d'épouser le chirurgien Robert Withley ! Leur séjour en Angleterre lui donnait quelques espérances... Pourquoi a-t-il tout gâché en lui imposant au dernier moment sa détestable fille, Gloria ? La pauvre Dougless a beau être patiente, ses nerfs ont craqué. La voilà désormais sans le sou, abandonnée à Ashburton en pleine campagne anglaise ! Tandis qu'elle s'apitoie sur son triste sort, un inconnu revêtu d'une armure lui apparaît. Il prétend être Nicholas de Stafford et sortir tout droit du XVIe siècle. Décidément, tout va mal !

ainsi que les titres de la collection

Escale Romance

De nouveaux horizons pour plus d'émotion

Le 3 mars
Cœur de cyclone de Eva Morretti (n° 6911)
Sur le paquebot qui l'emmène en Guadeloupe, Cardine savoure la
vie qui s'annonce devant elle. Tout juste diplômée d'architecture,
elle accompagne son fiancé dans la plantation familiale. Rapidement
séduite par la Léonie et par ses gens, mais déçue par Frédéric, qui
se révèle être un homme froid et calculateur, elle trouve refuge
auprès de son demi-frère, Simon, un métis aux yeux de braise, ô
combien différent de son promis...

L'amour aux deux visages de Michel Albertini (n° 6941)
Adrianna appartient la "guardia di finanza", une police fiscale et
économique. Envoyée à Palerme pour enquêter sur la mafia, elle
tombe, malgré elle, sous le charme d'Alessanro, photographe et vul-
canologue. Au cours de son enquête, la jeune femme découvre que
lui aussi appartient à la mafia. Mais il n'avait pas prévu la relation
qu'ils commencent à nouer, et ne sait comment lui expliquer ce
qu'elle ressent comme une trahison. Adrianna saura-t-elle lui pardonner ? Que faire ? Fuir ou rester ? Seul l'amour pourra la guider...

6908

Composition Chesteroc Ltd
Achevé d'imprimer en France (La Flèche)
par Brodard et Taupin
le 10 février 2004 - 22545.
Dépôt légal février 2004. ISBN 2-290-33785-4

Éditions J'ai lu
84, rue de Grenelle, 75007 Paris
Diffusion France et étranger : Flammarion